磯崎憲一郎
ISOZAKI KENICHIRO

金太郎飴

磯崎憲一郎

エッセイ・対談・評論・インタビュー

2007-2019

河出書房新社

2019年

ブックデザイン　鈴木成一デザイン室
装画・挿画・タイトル協力　株式会社金太郎飴本店
＊「金太郎飴」は、株式会社金太郎飴本店の商品「組み飴」に係る登録商標です。

金太郎飴

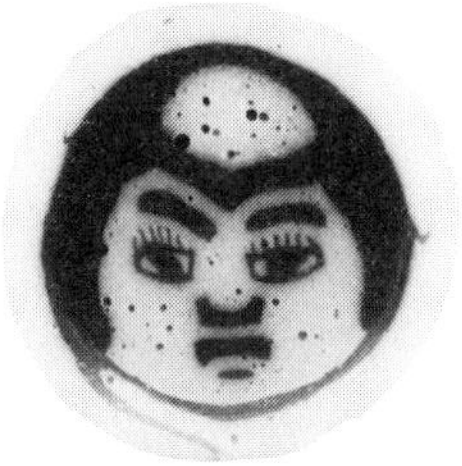

磯崎憲一郎

エッセイ

対談

評論

インタビュー

2007-2019

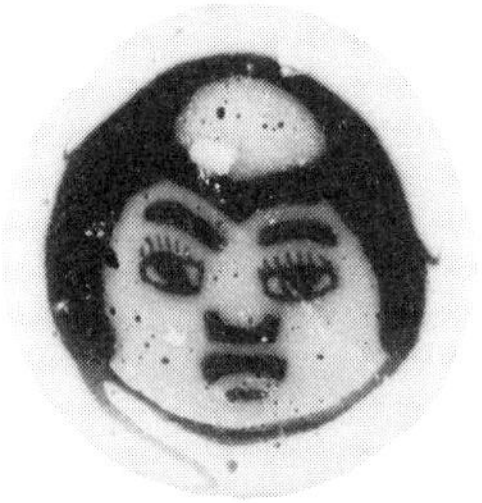

2007年

エッセイ

「肝心の子供」第四四回文藝賞受賞の言葉

――「文藝」二〇〇七年冬号

まずは選考委員の方々、文藝編集部、私の家族、友人たちにお礼をいいたいと思います。本当にありがとうございました。今回の受賞にあたって、小説について最近私が考えていることを以下にふたつ、書くことにします。

ひとつは、小説とは現実に先行するものでなければならないのではないか？　ということ。――数年前までの私は、現実の過去のなかには記録されるべき場面が確実に存在するのだから、それを地道に描写することである程度まで保存できていれば、小説としては及第点なのではないか？　と思っていた。つまり小説は現実の内側にある、と考えていたわけだが、いまではまったくその逆で、小説は現実に先立って、現実を引き寄せるようなものでなければならない、と考えている。事実として成立し得るかどうか？　ではなく、書かれた瞬間に「もう、そうとしか思えない」ものとして成立してしまう、それこそが小説なのだろう、と。

もうひとつは、小説という完成されたジャンルにおいては、無理に新しさを求めてはならないのではないか？　ということ。――たとえばロックというのは、異常な速さで誕生から成熟・完成に至った音楽で、一九五〇年代半ばに誕生して六八年から七二年頃にはジャンルとして完成している。ならば小説というジャンルが完成したのはいつごろなのか？　と考えると、それはやはり一九二〇年代なのではないか。完成されたジャンルにおいては、前衛的な要素はむしろ邪魔をする。小説にもともと内在する力に寄り添って、その力に作者は身を任せなければならない。逆説的な言い方になるが、無理に小説に新しさを求めないことこそが小説を再生し続ける、ということなのかも知れない。

エッセイ

受賞という事実よりもはるかに重いもの

――第四四回文藝賞受賞エッセイ／「公募ガイド」二〇〇七年冬号

受賞の喜びもさることながら、正直な気持ちをいえば、選評で選考委員の保坂和志氏から頂いた言葉が私には嬉しかった。

もともと私は保坂さんの小説のファンだったのだが、数年前にたまたま機会があってご本人とお会いし、話をすることができた。保坂さんは、「小説家というのは、小説に奉仕しなければならない」、「小説は設計図通りに書けるものではなく、じっさいに書くことによって、書くまえには予想もしなかったところまで作者を連れて行く」というような小説観を持つ作家なのだが、これだけいってもなにがなんだかさっぱり分からないと思うので、とにかくまずは保坂和志の小説や小説論を読んで欲しい。――ついでにいっておけば、保坂和志の小説のなかでは、最初は少し取っつきにくいかも知れないが、『残響』（中公文庫）を私は薦める。

小説を書くからには、小説それ自体が生命を持って動いているようなものを書かなければならない、自己実現とか言葉遊びとかではなく、積極的に外界に働きかけるような小説を書かなければ意味がない、と私は考え始めていた。ちょうどそんなときに、私は保坂和志と出会ってしまったのだ。いまの日本の小説家のなかでいちばん真剣に小説について考えているのはこの人だと確信した。心酔した、ということともちょっと違う、短い言葉でいい表すのはとても難しいのだが、保坂さんもその一部であるところの肯定的な力に、私のなかにもともとあった何かが共鳴した、とでもいえば良いだろうか。だからこそ、数ある文芸誌の新人賞のなかで保坂和志が選考委員の一人である文藝賞を選んで応募した。今回の私の小説『肝心の子供』に対する選評のなかで、保坂さんは「目に見えるくらいの具体性を持った細部とボルヘスのような思弁が違和感なく接合され、自我や個人の一回性など楽々乗り越えられてゆく。この作者は素晴らしい身体性を持ったボルヘスに違いない」といって下さっている。こういう言葉というのは、受賞という事実よりもはるかに重いものなのだ。

もしあなたが本気で小説家を目指して小説を書いていて、大好きな小説家、尊敬する小説家がいるのであれば、その人が選考委員をつとめる文学賞に応募することを私は薦める。その賞を受賞したときの喜びと達成感は、単に賞を取った場合とは何倍にも違うはずだ。

インタビュー

〝本流〟の世界文学を書く！

――インタビュー・文＝吉田大助／特集 CREATORS OF 2008
／「STUDIO VOICE」vol. 385（二〇〇七年一二月六日）

今年10月、第44回文藝賞を受賞した、42歳の新人小説家・磯﨑憲一郎のデビュー作『肝心の子供』が物凄い。原稿用紙104枚分と決して長くないページ数の中に、誰もが知る仏教の祖・ブッダ（シッダールタ王子）、その子、その孫の人生を紡ぎ、やがて訪れる驚愕のラスト！ このリアリティはどこから来るのか。現代日本の文学シーンから掛け離れた場所で、「使命」の炎を燃やす作者は何者か？

なぜこの小説が生まれたのか？

磯﨑 普段は、貿易関係の会社に勤めるサラリーマンですよ（笑）。仕事が小説に何か影響を与えたかといったら、全くないですし。ただ、会社勤めしたことない人には分からないかも知れないけど、サラリーマンって意外と時間のやりくりができる。そういう環境だから書けたということはありますね。

――例えば、今年上半期芥川賞を取った『アサッテの人』（諏訪哲史）のように、自分が一番リアリティを持って書ける描写なり経験なりから始める小説のスタートの仕方って多いと思うんです。もしくは世間の具体的なニュースへの反応でもいいですが、『肝心の子供』にはそう感じられる部分が何度読んでも見当たらなくて……。

磯﨑　それはもう、古代インドですからね。誰も知らないですよね。僕も知らないし（笑）。

――日本人が日本語で書いたとは思えなかったです。日本発の世界文学と触れ合っている感覚がありました。

磯﨑　それはすごく嬉しいですね。僕は、太宰治とか三島由紀夫とか全然読めないんですよ。いわゆる文学青年、文学少女みたいな、自意識系の小説を日本文学の保守本流というのであれば、僕の小説は亜流です。でも、世界文学的には僕の小説は全く保守本流なんですよね（笑）。2ちゃんねるとかで、若い子たちが「この小説スゲーよ」みたいな感想を意外と書いてくれてるんだけど、そういう子たちはもしかすると、ボルヘスやカフカ、ガルシア゠マルケスとかを読んだことがないんじゃないか。日本で保守本流と思われてるちょっと悲しい系の自意識小説というのは、世界文学的には傍流なんだよってことは、この機会にぜひ言っておきたいですね。

――今日は徹頭徹尾この質問になるかと思って来たんですが……なぜこの小説が生まれたんですか？

磯﨑　きっかけは、はっきりあるんです。ブッダの、つまりゴータマ・シッダールタの息子が、「束縛」とか「差し障り」を意味するラーフラという名前だというのは有名な話なんですね。ブッダは本当はもっとはやく出家したかったのに、子供の存在のせいで「束縛」され「差し障り」になると感じた。そんな子供はラーフラという名前にしてしまえとブッダが言った、というのが通説なんです。僕もそう思っていた。でも、実はラーフラという名前を付けたのはブッダのお父さん、スッドーダナ王という人だったんですね。しかもそのおじいさんが、ブッダの子にラーフラの名前を付けてやったことに対して大喜びしたということを、2年ぐらい前に知ったんですよ。これは面白い話だと思っていたら、冒頭の一文が頭に浮かんできたんです。

——引用します。「ブッダにはラーフラ、束縛という名前の息子がいたのだが、名付けたのはブッダではなくその父、スッドーダナ王だった。その名を思いついた時、スッドーダナ父王は、大いに喜んだのだという」

磯﨑　そこから「ブッダは十六歳のときに結婚している。」というふうに、つらつら文章を続けていったら、ブッダの2代目、3代目が自然と出てきた。最初の文章を書いた時、ティッサ・メッテイヤ（3代目）が出てくることは全然考えてませんでしたから。前の文章の次に何を繫げたら面白いか、それだけが原動力だったので、なぜこの小説が終われたのかも分からない（笑）。事前の設計図は何もないんです。ただ、一つだけやりたいと思っていたのは、長い時間を描くということ。この小説はブッダが16歳の時から50歳まで、34年ぐらいの時間経過を設定してるんですが、読み終わった時に「30年も経っちゃったのか」と驚く、それだけは狙ってましたね。ガルシア＝マルケスの『百年の孤独』（マコンド村の一族百年の盛衰を描き尽くす、ラテンアメリカ出身ノーベル文学賞作家の代表作）を読むと、時間がぴゅんぴゅん飛んでいく感じが面白いじゃないですか。あれがやりたかったんです。

——偽史であるとはいえ、ブッダの研究書などは読まれましたか？

磯﨑　10代の頃に手塚治虫の『ブッダ』を読んでいたので、ブッダの生涯はこんな感じなんだなというぐらいの知識はありましたけど、この小説を書き継いでいくにあたって、手に入る本はいくつか読みました。例えばヘルマン・ヘッセが書いた『シッダールタ』という小説があるんですけど、仏教の記述が多いんですよ。ブッダの話というよりは、ブッダの教えの話なんです。僕はそういう小説を書くつもりはなかったんですよね。実は、この小説を文藝賞に応募しようと思った理由は、選考委員が全員小説家だったからなんです。評論家が読むと「ここが史実と違う！」とか言われそうだけど、小説家ならまずそういうくだらないことを言わないだろうと（笑）。日本の作家では保坂和志さんが好きなので、選考委員の一人に保坂さんがいるというのも大きな理由でしたね。

リアリティはどこで生まれるか？

――保坂さんの名前が出ましたが、これまでの読書歴、42歳でデビューするまでの道のりなどを伺えますか。

磯﨑　もともと小説は好きだったんですけど、読まなかった時期もありますね。まず、中学生の頃に北杜夫さんにハマったんですよ。「どくとるマンボウ」シリーズとか、『楡家の人びと』とか。北杜夫さんを全部読んじゃったらなぜか小説に興味が失せて、ロックにいくんですね。音楽に目覚めて、ずっとバンドをやってました。で、大学では体育会のボート部に入ってしまう。

――早稲田大学のボート部と言えば、体育会系の長ですよね。当時は魂が迷っていたんですか（笑）。

磯﨑　それこそ出家するような気持ちで、毎日合宿みたいな生活をしてましたね（笑）。80年代という時代の、軽みというか、腐った感じがイヤだったんですね。それでボート部の門を叩いて、よっぽどマッチョな世界なんだろうなと思ってたんですけど、風呂場でみんなビオレを使ってたんですよ（笑）。皿洗いも洗濯も、後輩が全部やるんじゃなくてみんな自分でやる。就職してからも、しばらく仲間達とボートは続けていましたね。それで、新入社員としての浮ついた感じが多少落ち着いて、結婚もしたし、小説もまた読み始めてみようかなという20代後半に、保坂和志の小説と出会った、という。要約すると、北杜夫→ロック→ボート→保坂和志という流れです。ということを授賞式の時に角田光代さんに言ったら、ヘンな顔をされました（笑）。

――小説を書き始めたのは？

磯﨑　3、4年ぐらい前なんですよ。受賞作の前に2本、現代ものの小説を書き上げています。普通に暮らしていると、「これは記録を残しておきたい」と思う場面ってありますよね。それを小説でいかに丁寧に抽出するか、徹底的に描写するか、現実の記録にこだわっていた時期もあるんです。でもある時ふと、小説が現実に隷属するんじゃなくて、小説の方が現実の外側にある、現実よりよっぽど広くてデカいんだと思い始めた。実際に現実に起きたことを小説に書くのではなく、小説に書いてしまったことが現実でも起きそうな気がしてならなくなる、そういう小説を書かなければいけないんだ、と。

――実人生での経験が、小説の中に直に入ってくる感じではない？

磯﨑　42歳のオヤジが「自分はこういう人間だ！」と言ってる小説を読んでも、面白くないですからね（笑）。自分に興味があんまりないんですよ。この年になったからというのもあるんでしょうけど、自分のことを書きたいという意識がほとんどない。いや、小説で書いていることの幾つかは、自分が実際に見たり感じたり、確かに自分の身に起こったことではあるんです。でも、例えば夕焼けを見て綺麗だと思う感覚は、古代インド人が夕焼けを見て綺麗だと思った感覚と大差はないんじゃないか。あと、花の匂いって、基本的にいい匂いがするじゃないですか。新聞で読んだ話なんですけど、精子が受精する時って、卵子から花の匂いに似た成分が出ている、それに引き寄せられていくらしいんですね。だから人間にとって花の匂いがいい匂いだと思う感覚は、おそらく何千年も変わってない。そういう、理屈じゃなく何か〝いいもの〟、〝肯定したいもの〟というのは世の中にあるはずなんです。

――現代のリアリティによって左右されるものではなくて。

磯﨑　そういう相対なものではなくて。フリーターやニートの悲しみとか、それは２００７年の人が２００７年に感じる悲しみかもしれないけど、そうじゃない、この３０００年ぐらいで変わってない感覚があるはずで、それを書くことは、自分を書くことではない。自分の経験は書くんだけど、自分は書いていないみたいな、そんな感覚なんです。

――自分の身に起こった経験や感情が、過去の人間にも、未来にも通用するものかどうかを選択する意志の強さが、この小説に圧倒的なリアリティをもたらしていることがよく分かりました。小説内部に選択・圧縮されたリアリティを、読者がそれぞれの仕方で解凍するからこそ、読みながら様々なイメージや実人生を想起させられることになるんですね。

磯﨑　そうですね。僕も10代、20代の頃は、自分にすごく興味があったと思うんです。やっぱり子供が生まれたことが大きいんですよね。『肝心の子供』の、子供ができた辺りの流れには当然、自分の経験が反映されています。もともと僕は子供が生まれても好きになるとは思ってなかったので、よく腎臓に病気を持っている子供に、お父さんお母さんが自分のやつを片方あげちゃったりって話を聞くじゃないですか。自分にはそんなことできないなと思ってたんですけど、実際に子供ができてみると、もしそういう状況になったら全然あげちゃうわけですよ。心臓でもあげちゃう。要するに、自分自身よりも大事な存在が自分の肉体の外にいるんです。ということは、子供にとっても一番大事な存在というのは子供の外側にできるだろう。そういう考え方をしていくと、意識がどんどん外側に広がっていっちゃうんですね。大事なものがウワーッと宇宙中に広がっちゃう。その感覚が、小説の中にも反映されているんだと思います。

小説を書くうえで使命とは何か?

――ラストは『2001年宇宙の旅』じゃないかと感じたりもしていたので、今の話はすごく納得できます(笑)。ここにあるのは自己肯定ではなくて、他者肯定の精神なんですね。

磯﨑　自分が不幸であるなんて、世の中にとってちっちゃなことなんです。自分が不幸であることを、世界が不安定であると勘違いしてはいけない。自分の不幸によって、世界全体が不安定になってるわけでも何でもない！　何か肯定的な力によって世界が安定しているから、みみっちいことは気にしなくていいんです。もっと大らかに生きようよ、と。赤福だって、食べて死んだ人が出たわけじゃないんだから、目くじら立てず食べればいいんですよ。

――メッセージが出ましたね。赤福は食べればいい（笑）。

磯﨑　赤福をどう感じるようになるかは保証できないけど（笑）、少なくとも、この小説を読んで暗い気持ちにはならないだろうと思うんですね。あえて刺激的に言っちゃえば、僕は、書かなければいけないから書いてるんです。カフカとかガルシア＝マルケスとか、ツェッペリンでもジミヘンでもビートルズでも何でもいいんですけど、そういう人たちが放出している肯定的な力に、自分も奉仕しなければいけないみたいな、そういう使命感で書いている。だから受賞の喜びはもちろんあるんだけれど、自分もようやくそういう力の一部になることができたという喜びの方が、今は強いですね。

――この密度を維持するにはかなり時間がかかるのではと思うんですが、次回作は08年中には読めますか？

磯﨑　どうでしょうかね（笑）。会社員の仕事もありますし、たくさんは書けないと思うんですけど、少なくとも書き続けますよ。僕は2月28日生まれで、昨年亡くなった小島信夫さんと同じ誕生日なんです。小島信夫さんは、僕と丸50歳違う。小島さんぐらいまで書きたいですね。90歳ぐらいまで書きたい。できれば１５０歳ぐらいまで。

――磯﨑さんの存在が際立つことによって、日本文学の中でこうした世界文学的アプローチをしている人たちの姿が見えやすくなると思います。それから、この一作の存在によって、幾人かの新しい才能が間違いなく引き出されるとも。

磯﨑　この間保坂さんとお会いした時に、「僕の本、売れないっすよ」みたいな話をしたら、「あんまり売れなさすぎるのもマズいんだ」と言われましたね。青木淳悟さんとか福永信さんとか、僕の小説を読んで、「こういう小説もアリなんだ」という意識が広まっていくことはすごく大事なことなんだ、と。僕は普通の会社員だし、あんまり取材を受けるのはどうかと思っていたんですけど、心を入れ替えることにしました（笑）。もし『肝心の子供』を読んで面白いと思った人は、20世紀の世界文学をどんどん読んでほしいですね。これを読んでガルシア゠マルケスを読んでくれれば、それでいいんですよ。それが僕の使命だったりもするので。だって、小説って、面白いんですよ。

2008年

対談

保坂和志×磯﨑憲一郎

風景を描くことによってひらかれる世界

——第四四回文藝賞受賞作『肝心の子供』刊行記念対談／「文藝」二〇〇八年春号

設計図は何もなく分け入るように書いていく

保坂　今まで活字になるような場では喋ったことなかったけど、僕は以前から磯﨑さんを知ってたわけです。だから文藝編集部から最終候補作が送られて来て、その中に「磯﨑憲一郎」という名前を見つけた時は本当にびっくりした。

磯﨑　すいません、黙って応募していまして。ただ、新人賞に応募するなら保坂さんが選考委員の文藝賞に応募しようと決めてました。

保坂　受賞作以前に、僕は磯﨑さんが書いた小説と小説のようなエッセイ、合わせて四本を読んでいて、この人は書けるんじゃないかとは思ったんです。ただ、この二年間は書いているという話を聞かなかったので、もう書いていないのかなって思っていたら、これを書いていたんだ（笑）。『肝心の子供』は導入部から今まで磯﨑さんが書いてきた小説と語り口が違う。そしてこの語り口や文体に至るまでの手探りしていた時間が、小説の中で感じられて、僕は別の意味でも感動した。ある文体を獲得することによって、それまでとは全然違う世界が開けてくるというのが、まさにこの小説で証明されている。そこに磯﨑さんの実年齢とは関係のない若々しさを感じたんですが、この語り口は突然出てきたの？

磯﨑　この小説を書く以前は、自分が経験した過去の中には記録すべき場面があって、これはどうしても残しておきたい、何とか抽出したいという方向で書いていたんです。ただある時期から、現実のどこかを地道に描写するというよりも、小説が現実を引っ張るような、そっちの方に軸足が移行したんです。あと、以前、保坂さんが「文芸誌なんか読んでちゃだめだ。二十世紀の小説を読め」と仰ったことがあって、カフカとかムージルとか、二十世紀前半の作家を集中的に読んだ時期があります。その時期とこの語り口が出てきた時期が重なっているということはあるかもしれません。

保坂　これを書き出す前に、今までと違う語り口を試すようなことをやってみた？

磯﨑　試すってほどはしてないですね。ただ、僕はガルシア゠マルケスが好きなんです。あの時間がぴゅっと飛ぶ感じ、それをやりたいという思いは昔からありました。

　この小説の書き出しの部分、ブッダの子供はラーフラ、束縛・差し障りという意味の名前を持っていることはけっこう知られているんですが、その名前をつけたのは、ブッダ本人ではなくてブッダの父のスッドーダナ王だったということを二年前ぐらいに知りました。しかも束縛という名前をつけて大喜びしたという、その変な感じが最初にポンとあったんですね。その後に「ブッダは十六歳のときに結婚している」という言葉が自然と続いて来て。じゃあこの次に何の文を置けばいいんだろうという、その感覚でこの語り口が出てきているので、それまでに書いてきた小説と変えようとか、今までと同じじゃダメだから別の語り口にしなくちゃとか、そういう思いが先行してあったわけではないですね。だいたいこの小説を最初に書き始めた時点で、孫まで出すなんて全く考えていなかった。設計図は当然何もない。一つの文章の次に何をつなげたら面白いかなというその原動力だけで書いているんです。

保坂　あと、この小説の登場人物たちの思考様式というのが変なんですよね。そう考えるように強いられている。「こうも考えられる、ああも考えられる」という風な考え方をしていないんです。三代の主人公たちもそうだし、ヤショダラもそうだし、全員が問答無用のそれしか考えていない。その典型的なのは五十五ページの「だがラーフラの場合はどうやらその名のとおり、彼が生きて行くということは膨張し、圧《の》しかかって来る過去に自分をきつく縛りつけることに他ならず、これでは延々と続く、逃れることのできぬ労役と変わらなかった」という箇所。だから、何かそれしかない感じなんです。筋の作り方も、それしかない。

磯﨑　これも保坂さんが仰っていたことなんですけど、「設計図なしでとにかく間口を広くとって書け」と。まさに僕はそうやって書いたんですが、間口を広くとって書くと、そうとしかない道に沿って書くしかなくなる。何も考えずに設計図なしで書くということは、そうとしか書けない道を、一回一回分け入りながら書くということなんですね。ただ、「これで本当に大丈夫だろうか？」という迷いは常につきまといますけども。

保坂　新人に対してよく決まりきったように「この人はずっと書いていける」って言うけど、ずっと書いていけるなんて本人は全く思ってないよね。これで自分はずっと書けると思える人は、同じコード進行で別のメロディだけ乗せてエンタテインメント小説を書いていればいいわけ。そうじゃなくて、「次に何を書いていいか、今そんなことを聞かれても私には分かりません」というような小説を書くことが出来たからこそ、その人は小説家になれたんです。

磯﨑　僕も今、受賞第一作を書いていますけど、まさにそのパラグラフを一生懸命書くだけですね。当然どう終わるかは全然分かりません。ただ確かに、そういう不安もあるんですけど、それよりも肯定的な力の一部になれたことの喜びの方が大きいんですよ。僕には何年か前から見上げる視線の先に、肯定的な大きな力に奉仕している群が見えていて。保坂さんももちろんその中にいらっしゃるんですけど、小島信夫さんとか、ローリング・ストーンズとかジミ・ヘンドリックスとか、カフカとかガルシア＝マルケスとかがみんないる。自分もようやくその末席に入ることが出来たなという喜びの方が大きいですね。そういうことを言うと、「それは宗教じゃないか」と言われるんですけど（笑）。

保坂　それが芸術なんだよ。今、社会に流通しているのは科学的な合理性の上に成り立ったディスクールだけで、そこから外れたものを全部宗教って言うんだけど、それこそが芸術なんですよ。それが芸術的な思考法と理解されずに、宗教としか理解されなくなるということがまさしく芸術の終焉なんだよね。今そういう意味では、本当の危機だと思う。

思考の代理として描かれる風景

保坂　『肝心の子供』には、いろいろ史実のようなエピソードがあるよね。例えば隣のマガダ国王のビンビサーラ。これは本当なの？

磯﨑　本当です。ブッダのシャカ族のカピラヴァストウという国の隣にマガダ国という大国があって、その国王がビンビサーラだったというところまでは本当です。

保坂　それでその息子のアジャータシャトルによって幽閉されたというのは。

磯﨑　それも本当です。

保坂　それは調べたの？

磯﨑　授賞式の前の記者会見でも言いましたが、ブッダの生涯という意味では、高校生の頃に手塚治虫の『ブッダ』を読んだくらいですね。その中に出てくる非常に浅い史実の部分までを使っていて、そこから先の部分、もちろんブッダの孫として出てくるティッサ・メッテイヤに至るまで基本的に創作です。

保坂　ラーフラの奥さんの名前も創作？

磯﨑　創作です。城の敷地を全部水田に変えた話も創作なんです。ちょうどその辺を書いている時に、アメリカに出張したんです。それがちょうど田植えの時期の五月だったんですね。あの時期に成田空港の上空から千葉や茨城の辺りを見ると、水浸しなんです、一面。これはすごいことだなあと。それを見て感動して書いたんです。

保坂　カブト虫のおなかにダニがついてるというのがあるじゃない、これは？

磯﨑　これも僕が子供の頃、カブト虫を百匹近く飼っていて、その時の経験ですね。

保坂　三十二ページに「（大きな洪水が起こって）ネズミが流木の上に這い上がろうとすると、どこから飢えたトビが現れてさらって行きました」っていう件《くだり》があるけど、この映像はどこから来たの？

磯﨑　以前、「現代ヒンズー語文学集」を読んでいたら、基本的にインドの現代文学にはいまだにカースト制度が残っていて大変だっていう小説が多いんですけど、同時にやたら洪水の場面が多い。貧乏でも何とかギリギリでやってた人々が、最後は洪水で全部流されて終わったみたいな。そこからネズミとトビの話を考えたんです。

保坂　小説というのは何かを考えるためのメディアですよね。そのために何を書いていたかと言うと、ストーリーと心理的なことなんだよね。で、風景描写というのはそれの付属だったわけ。ところが今の流木の上に這い上がったネズミをトビがさらっていくという箇所は、今までの小説だったら内面の比喩ってことになってしまうんだけど、この小説においては全く内面の比喩にはなっていない。大げさな言い方をすると、世界がそこに凝縮されているという感じがする。しかもそこまでならまだ今までもやられてきたんだけど、この小説には風景――「（サギが）冬枯れの色のない背景に同化して、固まってしまったようにも見えた」とか「（サギの）口の中に、冬の朝の渓谷というこの空間ぜんたいが入り込んでしまったかのような」とか――が、比喩的な意味ではなくて、ばんばかばんばか出てくるわけ。今まで人がストーリーと内面描写によって思考していたところを、この小説では風景が思考の代理になっているんじゃないかと思う。『新潮』で連載している「小説をめぐって」で僕は「チンパンジーにとっての思考というのはモニターの画面をタッチして言語を覚えることじゃなくて、空間を飛ぶことだ。ポンポン飛ぶ、その空間の能力がチンパンジーにとっての思考だ」と書いたんだけど、それと同じことをこの小説はやっている。風景を書かないと出てこないことってたくさんあって、未知のものを書き手の中で開いていく感じがするんだけど、ここまでのものが出るとは思ってもいなかった。まさに、全てに風景が勝っている。

磯﨑　確かに風景というか、具体性でしか表し得ないものというのがあって、もし僕が別の言葉で言い表すならそれは「時間」なのかなと考えてました。先ほど、この小説には設計図はなかったと言いましたが、ひとつ狙いがあるとすれば、時間の経過を書きたい、というのはあったんです。

保坂　それは具体的にはどの場面？

磯﨑　いくつか意図的にやったところはあるんです。ブッダが出家する日の朝、婚礼の時に贈られた銀の食器を見ると、十四年使った食器がちょっと錆びてる。実は僕も十五年前、結婚した時にお祝にステンレス製のスプーンをもらったんですけど、確かに若干錆びるんですよ。そういうのがなんか好きなんですよね。やっぱり小説を書く上でそんなに多くのことは出来ないと思うんですけど、何かを書くとすれば僕はやっぱり時間を書きたい。僕にとってみれば唯一時間だけが重い、そんな感じがあるんです。取り返しのつかなさというか。

保坂　すでに磯﨑さんは、「風景」と「時間」を何か同じものとして混乱している（笑）。四十一ページでブッダがラーフラを見たときに、「小さな子供はすでに風景の側の存在だった」というのは、その子供というのがこの小説の中で時間が凝縮されるものとして表れていて、十二ページの「彼女にとって生活とは、個々の人格よりも一段うえに置かれた、まず最初に守られるべき原理だった」という、これもおそらく磯﨑さんが言おうとしている時間のひとつなんだよね。ただ、多分時間と言っている間は、他の人には通じないけどね（笑）。でも、本人が時間と思っている限りは時間というのが一番なんだよ。伝わらないんだけど、でもそれ以外の言葉で伝えようとすると、誤解しか伝わらない。

以前、上野にレンブラントの絵を見に行った時、「修道院の少年」という小さな絵があって、その少年はすごく美しいんだけど、とにかくその絵を見た瞬間に、レンブラントが生きた時代に、このモデルになった少年が確かにいたんだと思ったわけ。たぶん磯﨑さんの言う時間ってそれのことだよね。

磯﨑　保坂さんのご指摘を聞いていて今思ったのですが、僕は具体性が積み重なって行くこと、それこそが時間なのだと考えているのかもしれません。時間を描こうとすると必然的に、具体性、つまり風景を書き重ねて行かざるを得なかったのではないか、と思いました。例えばむかし仲のよかった友だちがいて、それを伝えようと思った時には、一緒に遊んだ場面とかやっぱり具体性で話すんですよ。

保坂　それが芸術の力で、ダメな絵だと、ただそこに記号としての修道院の少年がいるだけなんだよ。この修道院に生きた少年もいただろうし、モデルになった少年もいただろうし、レンブラントが何世紀も前にこの絵を描いた、というその行為もあった、というようなこと。その色んなことを考えさせるのは、具体的にレンブラントのあの絵があるからなんだよね。それが今の、むかしの友だちと遊んだ話を具体的にしないといけないということと同じなんじゃないかと思う。

磯﨑　まさにそうですね。具体性でしか表し得ないものを小説で表すべきだと思います。

現代のアンチテーゼで小説は書きたくない

保坂　磯﨑さんの具体性というのはエピファニー、つまり啓示の瞬間のことかもしれない。だから具体性にとどまらず、そこから始まる抽象的なものまで含まれている。抽象的なことを抽象的に言っても伝わらないしそんなものはつまらなくて、一個の具体的なものの方がたくさんの抽象的なものを呼び寄せる。だから、現代風俗を書くことが現代小説だと思っている人や、芥川賞の小説を現代の若者が置かれた状況を描いた小説だと思っている人たちは、『肝心の子供』をものすごく観念的な小説だと感じると思うんです。でも実は現代社会が観念的なんです。なぜかというと読者が事前に持っている観念をイラストにしただけだから。読者の現代社会にまつわる観念は変わらないんです。それに対して『肝心の子供』を読むと、今まで自分が見ていた社会を映す言葉が変わってくる。小説の存在価値というのはそこにあるわけで、現代社会を映すだけなら、下手糞な風刺画と新聞の記事と『クローズアップ現代』でも見ればそれで済んじゃう。そうじゃないものを今見るために必要なのが小説であって、そのための機能なんですよ。でもそんな有用性なんか小説は超えているんだけどね、つまるところ。

磯﨑　そうですね。僕も確かに現代っぽいものであればあるほど、本当の現代から離れていくような気がしてならないんですよ。やっぱりそれはネタ探しにしか過ぎないわけだから、現実より小さく小さくなっていく。ただそれは普遍性ともまた違うんです。

小説の冒頭に、ブッダが結婚式の朝に馬に乗って山を散策しに行くと、そこにサギを見つけるシーンがあるんですが、僕はここで「しばらくの間ふたりでそちらを見ていた」というように、馬とブッダを「ふたり」とあえて数えているんです。僕も十五年前、自分の結婚式の朝に犬を散歩に連れて行って、犬がサギを見つけて犬と僕でサギを見ていたことがあったんですけど、その時の「犬と僕がサギを見ている変な感じ」というのがですね、どうにも忘れられない。これは僕にとって、何というかリアルなんですよ。それで、こういうリアルなものっていうのは古代インドの小国の王子が経験してもおかしくないのではないか、と。じゃあそれは普遍的な感覚なんですねって言われると、あえてそうは言いたくないところもあるんです。ただ、何かそういう感じこそを書くべきだと思うんです。「ニートの哀しみ」みたいなものを書いてしまうと、よけい現代から外れていくような気がします。

保坂　現に外れているんだよ。だって、記事にする時点で相当遅いんだもん。新聞記事やＮＨＫスペシャルとか『クローズアップ現代』で取り上げられる時点ですでに数ヶ月遅れなわけでしょ。そこから取材して書いたら一年遅れになっちゃう。問題の所在はそこにはなくて、結局、現代現代と言われている現代の中にはリアルなものはないんだよね。

磯﨑　ぐっと迫ってくるもの、その迫ってくる瞬間だけを、とにかく前後の脈絡なく継ぎ足していく小説を書いてみたい。いわゆる現代に対するアンチテーゼだけで小説を書きたくないとは思っているんです。やっぱりいじめであるとか親が子供を殺したことを「これが現代を象徴する！」という、あいうのは全然違うんです。それは現象でしかない。保坂さんの「コーリング」で書かれている、むかし付き合っていた人の夢を見て、ちょうどその人の胸に手を触れようとしたところで目が覚める。で、一日その夢にとらわれる。そういうのがね、なんかリアルなんですよ。全然現代じゃないんだけど、いい日だったなって、なんかぐっと迫ってくるものなんですよ。迫ってくるものをやっぱり書かなきゃいけないと思うんですよね。それが「肯定的な力に奉仕する」ということだと思う。小説家が迫ろうとしている対象をそのまま書くと、それはネタ探しに終わっちゃうから。それだったら新聞を読んでいて「ああ、可哀相な事件があったな」ぐらいにとどめておいた方がよっぽどいい。

保坂　とにかくさ、磯﨑さんの小説はそういう、今何を言ったかという言葉ではなくて、磯﨑憲一郎がいう「時間」と、現に書かれている「風景」と、その具体性と、しかし人によってはものすごく観念的に見えるという、それが実は全く同じ部分を指しているんだということ。読者としてそこを考えると、この小説はきっと本人が考えている以上の小説だろうと思う。小説だから本人が考えている以上のものなんだよ、やっぱり。

磯﨑　やっぱり自分が最初に考えていたものが出来ても面白くないですもんね。「何かとんでもないものが出来ちゃった！」というものだけがすごいんだと思いますし、そういう小説を書いてみたいと思います。

インタビュー

ブッダの物語を描く

——特集 Tribute to Tezuka Osamu ／文＝猪野辰／「SWITCH」二〇〇八年三月号

文藝賞の授賞式が昨年十月十六日で、その授賞式の前に記者会見があったんですね。その時に、「作品を書くにあたってブッダの伝記などは読まれましたか？」という質問が記者の方からあったので、「そういえば、もともとは手塚治虫の『ブッダ』を読んだのが最初でした」と答えたんです。『肝心の子供』を書く際に、もう一回手塚治虫の『ブッダ』を読み直すというようなことはしませんでした。ただ、取材の時に「なぜこの小説を書いたんですか？」と訊かれると、まず最初に「ブッダには息子がいて、名前が〝ラーフラ〟、つまり〝束縛〟とか〝差し障り〟という意味の名前を持っている、という話は知っていたんです」というところから話をするんですけど、その「知っていた」というのは、実は『ブッダ』で知ったんですよ。修行のために宮殿を出ていこうとするシッダルタ王子に妻のヤショダラが、「実は子供がいるのよ」と告白するとピカピカッと稲妻が走るシーンで、シッダルタが「その子には〝障碍《ラーフラ》〟とでも名付けるがよい！」と言うんです。

　そのことは二十年以上前に『ブッダ』を読んだ時に知っていたのですが、たまたま二、三年前に、実は〝ラーフラ〟と名付けたのはブッダ本人ではなくて、ブッダの父、ラーフラからすると祖父にあたるスッドーダナ王だった、という話を知ったんです。

「孫に〝束縛〟という名前を付けて、大喜びした」と。それが何か変な話だなと思って、そこからこの小説を書き出したんですね。この小説は、まったく設計図無しに書いていったんです。最初は全然、ブッダの孫を出すことは考えていませんでしたし、基本的にまったく手探りで書いているんですよ。最初に考えていた設計図通りのものができても、作った本人は全然面白味を感じないんです。次の展開を自分もその場その場で考えて行くと、本当に予期しないものができてしまう。そこが、やっぱり小説として面白いと思うんですね。

題材として古代インドにこだわっていたわけでもありません。たとえば、ブッダが結婚してから十四年が経って出家する時に、朝に居間を通り過ぎると銀の食器が置いてある。ふと見ると「結婚した時に貰ったお祝いの品だけど、錆びてるな」と思うわけですよ。実はそのくだりは、僕も今から結婚したのが十五年前なんですけど、ステンレス製の食器をいただいて、やっぱり錆びるんです。それを見た時に、「妻ともろくな会話が無いけど、もう十五年経つんだな」って、何か言葉には出来ないものが立ち上がるじゃないですか。それは、古代インドの小国の王子が経験してもまったくおかしくないことなんですよね。だから僕は、古代とかブッダとかキリストとか、そういう路線を続けて書いていこうという考えはまったくないんです。

ただ、『肝心の子供』については、ブッダの物語に対して、何か興味というよりはもっと強い、好意に近い、「やっぱりどうにもこの話好きだな」という思いがあったことは間違いないんです。じゃあどうしてそういう好意を持ったか、と問われたら、それはやっぱり手塚治虫の『ブッダ』を読んでいたからなんでしょうね。

そもそも僕は手塚治虫がすごく好きなんですよ。昭和四十年、一九六五年生まれなので、『ブラック・ジャック』『三つ目がとおる』『七色いんこ』といった作品が少年誌に連載してた頃にちょうど小学生くらいで、本屋で立ち読みしているわけです。つまりその時代の子供がリアルタイムで手塚治虫を普通に体験する程度には体験していたんですが、その後、二十歳前後の時に手塚治虫の全集を集中的に読んだ時期があって、『鉄腕アトム』以外は全部読みました。

その時に、手塚の最高傑作は『ブッダ』だと思ったんです。それ以外でも、『アドルフに告ぐ』とか、後期の作品が好きです。絵が好きですね。線に思い切りがあるというか。それから、劇画が出てきて悩んでいたという頃の中期の作品、『きりひと讃歌』『人間昆虫記』『奇子』あたりも、ビートルズの『リボルバー』的に良いですよね。

『ブッダ』の素晴らしいところは、話の逸脱が烈しいことです。チャプラ、ルリ王子、ダイバダッタとか、ブッダと全然関係ない話がまるまる一巻くらい続いたりする。そういうところはちょっとカフカ的というか、ガルシア゠マルケス『百年の孤独』的な感じがしますね。すごくいろんな場面に飛ぶんだけど、やっぱり全体として通底しているものがある。

『ブッダ』の中盤にアッサジというキャラクターが出てくるんです。見た目は『三つ目がとおる』の主人公・写楽そのものなんですけど。僕の中で『ブッダ』はアッサジに尽きるんですよね。このキャラクターがもうなんともいい。アッサジは未来を予知できるんですよ。アッサジが出てくる場面は大体好きなんですけど、特に好きなのは、ブッダに対して「シッダルタもいつかは死ぬよ。シッダルタはものすごくお腹が弱い。だから死ぬ時はものすごい下痢をして死ぬよ」と予言するシーン。その感じが何とも良いんです。ブッダとアッサジが一緒に木の上で修行するシーンも好きだし、ビンビサーラ王とアッサジの会見のシーンも好きですね。いずれ自分の息子に殺される運命だと予言されて怒ったビンビサーラ王が、アッサジに罠を仕掛けて、その罠を見抜けるかどうか試す。このときアッサジは微妙に困った顔をするんですけど、この微妙な表情が良い。含みがあるんですよ。

結局アッサジというのは、予知能力を身に付けた時に自分が十年後に死ぬことが分かって、最後は実際に狼に喰われて死んでしまう。それもやっぱり淡々と逝ってしまうんですよ。登場の仕方からして、最初は「脇役だろう」と思っていると、実はブッダの遥か上を行くようなすごいキャラクターだったりする。僕は『肝心の子供』でブッダの孫であるティッサ・メッテイヤを出しているんですが、後から思うと、あの淡々としていて自我が抜けている、「自分より他のものを優先する」というような雰囲気は、もしかしたらアッサジに似ているのかもしれません。

いま、僕の長女は小学六年生、次女は二年生なんですが、学級文庫というか、クラスに貸し出せる本があるんですね。それで一つびっくりしたのは、学級文庫のなかで先を争って借りられてしまう人気ナンバーワンは『ブラック・ジャック』なんですよ。二〇〇八年の世田谷区の小学校において、学級文庫人気ナンバーワンが手塚治虫なのか！と。「パパ、『ブラック・ジャック』は、いつも借りられない」と娘に言われて、「実家に帰ったら取って来てやるよ」と言ったんですけどね。そうすると、時間がきゅっと裏返るような、変な感覚が起こるんです。

似たような話でいうと、最近ビートルズの『HELP!』のDVDが出ましたよね。僕は中学の頃にこの映画を観ているんですが、「ファンとしては、これは買わなきゃいけない」と思ってDVDを買って、家で僕が観ていた。すると小学二年生の下の娘がやって来て、一緒に観始めるわけです。『HELP!』はアイドル映画なんですが、コメディの要素もあるから、笑わせる場面がたくさんあるんですけど、それを観て、僕の娘がげらげら笑っている。そのときに、僕の、自らの思春期の一場面を、自分の娘と共に体験しているような、時間の端と端がくっ付いたような、不思議な違和感が起こる。こういう違和感というのは、うまくすると、小説の発端になったりもします。

書評

小説生成の根源に触れる

――小島信夫『小説の楽しみ』『書簡文学論』書評／読書空間／「論座」二〇〇八年五月号

一昨年の10月に亡くなった小島信夫の、遺稿となる2冊である。『小説の楽しみ』は２００５年の４月から６月にかけて、３回に分けて行われた文学談議をまとめたもので、「書こうという意欲をもっともかきたてる小説は何か」と聞かれれば、「それはいつだって、今読んでいる小説に励まされる」という応答を最初の取っ掛かりにして、チェーホフの『曠野』、シェイクスピア、『ドン・キホーテ』、ベケット、カフカの『変身』などを取り上げ、「小説はいかに自由か」論じていく。

『書簡文学論』の方は6通の手紙という形式を取っている。12世紀の神学者による往復書簡『アベラールとエロイーズ』やソール・ベロー『ハーツォグ』、ドストエフスキー『貧しき人々』、アメリカの童話作家ヘレーン・ハンフの『チャリング・クロス街84番地』といった書簡体小説、そして自作の『菅野満子の手紙』も取り上げながら、「小説の中に、ふいに手紙が登場するときの、作者と読者の感じる悦び、あるいは新鮮さ」について考えをめぐらせる。小説の中の手紙とは「たぶん、その小説の水平面にはあらわれていない部分」なのだという。

小島信夫の小説、前触れもなくいきなり不穏な空気が立ち込め、小説じたいが生き物のように動き始めるあの作品に慣れ親しんだ読者に対してはしかし、このような説明ではこの2冊の魅力を伝えたことにはまったくならない。ある評論家が「(小島信夫が)怒った、獣性を発揮した」と書いておきながらその怒った理由を省いてしまったことに対し抗議し始めたかと思うと、「半分はフィクションですけどね」とさらりと言ってのけたり、「〜です」「〜ます」調が突如「〜からだ」「〜あるまい」などという強い断定調に変わったりする、むしろそういう部分にこそ生きている小説家小島信夫を感じてしまう。精緻な小説論が述べられてきて、不意に「ここまで書いてきて私はしばらく中断し」「本を何げなく取り出してページをくった」とか、「二人の手紙が、どんな順序で書かれていたか、今の私はよくはおぼえていない状況で、私はこの文章をつづっている」などという文章に出会ってしまったとき、私たちは不思議な現前性と小説的グルーヴを感じる。それは単独の小説家を超えた、小説生成の原理のようにさえ見えてくる。やはりこの2冊は小島信夫の小説と地続きなのだ。

古墳公園

エッセイ

——「群像」二〇〇八年八月号

いまから三十年も昔、いやもしかしたら四十年近くも昔の話なのだが、東京近郊のある町の、住宅地に隣接する森の中で、私は仲の良い友達——名前は仮にAとしておこう——と二人で遊んでいた。冬が始まる季節だった。遊ぶといってもただひたすら森の中を歩くだけで、知らぬうちにずいぶんと長い時間が経っていたのだろう、夕方の黄色い日差しが日没に近づくにつれて濃くなっていた。西の空も冬枯れの裸の木々も同じ柔らかな色に染まっていくのを二人ともきれいだとは思ってはいても、子供はそんなことを口に出してはけっして言わない。近くでキジバトが鳴いていた。どこをどう歩いたのか、とつぜん目の前にぽっかりと、枯れ草に覆われた丘のような、小山のような場所に出てしまった。周囲には松やクヌギ、ブナなどの雑木がほとんど隙間なく生えているのに対して、その小さな丘にだけは木は一本も生えていなかった。毎日のようにこの森で遊んでいるというのに、こんな場所があることにどうしていままで気がつかなかったのだろう。私は、その丘にも冬の夕暮れのふわふわとした光が注がれて、ほとんど金色に輝いているのに見とれていた。我に返るとAがいなかった。周りを見回して探してはみたが、なぜか声をあげて呼ぶことまではせずに、どうせ明日また学校へ行けば会えるのだからという軽い気持ちで私はそのまま家へ帰ってしまった。

ところが翌日、私はAに会うことができなかった。これがたまたまAが風邪か何かで学校を休んでしまったからなのか、Aではない別の友達と私が遊んでいたからなのか、私とAは近所に住んでいて放課後しばしば遊んではいたのだがじつは別のクラスか別の学年だったのか、そこのところはどうにも思い出せないのだが、Aにはその翌日に会えなかっただけではなくその後もずっと、いまに至るまで会うことができずにいる。誘拐されたとか、神隠しにあったとかではないことは、そんな新聞に載るような騒ぎはいっさいなかったのだから明白なのだが、子供というのはなんの理由もきっかけもなくある日を境に別の友達、別のグループと遊ぶようになってしまっても、お互い何のあとくされも疑問も持たないものなのだと当の子供である私じしんが信じていたことの方を、まったくおかしなことではあるが、その後の私は憶えているのだ。Aはきっといままで通りどこかで元気でいるはずで、ただ単に私の目がその姿をじっさいに捉えていないだけなのだろう。

それから何十年かが経って、私が社会人となって働き始めてからしばらくした頃なのだが、商用のため西アフリカのナイジェリアに二週間ほど滞在したことがあった。移動中の車から見る熱帯雨林の木々は、私が幼少期に遊んだ森の木々とは似ても似つかない、大造りでグロテスクなものだったが、ときどき思い出したように、周囲の木々の二倍ほども高さのある木が森の屋上から飛び出して生えている。そのてっぺんには青い巨大な実がいくつも生っているのだ。「ポツンと高いあの木、あれは何という木ですか？　もしかしてあれが有名なバオバブの木では？」「ああ、あれはバナナですよ。食べられませんがね」ジャングルの奥地にとつぜん現れた工場で、私の商談相手は瓶ビール用の王冠を作っていた。チーフ、つまり族長という称号のつくその男は無事商談が終わったあとで、私にこういった。「ところであなたは日本人なのだから、トヨタのランドクルーザーを私に一台もらえないだろうか。これだけの商売を任せるのだから安いものではないか」工場の中庭の芝生ではエメラルド色のイグアナが何匹も走り回っていた。そのとき、不意に頭に浮かんだのだが、私の人生というものを、あれっきりずっと会っていないAに対する語りかけと位置づけてみるのも面白いのかもしれない。今日経験したような、意味付けなどいっさい拒否する魅力的な出来事や風景のすべてを、こと細かくAに報告してやるのだ。いったん私がそう考えることによって、Aのその後のじっさいの人生もずっと後になってから思い出されているような、漠とした時間に変わってしまったような気がした。

そしてつい最近のこと。私は子供時代を過ごした町をふたたび訪れる機会があった。私が遊んだ森はほとんどが建売住宅やマンション、新しくできた中学校などに変わってしまっていたが、駅からの道順だけは変わっていなかった。昔と変わらぬキジバトの声が出迎えてくれた。ちょうど森の中で私がAとはぐれた辺りも低層のマンションが建っていたのだが、その裏手は小さな公園になっていて、中央には小高い山があった。入り口には「古墳公園」とあり、次のような説明の看板が立てられていた。

根戸船戸二号墳
本古墳は前方後円墳の変形と考えられ、墳丘中央に軟砂岩の横穴式石室を持つ。周辺からは須恵器や鉄器が発見されている。
七世紀最終末の古墳で、以後、古墳は造られなくなる。全長約二十二メートル、高さ一・六メートル。

アンケート

私の「海外の長篇小説ベスト10」

――特集　海外の長篇小説ベスト100／「考える人」二〇〇八年春号

（順位なし）

『百年の孤独』　ガブリエル・ガルシア＝マルケス
『族長の秋』　ガブリエル・ガルシア＝マルケス
『コレラの時代の愛』　ガブリエル・ガルシア＝マルケス
『城』　フランツ・カフカ
『審判』　フランツ・カフカ
『伝奇集（八岐の園、工匠集）』　ホルヘ・ルイス・ボルヘス（篠田一士訳）
『三人の女』　ロベルト・ムージル
『マルーシの巨像』　ヘンリー・ミラー
『ナボコフ自伝――記憶よ、語れ』　ウラジーミル・ナボコフ

『アンナ・カレーニナ』　　　　　　　レフ・トルストイ

例えばカフカやチェーホフの短篇は一篇一篇が独立していて組み換えることもできる(邦訳も実際そのように、出版社ごとに其々組まれている)のに対して、この『伝奇集』と『三人の女』はひとつの短篇だけを抜き出すことなどできないし、順番もこれ以外にはありえない。最初の短篇を読んだら、設定も登場人物も全く違う話であるにも拘わらず、次に進まずにはいられない、抗し難い力が働いている。iPodでシャッフルして聴いてはいけないアルバムがあるのと同様に、「通し」で読まねばならない短篇集があり、そういう短篇集とはじつは長篇なのだ。

エッセイ

「向こう側」への見事な飛躍

——ムージル『三人の女・黒つぐみ』(岩波文庫)／この本と出会った／「産經新聞」二〇〇八年一一月三日　朝刊

ある人から薦められて、当時アメリカに住んでいた私はこの文庫本をニューヨークの紀伊国屋書店で買い求めた。以来、日本に帰国してから書店や古本屋でこの本を見つけるたびに買い続け、あるときなどはもともと520円の文庫本に2000円という法外な高値を付けている古本屋まであったのだが、それでも私は迷わず購入した。通算で30冊は買っているだろう。それはただ、この本を読んでほしい人たちに配りたいがゆえに買っているのである。

長編『特性のない男』で名高いオーストリアの小説家、ロベルト・ムージルによる短編集だが、ここに収められた3つの短編と1つの随筆はいずれも、すべての小説が目指すべき場所に行き着いているように思う。例えば「トンカ」という短編には、こんな描写がある。

「……ある日彼はトンカといっしょに用足しに出かけた。道で子どもたちが遊んでいた。

突然ふたりの眼に、泣きわめいている小さな女の子の顔がうつった。その顔は蛆虫のようにくしゃくしゃにゆがんで、真向から日を浴びていた。光の中にあるこの顔の無残な鮮明さは、彼には、彼らがその圏内から出てきた死にもまがう、生の啓示であるように思われた……」

ここでは現実を見たまま、感じたままに書いていながら、唐突な、しかしそう書かれてしまってはそうとしか思えない見事な飛躍によって、単なるリアリズムを突き抜けた「向こう側」を描くことに成功している。ムージルがこの小説を書いてから100年近くたった現代でも、このような小説はじつは極めて珍しいのだが、その「向こう側」こそが小説によって、小説を通してでなければ行き着けない場所なのだ。

この文庫本はここ10年近く品切れになっていたが、幸いなことに今年の6月に第3刷が発行され、入手しやすくなった。書店で見かけた際にはぜひ購入して、読んでみてほしい。

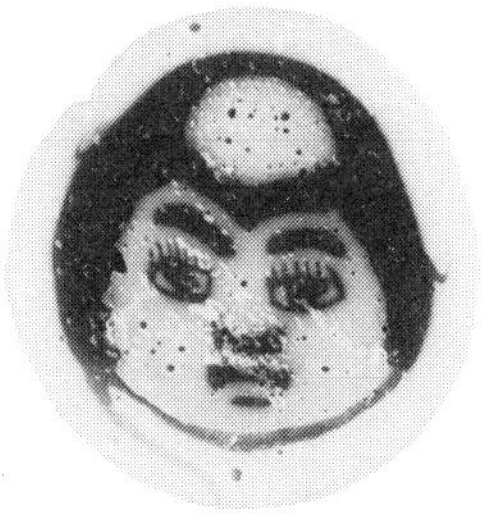

2009年

エッセイ

芥川賞受賞のことば

——「終の住処」第一四一回芥川賞受賞の言葉／「文藝春秋」二〇〇九年九月号

選考会の前日、関東地方の梅雨が突如明けた。そのことをニュースで知った私は、即座に確信した。「明日は晴れるのか。ならば、俺が受賞するな」

不遜とも取られかねない、自らに怒りすら覚えるこの根拠のない楽観性はいったい何なのか？　私にもまったく分からない。しかしその梅雨明けを知った瞬間からの私は、夏の夕暮れの風が吹く、まだ十分に明るい西の空を眺めながら一人電話を待つ場面を繰り返し思い浮かべ、事実、受賞の知らせをそのような状況の中で聞いてしまった。世界全体が自分の味方であるような感覚に囚われることは、恐らく私に限らず、誰にもある。ごく稀にであったとしても、近い未来が見えてしまうのであれば、それは世界の磐石さの証明に他ならないように私には思える。私の小説はその磐石さを描くことになるだろう。

選考委員の方々、編集者の方々、私を支えてくれた家族、両親、妹、会社の先輩や同僚、現在の友人たち、そして今回の件を偶然知って「そういえば磯崎という奴がいたな」と思い出してくれた古い友人たち、受賞は皆さんのお陰です。本当にありがとうございました。

エッセイ

遥かな過去の上に立つ

――「終の住処」第一四一回芥川賞受賞エッセイ／「朝日新聞」二〇〇九年八月四日

はっきりとは憶《おぼ》えていないのだが、私が芥川賞という名前を初めて知ったのは北杜夫さんと遠藤周作さんの対談の中で、だったと思う。いまから三十年以上昔の話だ。北さんの『船乗りクプクプの冒険』を一冊読んだだけで、「この人の書く小説はきっとどれも面白いに違いない」と確信した、まだ中学校に上がったばかりの私は、当時新潮文庫と中公文庫から出ていた北さんの小説を片っ端から、憑《つ》かれたように読み進んでいった。小説やエッセイを一通り読んでしまうと今度は、これも当時は文庫で出ていた遠藤さんと北さんの対談集「狐狸庵《こりあん》VSマンボウ」シリーズを読むようになった。このシリーズでの二人の役回りは毎回ほぼ決まっていて、遠藤さんは社交的で、演劇でもダンスでも合唱でも何でも器用にこなす、女性にももてる、対して北さんは日がな一日パジャマで過ごし、阪神タイガースの連敗を延々嘆く、一種の変人のような役回りを演じていたのだが、対談のどこかで、北さんは確かこんなようなことをいっていたはずなのだ。――

芥川賞だって遠藤さんは一発で取ったじゃないですか。僕なんて候補になっては落選を繰り返し、四回目に候補になった小説でやっと受賞することができた。その小説にしたって、四日四晩徹夜して、眠くて眠くて、最後は涙を流しながら死ぬ思いでようやく書き上げた小説だったのです。

北さんのこの言葉を読んだとき、私はどうしてだか、いずれ人生のどこかで自分もそういう苦難を味わわねばならないような気がした。この部分を伝えることはとても難しいと思うのだが、「よし、俺《おれ》もいずれ芥川賞を取ってやる」などという野心というか、成功欲みたいなものとはまったく正反対の、むしろ受験や就職とか青年期の大失恋とか、仕事上の修羅場とかに近い、つまり人生のどこかで避けがたく経験せねばならぬ試練のような、そんなものとして芥川賞という名前が私の記憶に刻まれてしまったのだ。

そして実際に自らが芥川賞を受賞してしまったいま、私は何を感じているのだろう？

結局、かつて覚悟したのに見合う苦難を味わうことはなかったのではないか？——必ずしもそうともいい切れないのは、二十歳そこそこでデビューするのも珍しくはない小説の世界に、私は四十歳も過ぎてからデビューしたのだから、デビューが遅い分それ相応の苦労は、じつは自分でも気づかない内にしていたのかもしれない、していなかったのかもしれない。いずれにせよ私はそういう人生を既に歩んでしまった。そんなことよりもいま、つくづく思うことは、誤解を恐れず正直にいえば、「もう、芥川賞受賞以前ではないのだなあ」ということなのだ。無名時代に帰りたいとか、大きな賞を頂いてしまって本当にこれから小説家としてやっていけるのか？　という不安な気持ちは自分でも拍子抜けするほど感じておらず、生活のペースも周囲の人たちとの接し方も、何ら変わるところはないのだが、しかし、つい半月程前の、芥川賞受賞以前の私というのは、私自身でありながらもはや私ではない、どう足掻《あが》いても触れることすらできない、遥《はる》かな遠い存在になってしまった。過去というのはどうしてこんなにも堅固で、悠然とそびえ立って、堂々としているのだろう。だが過去のこの遥かさ、侵しがたさこそが、私にとっては大きな希望なのだ。私の書く小説もまた、その希望の上に成り立っている。

エッセイ

保坂さんの本につまずいた幸運

——第一四一回芥川賞受賞エッセイ／「毎日新聞」二〇〇九年八月一〇日

芥川賞受賞記念エッセイを書いて下さい、とのことなのだが、私が小説を書くようになったきっかけは小説家の保坂和志さんなので、やはり保坂さんについて書くことにする。

ときどき誤解している人もいるようなので敢《あ》えていっておくのだが、元々《もともと》私は保坂さんの一読者、一ファンでしかない。それも保坂さんのデビュー以来のコアなファンではなく、最初に読んだ作品は、帰宅途中、乗換駅の本屋でたまたま見つけた保坂さんの芥川賞受賞作『この人の閾《いき》』だった、つまり最も間口の広いところから入った読者だった訳だが、しかしその小説を読み終わると同時に私は、それまで生きてきた過去の時間が新たに開かれたドアに流れ込んでいくような、抗し難い魅力を感じてしまった、「この作家の作品は、何があってもとにかくすべて読むことにしよう」と決めたのだ。

その後私は、保坂さんが開設したホームページを通じて、ご本人とお会いする機会を得た、そして初対面で会ったその日から朝まで徹夜で飲んでしまった。二度目に新宿でお会いしたときもやはり徹夜だった。カラオケに行ったりして、小説の話などは特にしなかったのに、明るくなり始めた薄紫色の春の曇り空の下、靖国通りの歩道を歩きながら、私は唐突に、小説を書いてみたい気持ちもあるんです、というようなことをいったのだと思う。保坂さんは肯定も否定もしなかった。

しばらく経《た》って保坂さんから連絡が来た、ホームページ掲載用に提出していた私の短い旅行記を「こういう話はちゃんと小説にしなければ駄目だ」、とのことだった。それから四年後、私は保坂さんが選考委員をつとめる新人賞を受賞して、小説家としてデビューすることになる。

保坂さんの著書『小説、世界の奏でる音楽』(新潮社刊)の最終章に、「郵便配達夫シュヴァルの理想宮」という話が出てくる。シュヴァルは一日に何十キロも歩いて手紙を届ける郵便配達夫だったのだが、四十三歳になったある日、石にけつまずいて転びそうになる。

その石を拾い上げてしげしげ見てみると、あまりに変わった面白い形をしていたので、家へ持ち帰り、それからは毎日毎日ひたすら石を集め続け、集めた石は積み上げて、ついには死ぬまで三十三年間をかけて理想宮と呼ばれる巨大な城を築き上げた、という十九世紀末のフランスの実話なのだが(興味のある人はぜひインターネットで「シュヴァルの理想宮」で検索して、実物の写真を見て下さい。「これが本当に一個一個石を積み上げて作った城なのか！」ときっと感動する筈《はず》です）、いま改めて振り返ると、私は乗換駅の本屋で保坂さんの小説を手に取ったあのときに、シュヴァルのつまずきの石を拾ってしまったのだなあ、とつくづく思う。だから私もシュヴァルを見習って、これから何十年もかけて石を積み上げていかねばならない。

エッセイ

いつも現実追い抜く

――第一四一回芥川賞受賞エッセイ／「共同通信」配信二〇〇九年八月三日

実際の生活でも受賞作「終の住処」のような、緊張した夫婦関係を強いられているのではないかと私のことを心配する人が多いので、この場を借りていっておきたいのだが、あの小説の主人公にはモデルがいる。

いや、モデルというほどのことでもない。私は彼から、十年近く、家で食事をしなかった時期がある、という話を聞いただけなのだ。彼とは勤めている会社も、住んでいる場所も、卒業した学校も違うのだが、一年ほど前にたまたまある会合で知り合った。恐らく似た人間のにおいを感じたのだろう、たちまち意気投合した私たちは近くの中華料理屋へ飲みに行くことになった。およそ現代の中年サラリーマンらしからぬ、深刻さのかけらもない話がしばらく続いたところで、彼は唐突にこう言った。「ちょっと危ない時期があってな、夜はもちろん、朝も、土日も、家では飯を食わなかった。それが十年近くも続いたんだから」。私はその話に妙に感動してしまった。まだ日も昇らぬ薄暗い冬の朝、家族が起きる前に静かに家を出て、駅の売店で白い息を吐きながらひとりパンをかじる彼の姿がありありと思い浮かんだ。

彼の外見はカッコ良いというには程遠く、それどころか頭ははげ始めている、背も低くはないが高くもない。なのに男女年齢を問わず、誰からでも好かれる、彼となら何時間話していても飽きるということがない。面倒くさがりの私などからすれば到底信じがたいほど気が回り、仕事の手際も良い、それでいてまったく嫌みがない。当然、会社での評価も高い訳だが、彼のような人間が普通の企業で普通に働いているのを見ると、日本のサラリーマンもまだまだ捨てたものではないなあ、と私は思う。

今回、私の受賞の知らせを聞いて、彼は一枚のはがきを送ってきてくれた。「おめでとう！」と書かれた文字の下には、彼と奥さんと娘さんの三人がみな牛の着ぐるみを着て、並んでほほ笑んでいる写真が張ってある。恐らく今年の年賀状用に撮った写真なのだろうが、三人とも顔まで白塗りにしているのを見て「ホントにばかだなあ」と笑っていた私は、突然、虚を突かれた。こんな家族に、十年にも及ぶ危機的状況など訪れるはずがない、あり得ない！　私はだまされたのだろうか？　だが次の瞬間、私の思いはさらに反転した。つまり、最初に中華料理屋で聞いた彼の話もまた、書かれるべき小説の一部分としてあらかじめ組み込まれていたのではないだろうか？　いつでも小説というものは、私たちが今いる現実などはるかに追い抜いてしまっているのだから……。

つい先日も、私たちは二人でカラオケへ行き、特に多くを語り合うわけでもなく、ユニコーンや奥田民生の曲を歌いまくった。私も彼もともに、奥田民生と同じ、四十四歳なのだ。

対談

保坂和志×磯﨑憲一郎 小説から与えられた使命

――「終の住処」第一四一回芥川賞受賞記念対談／「文學界」二〇〇九年九月号

要約できない小説

保坂　芥川賞受賞、おめでとうございます。

磯﨑　ありがとうございます。

保坂　磯﨑さんがデビューする前からの知り合いではあるけれど、今日はまず、受賞作である『終の住処』の話からしたいと思います。この作品と、磯﨑さんのほかの小説との関係とか言おうと思ったんだけれど、芥川賞受賞作しか読まない人が大半なわけだし、何しろこの一作である意味十分というか、これを十分楽しんでくれれば、ほかの小説に入っていけるわけだから、『終の住処』一作のことだけをお話ししようと思います。最初に、朝日新聞の受賞の記事にある小説の内容紹介を引用すると、「受賞作は、ともに30歳を過ぎてなりゆきで結婚した感のある夫婦の上に流れた20年という時間を描いた。娘も生まれ家も建てたが、常に不機嫌な妻は夫にとり不可解な存在であり続け、夫も浮気を繰り返す。細やかな描写が、相愛の情を欠きながら長い時間を共有したのちに得た、夫婦の関係を浮き彫りにする。」ってさ、まったく、作品を想像させないでしょう（笑）。ＮＨＫの紹介でもやっぱり似たりよったりで、ほかの新聞でも紹介記事はたぶん全部そうだと思う。

磯﨑　はい。

保坂　こういう小説を書くと、今の社会とか今のサラリーマンとこの小説を照合させてどうこうという解釈とか出てくる。まずそれに対してどういうスタンスをとればいいか。この小説の内容を紹介しているどの記事も全く外れていて、小説自体を連想させないようになっている。じゃあ、どう書けばいいんですかと記者が言ってきたとしたら、要約を書くなってことなんだよね。つまり、書けないんだというところから始めろってことなんだよね。

磯﨑　まあそうですね。

保坂　たとえば、モーツァルトの交響曲について書くときに筋で書くかというと、そうじゃなくて、印象で書いたりするでしょう。そういう意味で、この対談はキーワードが音楽になると思うんだよね。

磯﨑　なるほど。まず、新聞の話からすると、朝日の要約はほんとに……。

保坂　ひどかった。

磯﨑　ひどかったというか、参ったな、という。まず僕の小説は、要約が基本的に馴染まないんですよ。具体性の積み重ねだけなんで。デビュー以来どの小説も、要約されると、気が狂った人が書いているとしか思えないようなもので、ほんとに要約には馴染まないんだなというのは自分でもわかったんですけれど。ただ、新聞は読者にどういう話か説明せざるを得ないだろうから、ストーリーの要約にしちゃうんでしょう。どうせ無理ならば、「夫婦の二十年以上を描く」ぐらいのところに留めておいてくれればいいものを、なりゆきで結婚した男女がいて、夫が浮気を繰り返すって（笑）。仕方なく僕はあの日、朝、妻の目にふれないようにと、新聞を家から隠してそのまま会社に持っていって（笑）……。これは心配するだろうなあと。要約に苦労するのはわかるんですよね。だったらいっそもうどこか一行抜き出して「ああ、過去というのは、ただそれが過去であるというだけで、どうしてこんなにも遥かなのだろう」の引用で説明してもらったほうがむしろ潔いという思いが、実は作者としてはあるんです。ただ、要約は馴染まないというところが僕の小説のよさというか、他から差別化されているところではあるとも思うんです。

保坂　というか、記事の中に「要約は馴染まない」とひと言書かなきゃいけないんだよね。要約するのが無理な小説であると。

磯﨑　この前に書いた「絵画」（群像五月号）という短篇は、もう完全に要約不可能だって諦めてくれて、単に川辺の情景です、みたいな（笑）。次の月の群像の「創作合評」でとりあげてくれたんですが、あらすじじゃなくて、内容をまとめたものの紹介だったんですよね。そのほうがよかった。要するに具体的なことしか書いてないんだということでは、『絵画』も『終の住処』も同じなんです。だから、それは今後事あるごとに言っていかなきゃいけないと思っているんですけれど。

保坂　この小説ってほんとに仮に百行書いて百行までうまくいってても、百一行目がうまくいかなかったら、それまで書いた百行が全部失敗になっちゃうような小説なんだよね。そういうことは現実にはないわけで、百一行目だけ書き換えればいいんだけれど、でもやっぱり、百一行目がだめなら、今までの百行も全部だめになるかのような小説なんですよ。実はそのことを何と終わり近くの、取締役の手紙が言っているんだよ。「ひとりの人間の一生といえども、いま目の前の一瞬よりも長いということはないのだ」とこの磯﨑さんの作品を読んで、みんなが、「（この案件をあきらめるのであれば）お前の一生を失うに等しい、これから先の未来だけではなく、過去に起こったすべてを失う」と思うような、そういう小説になっている。

書き出して間もない人にとって、作品を書くという行為の中でいちばん大事なことは、〝作品を書く〟ということなんですよ。社会がどうの、人生がどうのとか、精神分析的に母との関係だの、子供との関係だの、妻との関係だの、そういう解釈をしようとすると、まるで書かれた作品よりも、その外にあるその人の人生のほうが大きいかのような錯覚を与えてしまうけれど、そういうことじゃなく作品を書くことそれ自体が一番大きい。この小説は、そういう意味では、自分が今この作品を書いているという気持ちが随所に反映されている。だから、百一行目がだめなら百行全部がだめになるほどのテンションを持った小説になったんですよね。

磯﨑　う〜ん、言われてみると、そういうテンションは、あったような気がしてきましたね。これは保坂さんから教えていただいたことでもあるんですけれど、僕は小説を流れで書いているんですよね。もともと設計図なんかもちろんないですし、予め用意してあるモチーフを組み合わせていくわけではないので、この次にどういう一行を書くかというところだけなんですが、そのときに、たとえば前日三枚書いて、また今日も書き出すときには、その流れがどういう流れで来ているかというのをもう一回、辿ろうとする。流れをいかに逃さないかということを考えているんですよ。それで、たとえば作品中の、夫婦が十一年話さないこともそうですし、取締役の手紙も唐突に来るのが流れなのかと、よくわからない人は言うんですけれど、そういう断絶も含めて流れなんですよね。それを、わからない人にどう説明しようかなと、よく考えるんですけれど。

保坂　いや、まず、わかる人に説明するほうが先だよ。わかる人だってしょっちゅうわからなくなるんだから。

磯﨑　いちばん近いのはレッド・ツェッペリンの『ハートブレイカー』で、途中でギターソロがターラララララ、ターララララララって全然違う曲相が始まるんですけれど、あれはやっぱりあの断絶が、曲の流れなんですよね。

保坂　だから、キーワードが演奏になるんだけれど、この小説の書き方って、今まで書いた部分と、これから書く自分のセッションなんだよね。普通の音楽だったら、ギターの人はドラムとベースの音を聴いてギターを弾くという、ほかの楽器を聴きながらという、同時の空間になるわけだけれど、この小説では今まで自分が書いたものとのセッションになるわけ。

磯﨑　うん、それはほんとうにそういう気がします。今まで書いたものが書かせているというのはすごくありますね。

保坂　普通に音楽のこと、作曲のこと考えたって、転調とかテンポ変わるとかというのは一曲の中に何回かはあるわけなんで、それは全部流れなんだね。当然のことでさ。だから、むしろ勝負は、どれだけ普通に予想される範囲から、外に出るかなんだよね、この小説というのは。それを読む人がしっかり楽しんでくれないと面白くないし、楽しんでくれればほんとに楽しい。突然取引先の係長が「いま、ここで、腕相撲をしろ」とか言い出すとか、そう書いたことをどうやって空中分解させないかという踏ん張りで書いているんですよね。

平然とありえないことを書く

保坂　僕と磯﨑さんが最近とみに気が合うようになったのが、僕にとってカフカの話をほんとに楽しくできるのは磯﨑さんだけなんですよ。中短篇を集めた『カフカ・セレクション』（ちくま文庫）とかを読んで、二人で、「あそこのあの場所がいい、あの展開がいいんだよ」という話をするんです。ロックのＣＤを聴いて、「あそこを聴かなきゃだめなんだ」というような感じで。カフカは解釈まみれの人で、みんな、『城』とは何の象徴かとか、『審判』とはどういう意味かみたいなことばっかり言うんだけれど、そうじゃない。「あれ、どういう意味ですかね」みたいな馬鹿なことを言わずに、単純に「あそこが面白い」って言えるのが磯﨑さんだけなんですよ。あ、そうか、そう言われたら、俺はそこを読み飛ばしてたな、みたいな。だからまたもう一度それを読むわけ。それで、言われた通り、やっぱりここが面白いという感じなの。カフカのことを何度読んでも面白い。読み手として純粋に楽しいんですよ。それを小島信夫さん亡きあと、小島さんと同じ誕生日の磯﨑さんがようやっとその話の後継者になってくれて。

磯﨑　ありがとうございます。

保坂　『終の住処』だけでなく、磯﨑さんの小説全部がやっぱりその呼吸で読むのがいちばん面白い。何を言おうとしているのとか、そういう問題じゃない。たとえばこの小説の中で、「この数ヶ月というもの、月は満月のままだった」。振り返ったらまた「満月だった」。もうそれだけでいいじゃないかと思う。そこへ何か意味付けしても全然面白くなくなってしまう。これは、たとえば、夜の風景を描いてみなと言われたときに、お前、夜の絵描くといつも満月だよねという感じなんですよ。磯﨑さんは無茶苦茶な書き方するんですけれど、ほんとにね（笑）。最初に付き合う女のところで、「どうしてなのか、彼が覗いたときには女はいつでも後ろ姿だった。」とあるんだけれど、普通にもっとリアリズムべったりというよりも日常言語べったりに書くとこういう書き方ってできないんだよね。できる人っていうのはほんとにいなくて、呆れちゃうんだけれど。

でもこれは全然おかしい書き方じゃなくて、記憶を語る言語なんです。それは『小説、世界の奏でる音楽』の中でもちらっと書いたけれど、たとえば「高校生のときはロックしか聴いてなかった」という言い方があるでしょう。そんなことないわけで（笑）、もちろんほかのこともしたんだけれど、「高校生のときはロックしか聴いてなかった」という言い方というのは、普通の言い方なんだよね。ところが、このいちばん普通の言い方を小説の中に導入している人がいなかった。この言い方が導入できないがために、すごく細かい因果関係とかに、警察の捜査みたいな細かいことにとらわれる小説になっていっちゃう。この言い方をしているのは僕が見当つくのは、カフカ、ボルヘス、ガルシア＝マルケスぐらいのところしかないように思う。

磯﨑　たしかに高校時代の友達とかを思い出したときに、「あいつ、真冬でも毎日Tシャツだったよな」って言うけれど、毎日Tシャツの訳はないんです。でも、それによって何か立ち上がってくる大袈裟な感じというか、言った言葉によって現実がそれに引きずられてしまうような、そこに小説のほうが現実より大きくなるというか、小説が現実を引っ張っていく力みたいなのの萌芽があるような気がするんです。

保坂　日常語というのはわりと時制が忠実なんですよ。過去、現在、未来とか、現在進行形とかが客観的に意外なほど正しいわけ。正しいんだけれど、それがつまんないというか、間違ってて、小説のほうが未来のことを過去のように言ったりすることができる。どっちが正しいのかというと、そっちのほうが正しかったりするんだ。

磯﨑　ああ、それはすごく感じます。

保坂　でも、実は人の頭の中というのは時制とはまた別のいろんな種類の言葉でできていて、だからさっきの記憶を語る言葉とか、あと理想を語る言葉とか、「俺はみんなを幸せにしてみせる」とか。それは過去については言えないわけですよね。でも、未来に向かってなら言える。それは単純に嘘とか本当という話ではない。あるいは「高校生のときはロックしか聴いてなかった」というのは習慣を語る言葉で、それが発語されているあいだだけは頭の中の過去はそれ一色になる。あと、占いの言葉とかさ。「お前は来年はこうなっている」というのも嘘とか本当という二分法と別のものを指していて、そういういろいろな言葉は全部普通に生きている時間の中の時制ではない。ほんとは人の頭の中で時間に対していろんな種類の言葉が入り組んでることのほうが、むしろリアルなんだよね。

磯﨑　そうですね。だから、今、保坂さんのおっしゃったことに非常に同意できますね。『百年の孤独』で、レメディオスというめちゃくちゃきれいな女の子がいて、すごくきれいだったから、風の強い日にシーツにくるまれて空へ上がっていっちゃったけれど、あのぐらいきれいな子だったらそれはあり得るだろう、しょうがないなと納得するという、あの強さ。

あるいは、マウリシオ・バビロニアという、いつも夜這いして女の子の部屋に入ってくる男がいて、その男の周りには必ず無数の黄色い蛾が飛んでいる。そいつが来ると蛾がたくさん死んでるので、わかるという（笑）。そんなやつはいないだろうと思うんですけれど、そう書かれてしまうと、そういうやつもコロンビアあたりにはいてもおかしくないよなっていう、その力強さが好きなんですよね。現実に題材をとった小説の弱さを超えていく、むしろ現実を引っ張っていく力のある小説というのはそういう部分なんじゃないかな。

保坂　まだみんな気がついてないんだよね、この小説（『終の住処』）があり得ないことを平然と書いているということに。でも、気づかれると、カフカみたいに寓話的な読まれ方になりかねない。今の気づかれてないところがこの小説の面白さというか、立ち位置の際どさが気づかれて、何かの方向に磯﨑憲一郎のイメージが動きだしちゃったら、もう面白くないようなところもある。だから、今がいちばん。やっぱりデビューして間もないときはみんな、この人をどう捉えようかって思っているときだから、読み手それぞれの偏見がボンボン出て面白いよね（笑）。読む側が何に囚われているかということがどんどん出てきてしまう。

磯﨑　なるほど、そうですね。

保坂　この小説は、「どういうわけか」とか「信じがたいことに」とかの言葉をしょっちゅう出していますね。理由がわからない、あるいは全くない、信じがたい、そういうことを言っている言葉が、気づいたところだけチェックしてみたけれど、相当ある。「だからなのか別の理由なのか」とは、つまり理由を考えてないんだよね。それで、「どうしてこんな時間のこんな場所に」って ほんとによく書いていますね。気づいたところをどんどんあげていくと、「彼には信じられなかった」。その同じところに「どうしたわけか顔色も」という。月が彼以外の誰にも気づかれないぐらいゆっくり大きくなっていたとあって、「いや、嘘ではない」って。嘘だよ（笑）。それから、「まったく驚きだ」。「まったくわけが分からなかったが」、「どういう拍子にか」。その下の段に「どうしてなのか」。「何と信じがたいことに」。「どうしてなのか彼は脈絡もなく」。「どうしてよりによって」。「驚くべきは」。「どうしたことか」、「まったく信じがたいことだったが」。

磯﨑　ほんと、そういうことばっかり書いてますね。

保坂　それを出すことによって、実は信じがたいことを書いていることが、寓話の方向に流されるのを止めているのかもしれないんだよね。これが伝奇小説とか幻想小説だと、「信じがたいことに」というひと言は書かない。だから、これは「信じがたいことに」と書くことによって、一応リアリズム小説のほうに踏みとどまっているかのような錯覚を与えるんだね。だから、これがリアリズム小説として読めるから、十一年も口利かないなんてことはどういうことだ、そんなことはありえないだろうと言う人も出てくるんだけれど、ほんとうはそのありえないことでしか書いてない。でも、これは全体としてはリアリズムのほうで読ますようにしているんだよね。そもそもガルシア゠マルケス自体がマジックリアリズムといわれるけれど、あれはリアリズムなんだよね。

磯﨑　それはそう思います。

保坂　ガルシア゠マルケスをマジックリアリズムって思った途端に、もうこういう小説は、というかガルシア゠マルケス自体が読めてないわけで。あれはほんとにあった、ああ、こういうことあるんだって。今も磯﨑さんが言っている通りに、あんなところでは何があっても不思議じゃないって。

ところで、この『終の住処』の最初の一段落って、『百年の孤独』の導入と同じだよね。「彼」と「妻」が、結婚してから何十年も経って顔を見合わせてかつてのお互いを思い出すというのと、アウレリャノ・ブエンディア大佐が銃殺刑の前に初めて氷を見た日のことを思い出すという。

磯﨑　実は書いたあとに気づきました。読み返して、どこかで見たことあるな、と。あ、これ、『百年の孤独』と同じじゃないかと思ったんです、あとから（笑）。

保坂　そうなんだ。この迂闊さ（笑）。でも書いてる本人ってけっこうそういうものなんだよね。

文学の流れに身をゆだねる

保坂　デビュー作の『肝心の子供』のヤショダラから始まって、主人公の妻となる人とか母の立場の人とかがわりと理不尽というか、強引なことを言ってくる。そして、決めつける。「お前はこれをせよ」という言い方を主人公に向かってするんだけれど、それは精神分析的に解釈するような話じゃなくて、〝作品を書く〟という行為において、作者はこうせよという指令なんだよね。だから、一行を書くために二時間考えて、揺るぎない一行を書けという指令を妻とか母とかから与えられるという構図をとっているんだろうと思うんだよ。それが磯﨑さんにとっての〝作品を書く〟という行為なんだよね。

磯﨑　そういう妻とか母というのが、自分を管理する、コントロールする存在みたいに読む人もいるんですけれど、逆に全然、まあべつに妻でも母でも神でも何でもいいんですけれど、僕は、そういう力に身を委ねることを束縛だと思ってないんですよね。それが非常に本来的な生き方というか、そう思っているところはたぶん僕のなかにはあるんですね。

この主人公、「彼」も、妻が理解できないとか、母に相談しにいって、いろいろ指示を仰ぐことをしておきながら、それを苦痛だと思ってなくて、とにかくそれを受け入れていく。決定論的、運命論的というのとはちょっと違うんですけれども。実家に帰って、自分が子供の頃庭で遊んでいた記憶がよみがえってきて、懐かしく思う。でも、実はこの家には中学校のとき越してきたという、目茶苦茶な話なんです。でも、そこで「生きていくということはおそらく、生み出される実在しない記憶をそのまま受け入れることに他ならなかったのだ」と書いたように、そういうところはあるんでしょうね。

保坂　それは、実は意味としてこの小説の中に書かれているんだよね。家を建てるところで、「それはもはや一個人や一家族の持ち物ではなかった」ということが、今言ったことと同じことを言っている。それから、「たまたまこのタイミングでこの役職にいた彼が実行に移しただけだ」という。主人公が中心にいないんですよね。「大組織のなかの人選というのはいつでもある程度そういう要素が含まれる」ということで、全部、今言ったのと同じことを言っているんですよ。

磯﨑　今保坂さんがおっしゃったようなところは、全然ネガティブな意味で書いてないんです。主人公は不幸だとか、企業の論理に翻弄されているとか、そういうことを言う人もいるんですけれど、こういうことは普通に起こっていることだし、それが不幸だとかいうことではないんだという思いはすごく強い。現実の僕が生きているなかでも、そういうものに翻弄されること自体は、不幸なことでも何でもないという意識はとても強いんですよね。それよりはむしろ、それが不幸だと思うことのほうが不幸であって、問題なんですけれども。自分よりもそういう大きいものの流れのほうが重要なのではないかと……。

保坂　それはあなたが言っている文学の流れに身を委ねるという話だね。

磯﨑　そうですね。だから、所詮ちっちゃいんですよ、一人の人間は。どんどん歳をとればとるほどちっちゃいなと思うし、ちっちゃいからこそいいなあと思うんです。そういう意味で、非常に緊迫した夫婦関係が、とか何とかそういう意味はなくて、リアルな時間でしかないんですよね。

保坂　小説と作者の関係を考えると、べつに今僕が言った三ヵ所というのは、ほんとは書かなくても、その作品と著者の関係のなかで言われていることなんだよね。人間の能動性とか、自分が中心になるなんてことはつまんないという。大事なのはそっちじゃなくて身を委ねることだっていう。それで作品を書いているわけだし、それにふさわしい作家の流れが磯﨑さんの頭の中にあるわけだから。

そこで子供が出てくる。最初の『肝心の子供』のときから、次の代に何かを渡していくということを書いているんですよね。たとえば、子供は弱者でない。「圧倒的な強者なのだ」というふうに、何ヵ所も子供が出てきますね。その前に、「それでも子供は希望だった」というのとか、春休みについての、「自分にもかつては持て余すほどの休暇があったといういまさら疑いようもないその事実が、これから何十年もの娘の人生をつらぬく恩寵（中略）を保証してくれているような、そんな楽観的な気持ちになるのだった」というのとか、「車内のどこからか、小さな子供の笑い声がした」という。

これも、読者として意味を考えるべきものではないと思う。人は誰でも頭の中で諺とか成句で考えをつくるじゃない。くだらないのでいうと、「渡る世間に鬼はなし」とか、「一足す一が二になるとは限らない」とか。そういうのは全部、結論じゃなくて、何か考えるための取っかかりみたいなものでしょう。今僕が言ったような場所というのは、解釈しないで、この小説を読んで、いいなと思った読者が、そういう場所を拠り所にして、これから先の自分の考えをつくっていく成句みたいな役割を果たすようなものなんじゃないか。

磯﨑　デビュー作の頃はまだちょっと、思弁的な部分があったかなと思うんですけれど、だんだんそういう思弁的なフレーズを書くのがきつくなってきて、小説の中で浮いているような気がしてきたんですね。ただ、電車の中で子供の笑い声が聞こえたということで、「ならばここには猫やサルだっているかもしれない、馬だって姿が見えないだけで本当はいるのかもしれない」って、何の説得力もないんですけれど。だけれど、そういう流れがやっぱり小説なんじゃないかなというのは、デビューして二年たってますます強く思うんです。やっぱり思弁性よりも、具体性の有無を言わせない感じ、これは何だろうなあというのは非常に思うところなんですよね。

推進力のある小説

保坂　生物の教師が延々とイグアナの話をして、聞いている「彼」のほうはうとうとしちゃって、おしまいのところで、（一人称で）「お父さんならば……」といいそうになる（笑）。これが最高におかしいんだよ。電車の中とかで受賞作が載っている「文藝春秋」を読んでて、ここでガッハッハと笑っちゃう、っていう読み方がいいよね。

磯﨑　いや、笑ってほしいんですよ、こういうところは。あとどうしても不倫関係から抜け出せなくて、それで前の日もその女のところに行っちゃって、朝会社に行くときに足元にアリがいるのを見て、「ぜったいに今晩は女のところへだけは行くまい。――彼はアリに誓うのだった」っていう。このちっちゃさ。僕はこういうところで笑ってほしいんですけれど。

保坂　磯﨑さんの小説はやたらと動物が出てくるね。

磯﨑　それがどうしてなのかはわからないんですよね。もちろん、全体のトーンを崩したくないという意味で、ほんとは携帯電話とか出せばスッと行けちゃうようなところをあえて出さないというので、結構苦労したりするところもあるんですけれど。なんでアリなのかというのは全然わからない。ただ、動物はすごく具体的なんでしょうね（笑）。

保坂　だから、カフカって誤解されているんですよね。カフカを読むときに引き合いに出される「迷宮」だとか「官僚機構」だとかっていうのは全部「カフカ的なもの」で、べつにカフカじゃない。むしろ、動物を書いてしまうほうがカフカなんだよ。

磯﨑　そうそう。いちばんよく言われるのは、『変身』の朝、虫になっているのは何の象徴なのか、ということですけれど。『変身』の冒頭で、虫になったということで、まずグレーゴル・ザムザがヤバいと思うのは、こんな恰好じゃ会社に行けないっていう（笑）。どうやってこの恰好で会社に行けばいいんだろうということを悩む。あの冒頭の感じでみんな、カフカはこれなんだってわかってほしいというのはあるんですよ。隣室から両親や妹に、「ドアを開けなさい、早く会社へ行きなさい」と言われて、いや、この恰好じゃ出れないみたいな（笑）。そういう問題じゃないだろうと思うんですけれど、そこがやっぱりカフカなんですよね。

保坂さん、猫は何の象徴なんだということは、いつぐらいまで言われたんですか。

保坂　いつまでだっけ？　『猫に時間の流れる』は当然言われたけれど、あれは、芥川賞の前だしな。いつだろう。九〇年代いっぱいぐらいは言われたんじゃないのか。

磯﨑　だから、それは保坂さんの功績なんだろうなと思う。『肝心の子供』で、ブッダは何の象徴かをさんざん聞かれるんだろうとはある程度覚悟していたら、聞かれなかったんですよ。それは保坂さんが猫は猫だって言いつづけたことによって変わった一つなのかなという気がしているんですね。だから、『世紀の発見』で巨大な鯉が出てきても、その鯉は何の象徴なんだとかは、もう誰も聞いてこなくなったんですよね。

保坂　徐々に、カフカの虫は何の象徴なんだ、何のメタファなんだというのが言われない社会になりつつある。

磯﨑　書いてみるとほんとよくわかりますね。メタファなんか全然考えてないんだというのは。

保坂　いま話したことよりも、もっと誰にでもわかりやすい磯﨑さんの魅力をあげるとすると、硬質な記述がありますね。「じっさい真冬の米国中西部、イリノイ州からインディアナ州にかけての平原は死の世界だった」から「しかし考えてみれば孤独など、別にいまに始まったものでもなかった」までのくだりはただ読んでいるだけで気持ちいい。それと、もうひとつ、展開の速さ、鮮やかさ。たとえば、主人公がサングラスの女についていくところ、また例によって、「まったく驚くべきことだ!」というところからつないでいくんだけれど。「確かにサングラスの女は彼の正面にいた」、「改札を抜ける女から数歩遅れて、彼は歩いていた」、「白く光る街灯にただ無数の羽蟻が群がって」。また虫出てきたな（笑）。「そのかわりに女は小さな水色のハンドバッグを持っていて」。「とてもかなわない、最初から、今日という日が始まる前から」って全部、何行かごとに、今言ったところで速く展開しているんだね、この話。べたっと書く人だと、こんなに鮮やかに展開できないですよ。それはバンドをやっていて、耳がいいかどうかの違いと同じことなんですよね。自分でただ書くんじゃなくて、読みつつ書くから、こういうことができるんじゃないかと思う。相手の音が聞こえているというような感じがするんですね。

磯﨑　ありがとうございます。

保坂　素早く目まぐるしく場面を切り換えていく部分も実はカフカなんだよ。カフカは、『万里の長城が築かれたとき』という話で、万里の長城のつくり方から始まっているのに、なんでこういう話に行っちゃうんだろうというように、展開がものすごく速い。どこで展開するか、もう何度も読み直さないと、その展開の速さの場所がわからない。

磯﨑　『カルダ鉄道の思い出』とか、寂れた鉄道の話のはずなのに、途中で鼠退治の話になって（笑）。

それは、小説の推進力があるから、やっぱりそういうふうに読ませていっちゃうんですよね。

保坂　「速い」というと、話をどんどん大きく広げていっちゃうように誤解しがちだけれど、そうじゃなくて、知らないうちにどんどん、横にずれるというかさ、別のドアが開かれるというか。

磯﨑　別のドアが開かれる感じ。まさにそうですね。

小説に命令される

磯﨑　自分がなんでこういう小説書いているかというのは、まず一つには、ちっちゃい頃、森の近くで育ったということもあると思うんですけれど、もう一つは、やっぱり思春期の頃ロックを聴いたことだと思うんですよね。保坂さんがいつもおっしゃっているように、思春期の頃にロックを聴かなかったやつは人間としてだめだというのは、僕はすごく共感できる部分なんです。ロックのあの何でもありというか、横滑りしていってこそロック、突然展開するみたいなことは、予定調和を避けるということだけでなくて、何かそこにすごくリアルなものを感じてしまうというのがある。特に後期のビートルズなんかガラッと途中で変えるわけですよね。でも、それが一つの曲としてちゃんとでき上がっている。大人になってから聴いていたら、何なんだ、これ、と思ってしまうかもしれないところを、思春期の頃に、あ、こういう音楽はありなんだな、ということを刷り込まれたというのが大きかったのかなとは思うんです。『サージェント・ペパーズ・ロンリー・ハーツ・クラブ・バンド』のなかの曲がブチッと終わっていく感じもそうですし、『アイ・アム・ザ・ウォルラス』とか、当時逆回転がはやっていたというのもありますけれど、それをリアルと感じるという。実際の世界っていうのは、一人の人間の期待というのを裏切っても、それでも世界としては十分に成立しているというのはわかる。

最近「ROCKIN'ON JAPAN」特別号の忌野清志郎さんの追悼特集を読んでたんですけれど、忌野さんは何が起こっても基本的にへっちゃらだったということを、生前親交の深かった方たちがみんなやたらと言っているんですよ。その「へっちゃらな感じ」というのはやっぱり思春期にロックを聴くことによって養われる大事なことなのかなとは思います。全然小説とは関係ないんですけれど。

保坂　音楽ってコード進行とか、どうしても形があるものだと思っているんだけれど、それよりもエモーションなんだよね。小説も全然そうで、カルチャーセンターみたいなところで小説を書きたいといって小説書いている人たちって、形のほうしか考えてないんだよね。ほんとに書きたいのはその話じゃないんじゃないのと言いたくなる。ほんとに書きたいことなんていうのは、『終の住処』がいい例で、書きながらしか出てこない。それはほんとに作品が、母とか妻とかが命令するように、著者に命令するんだよ。「もっとなんか突飛なこと書けよ」みたいな。その命令に従っているんだよね。

磯﨑　書いているときに誰かから命令されている感じは強くあります。それはやっぱり小説に命令されていると僕は思っているんですけれどね。命令をいかに聞き取るかという作業なんだろうなあというのは強く感じますね。

保坂　命令されるというのはネガティブなことと考えられがちなんだけれど、そこからじゃない限り使命感というのは始まらない。受賞作の中でも、それは義務だったというのが少なくとも二ヵ所出てきます。「もはや避けがたい義務であるかのように」、「まるで半ば義務であるかのように」。そういう感じは「彼」にとってはネガティブなものじゃなくて、使命につながるポジティブなものの入り口なんだよね。

磯﨑　そうですね。僕はちょうどこの小説を書きおわったぐらいから、ガスケの『セザンヌ』という評伝を読んだんです。小説論みたいなものがあんまりピンと来なくなってきちゃって、画家とか音楽家の話とかのほうが自分の小説を書く上では参考になるんじゃないかなという気がしてならなくて。セザンヌは、〝服従はあらゆる進歩の基本である〟みたいなことを言うんですよね。〝対象に服従せよ〟と。キュビスムの先駆みたいなことを言われている革新的な画家でも、服従をポジティブなものと考えていたことが分かります。セザンヌはとにかく自然に服従するんだということを言っているんですけれど、僕にとっても何か命令してくるものがあって、その命令にとにかくただ従うんだということなのかとすごく感じますね。

画家の古谷利裕さんが、ブリヂストン美術館にセザンヌの自画像があって、そこに行く度にセザンヌに見られていると思ってギクッとするということをブログに書いているんですね。俺はちゃんとセザンヌの自画像を見れるほどのことをしているだろうかという。絵画という流れに対する責任をちゃんと自分は全うしているだろうかと、セザンヌの自画像を見るたびにギクッとする、と。そういう感覚というのはすごくわかるんです。いちばん末端ではあるんですけれども、小説が自分に与えた使命を全うするよう、小説に対してちゃんと努力しているだろうかということは、やっぱり感じる。『肝心の子供』の中では、それをはっきりと、束縛というのは実は非常に喜ばしいことであると言っているんですけれど。それは理解されない人にはなかなか理解されないですが、奉仕する生き方なんでしょうね。デビューして、書けば書くほどそういう使命感というのはすごく強くなってきている。だからこそ、長く書きつづけなきゃいけないと思っています。

受賞の会見で「書く場を与えていただけるということは、賞をもらうことの大きい意味だと思います」ということを、いちばん最初に言いました。やっぱり何十年と書いていくなかでしかできないこというのはありますよね。ただ、大したことはたぶんできないんですよ、どっちにしろ。そこのところは、自分では意外に謙虚な人間なんじゃないかなと思っているところがあるんです（笑）。何か自分がやるべきことというのが、少なくとも小説の流れのなかのどこかにあって、それを全うするだけなんだろうという思いはあって、基本的に小説のことは常に考えてますね。

芸術の世界に招き入れた責任を負う

磯﨑　会社での仕事と執筆と、どうやって時間をやり繰りしているかという質問も受けるんですけれど、書いている時間はもちろん限られたものであったとしても、小説という形を与えるといちばんわかりやすいから……違うな。小説だから、小説の中にほかのものが含まれるような感じなんですけれど。

保坂　いや、小説を書くことでしか考えられないんだよ、小説家ってのは。一見全然考えてないような場所、たとえば「アリに誓うのだ」という、そこでまさに小説家は考えているんだよね。

磯﨑　小説を書いてて気づかされることはしょっちゅうあります。書いている中で、あ、俺は、そうか、こんな文章を書くのか、って思うことはよくありますね。

保坂　小説の場を離れて、記者会見みたいなことになっちゃうと、小説じゃない話しかできないわけで、小説のことはその小説の中で考えているんだね。そこに何かを切り開く考え方の根っこみたいなのがある。それを何らかの形で変形させたり発酵させたりしていって、少し世間にも通用するような言葉にいつかなるのかもしれないというような感じ。でも、そういう小説の中でしか考えてない考えを蓄えることが小説家の使命なんで。記者会見で中味がわかりやすく伝わるような小説書いてても、そんな考えはすでに社会でわかっているわけだから。

磯﨑　ほんとにそうですね。高々百枚強の小説とはいえ、やっぱり、書きおわったときにはほんとに一つの人生を生ききったかのような錯覚を受けるんですよ。それで、最後のほうになってくるとパソコンを落とすことが怖くなってくる。パソコンなんてめったに落とすものじゃないんですけれど。このパソコンをガタンと落っことして、ハードディスクを全部使えないとかになると、それで自分の人生が終わるかのような。……違うな。とにかく、小説を一つ書きおわるということは一つの人生を生ききったかのような感じがあるんですよね。そのぐらいその中に自分が入り込んでるというか。

それは非常になかなか伝わりづらい、微妙なところなんですけれど。たとえばこの小説の中に、芥川賞の候補になるとか、受賞の連絡をもらうとか、たとえばここで保坂さんと対談するということまでがどこかに含まれているような気さえするんです。一つの人生を生ききったのと同じような意味で。それは、自分の小説がすごいんだと言うのとは全然逆の意味なんですよね。小説というのはそのぐらい深い何かであり、僕個人の力なんていうのをはるかに超えているんですよ。だから、多少面白おかしく言うんですけれども、芥川賞をとって、すげえな、俺の小説はと、俺より全然偉いなあ、と。俺の書いた小説はたしかにすごいのかもしれない、でも、僕個人は全然、大したことない。俺個人ではなくて、俺の小説を褒めてやってください、ぐらいの感じはある。そういうことを言うと、かっこつけていると思われがちなんですが。

保坂 だって、カフカがある晩ひょいひょい、って書いた一ページ二ページの断片を、何十年後とか、もう百年たとうとしているようなときに生きているわれわれが何度でも読んで、ここがすごいなと思うんだから。それを、そういう日常語で説明すると馬鹿みたいな話になるんだよ。

磯﨑 うん、そうなんですね。ほんとそうなんですよ。これもまた自惚れとしか捉えられないようなことなんですけれど、今は、読者の感想をインターネットのブログとかで簡単に読めてしまうんですよ。「磯﨑憲一郎」とやるとブログ検索とかでブワッと出てくる。僕より二十歳も若い子が小説を読んでくれてて、「磯﨑サイコー」とか、「一生読みつづける」とか言うんですよね。どうせ一生読みつづけないだろうとか思う気持ちもある一方で、僕がかつて保坂さんに招き入れられた芸術の世界に、彼らを招き入れたという意味で、僕はやっぱり彼らの人生を背負ってしまったんだなというのは、自惚れとまったく逆の、もっと重々しい意味で感じるんですよね。そういう世界を知って何人かが小説書くのかもしれないけれど、まずは読めばいいんで。それこそカフカにしろ、ガルシア＝マルケスやボルヘスにしろ、ロベルト・ムージルでも誰でもいいんですけれど、そういうのを読んでいってくれて、面白いと思うような人間を、そういう芸術の世界に招き入れてしまったんですよね。その責任は俺にある、だからちゃんと書いていかなきゃいけないということを最近感じます。

作家・保坂和志との出会い

磯﨑　僕はデビュー前から保坂さんを存じ上げているということは、もう皆さん知っていることで、どうして知り合ったのかよく聞かれるんですけれど、単に一読者、一ファンなんですよ。保坂さんのホームページを経由して、直接コンタクトをとることができて、当時住んでいたアメリカから一時帰国したときに一回飯を一緒に食っただけで、何か特別なことをしたわけでも何でもない。よく間違えられるけれど、僕はもともと文学青年でも何でもない。音楽をやっていたし、大学のときは体育会のボート部という人間なんです。つまり、他のいろんな小説家を経て保坂さんに辿り着いたわけじゃなくて、いきなり保坂和志なんですよね。もちろん中学時代に北杜夫から入ってはいるし、『百年の孤独』とかも二十代に読んだりしているんですけれど、小説を読みふけるような人間では決してなかった。保坂さんの作品は、いちばん最初に『この人の閾』を読んで、それで全部遡っていったんですけれど、その程度ですよ。芥川賞受賞作から読みはじめたというのは、保坂読者としては、いちばん安易な入り方なんですよね。でも、そこで、あ、この人のは全部読もう、一生読んでいこうと思わされた。そう思った作家がいきなり保坂和志だったんです。そこにはどうしようもない何かがあったとしか思えないんですよ。

保坂 それはいくつのときなの？

磯﨑 それはね、僕は三十いくつだろうな、三十か、三十一歳ですよ。

保坂 だから、そこから始めても間に合うってことだよね。

磯﨑 そうですね。僕は、小説家になるためにずっとやってきたかといったら、そういうことではないんですよね。もちろん音楽家、画家とか、野球選手でも何でも、みんなが憧れる、このうちのどれかになれたらいいなという職業の一つでは必ずあるんですよ、小説家はね。ただ、僕の場合、小説家はその中で強かったかというと、たぶん強かった職業のうちの一つだとは思うんですけれども。もういい加減いい歳なんだから、肯定的な、そういう力に奉仕するような、自分もその一部分にならなきゃいけないいんだというのは、やっぱり三十代の半ば過ぎぐらいからすごく感じ始めてたんですよね。その人たちの集団が目の前に見えてきたんですよ。カフカとかガルシア＝マルケスとかボルヘスとか、保坂さんも、小島信夫さんもいるんですけれど、べつに小説家だけじゃなくて、ジミ・ヘンドリックス、レッド・ツェッペリンもそうだし、それこそセザンヌとかもいると思うんです。でも、それが小説だと思ったのは、保坂さんに書けって言われてからなんだろうと思いますね。

保坂 磯﨑さんが書けるかもしれないと思ったのは、一つには、『カンバセイション・ピース』の連載時期に、あの中で鎌倉の花火大会の日程の話が出てきて。今は変わっちゃっているんだけれど、当時、あの話は二〇〇〇年が舞台だから、その時点では花火大会は曜日にかかわらず八月十日だったんです。磯﨑さんはそこを覚えていて、誇らしげに言ってたんだけれどさ（笑）。小説の中の情報を外に持ち出す人というのは、僕が知っている限りは、僕の『生きる歓び』の中で、子猫を拾ったときには写真をたくさん撮りまくってみんなにばらまけっていう、そこを笙野頼子さんが何かの小説の中で引用してたことがあって。磯﨑さんは、そういう外にも使える情報として小説の中の言葉を読む人だったんですね。普通はそういうことは忘れている。それからもう一つは、デビュー前に磯﨑さんが書いたやつについて僕が何か言ったとき、磯﨑さんが「僕には時間がないんだ」と言ったんですよね。

磯﨑　ああ、そうですね。

二〇〇三年ぐらいのことだと思うんだけれど。

保坂　そのとき磯﨑さんは三十代後半くらいだったのかな、そのときに、「僕には時間がないんだ」というのがすごいリアルに響いて、あ、ちゃんとこの人の体の中に時間切れを恐れる、砂が落ちていっている砂時計みたいなのが今あるんだっていう感じがした。その二つぐらいで、ああ、この人、書けるかもしれないと。

磯﨑　デビューする前から、保坂さんの言葉ですごく印象に残っているのは、公の締切りはべつに守らなくてもいいけれど、自分の中での締切りは守れということはよく言っていて、小説家というのは大事にすべき価値観がそういうところにあるべきなんだというのは、保坂さんから学んだことかもしれないですね。僕は、保坂さんと最初にお会いしたときに、成功したサラリーマンの匂いがしたんですよ。

保坂　それを言ったのは磯﨑さんだけだね（笑）。

磯﨑　いやいや、うちの会社でも偉い人に保坂さんみたいな感じの人がいるんですよ。サラリーマン的な感覚を持ちながら、あえてそれに縛られない。単に知らなくて約束を反故にするのと違って、わかっているんだけれども、それを超えるもっと大事にすべき価値観があるんだというのは、直接お話しした最初の頃で結構感じたかもしれないですね。サラリーマン的な感覚を持っていながら、作家として書いている人というのはやっぱり少ないんですかね。保坂さんと話ができるのは、サラリーマン的な感覚をわかった上で、それを超えているからだろうなあというのを感じます。

保坂　磯﨑さんを見てて思うのは、小説で大事なことって、テクニックじゃなくて、書くための基盤みたいなものなんだよね。その基盤さえ変わればいいわけ。そうすると何か今までロックされて閉じ込められていたものがガーッと表に出てくるに違いないんで。磯﨑さんが『肝心の子供』以前に送ってきた習作というのは、それ自体で悪くないんだけれど、いくつかが足りなくて、その一つが、べったりあったことしか書いてないところだった。ひたすら事実しか書かなかった人というのもまた珍しいんだけれど。それで一つぐらいフィクションを入れてみたらと言ったらフィクションだらけのものを書いたんです。

磯﨑　習作に対してはまだ堅苦しく書いているというコメントを最初にいただいたんですよね。今はたしかにもうその感じは抜けたという気はします。でも、さっき言った鎌倉の花火大会の話とか、現実と小説があったら小説を正として生きているという感覚はありますね。現実と小説が矛盾する部分があったら、小説のほうを信じよう。自分としては全然迷いなく言っているのに、なかなかそこは理解されない。小説でも、正しいことって結構あって、それは小説が現実を先取りしていたということとは違うんですけれどね。

僕はもし受賞した場合でも受賞しなかった場合でも、まず最初に保坂さんに電話しようと決めてたんです。師弟関係とかともまた違うんだろうとは思うんですけれどね。「新潮」に掲載された北杜夫さんと辻邦生さんの往復書簡がすごくいいんですよ。そのことと、(選考会の七月十五日の)水曜日はどっちにしてもすぐ連絡しますからというメールを保坂さんに送ったんですね、選考会の前の週末に。そしたら保坂さんがそれに対して、最後に一行、水曜日はどこにいるんだと。「受賞者は一人でいるもんだよ」と、ひと言ポッと付けた。そのひと言にまたグッと僕は引っ張られてしまって、受賞者は一人でいるもんなのかと。じゃ、俺が受賞するのかと思ったわけです（笑）、どうしてそう思ったのか、理屈ではまったく説明がつかないんですが。小説のほうが現実より大きいというのを、そういうところにも感じるんです。小説の中のどこかにこういう全部のやり取りが書かれていたんじゃないかというと、『百年の孤独』の羊皮紙に書かれたみたいな話になっちゃうから、安易にそういうことを言いたくないんですけれど、ただ、保坂さんからあのメールをいただいたときにそう感じたというのは事実なんですよね。

「忙しいから書けない」のではない

保坂　『肝心の子供』を書き出してからこれを書くまでは、べつに仕事していても関係ないでしょう。仕事が忙しいから書く時間がないということはないんだよね。

磯﨑　そうですね。

保坂　最初は、書くことは自然に出てくるんで、働きながらでもできるんだよ。だから、働いているから時間がないと思う人は、そうじゃなくて、書く材料がないというか、やっぱり書くことに向いてない。最低限の適性というのはあるから、何か一つポーンと始まれば、働きながらでも全然オッケーなんだよ。

磯﨑　デビューしてからいろいろきつくなるのかなあという不安はもちろんあったんですけれど、逆にやればやるほどそういう不安は消えていくというのが正直なところなんですよね。一つには、もちろん、周囲のいろんなサポートもあるんですけれども。もう一つは、僕は基本的に誰に読まれても胸を張れるようなものしか書いてない。それは質的に高いものということではなくて、何ら誰に対しても後ろめたいところはないと言ったほうがいいかな。誰が読んでもポジティブな気持ちになるようなものしか書いてないんだから、いいじゃないかみたいな。『終の住処』を暗い話と読む人は、それはそれでしょうがないんですけれど（笑）。誰にとっても読む価値のあるものを書いている限りにおいては、誰にも文句は言わせないというところはあるんですよね。

保坂　おかしいのはさ、（受賞作が掲載される）「文藝春秋」が出ると、中吊りに顔写真が出るでしょう。それで、その「文藝春秋」が電車ごとに車両の貼る場所が一ヵ所決まっているんだよね。だから、いちばんそれがわからない場所に当然立つわけだよ。でも、一度、うっかり真下に立っちゃってさ。

磯﨑　そしたらさすがにわかりました？

保坂　ちょうど俺の前に坐ってた人が、こうやって（本人の顔と写真を見比べる仕種をして）「ん？ん？」（笑）。

磯﨑　そうやって面が割れるわけですね。悪いことをするなら、掲載号が出る前だな（笑）。

保坂　いや、そうそうわからないし、そんなの全然関係ない（笑）。

磯﨑　受賞すると、いろいろとあわただしくはなるんですよね。二十歳とかだと、それに対してどう振る舞っていいのかわかんないだろうなというのはわかりますね。ただ、僕みたいに四十過ぎちゃうと、いろいろわかっているし、まあどっちにしろ数ヵ月でみんな忘れるし（笑）。

保坂　いや、デビューが早いと、デビューしてからスランプが来るんだよ。で、デビューが遅いとね、デビューの前にすでにスランプが来ているんだよ。

磯﨑　ああ、そうか。

保坂　遅いほうが自分のなかでバーが高くなるから。低いほうのスランプは乗り越えて書いているわけですよ。やっぱり書き出して最初の四、五年というのは、自分が何を書いてるかわかってないから自分では説明できない。だから、僕はもう来年でデビュー二十年になるけど、九〇年にデビューして、九〇年代の終わる頃から、小説論でいろんな小説を考えることで、自分がやってたこともついでに説明してきた。自分のやっていたことのついでで、小説全体の説明がある程度つくようになったんですよね。小説というのは全体でどういうものなのかというのを考えていかないと、自分のやってることもわかってこない。保坂和志の小説論は保坂和志の小説のいちばんの解説になってるという人がいるけれど、自分のやってることをわかりたくて、そんなことをしてるわけじゃなくて、もっと大きいことをやっているんですよ。

磯﨑　落ち着いたら、長いのも書いてみたいなと思います。選考会のあとに川上弘美さんが、伸び伸び書けるようになるよ、と言って下さった。実は受賞の意味の中ではそれがいちばん大きいんだみたいなことをおっしゃっていたから、ああ、そういうこともあるのかなあとは思ったんです。

同時に、思いっ切り振り切りたいなというのがあるんです。自分で思いっ切り振り切っているつもりでも、この前も保坂さんに、短篇を読んでもらったら、いや、最近カフカしか読んでないから、ちょっと感覚が麻痺しちゃって、カフカはあのぐらいの短いのでもどんどん逸脱していくから、お前のが普通のに見えるということを言われて、やっぱりそうか、もっと振り切らなきゃだめだなと思ったんですよね。

保坂　カフカばっかり読んじゃうと、その展開の速さに慣れて、普通の小説がまどろっこしくてしょうがなく見えるというのはあるんだよね。

磯﨑　単に速けりゃいいってことでもないんですけれども、振り切る感じ、ここまで行くかという感じは今少しでも近づきたいなと思っている部分ではあるんですね。青木淳悟さんとか福永信さんを読むと、あ、こんなに振り切ってんのかと。俺はまだまだ素振りが足りない、もっと振り切らなきゃと思うときもあるんです。僕の言う「振り切る」は、さっき保坂さんがおっしゃった、カフカはこんな短い、ほんの数ページの間にここまで逸脱していくのかというところに近いことだと思うんですよね。

　これから長いあいだ書いていくことによってそのレベルに到達できるか、ギリギリのところまで行けるかぐらいというのはやっぱりあるんだと思うので、とにかく書ける限りは書いていきたいと思います。

対談

佐々木敦×磯﨑憲一郎

現実は小説より小さい

——二〇〇九年七月一八日「ジュンク・トーク・セッション」（ジュンク堂書店新宿店）
／『小説家の饒舌　12のトーク・セッション』（メディア総合研究所）収録

明日は晴れるのか、じゃあ受賞するな

佐々木　みなさん、こんばんは。ご存知のとおり磯﨑憲一郎さんが芥川賞を受賞されました。受賞直後ということですが、このトーク自体は受賞の発表前に満席となっておりまして、みなさんは先見の明があり、とても運が良いと。僕もこんなタイミングでトークをしたことがないので、微妙に緊張しているところがあるんですけれど（笑）。それではお迎えいたしましょう。磯﨑憲一郎さんです。

（スタッフより花束が贈られる）

磯﨑　ありがとうございます。記者会見の時、保坂（和志）さんから花がすごい届くけど夏だから長もちしないぞって言われまして。その効果があったのかなかったのか、全然届かなくて（笑）。今日が初の花ですね。

佐々木　今日は他にもどなたか、花を持ってきている人がいるかもしれないですよ。

磯﨑　花よりもね、食べ物とか商品券とかのほうがありがたいですね。

佐々木（笑）。改めまして、受賞おめでとうございます。記者会見の模様を直接拝見してはいないのですが、ニュースでは見させていただきました。受賞待ちの時にどこにいたかという質問は勘弁して

くださいとの話でしたけれど。所謂待機している時はどんな感じだったんですか？

磯崎　選考会の前日が七月十四日だったんですけど、その前の週の天気予報ではその頃はまだ梅雨が明けない予報だったんです。ずっと曇りとか雨とか降水確率六十パーセントとかで、選考会の日も梅雨が続く予報だったんですね。それがどういうわけか、選考会の前の日にいきなり関東地方の梅雨が明けてしまったんですよ。

佐々木　はいはい。すごく暑くなった日ですよね。

磯崎　それでその日、仕事終わって家に帰ったら「関東地方の梅雨が明けました」っていうニュースがあって、降水確率が十パーセントくらいになってる。明日は晴れますっていうのを見て、「明日は晴れるのか、じゃあ俺が受賞するな」って。

佐々木　（笑）

磯崎　この根拠のない楽観性みたいなのを、今度「文藝春秋」に受賞の言葉で書こうと思っていたんです。ここで先に言っちゃったからアレなんですけど。

佐々木　でも、今の話もすごい磯崎的という気がしますけどね。誰にとっても晴れてるはずですけどね（笑）。

磯崎　誰にとっても晴れてるのに、たぶん俺だなって。

佐々木　じゃあ電話がかかってきた時は、割と「やっぱり」みたいな感じだったんですか？

磯崎　うーん、そうでもないですけどね……。

佐々木　そうだったらすごすぎますよね。さっきも言ったんですけど、今回のトークは受賞のおかげで満員というわけではなくて、早い段階で満席になってしまっていたんです。この日にちを磯崎さんと相談して決めた時には、まだ芥川賞の候補作も発表されてなかったじゃないですか。だからこういうことになっているのは全く想像だにしておらず。受賞したらトークの内容に色々な影響を及ぼすと思って、発表の時には自分のことのようにドキドキしてしまって、携帯電話からニュースを見たり、誰かからメールが来ないかって携帯電話を何回も何回も見てましたよ（笑）。かなり早い段階で知ったほうだと思うんですけども。

磯﨑　そうですね。電話が来て、最初に保坂さんに連絡したんです。そしたら、おめでとう、とか花の話とかをしてもらってね。その次に家に電話をして、会社に電話をした。その間ほんの二、三分なんですよ。そしたら会社が「わーっ」って拍手とかしてくれて。知ってるんですよ、俺より早いんじゃないかっていう。このネットの恐ろしさというか。

佐々木　確か七時くらいに知ったたって磯﨑さんおっしゃってましたよね。たぶん七時ちょっと前くらいにネットで出てたんですよ。著者に連絡すると同時にネットに上げてるんじゃないでしょうか。

磯﨑　ネットは良くないですね。

佐々木　（笑）。じゃあ会社の人に連絡したらみんな分かってて、待っててたみたいな。

磯﨑　逆に、贈呈式は八月二十一日だからって会社の人間に教えられたっていう、わけの分からない話になっちゃって。

佐々木　なるほど。今回は候補作が挙がった段階で、僕の観点ですけど、この候補作の並びでいったら普通に考えて磯﨑さんが取らないとおかしいと思ってたんです。とはいえ普通じゃないことが起きることもあるので、どうしようどうしようってドキドキしてたんですけど。でも今回は芥川賞は磯﨑さん、直木賞は北村薫さんで、ある意味非常にまともで妥当な賞になった。逆に「賞読み」の人たちが面白くなくなっていくのかなという気もしました。

磯﨑　そういう相対的な考えはなかったですね。

佐々木　他の方たちがどうだ、とかではなく。
磯﨑　ただ単に晴れたっていうこと。あともうひとつ、日曜日くらいに保坂さんから別の件でメールが来たんです。メールの最後にお前選考会のある十五日は、どこにいるんだ?って、受賞者はひとりで待つもんだっていうメールをもらったんです。それは俺が受賞するってことなんじゃないかって(笑)。
佐々木　おお!
磯﨑　またそこで思い込んじゃった。単に拠り所がそういうところっていうだけなんですよ。晴れるとか、変なメールが来るとか。他の候補にどういう方がいるかよりもそっちのほうが全然僕の中で大きくて。そこで何か呪いをかけられたようになってしまって。
佐々木　そういう考え方、一種の運命論というか、決定論的な思考法をする登場人物が磯﨑さんの小説には常に登場するわけですけれど、磯﨑さんご自身がそういう方なのでしょうか。
磯﨑　そうですね。こういう芥川賞の連絡がくるとか、ここで佐々木さんと対談する、皆さんが集まってる、っていうことまであの『終の住処』という本に書かれていたんじゃないか。って言うと『百年の孤独』の羊皮紙の話になっちゃうのかな。書かれていないんだけれど、そういうところまで小説は含んでいるというような。現実のほうが小説より小さいんですよ。それを説明しようとすると、小説が現実を先導するとか、牽引するというような言い方をする時もあるし、現実があってその外側に小説がある気がするということもある。これは本気でそう思ってるんですけど。

海外赴任もの

佐々木　あくまで今日は三作目の著書の、『世紀の発見』の刊行記念トークショーということになっているんですけれども、その後の作品が芥川賞を取ったというわけで、その作品に触れないことには当然いかんだろうと。まずどこから話に入っていこうかと思っていたんですけれど、受賞作の『終の住処』、それとこの『世紀の発見』。その前に『眼と太陽』、そして更にその前にデビュー作の『肝心の子供』があるわけなんですけれど、『肝心の子供』に続く二作目からの三作品を海外赴任もの三部作みたいな感じに思っているんです。三部じゃないかもしれないですけれども。

磯﨑さんは一作目の『肝心の子供』でブッダの話を書いたわけなんですけれども、二作目からそういう話になっていくわけじゃないですか。ストーリーは全く違うけれども、どこか似通った設定。つまり海外に赴任する人物が中心に据えられている。二、三、四作目はどういう風にしてこのような流れに向かったのかというのを、まず聞きたいなと思ったんですけれど。

磯﨑　その辺は全然考えてないですね。

佐々木　例えば『肝心の子供』は新人賞応募作だからこれだ、という形で出してるんですよね？　これを書いている時点で『眼と太陽』であるとかそれ以後の作品のプロトタイプみたいなものっていうのは、磯﨑さんの中では潜在されてたんですか？

磯﨑　ないですね。まず小説を書くにあたって、これはデビューからずっとそうなんですけど、全体の設計図のようなものがないんですよ。で、『眼と太陽』は最初からアメリカにいる話だから別ですけど、『世紀の発見』にしても『終の住処』にしても、書き始めた段階ではアメリカに行くとかナイジェリアに行くとか、僕は全然知らないんですよね。書き始めの一行があるだけなんですよ。『世紀の発見』であれば「いまではまったく信じがたい話だが」っていう。その冒頭の一文の推進力で思いっきり押し出すような感じなんですよね。後はそれに乗っかるっていうだけなんで。場面をどう転換していこうとか、そういうのは全く決めてないんです。

ただいくつか僕がやるべきことがあってそれに従っていて、読み終わった後に長い時間が過ぎたな、みたいなね。そういうのだけが読者のほうに伝わってくれればいいやっていう。それで流れとか言ってる割に、いきなり十年とかばっと飛ぶわけですよ。なんであれが流れなんだって思うんですけど、それも含めて流れなんですよね。それは自分も含めて分からないところで。『終の住処』なんかは最後アメリカに行く必要もないですよね。北海道でもいいんですよ。

佐々木　ああ。

磯﨑　全然必然性がない。なんであそこをアメリカにしちゃったのかというと単に僕が実際アメリカに住んでいたんで。冬のアメリカ中西部の地平線に、枯れたポプラ並木が見えた時、これは本当に、本当に寂しいな、と。ああいうところをひとりで車を運転していて、ラジオでボブ・ディランのブギーッとかいうハーモニカを聞くと、やっぱりボブ・ディランはこういうところで聞くもんなんだなと。全然関係ない話ですけれど（笑）。

　というのがあって、単に死神の葬列のようなポプラ並木っていうのが書きたいがためにアメリカにした……北海道のほうが良かったですかね。

佐々木　僕のように磯﨑さんの小説を一作目から順番に読んでいる人にとっては、『眼と太陽』があったのでアメリカに行くと、おっ、アメリカに行ったな、みたいな形で納得しちゃうけれども、別にアメリカじゃなくてもいい。例えばナイジェリアということもありえるわけですね。

磯﨑　ナイジェリアは、二日だけ僕は行ったことがあるんですよ。十一年間じゃなくて二日だけなんです。

佐々木　ああ、そうなんですか。

磯﨑　ナイジェリアもひどい国でね。僕が行ったのは十五年前くらいかな。ナイジェリアの空港を降りたら、夜中の二時とかに着いたのに異常に人がいるんですよね。それで空港の車止めみたいなところで車がバーンってぶつかってるんですよ（笑）。ヤバいんじゃないかと思って。

佐々木　皆が大量に引き返してくるっていうところがありましたよね。

磯﨑　そうそう。それでエスカレーターも下で人がたまっちゃってたり、逆行したりね。高速道路に牛は歩いてましたね、実際に。とにかくそういった大げさなのが好きなんですよ。

虚実の割合は？

佐々木　今日うかがいたかったことのひとつは、磯﨑さんの小説に出てくる様々な出来事は、これは本当にこういう状況だから聞ける話ですけれど、実際どの程度磯﨑憲一郎の個人的な記憶とか体験に根ざしている部分があるのか。読者の方も知りたいことだと思うんですよね。断片的な磯﨑さんのプロフィールだと、海外にお仕事で行っていたことがあるとかインタビューで語ったりしていますけど、だからってそれが実際にあったことだとはなかなか思わないわけで。その辺の虚実はどうなんですかね？

磯﨑　確かにとっかかりは実際経験したこととかあるんでしょうけど、例えばイルカみたいにでかいコイを見てしまったとかね。月が雲の前にあったとか。実際見てないんだけれど、そういう風に小説に書いてしまえば、そういうこともあるかもって思える、その問答無用さが好きなんですよね。

それがさっき言った小説のほうが現実の外に広がっているということで。現実をもとにした小説が弱いと思うのは、現実をネタにすると小説が現実の内側に小さくなってしまうんですよ。で、現実をネタにして書いてると、例えばトラウマ系とか自意識系、現代の病巣がみたいな通り魔系とかね。

佐々木　通り魔系（笑）。

磯﨑　ああいうのを書いてると、絶対にＳＭＡＰが公園で裸で歌を歌っていたっていうのに負けちゃうんですよね。そっちのほうが面白いんだもん。だからそれはイルカくらい大きいコイを書くしかないと。ガルシア＝マルケスの『百年の孤独』でレメディオスっていう滅茶苦茶可愛い女の子がいて、あまりに綺麗だったから風が強い日に空に吸い込まれてしまったっていう。ああ、まあすごい綺麗ならそういうこともあるよなっていう、その強引さ。

佐々木　マルケスの場合はそういうことの連続だから何となくそういうことが起こる世界みたいな納得はしますけど、磯﨑さんの小説の場合、普通のリアリズムの小説っぽい感じでひとりの男の人生が書かれるかと思いきや、急にそういうものが入ってくるじゃないですか。

磯﨑　皆そんなもんですから。

佐々木　先ほどのお話だと、書く前に今度イルカくらいの大きさのコイを出してやろうとか思っているわけではないじゃないですか。

磯﨑　全然ね、その行に来るまで分かんないですよ。

佐々木　その行に来た時になぜそれが出てきてしまうのか。それが興味があるところです。

磯﨑　それは小説に乗っかってるとしか言いようがないですね。僕が『終の住処』の中で一番好きな場面は、男が不倫関係から抜け出せなくなっちゃって、今日は絶対行くまいと決めたのに女の元へ行ってしまって、朝会社に行く時に自己嫌悪に陥って、絶対に今日こそは行くまいと足下のアリに誓う、その小ささ。

佐々木　そうですよね。

磯﨑　なぜそこでアリが出てくるのか、僕にもよく分からないんですけど。

佐々木　足下にアリが見えたから、みたいな（笑）。

磯﨑　アリが小学校の頃の同級生に思えて。アリに誓うっていうその小ささが好きなんですよね。
　そういうのがどうして出てくるのか分からないです。格好つけて僕が書いてるんじゃなくて小説の神様が降りてくるとか、小説に書かせてもらってるとか言うんですけど、本当に小説に乗っかって書くしかないんですよね。だから音楽でいうグルーヴ。レッド・ツェッペリンとかもそうなんだけど、初期のツェッペリンのライヴの時のあの異常なグルーヴっていうのは、その日演奏してみないとそういうグルーヴが出るか分からないって、ジミー・ペイジも言ってるんですよ。流れに乗っかれるかどうかだけにかかってる、その感じですね。
佐々木　確か今回の受賞インタビューで、お仕事との両立は大丈夫なんですかって質問に対して、いや意外と書けちゃうんですよ、みたいなことをおっしゃってたと思うんですけど、実際一編の小説を書き始めて終えるまでのワーキングプロセスの中で、途中で止まっちゃったり悩んだりとかそういうことはあるんですか？
磯﨑　全然書けない時は書けないです。四時間やって二行とか、一行も書けないとか。そんなことはしょっちゅうですね。でも、そんな書いてないんですよ。半年に一本も書いてないかな。そのくらいのペースなんです。その書き方だと異常に時間がかかるんですよ。それで、これも保坂さんに言われたんですけど、岡田利規と青木淳悟と磯﨑憲一郎は職業作家が避けてきた過剰な本気さというのを持ち込んでしまったと。
佐々木　一編の同じ長さの小説を書く時でも、かけるコストが違うってことですよね。
磯﨑　そうです。異常に時間のかかる書き方を持ち込んでしまったと言われて、それはどういうことですかって聞いたら、お前らみたいな書き方をしてたらペースが遅くて作家じゃ生活していけないって言われて。

佐々木　あなたはどうなんだって言いたいですよね（笑）。
磯﨑　そうそう（笑）。

「一行目」から転がっていく

佐々木　僕がすばらしいと思う小説家の方たちは大きく二種類に別けられまして、一方はものすごくコンセプチュアルで考えに考えに考え抜いていて、あまりに考え抜いているのでコンセプト自体がおかしくなっていく、方法自体が自走して魅力的な矛盾に持ち込んでいく、というタイプ。
　そしてもう一方で、無意識というわけではないんだけれど、この小説ではこういうことをするんだ、こういう方法を試すんだ、っていうことには全く関係がなく書けてしまう、というタイプに別けられると思うんです。磯﨑さんは後者のタイプだと思うんですね。
磯﨑　そうですね。
佐々木　一行目を書いて、グルーヴに乗っていく。とすると一行目というのはどこから出てくるんですか？
磯﨑　それは……、突然思いつくとしか言いようがないです。たぶん一行目は常に考えてるんですよ。普段も意識せずに考えてるんでしょうね。それがちゃんと強度があるかどうかというのは書き始めてみないと分からない部分はあるんですけど。一行目がこれなら書ける、っていうのはだんだん分かってきましたね。小説を書いている最中ではない時には、いつもそれを考えてるんだと思います。保坂さんは音楽が聞こえる書き出し、みたいに言いますけど、僕は音楽という感じはしなくて……ボーリングの球をゴロって投げる、重い球を転がすと、ゴロゴロゴロって転がってくじゃないですか。ああいう感じなんですけどね。

佐々木　実際に書いてなかったとしても、書かれるべき、書かれるかもしれない小説の一行目っていうのは、いつも頭のどこかに眠っている感じなんですか？

磯﨑　どこかでは眠ってるのかもしれませんね。

佐々木　細かい話になってしまうんですけど、いくつかの小説を同時に書かれてることはあったんですか？

磯﨑　なかったんですけど、今回初めて『終の住処』を書いている途中に、この「絵画」〔注『世紀の発見』単行本に収録〕を書いて、また『終の住処』に戻るっていうことをしたんです。

佐々木　ああ、そうなんですか。僕この「絵画」って作品が好きなんですよ。後でその話もしたいんですけれど。『終の住処』を読んだ時に、『世紀の発見』とほぼ同じ時期か、「絵画」の前に書いた作品なんじゃないかって感じたんです。

磯﨑　『終の住処』は昔、ちょっと書き始めたことがあったんですよね。それでもう一回全て書き直したんですけど。

あ、『終の住処』にはモチーフがあるんですよ。一年前くらいに知り合った同年代の友達がいるんです。で、彼は結婚しているんですけれど十年間くらい奥さんと危機的な状況にあって。今は家庭に戻って娘さんと三人で幸せに暮らしていますけれど。

それで僕が彼の話を聞いて一番感動したのは、彼はその十年間飯を家で食わなかった。『終の住処』でも書きましたけど、家族が起きる前に家を出て、家族が寝てから家に帰るという生活を十年間続けたっていう話を聞いた時に、僕は感動してこれは書かなければならないなと思ったんです。

記者会見とか分かりやすく言わなきゃいけない時には、とにかく離婚しない話を書こうと思ったと言いましたけど。離婚する話って多いじゃないですか。日本だと四組に一組が離婚して……。

佐々木　アメリカはもっとすごいですよね。

磯﨑　アメリカだと二組に一組ですね。四組で三組が離婚しないほうが不思議なんじゃないのかと思って、じゃあそれはなんでなんだと。新聞記者の方には分かりやすくそう言ったんです。そういうこととは別に、友達の話を聞いた時、僕は夫婦関係は長い時間が経つと、相手を好きだという気持ちよりも時間が重くなっちゃうことがあると思うんです。もうあんまり好きじゃないけど、長い時間一緒にいたから別れらんないよ、みたいな。そっちのほうが強くて。異性を好きということよりも時間のほうが重くなってしまう。そっちのほうがリアルだなって思うんですよね。

その辺を書かなきゃなっていうので『終の住処』を書き始めたんです。「群像」の「創作合評」で『終の住処』が取り上げられた時に、こんな主人公書いていて磯﨑さんの家庭は大丈夫なんでしょうか、みたいなことを書かれて（笑）。

佐々木　ありがちな（笑）。

磯﨑　だから僕はことあるごとに言っていこうかなと。うちじゃない。うちはここまでひどくないって。

佐々木　現実の友達の話がもとになっていて、夫婦関係が危機的な状況にあっても離婚しないという小説を書くということは、世間一般的、新聞記者さん的にも「なるほど」と記事にしやすいところはありますね。

もう一方で、朝ご飯を食べなかったのが十年じゃなくて一年だったら、危機具合、危機から帰ってきた具合が十分の一なのか。磯﨑さんがこの話にインスパイアされたのは、十年というボリュームが話の中に入っているからだと思うんです。

磯﨑　そうですね。小説の分量とかもそうなんですけど、そこそこ時間をかけないと読めないじゃないですか。内容よりも時間をかけたということの重さ、そっちに興味があるんです。サラリーマンの仕事をしているとつくづく思いますけどね。長くやってること自体に価値があるっていうか。小説なんかもまさにそうで、小島信夫さんが九十歳まで書かれたということはそうだろうし。長い時間が経ったことで何かが現れてくるっていうのがある気がしてならないんですよね。

あとは過去ですね。過去のほうが重いんだっていう。僕は人生で一番幸福だった時期は高校時代だったと思うんですよ。今なんかよりも全然。あとは、まだ娘がちっちゃかった頃とかね。これは『世紀の発見』にも書いてありますけど、僕は子供なんか全く興味がなかったんです。友達がベビーカーを押してくると「あいつも終わったな」とか思う嫌なやつだったんですけど、自分に子供が出来たらもう子供子供ってなってしまって。電車でベビーカーを押してる夫婦を見たりすると、もう自分にはああいった時期は訪れないんだ、二度とないんだって。だからって今が不幸だとはならないんですけど。

トラウマ系とか自意識系の人たちは、今自分は不幸だとか、いずれ幸福になりたいとか、現在中心主義でそれは自意識とか自己実現とかに繋がっていくと思うんです。今を中心に考えるとそうなっちゃうんだけど、過去に幸福なことがあったというだけで充分なはずなんですよね。そうすると自我がすーっと抜けていくということがあって。なんでこんな話になったんだっけな（笑）。

時間の描き方

佐々木　現在よりも過去が大事だっていうことで。若夫婦がベビーカーを押しているところを見て、この光景がもう決して自分には訪れないだろうっていう寂しさにはならないと。それは磯﨑さんの過去にそれがあったからなのか、そうではなくてということなのか。

磯﨑　あったなかったは関係ないですね。

佐々木　そうですよね。

磯﨑　これはどこかで言ったことがあるので知ってる方もいるでしょうけれど、僕はもともと小説ではなくて音楽をやっていたんです。本当はロックのミュージシャンになりたかったんです。ミュージシャンになりたかったけど、僕がならなくても奥田民生がなってるからいいんだと（笑）。奥田民生さんは同い年で、会ったことはないですけれど、ユニコーンの頃から好きで、僕が好きだと思える音楽を、奥田さんが演奏してくれているんだからそれでいいっていうね。

佐々木　ある意味、自分がやっているのと同じだっていう。

磯﨑　そうそう。自分はもういいんだって思えるんですよね。自分はああなれなかったから残念だ、とはならないんです。ただ、そういう風に明らかに変わったのはやっぱり子供が出来てからですね。子供が出来て、その前までは僕は簡単に言っちゃうと嫌なやつだったんです。自分より大切な存在が、自分の外側にいるっていうことは……。

佐々木　まさに『世紀の発見』の。

磯﨑　そうですね。外に、外にっていう、そういうことだと思うんです。だからとても気楽なんですよ。

佐々木　そのことと、磯﨑さんが比較的歳をとってから小説を書き始めたってことは関係あります？

磯﨑　あるでしょうね。外界に奉仕するようなことを何かちゃんとやらなきゃって、いよいよ小説を書き始めたのが三十五を過ぎてからなんです。そう言うと一念発起してみたいですけど、やってることは昔と変わってないんですよね。音楽もそうですし、大学の頃は体育会系でしたから。

佐々木　ボートでしたっけ？

磯崎　そうです。ボートと小説なんて全く違うけれど、自分の中ではあまり変わらないもののように思えるんですよね。仕事にしても、使い分けが難しくなっていくのかなって思ってたけど、そんなことなくて、どれも同じようなことやってるなって思っちゃったんですよね。今日は会社の人は来てないですけど、たぶんこう喋ってる僕と、会社で喋っている僕はそう変わらないんです。

佐々木　世間一般のイメージというか、昼間はエリートサラリーマンで、とか今後たくさん言われることとなるでしょうけど、全然そんなことないんですね。

磯崎　テレビで記者会見を見た人も、普段と全く変わらないって言ってましたしね。自分の意識としても、切り替えてるっていうことはないですね。

佐々木　今までの話でいくつかのテーマが見えてきたと思うんですけど、磯崎さんは小説で時間というものをどのように描き出すかということに腐心されている方だということはすぐに分かると思うんですよね。それでさっきの過去の話とかもそうですけれど、『世紀の発見』でも『終の住処』でも突然時間が飛ぶ場面があります。特に『終の住処』では、一行で以来十何年口をきかなかったとかありまして、僕は最初それを読んだ時笑ってしまったんですけど。

磯崎　笑ってほしい部分って色々あるんですよ。

佐々木　『世紀の発見』をもう一度読んでみたんですけれど、これはものすごくユーモラスな小説だなと思ったんです。とりあえずそれは置いといて、『世紀の発見』でも最初ずっと子供の話だなと思ったら、一行空いてナイジェリアの話が始まるっていう（笑）。あれ、これどういう話なんだろうと思っている間に急に大人になって。それから先の時間の飛び方、早回し方っていうのは尋常じゃないじゃないですか。

長い時間が経つということは何かが生まれたり熟成されたりすることがあるっていうことですけど、

実際には小説では飛んでしまって書かれていない。当然十数年って時間があれば、それは長い時間だからその中で何かがあり、主人公や登場人物に何かがあったはずであるが、そこは全部取っちゃってる。その取っちゃうところが磯﨑さんの磯﨑さんたる所以だと思うんです。どうしてこのような時間の扱い方が出来るんだろうと。

磯﨑　分かんないですけど、ここで飛ばしたいなってふと思うんですよね。

佐々木　ああ、ここはもう絶対飛ぶしかないと。

磯﨑　しかも改行もしてない時もあるんですよ。『肝心の子供』でもヤショダラってブッダの奥さんが懐妊したってあって次の瞬間には産まれてる。それで校正の人がこれは懐妊じゃなくて出産したの間違いでしょうって。違うんだ、ここでもう十ヶ月経ってると。改行くらいしたほうがいいんじゃないですかって言われましたけど、改行も嫌だと。改行もしないで十ヶ月経って、いきなり産まれちゃって、いきなりブッダは自分の子供を見にいっている。そこをどうしてかって聞かれても、分からないんですよ。

佐々木　感触みたいなものですか。

磯﨑　思うのは、やっぱり音楽ですね。音楽で、プチッって終わることがあるじゃないですか。あと、ガッと変わる時もある。ビートルズの頃からけっこうあって、ああいうのを格好いいと思う感じに近いのかもしれませんね。校正の人に「ここは改行でしょ」と言われた時に、嫌ですって言ったその「嫌です」は格好良さにこだわりたいっていう感じなのかな。

グルーヴ

佐々木　普通であれば改行するけど、ここは絶対改行なしで、と。でも説明出来ないですよね（笑）。

磯崎　全然出来ないですね。この間の「新潮」で、僕のところだけ異様に黒いって言われて。改行すればもっと長くなったのにな、と思って。
佐々木　（笑）
磯崎　こういうスタイルを選んじゃったから、今さら改行出来ないしな。
佐々木　基本的にはあんまり改行好きじゃないということですか？
磯崎　基本的には……そうですね。会話も括弧に入れませんしね。あれ変ですよね。誰が話してるんだか分からないですよね。
佐々木　急に入ってきますしね。だんだん読んでいるうちに誰が言ったか分かるってことが多いですね。グルーヴっていうのは分かる気がしますね。
磯崎　グルーヴは大事ですね。音楽はやっぱりグルーヴじゃないですか。
佐々木　だからこそグルーヴが一瞬断ち切られるとか、急に別のグルーヴに転位するっていうのが効果的ってことなんですね。
磯崎　そういうのを含めて、ひとつの流れだと思うんですよね。そういうやり方って小島さんもそうだし、たぶんカフカもそうだと思うんですね。『城』もそうですけど、どんどん関係ない話に行くんですよ。「カルダ鉄道の思い出」も鉄道の話を書いてるのに途中からネズミの駆除の仕方の話になっていく。話がどんどんずれていく。あれはグルーヴだけで書いてるんだろう、なんて思うんですけど。『崖の上のポニョ』の映画を作る時に、ポニョが高波に立っている場面がまずあって、その流れに乗っただけというのを、宮崎駿さんが言っていたんです。意外にそういう作り方をしている人は多いんじゃないかって、保坂さんも何かの対談で言ってましたね。流れで作っている人は作家の内の半分くらいはいるって。

佐々木　それは小島さん、保坂さんの考え方として分かりやすいですよね。グルーヴとか波とかがあって、何かポニョ的なものを投げてみたら高波に乗ったり飲まれたりする。そのポニョであるものが何なのかってことが重要で、それが小説によって変わってくると思うんです。例えば小島信夫さんの場合は、ポニョは「私《わたくし》」なんですよね。要するに、小島信夫という書く主体が、そういう存在として召喚されていて、『残光』とかが一番すごいですけれど、記憶とか過去を掘ってその過去をさらに掘って、となっている。

けれど磯﨑さんはそういう意味での「私性」みたいなことはやってないと思うんですよ。今日の話でも既に出てきていますけど、ご自分のエピソードや周りの方のエピソードをかなり導入してはいる。大きい意味で言うとかなりの小説は私小説になってしまうということがあって、そういう拡張した概念としての私小説に属さない小説って少ないんですよ。でもその属さないほうに、磯﨑さんの小説は属していると僕は思っている。

それは書き方にも現れていて、『眼と太陽』なんかは一人称ですが、普通の書き方で「私」とか「僕」と書いているか、「彼は」と書いてあるかとは別の意味で、ものすごく巨大な三人称という感じがするんですよ。その結果、小説の長さに拘わらず破格にスケールの大きな世界を描くことに成功している。それは『世紀の発見』に併録されている「絵画」に完全に現れていると思うんですけれど。

僕は本当に「絵画」はすごい作品だと思っているんですが、これはいつもと同じ感じで書いたんですか？

磯﨑　そうですね。

佐々木　「絵画」は確か、短編特集で書かれたやつですよね？

磯﨑　そうそう。「群像」からお話をいただいたんで、書きまーすって。

佐々木　先ほどのお話で最初の一行は書けますとのことでした。そうすると『世紀の発見』とか『終の住処』とかはどうやって終わるんですか？
磯﨑　終わる時はなんとなく分かるんですけど。本当を言うと、ここで終わる必要はないんですよね。
佐々木　今書かれてある小説の終わりは、必ずしもその終わりじゃなくていいと。
磯﨑　例えば『肝心の子供』でも木に登ったらヒマラヤが見えたとかで、三日後にティッサ・メッテイヤは降りてきた、で再び書き始めちゃってもいいんですよ（笑）。
佐々木　全然その続きも、あと何代かやってもいいですよね。
磯﨑　『肝心の子供』は書いている時に、これは現代まで行くかもしれないな、とか思ってね（笑）。
佐々木　現代まで行ってもおかしくないですよね（笑）。

振り切りたい！

磯﨑　そうやって書こうと思えばいくらでも書けるのかなと思って。適当なところでやめといたんですけれど。そういう意味では終わりはないんですよね。例えば『終の住処』でも夫か妻が死んじゃうところまでいってもいいんでしょうけれどね。でも終わる時はちゃんと小説が終わらせてくれる、というのがあるんです。
「絵画」は確かに「川は崖のように〜」って文章はあったんですよ。でも自分を試してみようというのがあって。「とにかく思いっきり振り切れ」という指示が編集者からありまして。やりたい放題やってくれということだったので、じゃあやりたい放題やってみようと。これは没かもしれないな、って思ったんですけれど。まずは最初の風景描写がどこまでいくのか。これで最後までいくならそれでいいやって書いたんですけど。これはたかだか川の土手の話ですからね。それでいけるところまでって……。
佐々木　それが意外すぎるところまで……。
磯﨑　そうそう。この年老いた画家のモデルは横尾忠則さんなんですよ。
佐々木　（笑）。それどこから来てるんですか？
磯﨑　横尾さんのアトリエの坂を降りたところには野川って川があって。この川は野川なんですけど。
佐々木　一気にこの小説が現実味を帯びますね（笑）。
磯﨑　とりあえず思いっきり振り切ろうと。全然理解出来ませんっていうくらいに振り切ったつもりなんだけれども、佐々木さんもそうですけど編集者やなんかも、これ面白いですとか言われちゃって。まだ振り切りが足らないなって。青木淳悟さんとか福永信さんの小説を読んだりすると、俺はまだ振り切りきれてない、って思いますね。
佐々木　振り切り競争してるみたいな（笑）。
磯﨑　挑戦状を叩きつけられたのに、駄目だ、俺は振り切りが足りない（笑）。振り切りたいなあ、って思いはありますね。
佐々木　じゃあ、これはかなり振り切りモードで？
磯﨑　振り切ったんですけど……。
佐々木　後半かなり、振り切ってますよね。
磯﨑　いや、それでも保坂さんに「最近カフカしか読んでないから感覚がマヒしちゃってて。普通じゃない？」とか言われてですね。振り切ることで出てくる何かっていうのは憧れます。振り切りたいですねえ。
佐々木　振り切り方にも色々あるわけじゃないですか。青木淳悟さんには青木淳悟さんの、円城塔さんには円城塔さんのといった具合に。それで磯﨑さんの振り切り方のひとつのポイントは、時間ですよね。
「世紀の発見」と「絵画」が同じ本に収録されると聞いて、なるほどって思ったんです。近い時期だというのはあったんでしょうけど、このふたつの作品は関係があると思うんですよ。一言で言うと終わり方が似ている。要するに、小説内で悠久の時間、長い時間が描かれているわけですが、終わりでさらに深い時間が提示されて終わっていく。そういう意味でこのふたつは相通じている。
先ほど過去の話がありましたが、例えば僕も磯﨑さんも四十代ですけれど、自分が生きてきたその四十数年間だけが過去じゃなくて、もっとその前の過去もあって、ずっとずっと遡って過去があるということをどう表現するか。『世紀の発見』の終わり方はまさにそうですよね。そういう時間に対するこだわりというか、時間フェティシュのようなものがある。
磯﨑　時間フェチですね。何なんでしょうね、これは小説を書き始める前から好きですね。ですけれど、ノスタルジーではなく、アンチノスタルジーなんですよね。
佐々木　だって古墳の頃とか生まれてないですからね（笑）。ノスタルジーを抱きようがない。
磯﨑　古墳公園というのは千葉県我孫子市に本当にあるんですけどね。見てみると、なんか「あーっ！」てなるんですよ。
佐々木　それは歴史小説を読んでロマンを、というのとは違うんですよね。全く反対。
磯﨑　そう、それとは全く反対で、過去に触れることの出来ない儚さというか。それが僕には絶対的なものに思えるんですよね。あんまりネタバレになることばかり言っちゃ駄目なんだけど。
例えば僕が芥川賞を取ってまず最初に感じたことというのは、もう「芥川賞を取る以前」ではないんだなってことで。それは無名時代が懐かしいということとは全く逆で、つい先日のことなんですけどすごい遥かなんですよ。この遥かさというのは何なんだろうなあっていう。別に悲しさではないんだけど、この触れがたさみたいなものは。
佐々木　不可逆性みたいな。
磯﨑　そう、不可逆性みたいなね。『終の住処』の最後のほうでも、過去は過去であるだけで何て遥かなんだろう、みたいなことがあるけど、まさにそんな感じなんで。それが自分の前に圧倒的な力で立ちはだかるんですよね。
佐々木　煎じ詰めると、そういう風に感じるのが磯﨑憲一郎だ、ってことになっちゃうのかもしれませんね。つまり宇宙の始まりでも昨日でも、「もう戻ってこない」っていうことでは一緒で、どっちもある意味では悠久だってことですよね。
磯﨑　過去を肯定すると同時に、過去の触れがたさみたいな。小説で社会的な問題を書くくらいなら、それを社会的に解決すればいいと思うんですよ。金の問題は経済的に解決して、全ての問題がそういう風に解決した後に、最後に残る問題こそを小説は扱うべきというか。こういう考えは前からあって。そういう社会的に解決出来る問題を扱うのは小説に対して失礼というか、小説に対峙する態度として間違ってるんじゃないかと思って。

書かれたことはあったこと

佐々木　ある種の普遍的な問題だと思うんです。時事的な社会的な問題は、例えば秋葉原通り魔殺人とかあったりするけれど、そういうことではないことをする。その問題が解決してしまったら、用済みになってしまうような小説とは違うものを書くということ。
　それがある種の普遍性だと思うんですが、もう一方で、例えば「絵画」の中で僕の非常に好きなシーンに、急に夫婦が出てきて何か言い合いしてるというのがあって、それがよく分からないまま奥さんが旦那さんに首根っこ摑まれて連れていかれる。だが奥さんは勝ち誇った顔をしているっていうのがあって(笑)。ああいう夫婦の問題が繰り返し繰り返し出てきますが、その夫婦の問題がある普遍性や悠久の時間と直結してると思うんですよ。夫婦関係を描いているフィクションというのは山のようにあるんだけれど、そこがとても独特で、どんな夫婦もある神秘を抱えてるというか。それが本当にすごいんですよね。

磯崎　いやあ、しかしこんな夫婦がいきなり来たら困るでしょうね。

佐々木　困るどころか、戦慄ですよ(笑)。

磯崎　これこそが小説の流れの中に出てきちゃうんだよなー。

佐々木　これはあわよくば出れば、というより出てきちゃうわけじゃないですか、何事かが。

磯崎　不穏さのようなものが。

佐々木　不穏ではあるんですけど、何となく楽しそうでもあるような。そのどっちとも分からない感じが、不気味ではあるんだけど、もう一方でそういうものまで含めてもっと大掛かりな形で肯定している感じがある。

磯崎　そうですね。基本的に自分が肯定したいものしか書かないので。それはこういう夫婦であっても、全体として肯定したいから書いてるんですね。

佐々木　今夫婦の話になったんで、これは多くの人が思っていることですけど、「世紀の発見」と「終の住処」に急に出てきた、お母さんは何でも分かってる、っていうのは一体何なんだっていう。お母さんが何でも分かっているのを分かったのが〝世紀の発見〟っていうことじゃないですか(笑)。この母親観というのは何なのであろうか、と思いまして。

磯﨑　単純に母親が好き、ということがあるんでしょうけど、実は母である必要もないんですよね。とりあえずこういう話だから母になっちゃったんですけど。「世紀の発見」って最後に母がレシートの端っこに書いてる、報告してるってことで、そうだったのか、と。それをラストでまたひっくり返して古墳公園なんですよね。

これは編集者の方と議論になったんですけど、日本の小説によくある「結局は母の手のうちだ」という風に読まれる恐れもあると言われたんですけど。僕は逆で、母の手のうちだと思ったら、実は古墳公園だった、というところで落としたつもりだったんです。ただその辺はどうでもいいやと思って。母である必要もないし、古墳公園である必要もないんですけど、もっと大きいものに守られてる感じというか……。

佐々木　その母というのは、母性とか母系とかじゃなくて、例えば宗教的な含意を脱色出来るなら神と呼んでもいいものである、と。

磯﨑　まさにそうですね。神であっても全然問題ないですね。

佐々木　なるほど。運命というか決定論というと言葉が堅いかもしれませんが、起きる出来事が決まっている、あるいは起きた時にそれが決まっていたことのように感じる、っていう感覚が磯﨑さんの小説には頻出すると思うんですね。その感覚っていうのは最初のほうでもおっしゃってましたけど、書かれたことはあったことになる。書いてしまえばそれが起こりえないようなことでも、小説を読むという行為の中では、それは小説内現実として起こっている。これはある意味、まさにガルシア＝マルケスのやったことだと思うんですね。

で、書いたそばからそれがあったことになるものである、というのはひとつの小説の定義になるものであると思うんです。それはある小説観ですよね。けどそれをもっと敷衍して、人生とか世界とかってそういうものなんじゃないのって考える人は小説に対してだけじゃない、運命論的な感覚を持っているんですよ。そこの部分が磯﨑さんの中でどのようなバランスになっているのか気になるんですけど。芥川賞でも明日天気いいっていうから俺が取るわ、って考えるほうだから、そういう人なのかなって。

磯﨑　そうですね。そういう人ですね（笑）。

佐々木　ずっとそうなんですか？

磯﨑　そういう人だし、何か世界に対する信頼感、盤石さというものを信じちゃってるんでしょうね。非常に相対的なんだけれども、その相対的な力が……、難しいな。決定論的な運命論的な世界というのは、自由さがないというネガティヴな捉え方も出来るんですけど。

佐々木　決定論者に対する一番言われる批判っていうのはそうですよね。自由意思がなくなるっていう。でもそうじゃないと。

磯﨑　そうですね。

佐々木　あるいは、それでなんでいけないのって話ですね。

磯﨑　逆にそれによって世界が守られているというか、そういう意識なんでしょうね。

世界を善なるものと捉える

佐々木　世界の盤石さみたいな表現は『世紀の発見』の中にも出てきていて、そこがユニークだと思うんです。世界のあり様を疑うとか、世界と自分との関係の中である齟齬感を掘り下げていくという、今に始まったことではない文学のあり様がメインストリームであるように思われている気がするんですけど、それに対してむしろ世界のほうは良くも悪くも盤石ですっていうところで、自分なり小説なりがどのように振る舞っていくか、ってことから出発してらっしゃるってことですね。

磯﨑　そうですね。基本はハイデガーの言う世界内存在みたいな、そういうとこだと思うんです。それに対しては、善なるものというか、そういうものが根底にはあるんでしょうね。ただ一般にいう善なるものとも違っていて、夫婦関係が悪いとか仕事でひどい目にあうとか、そういうものまで含めて僕の感覚からすると、善、なんでしょうね。

佐々木　「善」かもしれないですけど、善悪で相対的にこれが善ですっていうことではなくて、もっと大きい肯定性っていうことですよね。

磯﨑　だから世界が現実に存在するだけで、それでいいじゃないかっていうね。

佐々木　あー、それは磯﨑さんの小説に感じますね。

磯﨑　柴崎（友香）さんが言ってる、中学の時に世界がキラキラ輝いているように見え始めた日があって、それ以来輝きっぱなしみたいな。まさにそういうことなんでしょうね。

佐々木　ここにある一度目の芥川賞候補作『眼と太陽』に、「小説に遍在する、啓示の瞬間……」っていう帯文がありまして、この啓示というかエピファニーというか、何がきっかけか強烈な多幸感のようなものが訪れて、それがずっと持続したり、失われるんだけどその記憶がずっと残り続ける、ということもよく出てくると思うんです。これもやっぱり磯﨑さんの個人的な感覚に由来する部分はあるんですか？

磯﨑　個人的な感覚にも由来しますけど、ただそれはやっぱり小説の中で出てくるんですよね。

佐々木　小説だからそういうことが要請されるということですか？

磯﨑　小説の流れの中で出てくるんですよ。

佐々木　例えば、磯﨑さんが過去のある時期に何か啓示を受けた瞬間があり、その瞬間がある決定的な影響を及ぼしていて、それをもう一度獲得出来ないまでも、それに漸近するために小説を書くみたいな。そういうような経験をしたとされている文学者っていうのはけっこういるわけじゃないですか。バタイユとかもそうだし、レーモン・ルーセルもそうだし。異常なほどの肯定性みたいなものが、ある意味そういった体験があったから文学なり小説なり芸術なりに向かってしまう人も、どうやらいたりするらしいんですけども。そこはどうなんですか？

磯﨑　そういう意味では、決定的な啓示の瞬間があったかと言われたら、ないですね。何かひとつのきっかけがあったわけじゃないんだけれども、気づいたらその中に自分がいたと思うんです。

最近セザンヌの本を読んだんでセザンヌの話ばかりしてますけど、セザンヌが自然を描くといって、まだ駄目だって描いては捨て描いては捨てしてたんですけど、むしろそっちなんだと思うんですよね。何か大きい力に対して自分はその一部に加わりたいという思いがあって、そこに加わってるけど加わりきれていない。それが僕にとって時間なんですよね。何かひとつのきっかけがあってそれを描きたいんじゃなくて、もっと大きい何かの中にポンって自分が入って、自分の責務を全うするみたいな。

佐々木　例えば永遠とか無限って言葉があるじゃないですか。永遠はずっとだし、無限は果てがない、と。そういうものをどうやって描くかとなった時に、「永遠」と言っちゃえば永遠だけど、それは言葉でしかないしそれだけじゃどういうことか分からない。それを芸術と呼ばれる人間の営みで写し取ろうとすると、人間の営みは有限なので、有限なものを使ってどうやって無限のものを表象するかという話になってきちゃうわけです。

さっきのセザンヌの話で言うと、絵画っていうのは写真と違ってかなりそういうことをやろうとした形跡がある。写真ってすごい変なものだと思うんですけど。機械的にある一瞬を固定しちゃうじゃないですか。絵画も同じように平面に固定されているんだけど、描いている間にも時間は流れているし、描かれているほうの時間も流れているから、固定されている平面の中にある時間を含まざるをえない。印象派の人達がやったことのひとつはそういうことだと思うんですね。

それで「絵画」ってまさに絵画がタイトルなわけじゃないですか。前半画家が出てきて、途中でいなくなって全然関係なくなるんですけど、これを読むとスーラの点描を思い出すんです。つまり写真のような機械的な方法ではなく何かを描写する。描写するとなると絶対にあるフレームをつけて固定することなので、有限化することになってしまう。有限化したものの中にしか永遠とか無限というものを宿らせることが出来ないので、そこをどうやって上手くやるのかって話になるわけです。

たぶんある種の絵画がやろうとしたことをしようとしている小説っていうのがある。小説も最初の一文字があって最後の一文字がある有限なものじゃないですか。ということは読む時間も有限である。その中にいかに「果てのなさ」を入れるのかということがトライアルになってくる。「絵画」って短編では今までにない形でそれが行われているんですよね。後半の時の使い方とか視点の使い方とかも含めてなんですけど。

倍率を上げていく

磯﨑　印象派絵画もそうなんでしょうけど、小説にしても基本的には具体的なことしか書けないんですよね。そして長さも有限なんです。具体性の積み重ねによって立ち上がってくるものがある。テキスト的な意味ではなくて具体的なものを積み重ねて、具体性を超越するものが出てくる。それがさっき言ったようなグルーヴであったりするのかもしれない。
昔考えてたんですけど、小説にはテキスト系と私小説系との両極端があって、ポスト構造主義的なテキストに凝って書かれた瞬間に作者のものじゃなくなる。文体とかね。ヌーヴォー・ロマンを含めてなんですけど。そういう方向がひとつあるとして、もうひとつはさっき言ったような私小説にもっていく、ふたつの方法があると思うんです。それがあるとすれば、僕はどっちでもいいんですけど、どちらでも壁を突き抜けた小説を書きたいですね。もし私小説系にいくならば語り手とか主人公のことしか書いてないんだけれども、具体的なことをどんどん書いていって、倍率を上げていく。「絵画」の場合だと川岸を描写していって倍率を上げていくと、どこかで突き抜けるんです。そうして外界にある突き抜けたものを書きたいんですよね。僕の場合だと突き抜けたところにあるものは、直線的な時間ではなくてリアルな時間のようなものなのかな、と。

そういうことを考えていた時期もあるんですけど、最近は頭で考えないようになっちゃって、感覚で書くみたいな。「小説」はどこかに確固としてあって、自分はバイアスに過ぎない。キース・リチャーズが、俺はアンテナに過ぎない、ロックが俺を通して演奏されているだけであって俺は何もしていない、とかよく言っているんですけど、そういうところに行きたいというのはあります。考え方としては私小説でもテキスト系でもどっちでもいいんですけど、突き抜けた先にあるものなんですよね。

佐々木　そのベクトルでのやり方を極限までやってみないと、突き抜けることは出来ないってことですよね。

磯崎　そうなんでしょうね。

佐々木　さっきの描写の話も、どんどん細密にしていくラインってのがありますよね。ヌーヴォー・ロマンのある部分は完全にそうでしたけど、ヌーヴォー・ロマンが標榜したような、ある種の顕微鏡的な見方、自然主義リアリズムをもっと精密にしていく、ということとは考え方も目的も違いますよね。

磯崎　そうですねえ。とにかく突き抜けたところにある何かなんでしょうね。

佐々木　突き抜けたところにある何かは、予め分からないですもんね。

磯崎　ただね、僕が突き抜けられたっていうことを言いたいんじゃなくて、それを何回も何回もやるしか出来ないんだろうなという気もするんですよ。

佐々木　ご本人が「突き抜けました」って言ったら、それは突き抜けられてないよって言いたくなるというか（笑）、読者のほうからすれば、「あーついに突き抜けたとか言い始めちゃったよ」って話になるはずで。「突き抜けようとしてる」という中に、たぶん可能性の全てがあるんでしょうね。

磯崎　さっきの話でいえば、セザンヌはサント・ヴィクトワール山を描いては駄目だと言って捨てて、また描いては駄目だって捨ててを繰り返した。ジミ・ヘンドリックスも頭の中で鳴ってる音楽があって、それを何回も出そうとするんだけど出ない、まだ自分の技術では出せないみたいなことを言っている。そういうことで、結局は突き抜けられないのかもしれないですよ。ひとりの人間だからどうせ大したことは出来ないとは思ってるんです。ただ芸術の中に身を投じてしまったからには芸術に奉仕していかなければならないという、最後はそこなんでしょうね。

「新潮」に辻邦生、北杜夫の往復書簡が載っていて、ほぼ今から五十年前のものなんです。僕はもと小説を読み始めたのは、中学校の頃に北杜夫だったから、読んでみたんですよ。で、読んだらすごいんですよ。北杜夫より辻邦生さんの手紙のほうがいいんですけど。

言いたいのは、五十年前から僕が考えているようなことはあったんだな、っていうことです。だから五十年とか小さいなと。さっきも言いましたけど、最後は芸術なんですよ。

書簡の中で北杜夫がだんだん売れっ子になってきて、辻邦生が言うんです。宗吉ってのは北杜夫の本名ですけど、宗吉は絶対ジャーナリズムに流されないように、とか。宗吉は自然児なんだから難しい話はしないでとりあえずマンガの話ばかりしてろ、みたいな（笑）。それがすごい心を打ったんですよね。それを「新潮」の編集者に言ったら、この往復書簡に対しての反響がやたら大きいんだそうです。この間の選考会の後に、山田詠美さんとか川上弘美さんとかに会ったんですけど、いやーあれいいよね、宗吉ラブ！　みたいなこと言っていて（笑）。

時代性

佐々木　（笑）。なんでしょうね、それ。何かぐっとさせるものがあるんですかね。

磯﨑　ああいう方々もそう思うんだなって。芸術に身を投じた人のヤキモキする気持ちというか切迫感というか、それは五十年やそこらは関係ないんだなと思いましたね。

佐々木　直面している問題は変わらないとか、ぐるっと回ってまた同じっていうか。

磯﨑　時代性からは逃れられないですけれど。敢えてそういうものを書きたくなっちゃう時ってあるんですよね。同時代性みたいなものを。んー、けどね、僕の小説って携帯電話とか出てきたためしがないじゃないですか。

佐々木　最初がブッダですからね（笑）。これでもだいぶ現代にきましたよね。

磯﨑　だいぶ近づいてきましたよね。話がどんどんずれていってしまうんですけど、ブッダの小説を書いた時にひとつ恐れていたのは、保坂さんがある時期ネコの小説ばかり書いていて、ネコっていったい何の象徴なんだっていうことを十年言われ続けたよ、ってことを言っていて。僕はブッダは一体何の象徴なんですかって一回も聞かれたことがないんですよ。それくらいはこの十年くらいで進化したのかなって（笑）。

佐々木　ネコとブッダの違いもあるとは思うんですけどね（笑）。磯﨑憲一郎っていう作家が『肝心の子供』でデビューした時に、ブッダの話だってことだったけれども「ブッダのことが書かれる小説」ということから想像するような小説ではなくてビックリしたんですよ。でもむしろもっと驚いたのは、二作目が『眼と太陽』だったってことですね。

磯﨑　そうですか？

佐々木　僕の感覚では、磯﨑さんは新しいものがより傑作って思っていて。どんどん上にいっていると思ってるんです。僕は『肝心の子供』より『眼と太陽』が好きで、『眼と太陽』よりも『世紀の発見』が好きなんです。

磯﨑　僕もね、『世紀の発見』は本当にいい小説だなって思うんですよ。

（一同笑）

佐々木　そうですよ。『世紀の発見』では帯に僕の文章を引用してくれて、にも拘わらずこれは（芥川賞の）候補にもあがらず。

磯﨑　本当にね、家族にはこっちを読んでもらいたい。

佐々木　（笑）

磯﨑　『終の住処』ではいちいち言い訳するのが面倒くさいんですよね。自分の話じゃないんですか、とか。

佐々木　そこは皆さんにもはっきり覚えていってもらわないと。

磯﨑　今日トークを聞きにきている皆さんには、『終の住処』は本人の話じゃないらしいよ、って広めてほしいですよ。

佐々木　まずブログではそこを書いてほしい、と（笑）。

磯﨑　あれはどうやらモデルがいるらしい、ってことをね。本当に親戚のおじさんとか心配してるんですからね（笑）。また言い訳すればするほど嘘くさいんですよ。

佐々木　そうですよね。

磯﨑　なんか私小説らしいですよとか、言いふらしてる人がいるみたいでね（笑）。『世紀の発見』は本当にいい本なんですよ。

佐々木　この表紙もいいですよねえ。

磯﨑　『世紀の発見』は去年の夏に書いてたんですよね。歳取っちゃったんで夜が弱いんですよ。で、朝五時くらいに起きて出社前に書いてたんですよね。

佐々木　そういう感じは出ているかもしれないですね。『世紀の発見』があって『終の住処』がある、というのはすごく連続している感じがするんです。それで「絵画」がある。今後書かれるものはまだ分からない感じですか？

強固な一貫性

磯﨑　分からないですね。芸術家っていうのはそんなに色々出来ないと思うんです。ローリング・ストーンズがどの曲でも曲の途中だけ聞いてもローリング・ストーンズだって分かる、そっちのほうが大事なんですよ。ボブ・ディランは何歳になってどこで聞いても、これ誰？って思わせないんですよね。どこ切ってもボブ・ディラン。古井由吉さんはどこ切っても古井由吉さんですからね。それを芸術の世界に持ち込むのが大切で、ここが微妙なところでマンネリ感とその革新性というのが共存する視点がどこかにあるみたいなんですよね。

佐々木　マンネリとか金太郎飴とか言われるものっていうのはあるんですけれど、それとは別に、恐るべき強固な一貫性という世界もあるんですよね。小島さんもそうだったし。

磯﨑　同じコード進行なんだけど違う匂いがするっていうね。その匂いの感じを突き詰めていく作業が始まっちゃったんで、僕はたぶんそれからは逃れられないんでしょうね。最初に文藝賞をいただいた時に、また偉そうに書いたんですよ。小説っていうジャンルは一九二〇年代には出来上がっていて、完成されたジャンルに無理に革新性みたいなものを持ち込むのはあまり良くない、むしろ持ち込まないことによって小説は再生され続けるっていうね。そういう風に書いたんですけど、今もそう思っていて、表層的な革新性というのはさっき言った匂いというものを醸成するのを邪魔すると思うんですよね。ローリング・ストーンズも日和ったことするると失敗するじゃないですか。そのまま行けばいいのに。

佐々木　それはスタイルの点でもそうですし、テーマとかでもそうですよね。

磯﨑　それはある程度歳がいっちゃったっていう諦めも含めてなんでしょうけど。僕が今していることとは全然違うけれども、小説としてすばらしいことはたくさんあるんですよ。それは僕以外の人がやればいいんです。僕以外に出来る人がいるのであって、色々やらなきゃって思いは全くない。要は身体性みたいなものがあるんですね。

佐々木　「その人性」みたいなものですね。

磯﨑　はい。個性とは違う……染み付いちゃっている部分をいかに出していくかっていう。それに尽きてしまうんですよね。

佐々木　それは分かります。色んなレベルで器用な人というのがいて、小説でも色んなタイプの小説が書けて全部それなりにいいって人もいるわけです。そういうタイプの方で僕もすばらしいなって思う人はいますけども、僕が読んでいてぐっとくるのは、それ以外の可能性を否定してこれをやっているという同一性というか。それを小説に感じられると、これを書かなきゃならないから書いてる、書かされてるっていうのを読むと、読んでるほうもその確信っていうのは伝わってくる。そんな小説はそれほどあるわけではない。でも昔からそういう小説を書く人はいて、今もいるってことだと思うんですけどね。
磯﨑　そのとおりだと思います。忌野清志郎もそういうことを言ってましたね。この夏、僕は「ロッキング・オン」の忌野清志郎特集ばっかり読んでましたね。
佐々木　今日はロックの話が多いですね。
磯﨑　僕はやっぱりロックだなって思いますね。
佐々木　バンドやるほうがいいんじゃないですか（笑）。
磯﨑　最近やっぱり人生ロックだろ、っていう気がしてならなくて（笑）。
佐々木　しかもそういう意味でのロックっていうのが小説の中では感じられないっていうのがすばらしい。
磯﨑　それはまだ素振りが足らないから（笑）。色々あるけどロックだよ、みたいな。全然わけ分からないんだけど（笑）。
佐々木　時間がそろそろですので。本当に改めまして、磯﨑さん、受賞おめでとうございます。最後に拍手でお送りしたいと思います。

対談

青山七恵×磯﨑憲一郎
これから小説を書く人たちへ

――「文藝」二〇〇九年冬号(文庫『やさしいため息』青山七恵 収録)

はじめて一〇〇枚の「小説」を書き上げた日

青山 芥川賞を受賞されて、昼間は会社の仕事がある中での取材やエッセイの執筆は大変じゃなかったですか?

磯﨑 いや、対応できる範囲の取材しか受けていないので、そんなに大変でもないです。青山さんも、芥川賞を受賞されたときはまだ勤めていましたよね?

青山 はい。そのときは旅行会社のチラシ作成の仕事をやっていました。いままで生きてきた中で一番あわただしい時期でしたね。

磯﨑 青山さんと僕とは会社に勤めながら書いた経験を持っているという共通点もありますんで、今日は小説そのものだけではなく、小説を書くことに関しても、いろいろお伺いしたいと思っています。まず、青山さんが最初に小説を書いたのはいつごろなんですか?

青山 はじめて書いたのは大学二年生のときですね。

磯﨑 それは青山さんが文藝賞を受賞された『窓の灯《あかり》』よりも、どのぐらい前になるんですか?

青山 二年ぐらい前です。

磯﨑　もともと小説を書きたいと思っていた？

青山　書きたいとは思ってました。ただ高校生のときに一回、手書きで書いてみたんですけど、手が疲れちゃって（笑）。あと、紙に手書きの字が書いてあるだけだとまったく小説っぽく見えないんですよね。ただ自分が書いた文字っていう感じで、これは小説にはならないと思って数ページでやめてしまいました。転機は大学に入学して、パソコンの使い方を教わったことなんです。パソコンだと書けました。

磯﨑　きっかけは道具が書かせたという感じですかね。

青山　ひとつのきっかけでしたね。パソコンだとちょっと書いてプリントして読むと、もう活字じゃないですか。「あっ、これはもう、小説だ」っていう感激があって、それがどんどん積み重なって、ひとつの作品が書き上がったという感じです。

磯﨑　それはどんな小説だったんですか？

青山　一人のかなり暗い女の子を主人公にした一〇〇枚ぐらいの小説で、たしか文藝賞以外の新人賞に応募しました。

磯﨑　最初から応募しようと思って書き始めたわけですか。

青山　最初はそうではなかったんですが、途中からやっぱり「もしかしたら何かあるかも」と思って、一応目標にはしていました。あと一〇代のうちに一作書きたいという思いもあって。

磯﨑　明確に小説家になりたいという意識があって書いたというより、小説というものを書いてみたいという感じだったんですかね？

青山　そうですね。いつか小説家になれたらいいなとぼんやり思っていましたが、当時はとにかく、小説を書いてみたいと思っていました。

磯﨑　そうしたら意外に一〇〇枚書くのは苦ではなかった？

青山　いや苦でした（笑）。大変でした。

磯﨑　何かどうしても書きたいことがあって書いたわけではなくて、書いてみたら結果的に一〇〇枚ぐらいになったという感じですか？

青山　……というよりは、一〇〇枚あったらさらに小説っぽくなるだろうって思いがあって、それでまず一〇〇枚書こうって決めたんです。

磯﨑　小説家になってみて、小説家以外の人から受ける質問の中で、特に多いのは、「よくそんなにたくさん書けるね」っていうのがあるんですね。でも、考えてみると僕の会社とか取引先なんかでも出張報告書や引継書の長いものの場合、ワープロでＡ４用紙二〇枚から三〇枚ぐらいは書いている、それって原稿用紙にしたら大体六〇枚から九〇枚ぐらいに相当するんです。つまり、サラリーマンだって年に何回かはそのぐらいの量の文章を書いているわけだから、量の問題は大したことないんです。ただ、小説の場合、書くことがあらかじめ決まっているビジネス文書とは違う、一行一行考えながら一〇〇枚目まで行き着く持続力というか、推進力がどうしても必要だから、やっぱり最初からいきなり一〇〇枚書けたというのは、本当はなかなかすごいことなんじゃないかと思います。

青山　磯﨑さんは最初の作品で何枚ぐらい書いたんですか。

磯﨑　僕が最初に書いたのは三〇枚ぐらいのエッセイなんですよ。旅行記みたいなものです。それを読んだ保坂和志さんから、「これはちゃんと小説にしなきゃダメだ」って言われて、その三〇枚の旅行記を一〇〇枚に書き直したんです。メキシコに家族で旅行に行ったという、ただそれだけのベターっとした話なんですけど、それを保坂さんに褒めていただいて。小説として一〇〇枚なんて書いたのは僕もそのときが生まれてはじめてだったんですけど、でも恐れていたほど一〇〇枚書くことは苦ではなかった。実際書いてみたら一ヵ月半ぐらいで書けたんです。

青山　最初にエッセイだったものを小説に変えるって、具体的にはどういう作業なんでしょうか。

磯﨑　フィクションにしたんです。とは言っても、あまり設定とかは変えてなくて、一つの場面を三〇枚分ぐらいにぐっと伸ばしてみたりして。ただ、一〇〇枚を書き上げたとき、当時僕は既に三〇代後半だったわけですけど、「あ、こういうことが自分にはできるんだな」という、何か明らかに新しい発見があったんです。自分がいままでやったことがないことを、三〇代も後半になってからやったんだな、ってね。

「見えない希望」を信じながら書き続けた日々

磯﨑　その一〇〇枚の後、次に青山さんが書いた作品が『窓の灯《あかり》』ですか？

青山　もう一つ世に出ていないのがあって、それは恋愛小説です。それも応募してダメでした。

磯﨑　その習作時代は、どういう気持ちで書いていたんですか？

青山　小説家になりたいとは漠然と思ってましたけど、一方で、「そんなのなれるわけない」っていう気持ちの方が強くて。

磯﨑　なれるわけがないと思いながらも書いている。

青山　そこが不思議なんです（笑）。しかも応募もしているわけだから少しは期待してるはずなんだけど、でも本当に受賞したらどうしようなんて、考えてもいけないようなことだと思っていて。だから書いてることも、誰にも言ってなかったんです。

磯﨑　やっぱり一人で書いていたわけですか。誰にも読ませなかった？

青山　誰にも読ませないです。当時、私は図書館司書になりたかったんです。それは中学校のころからずっとそう思っていて、それが表向きの私の目標で、作家になるっていうのはもっと奥の方にあって、誰にも触らせたくない「夢」みたいな感じですね。

磯﨑　矛盾は感じてなかったですか、「図書館司書になりたい、自分はなるだろう」という思いの一方で、実際には日々小説を書いている自分自身に対して。

青山　そうですね……「私にも野心みたいなものはあるんだな」とは思ってました（笑）。

磯﨑　青山さんって人を観察するように自分を観察しますよね。

青山　うーん、何でしょうね。でもやっぱり「図書館司書になりたいくせに何でこんなことをしているんだろう」っていう思いはずっとありました。それでもやめずに書いてることについては、「もしかして本当に小説家になれるかもって思ってるんじゃないの？」っていう感じですかね。

磯﨑　それは自分に対してですか？　「もう大人なんだから、そんな甘い考えを持ってちゃダメだ」みたいなことですか？

青山　「もしかしてそんなこと本当に思っちゃってるの？」っていう（笑）。でもまあそのときは小説を書くことの意味なんて大して考えていませんでした。ただ、自分の考えって日々変わっていくってことはわかっていて、だからいま考えていることってもう絶対この瞬間にしか考えないことだっていう、何かもったいなさとか、焦りみたいなものがあったんです。だから小説の内容や書き方はともかく、とりあえず自分の考えていることをそのときにしか書けない「小説」という形でとっておきたい、そういう気持ちが強かったのかもしれません。磯﨑さんは、そんなこと、考えませんでしたか？

磯﨑　ミュージシャンになりたいとかスポーツ選手になりたいというのと同じように、たぶん小説家というのも誰しも一度は憧れる職業のうちの一つであって、僕にとってもそうだったんだけど、だけど何もやりませんでした。

青山　小説を書いてみようとさえも思わなかったんですか。

磯﨑　思わなかったですね。「いずれ何か書くかもしれない」っていうかすかな予感はあったのかもしれないけど、実際には一文字も書かなかった。僕は大学入学が一九八四年なんです。その二年前、八二年にガルシア＝マルケスがノーベル文学賞を受賞するんですが、当時、大学生協の本屋には『百年の孤独』の翻訳本が平積みになっているような時代だったわけです。でも、読もうとも思わなかった（笑）。いま、こんなにガルシア＝マルケスが好きだとか言ってるくせにまったくいい加減なもんです。しかも当時は村上春樹さんがブレイクしていた時期で、『中国行きのスロウ・ボート』や『羊をめぐる冒険』とか、まわりはみんな読んでいたはずなんです。でも僕は手にもとらなかった。当時は音楽の方に興味があったし、なぜか体育会のボート部に入っちゃって、試合に勝ちたいとかそんなことしか考えてなかったんです。それから青山さんにおくれること二〇年後、僕は書き始めるわけですけど、そのときも一人で書くという地味な作業と並行して、自分がプロになれるという確信があったかと言えば、やっぱり全然ない中で書いているわけですよね。

青山　確信がない中で書きながら、でもやっぱり何作か応募されたんですか。

磯﨑　いや、一作も。（受賞作を送った）文藝賞だけです。僕はとにかく保坂さんに書けとすすめられたことが出発点にあったから、ほかの誰に認められたとしても、保坂さんに「ダメだよ、あんなの」と言われたら自分はデビューしてはいけないんじゃないか？　という思いがありました。ただそういう中であっても、自分はデビューできるという確信なんてまったくない中で、ただ日々書いていくわけですよね。僕はスポーツをやっていたから思うんですけど、全日本選手権に出て決勝に残りたいとか、インカレで勝ちたいとか、そうじゃなければ東大に受かりたいとか、司法試験に受かりたいとかでも良いんですけど、そういう目標に比べると、小説を書きたいと思っている人が全国に何万人もいて、その中から実際に文芸誌の新人賞に応募するのが一誌あたり二〇〇〇人ぐらいで、受賞するのは年に一人か二人ってのは、とてつもなく手ごたえのない目標なんですよ。目標とすら言えないかもしれない、真面目に確率とか効率とかを考えたらとてもやってられない（笑）。だから、そういう問題ではなくて、何かを信じて、なおかつ書き上げて……そういうまったく見えないはるかな一点を、しかし疑わずに信じて一歩一歩近づく、みたいなところがね、いまにして思うと「ああいう時間こそ幸福なんだよな」って（笑）。茫洋としたものに向かって書く、あの感じがいいんですよね。不安定な感じっていうのはデビュー前にしか味わえない、充実した感じなんですよ。あの間に何かが出来上がっていくんだろうなって思うんです。傍から見ると、ある日突然受賞作が現れるように見えるんだけど、実際にはその長い時間の中で徐々に何かができてきているはずなんですよね。

青山　それ、何かわかります。私はデビュー作の『窓の灯《あかり》』を書いたのが大学四年のときで、それを書いた一番のきっかけというのも、人生の中で大学時代特有のこのふらふらした感じはもう二度と味わえないだろうから、小説という形でそれをとっておきたいという思いからでした。それを一つの作業として完了させるためには、出来上がった原稿を封筒に入れてポストに投函するというところまでやらなきゃいけないと思ったんです。だから受賞する確率とか、文藝賞に応募してから先のことは何も見えてなくて、茫洋とした状態の中で、まずこの小説を完成させて送るというところまでが大事なんだって思ってました。

磯﨑　そう、そのとにかく自分は送らなきゃだめなんだ、ということを信じられるのが、最低限の応募資格みたいな気が、僕はするんですよ。今回の対談にあたって、実は失礼ながら『窓の灯《あかり》』をはじめて読んだんですけど、何なんですか、この妙に夜な感じは？（笑）それ以降の青山さんの作品と比べると……。

青山　何か違いますよね。たぶん、そのときが夜の感じだったんでしょうね、きっと（笑）。いまと比べると、やっぱりずいぶん変わったなとは思います。

磯﨑　全体的に不穏な感じもするし、ミカド姉さんのいやらしい感じ。そしてまりもさんのこの何か……妙に自分がいなくても世界が成立してるという、傍観者的というか達観というか。孤独とか孤立とは相反する、自分がいなくてもこの世の中にとって大きな問題はない、という感じと同時に、向かい側の部屋に対する興味という形で視線が外界に向いていて、とにかくデビュー作特有の緊張感を感じました。デビュー作ってそういう非常に不安定なものに耐えながら、その不安定感の先に感じる、「見えない希望」みたいなものを信じながら書いてる、そういう緊張感がやはりあるんですよね。僕もデビュー作を書いていたころのことを思い出すと、醒めた頭では本当にこれが世に出るということを信じてないがゆえの、不思議な緊張感があったと、いまにして思います。

僕らは小説の中に生きている

青山　受賞作の『窓の灯《あかり》』がはじめて他人に読んでもらった小説で、一番最初に読んでいただいたのが文藝編集部の方だったんです。

磯﨑　最初にまず「最終選考に残りました」っていう連絡が来たわけでしょう。

青山　はい。編集部からいっぱい携帯に着信があったんですよ。でも知らない番号だから出るのは危険だと思って（笑）。

磯﨑　いい話じゃないですか（笑）。

青山　それですごくよく覚えているんですけど、会社帰りに下北沢駅のホームでまた電話の着信を見つけて、友達に「これどうしたらいいのかな」って相談したら「あぶないから絶対かけ直しちゃダメだよ」って言われて「うん」って言ったまま数日。

磯﨑　何で留守電にしてなかったんですか。

青山　全然わからないです（笑）。数日後、今度はちゃんと留守電になっていたみたいなんですが、編集部が残してくれたメッセージをたまたま帰省していた実家で聞きました。そのあと、すぐそばにいた母に「河出書房新社の文藝賞っていう賞に……」って報告しようと思ったんですが、あまりの驚きで「か、か、か、河、河……」って、言葉が詰まってしまって出てこなかったんです。人間は驚くと本当に言葉が出ないということがわかりました。

磯﨑　最終選考の連絡はうれしいよね。予期せぬ、という意味では、受賞の知らせよりうれしかったかもしれない。

青山　たしかにそうかもしれない。小説を書くのって、すごく地道な作業の積み重ねなんですけど、ちょっと現実離れしているような感じがあって。だから電話で「最終候補に残りました」なんてそんな現実的なことを言われると、「あ、何か本当になっちゃった」っていう感じがして。

磯﨑　そのときはもう勤めていたんですか。

青山　その電話をもらったころは、すでに勤めていました。新入社員です。

磯﨑　やっぱり勤め始めて最初のころは、大変じゃなかったですか？

青山　大変でしたね。私は旅行会社にいたんですが、本店内で予約の電話応対をする部署に配属されていて、毎日残業をしていました。

磯﨑　そういう環境の中で、受賞第一作の『ひとり日和《びより》』を書かれたんですよね。どのくらいの期間がかかりましたか？

青山　第一稿を出したのが、文藝賞をいただいた翌年の三月末ぐらいです。掲載されたのが七月七日発売の「文藝」秋号だから、半年ちょっとぐらいですね。私はなぜか、「早く受賞第一作を書かなくてはいけない」ってすごく焦っていたんですけど、磯﨑さんは文藝賞を受賞された後に焦りとかありましたか？

磯﨑 僕の場合は文藝賞に応募した段階で、次の小説を書き始めていたんです。

青山 それは『眼と太陽』ですか。

磯﨑 ええ。『肝心の子供』を応募してすぐに、書き始めていたんです。だから、やっぱりなんだかんだ言って、結局一年弱はかかっているんですよ。実際、仕事をしながら書くことの難しさって何ですかね。

青山 うーん、よく聞かれるんですけどね。

磯﨑 自分が答えろよ！　って感じですか？

青山 はい（笑）。でも磯﨑さんの最近のインタヴューを読んでいると、決して難しいこととは仰しゃっていないですよね。

磯﨑 僕の場合、まだキャリアが浅いし、半年か一年に一本の中篇しか出さないペースだからやれているっていうところもあるのかも知れないけど、でも先日お会いした川上未映子さんが「イレズミ効果」という話をされていたんですよ。人間って刺青を体の半分ぐらい入れてしまうとすると、刺青をしたところの皮膚が呼吸できなくなるんだけど、その代わりに刺青していない部分の皮膚が活性化されて、刺青部分の死んだ皮膚を補うそうなんですよ。同じ原理で、仕事しながら書いている人は、実は仕事をしてない限られた時間を有効に使うことによって、その密度を高めて小説を書くんだという、それが川上さんの「イレズミ効果」説。

青山 たしかに、そのとおりだと思います。私も働いていたころは、主に帰宅した後の夜中に書いていたんですけど、執筆時間は平均したら一時間ぐらいだったと思います。でも時間が限定されているからこそ、小説と向き合っている時間はいまより濃かったような気がするんです。実際、私が仕事と小説二つやることを「大変だな」と感じ始めたのは社会人生活の残り一年ぐらいのことで、三作目の『やさしいため息』を書き上げるまではわりとのんびり書いていました。だから働きながら書くっていうのはいやじゃなかったというか、むしろそれが好きでしたね。

磯﨑　苦ではなかった?

青山　仕事と小説の二つをやってるっていうことを苦しいって思ったことは、途中まではなかったです。途中からは若干、でもその苦しいっていうのも「寝不足がつらい」とかそういうレベルで、実際に働きながら書いていること自体は手放したくないぐらい好きだったんです。体力的につらいっていうのも、自分がちゃんとがんばっている証拠だと思ってましたし。

磯﨑　たしかに「二足のわらじで大変でしょう」とよく言われるわけです。でもみんなが想像するような大変さは余りないんですよ。すごく無理をしているという感じはしない、生活の中に小説を書くという時間を置いてもね。

青山　だって実際、二、三時間もぶっ続けで書いたりとかってしませんよね。

磯﨑　僕が思うのは、小説家にとっては、小説の時間が実はすべての他の時間を内包しているのであって、小説の時間の中を常に生きているから、どこか三〇分とか一時間とかを切り取って小説を書く時間にしたり、小説を読む時間にしたところで、ぜんぜん分断されないというか、もうすでにその中にいるところの時間に過ぎないんですよ。僕たちにとっての社会的な生活というのは小説の時間の、小説的生活の中の一部でしかないのかな、と。

青山　小説的生活……。たしかに、小説を書くとき、会社員から小説家へというわかりやすい切り替えスイッチみたいなものはないですね。書いている自分は昼間と同じ人間ですし、地続きになっている一日の流れとして書いていた気がします。

磯﨑　そう、僕らは小説の中に生きているんですよ。

青山　そうなんですかねえ。そうなると、小説を書くことは少しも不自然なことでなくて、むしろ生活の他の部分を集約している時間なのかもしれませんね。

磯﨑　小説の時間の中に生きているから、どこの一時間でも三〇分でもいいし、休みの日はまる一日小説を書いている日があっても、それは常にその中にいるから無理がないのかな、と。

青山　そういうことって、小説を書き始めて考えられたことですか？

磯﨑　そうでしょうね、たぶん。書くことによってはじめて発見したことっていうのは他にもたくさんあります。毎回どの小説でも、「自分がこんなことを書くなんて、書く前はまったく知らなかったな」っていうことがあるんですよね。たかだか一〇〇枚の小説ですけど、書き終わるとまるで一人の人間の一生を生き切ったかのような脱力感と、「もうこれで人生が終わった」ぐらいの達成感を覚えるんです。だからそれぐらい小説の時間の中に入り込んでいるんじゃないかと。仕事をしていようが寝ていようがごはんを食べていようがお風呂に入っていようが、小説を書いている最中は、明確な形として表さなくても、常に頭のどこかで小説のことを考えているわけです。小説書いてるときって、文章をそらで言えませんか？

青山　暗記はちょっと……（笑）。

磯﨑　完全に暗記はしてないけど、どういう流れでどう展開して、どうやってここまで来て、っていうのは具体的にすらすら言えるでしょう。

青山　それはわかります。

磯﨑　だから小説を書くということは、そのぐらい小説の内側に入り込む、そういうことなんだと思うんです。青山さんって、あらかじめプロットを決めて書いているんですか？

青山　決めるというよりはいつも大体の雰囲気というか、「感じ」みたいなものがあって、書こうと思うきっかけもその「感じ」だし、それは自分がもともと持っていたものであったり、どこかでいきなりぽんと投げられたものであったり……。

磯﨑　なにかもわーんとしたものがある？

青山　そう、「感じ」としか言えないんですけど、それを文字に置き換えて再現できるかな、っていうのが一つの書く動機ではありますね。

磯﨑　これは保坂さんが仰しゃっていたことなんですが、ヴァージニア・ウルフは小説を書くときにはあらかじめ綿密な設計図を作って書いた人なんだそうなんですよ。でも小説というのは必ず冒頭から一行一行書いていくじゃないですか。一行一行書いていく限りにおいては、構造的に、設計図通りには進まない可能性を常にはらんでいる。そして、どんなに綿密に設計図を立てて書く作家でも、小説の流れが設計図と違う方向に向き始めたときには、流れの方に従うんじゃないかと思うんです。だからそういう意味ではいま、青山さんが言った「感じ」というのが小説を書く上では大事なところで、「この小説は、こっちの方向に行くのかな」みたいなぼんやりした感じがあって、書き進めていくことによって「あっ、こういうことだったのか」って気づくんですよね。

青山　ただ、その一文字一文字を書いてるのって自分じゃないですか。でも勝手に思わぬ方向に行っちゃうときってありますよね。それって誰の仕業だと思いますか？

磯﨑　それは小説の仕業ですよ。だって僕は本当は自分では書いてないと思いますもん。小説が僕を使っているだけ。そこだけを言うとたいていは理解されないか、格好つけていると思われるんですけどね（笑）。

青山　たしかに次の日、前日書いた部分を読み返したとき、「へえ、こんなこと書いてるんだ」っていうことはありますね。間違いなく自分で書いているはずなんですけど、妙に他人行儀な感じで読んでしまいます。

磯﨑　そうそう。何でこういうことを自分が書けたのか、わからないんですよね。それを「神が降りてくる」と表現する人もいますけど、書くことによって一文一文発見していく作業というのは、縦書きだったら右から左に進んでいる限りにおいては、絶対に誰にも起こっていることだと思うんですよ。「あ、この行の次にこの行を入れたくなっちゃった」とか「この描写にはこのひとことを加えたくなっちゃった」という。それは小説が一行目から順番に読んでいくという形態である限りにおいては、構造的に起こらざるを得ない気がする。

本当に重要なのは思春期のころの体験

磯﨑　周囲の対応が大きく変わったのは、やっぱり芥川賞を受賞された後ですか？

青山　そうですね。それまでは「青山さんて小説書いてるらしいよ」ぐらいだったのが、「すごい、芥川賞？」って、本当にみんな喜んでくれますよね。朝礼で花束をもらったり（笑）。

磯﨑　僕の会社は朝礼がないんですけど、会長や社長がわざわざ「おめでとう」と言いに来るとか、そういう何かめでたい雰囲気はありましたね。親しい人たちは何か変わりました？

青山　お祝いしてくれる程度で、特に「これ」といった変化はありませんでしたね。磯﨑さんの周りには、具体的に態度が変わった人っていたんですか？

磯﨑　僕は体育会系だと思われていたから「何でお前が？」みたいなところから入るわけですけど、

てるの、ワープロ？　原稿用紙？」とか、最初はそういうことを聞かれましたけど。で、やっぱり世の中にはいろんな人がいるわけだから「会社の仕事で忙しいんだから、そんなことやってる余裕はないだろう？」ぐらいの嫌味なことを言う人が何人かは出てくるかなと覚悟していたら、ところが一人も出てこないんですよ。「それは周りに文句を言わせないように、ちゃんと仕事やってるからだ」と言ってくれる人もいるんだけど、どうもそういうことじゃない。一つにはやっぱり小説というものに対する幻想みたいなものがあるんだろうけど、ただみんな多かれ少なかれ小説を……。

青山　小説を書くことってすごいことだって思っていますよね。

磯﨑　やっぱりそういう部分てあるんでしょうねえ。いまみたいな時代でも意外に、世の中における小説とか小説家の位置づけには好意的というか、肯定的な部分があるんだなっていうのが、自分が小説家になってみてときどき感じることなんです。たとえば突然、「芸能界にデビューします」って言ったらもっとやっかみとか、誹謗中傷が来るんだと思う（笑）。

青山　ぜったい来ますね（笑）。

磯﨑　青山さんが芥川賞受賞後の朝日新聞のエッセイに、受賞発表の日の夜、一人で家に帰ってドアを開けたときの話を書かれてますよね？「芥川賞作家としてドアを開けるわけではなくて一人の人間として開ける」という。

青山　そう、結局、立派な賞をいただいたとしても、立派な自分になれるわけじゃなくて、その日の自分は昨日の続きの自分でしかないんです。

磯﨑　新聞広告はもちろん、電車の中であれだけ「文藝春秋」の中吊り広告に大きな写真が出ていても誰にも気づかれない。青山さんから「誰も気づきませんよ、大丈夫ですよ」と聞いていたから、僕も面白半分で実験してみたんです、いろいろ。中吊り広告の真下の席に座ってみたり、広告の下を通り抜けてみたり（笑）。でも誰も気づかない。「あれじゃ電車乗れないでしょ」とかみんな言うんだけど、全然そんなことはないんです。普通に電車で通勤して帰宅する、普通の生活が続くんです。

青山　まず気づかれませんよね（笑）。

磯﨑　受賞した晩も家に帰って扉を開ければ別に受賞前と変わらない生活があるわけで、食べるものが変わるわけでもないし、当たり前だけどトイレに入れば一人だし……そこで自分の中身が変わることなく、素人性がちゃんと維持できている限り、大丈夫だなと思うところがある。

青山　当時、私は会社勤めをしていましたが、会社にいながら書いているとやっぱり時間的な制約もだんだん出てくるから、そのとき書いている小説に向かい合って、それが終わったら次の小説を書いて、という感じで、小説を書くことの意味は二の次になってしまう。とにかく昼間は会社に行って仕事をしつつ、いま書いている小説に向かい合うことだけが一番大事で……素人性ってそういうことですか？

磯﨑　うーん、そういうことでもなくって……たとえば保坂さんの『カンバセイション・ピース』は小説家を主人公にしているんですよ。小説家が叔父さんから借り受けた世田谷にある大きい家にいろんな友達が来て住み始めるという設定で、語り手はその小説家なんです。保坂さんの小説で、小説家を主人公にした小説っていうのはたぶんあの小説がはじめてで、デビュー前だった僕は「小説家という特殊な境遇にある人を主人公にしちゃうと、ちょっと違う要素が入っちゃうんじゃないかな」って思ったことがあるんですけど、小説家になってみてつくづく思うのは、小説家って境遇としては特殊な職業じゃないということ。当たり前だけども、日常の風景が変わるわけではなくて、ましてや生まれ変わるわけではない。プロの小説家になってみて、保坂さんが主人公を小説家にすることにためらいがなかったこととの意味がわかったような気がします。「素人性」というとネガティブな響きが出てきてしまうのであれば、もう少しポジティブな意味を加えて「社会性」と言ってしまうとちょっと違うんだけど、まあとりあえずいいや。社会を知っててルールもわかっているけど、単に斜に構えてそれを無視するんじゃなくて、わかってる上で敢えて乗り越えるみたいなね、保坂和志という作家には、僕はそれをすごく感じるんですよね。保坂さんは一五年ぐらいサラリーマンの経験のある方だから、サラリーマン社会のルールというのをわかった上で、「でも、小説家はこんなルールにこだわってちゃダメなんだ」っていうところがある。

青山　社会のルールって、やっぱり会社に勤めていれば徐々にわかってくるものですが、私は四年勤めて「なんとなくわかった」という程度で終わってしまいました。なので、保坂さんのようにルールをわかっている上で乗り越えるっていうその感覚は、会社の中じゃなくて、これから小説を書いていく中で模索して、つかんでいくものなのかなと思います。それに、小説家はそんなに特殊な職業じゃないっていうのも、同感です。私はたまたま会社に入社したのと小説家としてデビューしたのが同じ年だったので、どちらも少しずつ仕事の流れを覚えていって、どうやったらもっと上手になるか試行錯誤したり、その中で徐々にできることが増えたり、周りの人たちとコミュニケーションをとりながら仕事を形にしていくっていう、大きな流れは一緒だなと、実感として思うんです。旅行の電話応対も小説執筆も、持っていなきゃいけないその職業独自のセンスとか視点があることはわかるんですが、どちらの場合も根底にあるのはすごく「普通」の感覚だと思うんです。それは「社会性」というものと近いんじゃないかなと思います。

磯﨑　青山さんはすごく若いうちにデビューされたわけですけど、もし僕が二〇歳そこそこでこんなことになっていたら、もっと舞い上がってうぬぼれた人間になっていたんじゃないかと怖いんですよ。

僕は四〇を過ぎてからデビューしたので悪く言えば醒めているということになるんですが、そういう意味での社会性というか素人性がよくも悪くも身についてしまっている。だけど、もうそういう人生を既に歩んでしまったんだから、これはもう取り返しがつかないんだ、とも思う。ただ青山さんと話しているとそういう素人性、社会性みたいなものは年齢の問題じゃないのかな、と。この間の芥川賞の授賞式の後で、川上未映子さんに会った青山さんが、本当に顔を紅潮させて喜んでいるのを見て、「青山七恵、恐るべし」と思いました。

青山　本当にきれいで素敵な方だったんです。純粋に人に魅了される経験ってあまりないので。さっきの話みたいに「本当に驚くと言葉に詰まる」とか、「本当に素敵な人に会うと動揺する」とか、自分に起こっている現象を発見したときの驚きっていうのは、好きですね。

磯﨑　ただそこが僕にとって、作家・青山七恵が信頼に足るところなんですよね。

青山　でもそういう感覚って、なかなか消したくても消せないっていうか、もう染み付いちゃっているものです。

磯﨑　いや、でもそれが僕には青山さんのすごい強みに見えるんです。だって青山さんぐらいのキャリアを持っていれば、もっと開き直ることもできるじゃないですか?

青山　でもキャリアって言っても、デビューして四年ですよ。会社で言ったら、まだ中堅社員でもありません。「どうしたらもっといい小説を書けるんだろう、そのいい小説っていうのは何なんだろう」って考えながらやってる最中なので。

磯﨑　逆に言うと、若いときにそうなっちゃうとのぼせ上がらないですか?

青山　そこは気をつけようと思っています。小説以外の部分ではだいたい物事を自分に都合よく解釈するくせがあるので、そのくせが小説の方に伝染しないように。

磯﨑　青山さんがですか？　だったら、もうちょっとのぼせ上がった方がいいんじゃないですか。

青山　いえいえ（笑）。特に文藝賞を受賞したときは、「やった、作家になれた！」という感じではなくて、「これでやっと小説を書ける入口に立たせてもらったから、この場所をなんとか死守しなきゃいけない」という思いの方が強かったですね。のぼせ上がる以前に、やっぱり「この世界って、そんなに自分にやさしくないぞ」っていうのも感覚的にわかっていたので。

磯﨑　それはいつごろ気づいたんですか。

青山　高校生のころですかね。

磯﨑　なるほど。思春期のころの体験って、本当に重要ですねえ。自分でも意識していないうちに、人生を方向づけられてしまっているようなところがあって。

青山　私もいまの自分を形成しているのは、たぶん中学から高校時代にかけて読んだ本、そして人間関係で学んだことがほとんどだと思います。それを過ぎてしまうと、あとはそのベースにちょこっと補足がついたりするだけで、大事なところって本当に思春期のころに作られたものばかりです。

磯﨑　僕は今回、芥川賞の授賞式に八〇人以上知り合いを招待してしまったんですね、そんなに大勢呼ぶ受賞者は珍しかったらしいんですが（笑）。高校時代に一緒に音楽やってた友達とか、クラスで仲良かったヤンキーみたいなやつとか。それで昔の友人のあいだで、にわかメーリングリストができて、「やっぱり高校時代が一番面白かったな」「大学へ行ったけども余り面白くなかった」とかみんな言い始めたわけです。僕は人生で一番楽しかったときは高校時代だってインタヴューでは言い続けているんですけど、当時、僕の周辺にいた一〇人前後のグループもみんな似たようなことを言っていて。もちろんノスタルジーで言ってる部分もあるんだろうけど、それぐらい自由な高校だったんですね、私服だったし、単位制だったし。だから、さっき青山さんが言ったような、あのころにかなり人生の方向づけが決まってしまっているんだなということは、今回二十数年ぶりに同級生たちと会って、あらためて実感したことなんです。青山さんは、高校生活は楽しかったですか？

青山 私は女子高に通っていたんですけど、すごく楽しかったですね。その学校もとても自由な雰囲気で、誰が何をしていてもへんな陰口みたいなのを言う子はいなくて、「自分のやりたいようにやっていいんだ」ということに気づくことができました。

磯﨑 自分の過去を肯定できる。

青山 そう、美化しちゃってる（笑）。しかもその美化が絶えず更新されてます。

磯﨑 それでいいんじゃないですか。「高校で一緒だったあいつに復讐するために私は小説を書いているんだ」とか思う人は、やっぱり小説を書くべきじゃないんじゃないかなあ。それはちょっと違うと思うんですよね、小説との接し方として。

今度は自分が小説の世界に新しい誰かを招き入れたい

磯﨑 川端賞を受賞された「かけら」が収録された短篇集は、そろそろ刊行ですか？

青山 はい。たぶん、この対談が掲載されるころには。

磯﨑 去年の秋にお会いして食事したときに、「かけら」の話もしましたよね？

青山 そうです。磯﨑さんが『眼と太陽』の単行本を出されたちょっと後ぐらいですから、まだ私も仕事をしていたころで。あの青山のOLっぽいレストランで、磯﨑さんは「この主人公のお父さんはかわいそうだ」と仰しゃってましたよね（笑）。

磯﨑 そう、OLっぽいレストラン（笑）。そこで食事をして、結局帰るときには、深夜をまわってしまったので、「もう今日は書かないでしょう？」と僕が聞いたら、青山さんは「いや、私は今日帰ってからも書きます」と答えた。その頃、青山さんは帰宅後いつも二時か三時ぐらいまで書いて、朝は起きるなりすぐに会社へ行くような生活だったんですよね。そのときには「俺は絶対書けないな、スゲーな、青山七恵」って思ったことを覚えています。そしたら翌日メールが来て「磯﨑さんすみません、昨日は書きませんでした、嘘をついてごめんなさい」って（笑）。

青山　そうでした（笑）。

磯﨑　でも基本は毎日書いていたんですよね。

青山　私が作品を増やすという点で本当にがんばり出したのって、二〇〇八年の春以降で、三作目となる『やさしいため息』の単行本を出した後なんです。それまでのんびりしすぎたかなという気持ちもあって、とにかくいっぱい短篇を書くことを自分に課して、それからは自分なりに予定を立てて書いていました。

磯﨑　たぶんその短篇集に収録されるんだと思うんですが、川端賞受賞第一作になる「山猫」（「新潮」二〇〇九年八月号掲載）がすごくよかったんです。よかった、というかデビュー作と比べて、すごい進化だなと思いました、……すみません、「進化」とか後輩が言って（笑）。

青山　いえいえ、でも本当にそうだと思います。それこそ会社と同じで、同じ仕事を何年かやっていればそれなりに進化していなければいけないと思います。

磯﨑　『窓の灯《あかり》』に漂うこの独特の夜な感じはそれはそれですごいなと思うんですが、たとえば「彼女は思った通り半裸で現われて『なに？』と言った」という文章で「半裸」という言葉が出てくるんですけど、どう半裸だったのか説明のないままにそういう単語を出してしまっているんですよね。他には「閉店間際、こざっぱりとした麻のシャツ」というのもあって、「こざっぱりとした」っていうどうとも取れるような表現を無防備に出している。

青山　そう音読されると恥ずかしいですね（笑）。

磯﨑　『窓の灯《あかり》』のこういう描写に対して、「かけら」の冒頭の「綿棒のようなシルエットの父がわたしに手を振って」とか、「首もとまできっちりボタンをとめたポロシャツ姿の父は、そういう風景に貼り付けられた一枚の切手みたいだった。たまたまそこを通りかかった人のようにも見えた」とか、こういう描写をくどくなく、あっさり書いているのにしかし明確な輪郭が浮かび上がるのは、明らかにデビュー作とは違うレベルにあると思うんです。

青山　ありがとうございます。特に何かを描写するときは、その表現自体の強弱とか、前後の文への影響とか、デビュー当時に比べたらまったく違う注意の仕方をしていると思います。

磯﨑　あと「山猫」で映画の話が出てきますよね、「杏子が映画を見に行ったのを後悔したのは、二十九年間でこの一度だった」って、この二十九年間っていう時間の幅が唐突に出てきたとき、「げっ」と思ったんです。そのあと改札口を出て栞を見たときに、その映画のヒロインを思い出すじゃないですか。その時間がシュッシュッと何十年単位で行き来する感じが……。

青山　『終の住処』っぽいですよね。私もちょっとそう思いました（笑）。

磯﨑　そうなんですよ。他にも挙げればきりがないんですけど、やっぱり最後の「数年後、二人のあいだには男の子と女の子の赤ちゃんが生まれていたが、どちらの子どももこの部屋に眠ることはなかった」という、視点が転換して時間の経過、時間の厚みがふわっと立ち上がる感じは本当に上手いと感動しました。

青山　「山猫」は、私にとってはちょっとした転機になる作品だと思います。デビュー以来、ほとんどの作品を一人称で書いてきましたが、いつも「私が」「僕が」とか書いていると、その主人公と書き手である自分のあいだの距離感が「だいたいこのへんだろう」とつかめてきてしまうんですね。それは、小説を書き始めて間もないころならいいことだと思うんですが、何作か書いてきたいまとなると、そういうふうにわかったことだけで書いているのではだめだと思ったんです。一人称から三人称へ、というのは形式的な変化に過ぎないかもしれませんが、何でもいいからいつもと違ったふうに書いてみたくて。磯﨑さんは、そう思われることはありませんか？

磯﨑　あります。もっとメチャクチャなことをやらなければいけないという、たまにそういう衝動にかられます。「もっと振り切らないとダメだ」と。やっぱり青木淳悟さんや福永信さんがあんなにメチャクチャなことをやってると、なんか自分が挑発されているような気さえして（笑）。

青山　『終の住処』に収録されていた「ペナント」はわりと振り切ってますよね（笑）。私は大好きです。

磯﨑　そう感じてもらえたならうれしいです（笑）。

青山　会社で働いていたころに旅行の販促チラシを作っていたんですが、「青山さんのデザインは優等生すぎる。その優等生的発想はダメだ。枠の中に全部を入れようとしなくていいんだ」って言われたことがあって、それはチラシだけじゃなくて、私の全生活について言われているような気がしたんですね。無意識のうちに、無難で間違いなさそうな道を選んで、何かに収まろうとしているという。それは小説でも感じることがあって、だから「山猫」は磯﨑さんの言葉を借りると、私なりにちょっと振り切ろうとして書いた作品だったんです。

磯﨑　じゃあ、これからはますます「振り切れた」作品を書くことになるわけですか？

青山　そうですね……性格上、一気に振り切れるタイプではないと思うのですが、とにかく同じことをしていてはいけないという意識はあります。ちょっと話は飛びますが、つい先日まで、フランスに三ヵ月の語学留学に行っていたんです。全然知らないところへ一人で行って、慣れないフランス語でちゃんと意思疎通できているのかわからないまま友達と喋ったりして……あまり「充実してました」とは言えない毎日だったんですけど、やっぱり帰って来ると何かは変わっているんですよね。視野が広くなったとか、自分の意見をはっきり言えるようになったとか、そういうわかりやすいものじゃないんです。なんというか、日本に住んでいると言葉も通じるし知ってる人がたくさんいるので足がべったりつくプールを歩いている感じなんですけど、外国での日々は、水深がいきなり深くなったプールをつま先立ちで毎日ピョン、ピョンって歩いてる感じ。それでもなんとかプールの端から端まで行けるんですよね。そんな中から水深が浅くて普通に歩ける日本に帰って来ると、べったり足がつく安心感と同時に、ちょっとものの足りなさみたいなものも感じているんです。「私はもっと深いところでも大丈夫なはずなんだけどな……」って。すごく居心地のいい環境にいることで逆に、「もうちょっと自分に厳しくしないといけないのではないか」とか「新しいことを始めなきゃいけないんじゃないか」とか、そういう気持ちにいまはなってます。

磯﨑　あと、青山さんの目標は「長く書き続ける」っていうことなんですよね。

青山　長く書くということは、より多くの人が読んでくれるチャンスがあるっていうことじゃないですか。磯﨑さんもインタヴューでよく仰しゃられてますが、「小説」という大きな流れの端に飛び込んだ感じが私にもすごくあるんです。私が実際に小説を書こうと思ったのは、高校生のときにフランソワーズ・サガンの『悲しみよ　こんにちは』を読んでショックを受けて、「こんな若い子が書けたなら私もできるかも」って思ったのが大きなきっかけなんです。それでいま、こういうふうに小説を書ける身になって、私が何かを書くことで誰か一人でも、それが全然違う時代の全然違う国の誰かであってもいいんですけど、「自分も書いてみようかな」という気になって、そこからまた一人の小説家が生まれる、っていうことが大事なんだと思うんです。

磯崎　本当にそうですね。自分もかつて保坂和志さんや海外の小説家によってそういう小説の世界に招き入れられた一人に過ぎないんですけど、今度は自分が新しい誰かを招き入れているのかもしれないという、その連鎖は信じるに足ると思うんですよね。小説の大きな流れというのは、要するにそういうことなんだと思います。

保坂和志の3冊

書評

——保坂和志①『書きあぐねている人のための小説入門』②『残響』③『未明の闘争』書評／この人・この3冊／「毎日新聞」二〇〇九年一一月一五日

来年でデビュー二十周年を迎える保坂和志の、日本の現代文学における最大の功績は何といっても「猫が猫である（象徴や比喩《ひゆ》ではない）」小説を歴史上初めて書いたことだが、それと同じか、もしかしたらそれ以上に大きな功績は「文体とは情報の構成・密度である」と言い切ったことだと私は思っている。文体、というとふつうは言葉使いの硬軟とかセンテンスの長短、会話文の多少の違いなどと思われ勝ちなのだが、小説の場合はそんな表面的なことではなくて、ひとつの場面を描くときに書き手が必ず行っている、何を書いて何を書かないかの取捨選択、更《さら》にはその抜き出した情報をどういう順番で、どのように再構成するかという「出力の運動」こそが小説における文体なのだ、と保坂は言っている。私は保坂和志と出会って初めてそういう考え方があることを知った。私の書く小説はその実践でもある。

①は小説家志望者向けの小説作法の入門書だが、右に書いたような文体や描写に対す

る保坂の考え方に興味を持った人、もっと詳しく知りたい人はぜひ読んで欲しい。小説が書かれる目的からテクニックまでを順序立てて、とても分かりやすく説明している。自作完成までの試行錯誤の跡を辿《たど》った「創作ノート」も付いている。

②に対して、保坂自身が「三十年後、五十年後も読まれるべき自分の小説はこれ」と言っているのを聞いたことがある。それぐらいの時間が経《た》っても決して色褪《いろあ》せない小説。私たちが普段おぼろげに感じている、世界の連続性のようなものを見事に提示している。併録の「コーリング」が特に素晴らしい。

③は連載開始されたばかりの七年ぶりの小説。どこまで手荒に扱っても壊れないものか、小説という形式の頑強さを試しながら書いているような印象を私は持った。

エッセイ

分からないことの中に留まる

――時の調べ／「経済Ｔｒｅｎｄ」二〇〇九年一二月号

たとえ「芥川賞受賞作」という冠が付いたとしても、私の小説が売れるなどまずあり得ない――という自らの予想に反して、『終《つい》の住処《すみか》』は売れてしまっている。売れている、といっても文芸書の中では比較的部数が出ている方という程度であって、ここ数年のビジネス書や新書のベストセラーとは比べものにもならないのだが、それでも単行本発売から一ヶ月で十万部超えというのは、最近の芥川賞受賞作の中でもなかなかの売れ行きなのだそうだ。となると、著者としては一体誰が買っているのか？気になるところで、編集者や書店にいろいろと調べて貰ったのだが、どうやら分かってきたことは、読者のかなりの部分が、私と同じサラリーマンらしい、ということだった。

かつて日本には、文芸書や純文学の読者はサラリーマンだった、という時代があった。昭和三十年代から四十年代ころに活躍された遠藤周作さんや北杜夫さん、大江健三郎さん、安部公房さん、開高健さん、それに第三の新人と呼ばれた方々の作品の主な読者はサラリーマンだったのだが、いつの間にか小説は若者の文化になってしまった。最近は学生や若者の活字離れが嘆かれたりもするが、こと小説に関する限り、実はサラリーマンほど縁遠い層はない。私の周囲の、年に何十冊も読むような読書家でも、読んでいるのは実用書やマニュアル本の類ばかりで、小説なんてほとんど読まない。

純文学・文芸書という「商品」からすればそんな、ほとんど死んだも同然だったサラリーマン層というマーケットを、同じサラリーマンの書いた『終の住処』という小説は再び掘り起こしてしまった、そんな仮説も成り立つ訳だが、しかしインターネットに書かれている読者コメントを見ると、「期待して読んだのに、よく分からなかった」「作品の意図がはっきりしない、つまらない」という感想もかなり目に付く。著者として、そういう感想を謙虚に受け止める気持ちももちろんあるのだが一方で、現代人にとっては、分からないことはつまらないことに直結してしまう、裏を返せば、分からないことの中に留まって、じっくりと考える気持ちの余裕もないのかも知れない、とも思う。私の本の売れ行きなどよりも、こちらの方がよほど根の深い問題のような気もする。

2010年

アンケート

わたしの好きな聖書のことば

――特集　はじめて読む聖書／「考える人」二〇一〇年春号

「イエスは身をかがめて、黙って指で地の上に何か書いておられた」（ヨハネ8－1〜11）

聖書をじっくり読み込んだこともなく、ましてやキリスト教徒でもない私にはこのアンケートに答える資格などない、大変お世話になった編集者のSさんからの依頼だが今回はお断りしようと思って、しかし念のため自宅の本棚にある岩波文庫の「新約聖書福音書（塚本虎二訳）」を久しぶりに開いてみて初めて、この言葉があったことを思い出した。姦淫の女が連れてこられる場面なのだが、この一文を読んだとき私は、イエス・キリストが紛れもなく実在の人物であることを確信し、着物の上からでも分かる骨の浮き出たその痩せた背中がありありと目に浮かんだ。そもそもイエスは地面に何を書いていたのか？　文字か？　絵か？　落書きか？　ここで私は聖書について語っているのではなく、恐らく小説の起源――それが主題やストーリーではなく、具体的な描写にこそあること――について語っているのである。

2011年

エッセイ

十一月十八日、夜八時、代々木上原駅下りホーム

――伝わらない言葉／「真夜中」二〇一一年 Early Spring

十一月十八日木曜日、夜の八時過ぎ、小田急線代々木上原駅下りホーム。

若い父親に連れられた子供が二人、各駅停車の先頭車両に乗り込んだ。髪の長い女の子は四歳か五歳、縞模様のセーターに黒いスカート、大人びた革のブーツ。まだ小さな男の子は顔の半分が隠れるほど深く紫色のフードを被っているもので最初は女の子かと思った、スウェット地のズボンがずり落ちて、紙おむつが見えている。男の子が女の子のセーターを引っ張る、片方が笑うともう片方も釣られて笑ってしまう。二人とも父親の足にしがみつきながらふざけあっている。この時間であればそれほど混んではいない、静かな車内に子供たちの笑い声だけが響いている。電車が大きく揺れる。すると男の子は大袈裟によろめいて、そのまま床に寝転がってしまう、誰に責められた訳でもないのに涙目になり、ほどなく声を上げて泣き出す。父親は左腕片方で男の子を抱き上げ、フードの上から頭を撫でてやる。経堂のホームに入るとき、電車が警笛を鳴らした。それ

を聞いた女の子は素晴らしいアイデアが閃いたかのように楽しげに、父親の顔を見上げてこう言ったのだ。「じゃあこんどは電車がこんな音したらどうする？　パオーンって」

この瞬間、私のみぞおちから背中へ抜けていった感情の塊とはいったい何だったのか？　今はもう大きくなってしまった私の子供たちがまだこの姉弟ぐらいに小さかった頃、私たち家族はアメリカにいた。空港のロビーかデパートで、もしくは病院の待合室で、泣き止まない幼い娘を左腕片腕で抱え上げたことは幾度もあった筈だ。しかし電車の中の女の子が発した言葉を、私が、私の長女の言葉として聞いてしまったことの説明はどうやっても付かない。

十年ほど昔、これは確かシカゴの食堂でだったと思う、小さな娘を連れた私に、たまたま隣り合わせた老婆が話しかけてきた。「いまが人生で一番良い時期ね」その言葉こそ予言だった。白髪の彼女は八十歳を越えているようにも見えた。すべての老人はもはや一番良い時期の過ぎ去った後の人生を生きているのだという畏れの気持ちぐらいしか、まだ小説家になる前の私には抱くことができなかった。

エッセイ

磯崎憲一郎の口福

――『作家の口福』（朝日文庫）収録／二〇一一年二月二八日

〈食の記憶1〉夕暮れ時のレトルトカレー

酒を飲まない代わりということでもないのだろうが、量だけは人一倍食べる。いつ頃からそうだったのか？　考えてみると、確かに子供の頃からそうだった。小学校の二、三年生、もしかしたらまだ一年生だったのかもしれない、朝昼きちんと食べているにもかかわらず、近くの森の中を歩き回って疲れた夕方にはどうにも耐え難いほど腹が減って、ふだんならば駄菓子屋で酢イカでも買ってごまかすところ、なぜだかその日の空腹はそんなものではとても収まらないように思えた。

「カレーライス、食べたいな」。秋晴れの夕方、近所の友達と自転車を駆って八百屋へ行った。当時のレトルトカレーといえば当然ボンカレーだったが、その薄いボール紙の箱を手にしたとき、私は酷《ひど》く後悔したことを憶《おぼ》えている。それは家で食事を作ってくれている母に対する後ろめたさからだったのか、一週間分の小遣いを使いきってしまった取り返しのつかなさからだったのか。現実問題としてレトルトカレーはまず温めねばならず、更にご飯がないと食べることができない。「とりあえず焚《た》き火で炙《あぶ》ってみたらどうだろう」。昔は焚き火は子供の仕事だったのだ。自宅の庭や近くの野原に一メートル四方の、子供の腰丈ほどの深さの穴を掘って、落葉や家から出るゴミはすべてそこで燃やしていた。身長よりも高く燃え上がる赤い炎を見つめたり、燃やすものによってそれぞれに異なる煙の匂《にお》いを嗅《か》いだりしながら子供の私は、自分が生まれ落ちたこの世界では、素晴らしいことしか起きないような気がしてならなかった。

しかし記憶はそこで途切れ、次の場面では自宅の卓袱台《ちゃぶだい》で母の炊いたご飯にカレーをかけて一人食べている。炎といえばこんな記憶もある。夕食の準備の時間、卓袱台に肘《ひじ》を突いてテレビを見ていた私がふと視線を逸《そ》らすと、庭に面したガラス戸に炎が映っている。真ん中の金色がゆらゆらと外側へ広がるにつれ濃い赤へと変わっていく、とても綺麗《きれい》な炎だった。もう夜だったので雨戸は閉まっていた、なのに外の景色が見えるというのは不思議だ、でもまあそういうことも稀《まれ》にはあるのかもしれないな。――ぼんやりそう思った瞬間、台所から母の悲鳴が聞こえ、駆け寄った父が燃え上がる鍋《なべ》にまな板の上の野菜をすべて投げ入れた。気づくのがあと三十秒遅かったら、炎は天井に移っていたに違いない。それでも母は鍋の中身を捨てなかった。その日から四、五日の間、私たち家族は焦げた、苦い味のするクリームシチューを食べ続けたのだ。

〈食の記憶２〉思春期の異常な食欲

もっともよく食べたのが思春期の頃であることは間違いない。中学時代は埼玉の実家から東京まで片道一時間半近くかけて電車で通っていたのだが、日暮れどき家に帰り着いた私は大袈裟《おおげさ》ではなく、ほとんど何も考えられぬほど空腹だった。帰宅と同時に着替えもせず、食パンを丸々一斤食べていた。バターもジャムも付けない、六枚の食パンをそのまま一気に食べてしまう。

ときには家に着くまで我慢できず、乗換駅の立ち食い蕎麦《そば》屋で一杯二百二十円の生卵入り天ぷら蕎麦を食べることもあった。冬の一番寒い時期、吹きさらしのホームで食べる、熱い蕎麦つゆにふやけたかきあげの後ろめたいまでの旨《うま》さ、あれはいったい何だったのか。だがもっと驚くのは、そのほんの一時間半後には夕飯を、たいていはどんぶり飯で二杯三杯お替わりまでして食べていたということの方だ。四十五歳になった今でも私は瘦《や》せの大食いだが、この頃の食欲はどう考えても異常だ。育ち盛りとはいえ、本当にこんなに食べていたのだろうか？　どうもうそ臭い。自分の記憶はどこかですりかわってしまったのではないかとさえ思う。

夕方、食パンをかじりながら私はいつも「ぎんざＮＯＷ！」を見ていた。七〇年代にＴＢＳで放送されていた若者向けのバラエティー番組だが、中でも私が好きだったのはポップティーンポップスという洋楽紹介のコーナーだった。ちょうどイーグルスの「ホテル・カリフォルニア」が長く続いたチャート一位の座を、映画「サタデー・ナイト・フィーバー」のサントラを歌っていたビージーズに明け渡した頃なのだが、当時、洋楽のミュージシャンが演奏する姿、というより単に動く姿を見ることができたのはこの番組しかなかった。私のお気に入りはチープ・トリックというバンドだった、思いを寄せていたクラスメートを見かけるといつも頭の中では「甘い罠」という曲が鳴り響いていた。中学生の私にもこういう音楽は本物ではなく、いずれ自分も聴かなくなっていく運命の曲たちであることはなんとなく分かってはいたのだが、それでも昔の洋楽には今の洋楽とは違う、憧《あこが》れすら届かない、途轍《とてつ》もなく遠い世界の神聖さがあった。運が良ければ人生のどこかの時点で自分も訪れる機会があるのかもしれないアメリカやイギリスで、この人たちは現実に生きていて、しかも音楽を演奏している、それだけで私にとっては大きな希望だった。そういった思春期特有の憧憬《しょうけい》が、あの異常なまでの食欲と無関係であったとはどうしても思えない。

〈食の記憶3〉大食いは体育会の義務だった

大学時代の大半を私はボート部の合宿所で過ごしたのだが、料理を覚えたのもその合宿所で、だった。個人の自由などなく、厳格な上下関係で律せられていることを覚悟で、半ば恐れながら入部したその組織は予想に反して民主的で、掃除や洗濯、炊事はすべて部員平等の当番制になっていた。私は合宿所に入るまで料理など一度もしたことがなかった。いや、一度も、というのは大袈裟だろう、さすがにインスタントラーメンぐらいは作ったことがあったのではないか。しかし味噌汁《みそしる》を作る為《ため》にはまずワカメを水洗いして、塩を落とさなければならないことを知ったのは、合宿所の炊事当番になってからだった。レタスの葉は包丁で切るのではなく、手でちぎることを知ったのもそうだ。トンカツならば一回の夕食で五十枚以上を揚げる。一年も経《た》てばそれなりに手際も味もよくなってきて、「自分でもまったく意外なことだが俺は料理のできる大人の男になるのだな」などと思ったりしたほどなのだが卒業してしまえばやはり、料理の仕方だけではなく、自分には料理ができたという事実まで無きことのごとく忘れてしまうものなのだ。

ボート部員時代もよく食べた。量だけでいうなら、恐らく異常な食欲だった中学時代よりも食べていただろう。しかし今にして思い返してみると、当時の食欲は疲労に対する恐怖から来ていたように思う。終わる頃には立ち上がれなくなるほどの練習が、朝昼夕と日に三回、それが週に六日続く。「ついに明日こそ、体力の限界を超えて倒れてしまうのかもしれない」、消灯後の寝床ではそんな不安が過《よぎ》ったのではなかったか。私だけではない、他の部員もみな同じだったはずだ。練習に耐えうるだけのエネルギーを蓄えるためには、とにかく大量に食べるしかなかった。

学校での授業の帰り、先輩と私は外で夕飯を取ることにした。とうぜん大盛りを頼んだのだが、出てきたスパゲティは確かに他の人より二、三割多めにはなっているものの、どうにも不安な量に見えた。こんな食事で明日のきつい練習を乗り切れるのだろうか、途中でエネルギーが尽きて、両足と背中にまったく力が入らなくなってしまうのではないか？　とりあえず一瞬でそれを平らげた後で、先輩と私は何かに背中を押されるようにして別の食堂に入り、もう一度スパゲティを食べ足した。ボート部員たちにとって、大量に食べることとは練習の一環であり、守られるべき義務でもあったのだ。

〈食の記憶４〉アメリカの憂鬱な味

実際には七年弱という期間であるにも拘《かかわ》らず、今ではそれがそのまま三十代丸ごと全部のように思える米国駐在時代を通じて私がもっとも悩まされたのは、言葉でも、文化の違いでもなく、食べ物だった。

ステーキにしろ、スープにしろ、デザートのケーキにしろ、アメリカの食べ物は異常な大食いだった十代の頃の私でも十分満足したであろう量で出てくるのだが、絶望的に味が単調だった。塩味なら単に塩で味付けてあるだけであり、トマト味はケチャップの味しかしなかった。それを食べ続けることは飽きとの闘いであり、何時間走っても同じ田園風景が続く中西部の道路を思わせた。そもそもこれほどの量を、アメリカ人たちは本当に完食しているのだろうか？　そう思って隣のテーブルを見ていると大半は残している、しかもプラスチック製の容器に詰めて貰《もら》っているのだった。「トゥー・ゴー（To Go）」、自宅への持ち帰りという意味の言葉を知ったのもアメリカに住み始めてしばらく経《た》った頃だ。

じっさい駐在時代の最後の一、二年は、私は職場で取るハンバーガーやサンドイッチの昼食が憂鬱《ゆううつ》で、カップ麵《めん》一杯で済ませていたほどだった。いつでも大盛りを食べねば気が済まなかった私はいったいどこへ行ってしまったのか！　それでも体重は変わらず、むしろ少しずつ太り続けていたぐらいだったのは不思議だ。日本に帰国してからの私はあっさりと大食いに戻ったのだが、今でもアメリカの方が日本より明らかに素晴らしいと思っている点が二つだけある。ひとつはオレンジジュース。スーパーなどで普通に売っている、果実を搾って作るタイプのものだが、春の、もっとも甘くなる時期のあの味と香りは、他に似たものを知らない。オレンジジュースを一杯飲むだけで背中に乾いた涼しい風が吹いてきて、いま直面している問題などどうでも良くなる。大袈裟ではなく人生の中でもっとも楽観的でいられた数年間を思い起こさせるだけの力を、あの飲み物は持っている。

もうひとつは夏の日が長いこと。六月であれば日没は午後の十時近い。夕食はまだ明るい中で取ることになる。もちろんそれは私たち家族だけではなく、あの国に住む人たちすべてに平等に与えられた喜びなのだが、その当たり前のことが奇跡のように思えた。開け放った窓からは黒いシルエットの木々の上に、光の弱まった橙《だいだい》色の太陽が見える、庭の芝生には陰影がついて、日の当たる側だけが金色に波打っている。

対談

佐々木中×磯﨑憲一郎
文学と藝術

――佐々木中『砕かれた大地に、ひとつの場処を――アナレクタ3』収録（二〇一一年一〇月二〇日）

視力三・五以上

磯﨑　佐々木さんは「明視が目潑いる」（『砕かれた大地に、ひとつの場処を』所収）というエッセイで子供の頃に視力が三・五以上あった、と書いていますが、本当なんですか？

佐々木　はい、本当です。よく見えましたね。

磯﨑　山手線の車輛の一番端の席に座ってその反対側の広告の文字が読める？

佐々木　ええ。はっきりと。でも今はもう、見えないですよ。

磯﨑　二十六のときに老眼になっちゃって？

佐々木　今は体調によって見える見えないの差が激しくて。〇・六くらいです。

磯﨑　あのエッセイを読んでいて思ったけど、『肝心の子供』のラーフラだよね。異常に見えてしまうというね。

佐々木　ああ、本当だ。でも、……お前は俺の小説の登場人物だ、なんて、凄まじいことを飄々とおっしゃる（笑）。見えてしまうんですすよね。

磯﨑　そういう能力をもってしまった人の責任というのがあるんだね。

佐々木　責任、ですか。その能力は失いましたけど、それを失うことによってその責任から解放されるというのでもないのでしょうか。

磯﨑　でも見えちゃうものはしょうがない。

佐々木　しょうがなかったですね……詳しくはそちらのエッセイを読んで欲しいですが、視力なんて良ければいいというものではないですから。たぶん三・五以上ですよ。三・五以上を測れる機械が日本にはないんです。おそらく、子供のときは五・〇くらいあったんじゃないかな。

磯﨑　若い頃ケニアに出張に行ったんですが、そこには、カメラサファリ、要するに動物の写真を撮るバスツアーがあるわけです。ナイロビの町からちょっと出て三六〇度地平線の草原に行くのだけど、ガイドが「あそこにサイがいる」と言ってるんだけど地平線の先しか見えないんですよ。僕には全然見えなくて、なんて適当なことを言ってるんだろうと思ってたんです。それで車で三〇分くらい走ると本当にそこにサイがいる（笑）。車で二〇分だよ。この世界にはそんな人がいるんだな、と。視力はわかりやすい能力だけど、他の能力はわかりにくい。そういうふつうの人の持っていない能力をもっちゃった人はもっちゃった責任があると思う。自惚れとは別に、見える人は見える人のアウトプットをしていかなくてはいけない。

自分と世界を同一視したい

磯﨑　まず『切りとれ、あの祈る手を』のことから話します。一番勇気づけられるのは第五夜だと思うんですよ。たとえば一七四ページ「自分が生きている時代が特権的な始まりか終わりであり、自分が生きているあいだに歴史上決定的なことが起こってくれないと困るという、病んだ思考の形態がある」とか、二〇二ページ「それは自分が何かの原因であり、行為の主体であると考える思考の過ちからくる偽の問題に過ぎない」。そういう話が出てくるわけなんですけど、僕の小説も構造的に現在中心主義みたいなものへの批判が色濃くあります。現在、今ここというものから、現在以外の過去や未来をもっと相対化していく構造と、自己と他者や外界、自分に重きを置くのではなく他者や外界のほうに重きを置くような構造が、比喩的に似ているということではなく同じなんだと思うんですね。よく言うんだけど、今その人が不幸せであるということがすなわちその人が不幸せだということを必ずしも意味しない。「終わりよければすべてよし」みたいな考え方があるじゃない？　終わりというのは今ということだけど、それにすごく違和感があるわけ。それと同じように、自分が不幸であることが世界全体の不幸を意味しないということ。そういう違和感がすごくあるんだよね。どうですか？

佐々木　ニーチェは「私と世界」という表現を揶揄して、この「と」というのはもう噴飯ものだ、大笑いだと言ったんですね。つまり「私」は世界の膨大な生成の一部にすぎない。同等であるはずがない。だから、「と」なんて接続詞を使っても、あたかも同等のものであるかのようにこの二つをつなげることなんて出来ないわけです。磯﨑さんは今そういうことを仰ったのだと思う。「世界」を時間としてとらえると「膨大な過去と未来」になるわけで、それに比べれば現在というのは「私が生きているこの短い時間」にすぎない。ということは、やはり自分や自分の生きている日々からそれとは別のもの――つまり他者や過去や未来ですね――を「侮蔑」しようと「崇拝」しようと、それは結局同じことをやっているということになる。それらと、侮蔑でも崇拝でもない関係を持ち得ないか、ということがまず一つあります。それは磯﨑さんが幸不幸ということで仰ったとおり、自堕落に自分と世界を同一視しないということでもある。

そこでひとつ、これは色々なところで繰り返し言っているのだけれども、僕は信条として反復を恐れないことにしているから――ということも色んなところで繰り返し言っているんだけどさ（笑）。

普通の意味で「現在」というものを特権視するときに、実はそれは真の意味では「現在」ではないんですね。結局は現在を追いかけている人は一年や半年前から昨日あたりまでの「近過去」を追いかけているということになる。それは「現在」や「現実」を追いかけていることになっていない。追いかけているということは後追いということで、つまり「意識が後ろ向き」になっているということなんです。それは実は真の生々しい「現在」「今ここ」ではありえない。

木村敏さんという精神医学者がいらっしゃって、イタリアの有名な哲学者ジョルジョ・アガンベンも――僕は彼の論旨には一貫して批判的だけれども――木村さんがドイツ語でお書きになった本を麗々しく引用しているくらいです。その木村さんが鬱とは「ポスト・フェストゥム」の意識である、と仰っている。つまり「祭りの後」「後の祭り」という意識のことだ、と。要するに過去に意識が向いて「あの時ああすればよかった」という意識です。現在を追いかけている人は、先ほど言った通り、実は過去を見ている。それは人を無限に衰弱させる、力を奪う思考なんです。そういうものへの具体的な抵抗として、どのようなことがなし得るか。だから僕は「今ここ」と、実は近過去である「現在」を分けて考えています。

磯﨑　ノスタルジーって結局、今が中心でしょう。今を特権的な位置として見ているということでしょう。

佐々木　ノスタルジーって――もちろんその中にも、文学的に音楽的に最良の表現というものがあるだろうけれども――自分が生きていた時代であろうとその前であろうと、実は過去と自分を同一のものとして見ているわけですよね。あの頃はよかった、って、実は傲慢な科白ですよ。自分が何を忘れ、何を記憶してしまっているかについての恐れがない。その「あの頃」に苦しい生を生きていた人のことを忘れているし、そのあの頃にこそ、今の悲惨が胚胎していたかもしれないのに。

磯﨑　自分が見えているものや自分の立ち位置。そういうものへの特権意識があるんですね。自分より後にもっといい時代が来てほしくないとか、自分がくる前に既にいい時代が終わってしまったとか、それを受け入れられるか受け入れられないかというのは大きくて、芸術に対するスタンスとしてそこが大事な気が僕はしているんですよ。『切手』でいえば一一三－一一四ページのムハンマドのところです。自分の前に十二万四千人の預言者がいたとムハンマドは言うわけですよね。自己の絶対化を回避するようなことを言うときの彼が最も快活で力強く輝く。僕の今度の小説もアイデンティティや自己同一性の超克、つまり死を乗り越えるということですが、そういう通底音が響いていたんだろうなと感じるんですよ。現在と現在以外というか未来とか過去、この対立項というのは自己と他者みたいなものと似ているのではなくて同じではないのか。比喩的に言っているのではなくて、関係性が似ているだけでなく実は同じ構造なのではないか。それに対する批判です。

佐々木　何に対する批判ですって？

磯﨑　そういう自意識を肯定するような芸術に対してだろうね。

佐々木　現在と現在以外、そして自分と自分以外を、対立項としてみなすこと自体が、自己肥大的な「自我」の構造そのもので、藝術はそれを乗り越えていかないといけない、ということでしょうか。大変に納得できる話です。しかし、注意しなくてはならないのは、この「自分と自分以外」「現在と現在以外」を「対立」としてとらえる構造は、実はこの二つの項を暗に「同等なもの」として見ることを前提としているんです。同等なものとして見ているから、安んじてそこに対立が設定できる。

先ほど言った近過去ではない「真の現在」「今ここ」は、ものすごくつかまえにくいんですよ。「今ここ」と言った瞬間にそれは過去になってしまうでしょう。そこでは、現在と現在以外という対立、同等性を設定した上での対立が成立しなくなる。またそこで、近過去である現在に立脚した「自我」

は細っていくけれども、逆に——奇妙な言い方ですが、あえて単純化して言えば、真の「今ここ」に触れている「自己」は細くなっていくどころか、開かれていく。

磯﨑　たとえば自己というものが外側に開かれていくものとしてあるかピンポイントの現在のほうに入ってくるか。そこに関係してくるような気がするんですね。現在というのももっと長い流れの中の現在ととらえればどうかということなのかもしれないけど。一つのテーマであるというよりも、全てを包括するテーマだという気がするんだよね。もう一つ『九夏前夜』で僕が気になっていたのは、芸術というのを考えたときに、自分というかね、自己、私がいるじゃない？　同時に世界みたいな大きな何かがあって、そこで風景とか事象、具体性をもった何かによって自分をとらえるというか。芸術ってさ、具体性によって何かに迫っていかざるをえない。この構造が不思議なんだよね。非常にプライベートなものとかを通してでしか何かに迫っていかざるをえないというのは、だから小説というものを考えると不思議だと思うんだよね。過去という非常に限定された自分のプライベートなものを通してしかその何かに迫っていけないということなんだけど、保坂さんだと身体性という言葉になるし古谷利裕さんだと貧しさという言葉になる。これを私小説ととらえるのは危険なところなんだけど、そういう具体性を通じてしか照射されない何かというのが僕は不思議に思うところなんですね。

特異性と世界性

佐々木　事の本質を突くお話だと思います。また、ここに磯﨑憲一郎という小説家の特異性がある。磯﨑さんの小説は身体性であるとか具体性、あるいはいま仰った言葉で言えば「貧しさ」というところから、もっととんでもない広大な領野に開かれていっている。しかしその仕方、回路の開き方というものが通り一辺のものではないと思う。

――今から話すことは文学理論を勉強した人なら誰でも知っている、教科書的な知識に見えて、実は大変な学識を必要とするところです。僕の乏しい学殖で、ましてやこうした公開対談という場所においては無茶に典拠をつらねる訳にもいきませんから、やはり事を単純化することになります。簡潔に説明できる能力がある、僕よりも詳しい方がいらっしゃれば、補っていただきながら話せればいいのですが。文学におけるアレゴリーとシンボルの話ですね。アレゴリーというのはたとえばこうです。昔話には固有名が出てこない。「お姫様」とか「人魚」とか「王様」とか「魔女」とか、登場人物が一般名詞で出てくる。つまりそれは「寓意」であって、個別性は問題になっていない。つまり彼女ら彼ら登場人物の主体性な内面は問題になっていない。しかし、それ以後の近代小説は、具体的な名前が出てくるんです。

つまり、「王子様とお姫様がいて仲良く暮らしましたとさ、めでたしめでたし」ではなくて、固有の名前をもった個別の人間の自意識や個性を精緻に語るようになるわけです。アレゴリーはどこか生き生きとしたところがない、書き割りめいた、あるいは子供向けのお伽話のような、幼稚なものと見なされるようになる。ある意味「無名」の人を語るようになっていく。しかし、逆にその「個別性」への執着が、すなわち一般性への道になる。個を掘り下げれば万人に妥当する一般性へ抜ける道がある。これが「シンボル」です。これはヴァルター・ベンヤミンの『ドイツ悲劇の根源』にも引用された、ゲーテの『箴言と省察』で擁護されている立場です。そこで、ゲーテはシンボルを、「特殊のうちに普遍を見る」こととし、「文学の本質をなしている」と語っている。つまり、特殊で個別的なことを徹底的に掘り下げて描写していけば、そこから万人に妥当する一般性に抜けることができる。これが近代小説のシンボリックなトリックなのです。シンボルとアレゴリーの区別については、コウルリッジも参照しなくてはなりません。が、話が長くなるので、省略します。

これは磯﨑さんが仰ったように、日本独自の語彙でいえば「私小説的」とも見えるトリックです。個別性を、「個性」を、つまり自分の体験や内面を吐露すれば、それは皆に当てはまるのだ、そうである筈だ——というような、そういうある種の自堕落さを、ある程度は可能にしてしまうのですね。無論、シンボル的な偉大な文学は沢山ありますし、ゲーテ自身、その作品がそうした自堕落さばかりに沈んでいたわけではありませんよ。アレゴリーを擁護したベンヤミンは心からゲーテを尊敬していたわけですからね。

しかし、ともあれ、この自我から一般性への回路こそが、質の低い近代小説のある種のつまらなさではある。この回路の罠を、磯﨑さんはきわめて巧みに切り抜けていると思う。

僕は『世紀の発見』に対するみじかい書評で論じたことがあるのですけれど、やはり磯﨑さんの小説は特異です。明らかに巨大な宇宙の生成みたいなものを取り扱おうとしている。現在の卑小な自分にしがみつくような小説では全然ない。ある種そうした自我や個性、個別性というものをほとんど意に介さないかのような書き方なんですね。かといって、何もかもその生成のなかに巻き込まれ溶けこんで融合し、個体性や具体性を失って生命の海の悠久の流れに同一化する、といったことを書いているわけでも全くない。個体性とか具体性、あるいは語彙的に区別するために「特異性」という言葉を使ってもいいですが、ともあれそうしたものを摑んで決して離さない小説家です。

磯﨑さんの小説で、とんでもない一行があるんですね。五十年生きている亀がいる。で、亀は人間が「自分は孤独だ」と思うようなやり方ではなくて、「でも亀は亀なりの知り方で自分は孤独であることを知っていた」という、素晴らしい文言がある。僕ら読者たちは、この一行で慄然とする感性を鍛えなくてはならないし、こうした無茶な一行を書くということが文学なんですね。哲学だと、この一行に到達するためには膨大な論文が必要になってくる。そうした認識だと思います。

話を少し巻き戻しながら話します。磯崎さんの最新作「赤の他人の瓜二つ」でも、登場人物が死のうとするときに「これは無数の死の一つにすぎない」と笑いながら死にかける。これが三回繰り返される。大変に胸を打つ印象深い数行であり、反復です。ある意味、これは「精神的に健康」とは言えない科白です。だからこそ凄まじいわけですが。

というのは、ここでは自分というものの「多数のなかの一人にすぎないということ」、one-of-them-ness とでも呼びましょうか、そうしたものが突出しているからです。「自分がかけがえのない一人であるということ」、つまり only-one-ness に執着しすぎている人は精神的に病んでいると言いうる。しかし、「多数のなかの一人にすぎないということ」に振れ過ぎて生きている人も病んではいるのです。たとえば戸塚ヨットスクールというものが昔ありましたが、そこでは神経症や鬱病の人は治るんです。海に蹴りこんだら、急に生への執着が芽生えて病気どころじゃなくなるわけですから。もちろん非道い荒療治、というかただの暴力で、とても正当化できるものではありません。ところが統合失調症の人は自分の生への執着がない場合がある。one-of-them-ness で生きている。「私はかけがえのない自分である」という考えがないから、海に落とすとそのまま無抵抗に沈んでいってしまって、戸塚氏は焦ったらしい。まあ、自分に対する only-one-ness、unique-"I"-ness とも言い換えられるかもしれませんが、自分だけがかけがえがない存在だという凡庸かつ自己肥大的な思考と比べると、遥かにこっちのほうがラディカルだとは思う。また、通常の「精神的な健康」を保つためには、この二つのバランスこそが大事だということは、誰でも思い当たることでしょう。繰り返しになりますが、磯崎さんの場合、不意に one-of-them-ness につよく振れながら、しかし特異性、具体性、異物感を失っていない。これは稀有なことです。

磯崎　イスラム教徒はどうなのかな。自分の死というのは、ムハンマドの考え方ではどうなの？

佐々木　彼は最後の預言者だったんです。「俺より以降に預言者は現れない」と言っている。が、あそこまで自分を相対化する科白を言った一方で、ですからね。どっちが、どこまで本人が言ったことなのか。それは、まあアラビア語も出来ない僕がイスラーム文献学の歴史の厚みに入り込んではいけませんから。

もう一度強調しておくと、個体性や主体性というものを乗り越えようとすると、人は往々にして大きな罠に嵌まるんです。たとえば生の哲学と言われていたもののような。要するに、われわれは個に分断されてしまった、コミュニケーション不全で孤独に悩まされていて、本当の絆や今や共同性がなくなってしまった、というような――あまり上等ではない、それ自体ある意味幻想にすぎない考え方に苛まれているわけです。そこでこの個体を乗り超えるために、自分の個を滅却して全体に溶け込もうとする。生命だの遺伝子だのの大いなる流れに吸収されていく、陶酔的な融合のヴィジョンに誘惑されてしまうんですね。全体主義といっていいヴィジョンに。

磯﨑さんは、まったく別の回路で考えている。磯﨑さんが描き出す宇宙の膨大な生成のありのままと、この具体的な亀の孤独、特異性は矛盾も対立もしない。個を掘り下げればシンボリックに一般に到達する、個を滅却して全体性へと融合し回帰する、こうしたことをひとまとめに「個体性と全体性の回路」と呼べば、磯﨑憲一郎という作家はこういう回路では動いていない。似てはいるけれど似ているだけの、全く別の回路をひらいて、そこで考えて書いている。だから、別の言葉を使わなくてはならない。たとえば「特異性と世界性の回路」とかね。

……こうやって、僕が今やったみたいに説明することは、簡単なんですよ。しかしそれをやってみせる、書いてみせるというのは異常に難しいことなんです。僕なんかまだ小説一冊しか書いてない初心者のくせに、よくもぬけぬけとまあ先輩の作家の小説をこうやって滔々と説明しやがってね（笑）。

いますこし恥の赤面が襲ってきました（笑）。
　しかし、本人と二人だとなかなか恥ずかしくて言えないのでこの場を借りて言いますが、よくこんな質が高いものを続々書くなあと思って。開いた口が塞がらない。でも、『終の住処』という芥川賞を受賞した小説は、磯﨑さんの小説のなかではもっとも出来が良くないと思っています。その評価は変えるつもりはありません。今の話で言えば、先ほど述べた書評で詳しく書きましたので省略しますが、「女性」が不思議なあり方で出てくると同時に、「死」をめぐる思考を躓きの石にして、「個体性と全体性の回路」の罠に引っかかっちゃってる部分があると思うんですね。あのね、磯﨑さんが一番弱いところは、女性です。小説に女性を出すと弱いんです、この人（笑）。

磯﨑　そりゃそうだ。

会場　（笑）。

佐々木　しかしその後の作品、「ペナント」と「赤の他人の瓜二つ」を読んで「恐れ入りました」と思いました。やっぱりわかっていたんだな、磯﨑さんは、と。
　たとえば、膨大な遺伝子の流れがあって、われわれ個体はその流れる海に浮かぶただの容れ物、通過点にすぎないということがね、よくいわれます。これは先程と同じような話で、全体主義的な思考です。なぜなら――その「全体」である「遺伝子の海」というのは、そもそも「個体」がなければ存在しないじゃないですか。個体が絶滅したらそんな海は干からびるわけです。なら、どうなるか。つまり、われわれの個体ひとつひとつ自体が遺伝子の海そのものなんですよ。この二つは、ひとつのことなんです。われわれは海の卑小な一部ではなく、海である。具体性や特異性を持ってなおそのまま、海である。――とまで言えば、最近の科学的知見をあまり追っていませんから、その分野からすると言い過ぎかもしれませんが。哲学的にはこういうことは言える。

磯﨑さんの小説は、こうした「個体性と全体性の回路」の罠を切り抜けるという力業を、軽々とやってのけている。

「この世界」が「私の死後」だ

磯﨑　『世紀の発見』の書評（『足踏み留めて』所収）で書いた「端的な死」というのはどういうことなの？　それを説明してよ。

佐々木　人間的な死ではない死、「個体性と全体性の回路」に入らない死、のことですね。死は人間の有限性そのものです。だから個体性と全体性を分離しかつ接合するものが「死」になります。でも、磯﨑さんの書く死は、こういう回路に入らない。自分の死が徹底的に相対化されると同時に、世界への融合としても救済としても書かれてはいない。

何というか——要するに、個体や全体がその結果にすぎない。あるいは死と生がその結果にすぎないような、ある運動性がそこにある。流れではなく。今日はほんとうに微妙な言葉のニュアンス一つで、似ているのに全く違う二つの回路を切り分けていっているので、骨が折れますが——ともあれ、何か動いているもの、生成を繰り返しているものがあって、その結果として死と生の区別だとか個体と全体の区別が出てくる。そういう世界の生成と言うべきものの、その水準で磯﨑憲一郎という作家は書いている。これはなまなかなことでは出来ない。でも、磯﨑さんはさらっとその水準に行ってしまう。それはなぜなんですか？

磯﨑　わかんない（笑）。

佐々木　わかんないって（笑）。

これは磯﨑さんの本の書評に書いたことなので簡略に言います。死とは生々しく、われわれ一人ひとりにとってもっとも残酷に「有限性」を突きつけてくるものである。われわれ一人ひとりは全員、みんな「どうせ死ぬ」ということになる。しかしその「どうせ死ぬのだから」という動機で行われる行為は、やはり往々にしてオウム真理教やナチスのような、暴力的な行為にしか帰着しない。衰弱の果ての昂揚、というかね。しかし自分たちの死を特権視してそれを行為の動機にしようというのは、結局自分の生が、自分の生きている時代が特権的でなくては嫌だという考えなんですよね。そういう考えを持っていると、自分が死んだ後の世界が今よりも素晴らしくあるということに耐えられない。これはやはり病んだ思考としか呼べないと思います。つまり、「自分の死後の世界」というものは厳然としてある。しかしこの世界の外にあるのではない。それは天国でも地獄でもなく、「ここ」なんだ、まさに「この世界」が「私の死後の世界」なんだ、ということです。これは耐えがたい苛酷な事態ではある。けれども、よく考えると当然のことでしょう。耐える耐えないの問題では実はない。普通のことなんですよ。

磯﨑　僕が考えていることもそういうことなんです。ただ、たまに思うんだけど、ちゃんと人間は生きていればそういうふうになっていくんじゃないかと思うわけ。老人を見てると脂が抜けてくるじゃない？　草木を愛でるようになってくるじゃない？　「真夜中」のエッセイに書いたんだけど、五、六年前に新宿に用事があってまだ小さかった娘を連れて昼飯を食べていた。そしたら隣に座っていた老夫婦がなにげなく「今が一番いい時期ね」とおばあちゃんの方が僕に言った。僕は「どうも」とか言って、道で会うといい人だから（笑）。

佐々木　僕も道で会いたいです（笑）。

磯﨑　だけどそのときに「うっ」と思ったのはさ、老人っていうのは人生で最もよい時期を過ぎた後の生を生きているわけじゃない？　それって耐え難くつらいはずなんだよね。絶対に自分にはもう人生の最もよい時期というものがこれから先にはないということを受け入れながら生きているということ。受け入れられなくて生きている人は最後までいるんだろうけど、ただ人間は死んでいけるということ。死んでいけない人なんていなくて、みんな、ちゃんと死んでいけるんだよね。

佐々木　そうですね。ちょっとまた今凄いことをさらっと仰っているけれども——なぜなら、磯崎さん、あたかも新発見のように「ちゃんと死んでいける」と言っている。それは実は「ちゃんと死んでいけない」ということが前提にあってこそ、そのようなことが話せるってことになります——これは僕の哲学的立場から言うと、延々話せてしまうんですけれども、それは今日はやめておきます。磯崎さん、続きをどうぞ。

磯崎　人によって受け入れやすさ、受け入れにくさはあるんだろうけど、人間はちゃんとそういうふうにできているんじゃないかなっていう気がする。

佐々木　今の話を聞いていて、磯崎さんはやはり六十や七十になっても全然へっちゃらで小説を書き続けているんだろうなと思いました。定年になったら大喜びして、やった！　時間ができた、とか言ってそれから三十年くらい小説を書いていると思います、この人は（笑）。

磯崎　「小説はそれを読んでくれるかもしれないまだ見ぬたった一人の読者のために書かれなければならない」というのが第五夜に出てきます。「なぜ書かなくてはならないのですか」と訊かれるんですね。特に若い人からはそういう質問を受けることが多いです。まだ見ぬたった一人の読者の存在を信じるということなんだろうなと思うんだよね、小説を発表するということは。小説に限りません。芸術に奉仕するということはそういうことではないか。なぜ小説を書くのかと訊かれたら「それは読んでしまったからだ」と答えるしかないじゃない？

佐々木　オーストリア＝ハンガリー帝国に、フランツ・カフカという名前の保険局員がいましたね。

彼は普通の勤め人をしながら小説を書いていた。彼が、まさか自分が死んだ八十年近く後に、極東の島国に住んでいる磯﨑憲一郎という勤め人が自分の小説を読んで、感銘を受けて小説を書き募っているなんて、そんなこと期待してないでしょう。さらに、彼は自分の遺作を全部灼いてくれって言った人なんだから。期待はしない。しないけれども、でもやはり届いたわけですよ。われわれの下に。ジョイスだってベケットだってそうです。その受け取ってしまった、届いたバトンを、やはり誰かには届けなくてはならない。どんなに確率が低くても、望みがなくても。

磯﨑　今日は省略しますけど「〇・一パーセントの可能性に賭ける」とはそういうことですよね。作品に対する反応って今の時代はブログで確かめられる。「磯﨑憲一郎」と検索すると、ブログを書いてる人が、例えば北海道の高校生がちゃんと読んでくれてるのがわかるんだよ。Amazon の感想で『終の住処』を読んだけどまったくわからなかった」とか書かれてるんだけど、そういうのはたくさんあるんだけど、でも〇・一パーセントくらいの確率で僕の本に何かを感じる人がいるわけですよ。だからそういう読者の存在を信じるという意味において、自分だってかつて読んだんだから書かなくてはいけないというのがある。これは実は、端的な死と同じ話をしているんだと思う。

佐々木　そうですね。カフカの死後を、でも同じこの世界として生きているということですから。

話は変わるけど、磯﨑さんの「赤の他人の瓜二つ」にどういう反応があるか、だいたい想像がつくんですね。まあ、「現実に則しているようで荒唐無稽な話になっていく」というのがもっともありきたりな反応になりますか。『肝心の子供』の、歴史的・伝記的に見えて時空が捩れゆすれていくあの独特の語りと、『眼と太陽』からはじまって『世紀の発見』で極に達した、現実に即している普通の小説のようで不穏な何かを孕んだ語りがある。この二つが「赤の他人の瓜二つ」では並列され統合されているわけですが、それを指してこれは磯﨑憲一郎という作家の集大成であるということを言い出す批評家が必ずいる。けれども、それはやはり凡庸なものの見方でね。むしろ、この二つの語りを貫く同一なものを見てとらなくてはならないでしょう。

もう一つ。冒頭部分に「私はこうだ」「私はこう思う」という一人称が出てくるんですね。これ見よがしに頻発する。この「私」が突然消えちゃうんです。どこにも「私」がいなくなってしまう。一人称が消えてしまう。これは『ボヴァリー夫人』というフローベールの小説で、最初に「私」が出てくるがすぐに消える、あれと同じ手法ですね。これを真似した小説は他にすでにあるわけです。他にもたくさんあって――ある意味でこの磯﨑さんの新作は二〇世紀のモダニズム以降の前衛小説の技法をさまざまに駆使した作品みたいに読めるんですね。技法なんて問題になる小説ではないはずなのに。でも、これをいちいち指摘して「すごい」と言うのも大した批評ではない。それは「俺は何でものを知ってるぞ」と言いたいだけです。そういう批評は「磯﨑憲一郎はこれほど文学に詳しい」と言っているふりをして「俺はこれほど文学に詳しい」って言ってるだけですよ。もちろん、そうした意識的なあるいは無意識的な継承に気付けない批評は論外とします。

あとは、自己同一性の崩壊、という極めて古い常套句を持ち出す人がいるかもしれない。アイデンティティが崩壊するポストモダンな小説だとか益体のないことを言い出す批評家が出てくるかもしれない。そうでないことを願いたいですが。でもそれは、いまずっと言ってきたようなこと、つまりいろんな意味で「同一性」に立脚した「全体性と個体性の回路」とは別の特異性や世界性、具体性がある、という、別の回路で磯﨑憲一郎は考えているということがわかっていない人が言うことです。そういうことを言う人もちょっとこれは、困るわけです。……先回りして駄目な批評のパターンをだいたい言っておきます(笑)。

磯﨑 でもさあすごいいい話だよね、これ。他の小説をちょっと読んでからこれを読んだら、すっげえいい小説だなと思った（笑）。

佐々木　またはじまった（笑）。

磯﨑　自分が書いたとは思えないほどいいんだけど、レッド・ツェッペリンの映画『永遠の詩（狂熱のライヴ）』で、ロバート・プラントが「天国への階段」を歌う前に「this is song of hope（希望の歌だ）」って言うのね。俺は「天国への階段」はあまり好きじゃないんだけど、この「赤の他人」は希望の小説だね。それだけは言いたい。

佐々木　もう長くなるので、簡単に言いますけど、磯﨑憲一郎は間接話法と直接話法、そして自由間接話法の切り替えが巧いですよね。技法に頼らないから、かえって。変な話ですけど、僕は括弧つきの直接話法で小説を書くのが大嫌いで、たぶん一生可能なかぎり使わないと思います。括弧は引用でしか使わない。でも磯﨑さんは融通無碍《ゆうずうむげ》に括弧も使うんですよ。でも、使ったところが異常な違和感を残すんです。だから逆に、磯﨑憲一郎が直接話法を使うとすごく面白い。なぜか。普通は括弧のなかに会話がある、というのが小説のルールじゃないですか。「太郎は言った、『この本は面白い』」とかって。それが磯﨑憲一郎の小説のなかに出てくると、すごく違和感がある。違和感が出てくるように書いてあるわけです。だってよく考えると、カッコの中は登場人物の語りでなくてはならないというルールはないんですよ。磯﨑さんは、みんな当たり前だと思っている小説のルールの虚構性をいきなり露わにする。

僕は直したいけど小説が拒む

磯﨑　『切りとれ、あの祈る手を』にベケットが『ゴドーを待ちながら』とは何なのかを訊かれて「共生だよ」と答えたとあります。誰が訊いたんだっけ？

佐々木　ジェイムズ&エリザベス・ウィルソンの『サミュエル・ベケット証言録』に出てきます。確か若い役者さんが素朴に訊いたんじゃなかったかな。

磯﨑　やっぱり小説家たるもの、そういうことを書かなくてはいけない気がするんだな。僕もそういう思いで書いているということはあるよ。

佐々木　でも磯﨑さんが言っている「いい話」と、普通の人が言っている「いい話」って、定義が違うんですよ。

磯﨑　違うんだけどさ。これも非常にリスキーな言い方になるけど、僕はネガティヴなことは一切書いてないつもりなんだよね。

佐々木　僕の小説の中で主人公が右足を怪我をしている。常に痛がっているし、果てには感覚を失ってしまうという描写がある。磯﨑さんはそれを「けしからん」って言うんですよ。「だって痛そうじゃん。駄目だよあんな事書いては」って。

磯﨑　痛そうなのは読めないんだよ。ちょっと飛ばしたもん、あそこ。痛そうなのと可哀想なのは絶対にだめ。

佐々木　充分に可哀想じゃないですか、磯﨑さんの小説も。だって『終の住処』の主人公のサラリーマンは可哀想だよ！（笑）

磯﨑　可哀想だよね（笑）。

佐々木　十一年も奥さんが口を利いてくれなくなるなんてひどいですよ（笑）。

磯﨑　主人公が朝、駅で牛乳とパンを食べながら白い息を吐く。あれは本当に涙が出そうになるよね（笑）。

会場　（笑）。

佐々木　本当に自分の小説が好きだなぁ（笑）。ええと、僕も人間ですから多少は浪花節に心が動くことはありますよ。でも磯﨑さんの小説に感動するというのはそういうことではないんです。もっと直接的で、唐突で、脈絡もなく突然襲われるというか――子供の頃ね、喧嘩してこめかみとかを殴られると、痛いという知覚以前にがあんと衝撃だけ感じるでしょう。自分の頭蓋がびりびり震える陶器か鉄器になったように。痛いとかそういう人間が作った形容の前にある、純粋な衝撃だけ感じている。その感じなんですよ、磯﨑さんの小説が与える感動って。磯﨑さんが狙って打ってるんじゃないと思う。殴ろうとしているのではなく、何のためでもなく苦闘する手がもがいていて、それが偶然読者に当たってその衝撃に涙が出る。そういう質のものです。

　だから磯﨑さんがよく言う「おれの小説っていい話だなぁ」っていう「いい話」と、僕らが普通に、「泣ける」とか言ってドラマ見て涙を流しているような話の「いい話」は全然別個の質のものなんですよ。

磯﨑　毎回言っていることなんですけど、僕は小説を書くときに設計図みたいなものは全然なくて、本当に「この文章の次に何を置くか」というのだけで書いているんですが、今回のは本当に終わるのかなと、どこにいくのかわからないというのが強かった。一番長いというのもあるんだけど、これがどこにいくのか、途中でやめてしまうかもしれないという度合いがいつもより増して強かったです。だからそういう意味で、書き終わっちゃうと本当に自分のものじゃないというか。よく出版社から「ここを直したらどうですか?」とゲラが返ってくるときに、冗談半分、本気半分で「僕が直したい気持ちは山々なんですけど、小説が拒んでるんですよ」と言うんです。それは本当にそうなんだよね。

佐々木　本当にそうですね。ものを書くというのは自分の書いたものを支配することではない。支配欲で書いているなら別なのかもしれない。しかし厳然として書かされている部分はある。また、書いて書いて書きまくって、書かされまくって、それを抜けた瞬間に、その作品に突き放されるということがやはりある。作者であることを罷免され、解任される瞬間が訪れるわけです。自分の書いたものを見返して「一体誰が書いたんだ、これは」と目を剝く、という瞬間がないと藝術作品ではない。実は論文だって同じなんです。「たしかに俺はいろいろ読んできたし勉強もしてきたが、こんなものが俺に書けるわけがない。こんなものは俺のなかにある訳がないし、そもそも考えてもいなかった」と言わざるを得なくなる。自分ではない、自分を越えているものが出てきて、不意に書いたものが異物になる。だから「僕は直したいけど小説が拒む」ということになるわけですね。

鍛錬の末の飛躍

磯崎　忘れないうちに話しとこう。横尾忠則さんと羽生善治さんと十一月くらいに食事をしたんです。

佐々木　凄い組み合わせですね。三人で世界を征服しようと思ったらできるんじゃないか（笑）。

磯崎　いや、ふつうに三人で改札で待ち合わせだからさ。そのとき言っていたのは、絵にしても将棋にしても小説にしても、自分があらかじめ持っているものが出てる間はまだ大したことはない。そこは共通しているんですよ。やっぱりその局面や流れの中で「なんで自分はこんなものを描いたんだろう」とか「なんでこんな手を指したんだろう」というのが出てきたときこそが凄いという意味では共通していましたね。だから他動性というか受身なんですよね。羽生さんも表向きには「七冠を目指します」みたいなことを言うけど、実はあまり勝ちにはこだわっていないと言っていました。「どれくらいいい将棋が指せたかしか興味がないですね」と言う。自分が思ってもみなかった何かが出てきた、その瞬間にしか興味がないと言っていた。やはりそうなんだと思いました。

佐々木　羽生さんでもそうなんですね……。「その瞬間」というのは、先ほど言った「実は近過去である現在」とは別の真の「今ここ」ということでしょう。ともあれ、それは藝術や将棋に限った話ではなくて、皆さんが普通の経験している成長の過程でもありうることです。楽器を習って弾いたりスポーツをやったり、歌っていてもラップをしていてもDJをしていても、訓練を重ねていると不意に飛躍があって、「おかしい、自分がこんなことができるはずがない」という瞬間がある。できない筈のことをしでかしてしまっている瞬間が。自己に対するセンサーが鋭いか鋭くないかだけの問題で、それは実は日々常に起きていることなんですね。基本的にあらかじめ設計図やプログラムを緻密に決めておいて、自分ではない人が書いたとしか思えない一行が不意に出現するとか、絶対に自分が弾けるはずのないフレーズが弾けたとか、そういう偶然性や飛躍を排除することが完成度が高い創作をすることだと思われている。でもそれは不正確な認識です。ジャズが一番わかりやすいんだけど、鍛錬の末に突如そういう飛躍の瞬間がないと藝術とは呼べない。鍛錬を重ねてきたのに、ここぞという時にそれを全部吹っ飛ばして次の一手を指せる、書ける人というのはやっぱり強いんです。

磯﨑　『九夏前夜』は最初、これを百枚読むのはきついと思ったんです。でも「早稲田文学増刊π」の二十ページの「祖父が晩年の軽躁ゆえに買い求めた別荘、あのわが家に語り継がれてきた愚考の、あまり大したことにはならなかった一つだと聞く死去してから長く打ち捨てられ荒らに物置小屋めいてがたつく、……」、ここからすごく動きが出てくる。このへんからやっとわかってきたんだけど。

佐々木　その前は要らないですか？（笑）

磯﨑　いや、二十ページのところが僕はすごくよかったんだけど、この小説に対しては皆、表層的な、要は文体の好き嫌いで論じちゃうんですよ。合評なんかでもそういう部分でしか評されていないんです。読んでみて感じたのは僕は『マルーシの巨像』だったな。ヘンリー・ミラー・コレクションに入っている傑作ですけど、二年前くらいの「文藝」で「あなたの好きな三冊」として佐々木さんも僕も挙げている本です。ヘンリー・ミラーのギリシア紀行なんだけど、これは恐ろしくいいんですよね。

佐々木　本当に素晴らしい作品ですよね。ヘンリー・ミラーは独特な作家で、たとえば今、女性が読むとちょっと女性差別なんじゃないかとイラっとさせる表現もなくはない。でも根本的に「今ここ」の生を信じている作家で、『マルーシの巨像』では、彼の肯定的な面がさまざまな仕方で噴出している。

磯﨑　『九夏前夜』における夏のリアルな豊穣さみたいなものから僕が連想したのは『マルーシの巨像』で、これは同じなのではないかなと。『マルーシの巨像』のどこを抜き出すのがいいかをここに来る前に探したんだけど、例えば「私は身を反らし空を見上げた。こんな空はそれまで見たことがなかった。荘厳なる空であった。私はヨーロッパから完全に隔絶した思いがした。自由な人間として私は新たな領土に踏み入ったのだ。あらゆるものが結びつき合い、この経験を無意味なものにしていた。ああ、なんて私は幸福なのだ。だが、幸福であることを純粋に意識しながら幸福であったのは我が人生ではじめてのことだった。ただ幸福であるだけでも素晴らしい。だが自分で幸福であることを理解し、さらになぜいかにしてどんな点でどんな出来事や状況の連鎖によって自分が幸福であることを知り、それでいてなお幸福であり、存在においても認識においても幸福であるということは、それはもはや幸福を越えたものである。それは至福であり、まともな人間なら瞬時に自殺してそれをまっとうしてしまうだろう。とはいえ、そのときその場で自殺する勇気も力も私にはなかったのである。自殺しなかったことも私にとっては素晴らしいことだった」。このくどさ！　佐々木中でしょう。

佐々木　くどいって言うな！（笑）いや、でも完璧じゃあないですか。やはりミラーは素晴らしいな。

磯﨑　自殺しなかったこともさらに幸福だという、これがいい。

佐々木　いい。真摯というか、本当に底から肯定できているというか。

磯崎　文体とか表面的な部分の好き嫌いでここに到達できないというのが今の文芸批評なんだろうと思うんですね。それはどうでもいいんだけど。

佐々木　もうね、磯崎さんと話しているとだいたい批評家は馬鹿だという話になってしまうんですよ。年がら年中そんな話になっちゃうんですよ。

磯崎　俺はそんなこと言ってないよ？

佐々木　言ったじゃん！（笑）磯崎さんは、僕が小説を書く前に、「佐々木くんも小説書きなよ、書いちゃいなよ」ってもう十回くらい言ってくださったんですよ。

磯崎　俺、言ったっけ？

佐々木　ほら（笑）ね？　みなさん。磯崎さんってこういう人なんですよ（笑）。この人、何を言った時でもその後「俺、言ったっけ？」って言うんですよ。

磯崎　いや、書くんだったら一生やり続ける覚悟で書くべきだと言ったんですよ。

佐々木　ええ。そのお言葉はメールでいただいて、大事に取ってあります。そのお言葉を頂戴した上でこうして書いて出版したということは、そのご忠告には従うということです。

三十年後くらいにも、まだ小説を書き続けていて、こうして対談したいですね。また「俺言ったっけ？」「可哀想だよ！」とか言って（笑）。

エッセイ

我が人生最良の日々

――私のベスト3／「群像」二〇一一年一一月号

人は誰しも常に、いずれそこに帰りたくて堪らなくなる今この時を生きている、今日わざわざ金を払って引き取ってもらった粗大ゴミは、いつの日にかいくら大金を払っても良いから取り戻したいと願う宝に変わるのだとしても、私にも人生最良と呼べる日々は、やはりある。年を取るということはこれから先の自らの人生では、もはやあれ以上に幸福な時間など起こりえないのだという事実を受け容れながら、それでもこの一日を生き続けていくことに他ならない。

高校時代（一九八〇年～一九八三年）

男女共学で徹底した自由放任、単位制なので選択の仕方によっては授業数も少ない、昼休みには壁を乗り越えて隣の東京芸大の学食へ出かけて行っても誰からも何も咎められない。制服がなくみな私服なので放課後上野や御茶ノ水で遊んでいても補導される心配もまずない。思春期にそんな環境を与えられたら楽しくない筈がないが、それにしても私たちの周囲に充満していたあの、根拠のない楽観は何だったのだろう？　たとえ何が起ころうとも私たちは笑い飛ばせると信じて疑わなかったし、じっさい笑い飛ばしていた。私たちは大目に見られていたのだ。文化祭の打ち上げの日には担任教師が酒代をくれる時代だった。

子育て時代（一九九六年〜二〇〇五年）

振り返ってみれば私は幼い子供たちから逃げようとしてばかりいた。つねづね言っていることだが、これは昔も今も変わらない、私は子供たちを愛してやまないのだ。しかしだからこそ、子供たちは私と、そして妻の、三十代のなけなしの若い体力を食い尽くしてしまった、食事は中断され、夜を通しての熟睡など何年にも亘って記憶がなかった、急な発熱で外出の予定が直前に狂うことはほとんど常態化していた。それでも今、旅行先などで二、三歳の子供を連れた若い夫婦を見かければ、私は嫉妬寸前の羨ましさを感じざるを得ない、あの消耗こそが妻と私の幸福の絶頂だった。今では娘たちは背丈がほとんど妻と変わらぬほどまでに成長してしまった、騒がしかった幼い子供たちの姿はこの家のどこにも見つからない。

子供時代（一九七〇年〜一九七五年）

海という人もいるのだろうが、私の場合は森だった。小学校から帰れば一人あてもなく歩く、寂しさとはむしろ逆の不思議な賑やかさが森の中にはあった。昆虫や鳥、爬虫類ばかりではない。だいたい考えてもみて欲しい、一本の樹木はひと夏にいったい何万枚、いや何億枚の新たな緑の葉を茂らせるのか？　ましてや森全体では？　多くの人がそうであるように後の人生など子供時代の経験の繰り返しに過ぎない、私が今歩んでいる人生もあの森の中での時間の続きなのだ。

エッセイ

夢という一つの答え

――『赤の他人の瓜二つ』Bunkamura 第二一回ドゥマゴ文学賞受賞の言葉／二〇一一年一一月

ボルヘスに「南部」という短編がある。主人公はささいな怪我から生死の境をさまよう。熱が下がらず何を食べても味がおかしい、病院へ連れていかれて手術を受ける、長い治療に耐えた後で、医者から「敗血症であやうく死ぬところだった」と告げられた主人公は自らを憐れんで涙する。奇跡のように退院の日がやってきて、彼は南部の農場へ向かう列車に乗る。ささやかな食事や車窓から見える池、田園、大きな雲、それらすべてが彼にとって感謝すべき喜びだった、「明日は農場で目を覚ますのだ」と考えるだけで幸福だった。ところが車掌がやってきて、この列車はいつもの駅へは行かない、と告げる。見知らぬ駅で降ろされた主人公は食堂に入る。若者たちが騒がしく酒を飲み、年老いたガウチョは床で酔いつぶれている。窓から夕闇を眺めていた主人公の額にパン屑が当たる、よそ者を気に食わない若者が喧嘩を売ってきたのだ。なぜだか店員は主人公の名前を知っていて、けっして挑発に乗ってはいけない、と止める。しかし、年老いたガウチョからナイフを与えられてしまった彼は、「病室で死にかけていた自分であれば、これこそが夢みてやまない死に方だった」と思いながら、決闘のために平原へと歩いていく。

ボルヘスの短編の中でも、読み終わった途端すぐにもう一度読み返さずにはいられないほど一気に加速する展開、牽引力、細部の周到さで、この作品は特に素晴らしいと思う。自作に対してはきわめて厳しかったボルヘスだが、この「南部」は「たぶん最良の作品」と強く推している。

今回ドゥマゴ文学賞受賞の知らせを頂いて、東急文化村へ挨拶に伺ったのが八月二十四日の水曜日なのだが、その日の朝パソコンを立ち上げると、グーグルのロゴが見慣れぬ、杖を突いた小太りの老人が窓の外を眺めている絵に変わっていた。八月二十四日はボルヘスの誕生日だった、百十二年前のこの日、作家はブエノスアイレスに生まれたことを、グーグルのロゴをクリックした私は知ったのだが、それより何より驚いたのは、ボルヘスは三十九歳のときに、開け放たれた窓に頭をぶつけて怪我をして、一カ月のあいだ生死の境をさまよった、という事実だった。――それは「南部」の、あの主人公が負ったのと同じ怪我、あやうく敗血症で死にかけて、自らを憐れんで涙したのと同じ怪我だった。

なぜ小説は、特定の人間に起きた、特定の出来事を描くのか？　――私はこの一、二年そのことばかり考えている。ボルヘスは頭を怪我して死にかけたという個人的な経験と同じ経験を「南部」の主人公にもさせた、もしくは「南部」の主人公と同じ経験をボルヘス自身もした、そして「南部」を読む私たちも同じ経験を、自らの経験として繰り返す。だが、どうして小説においては、そんなことが可能なのか？　——「小説とは、出来事が継起する時系列に並べ換えられた夢である、たとえそれが現実の似姿を取ろうとも」（辻原登氏選評より）私も、夢が一つの答えなのではないかという気がしてならない。夢の中では人は、それがどんなに荒唐無稽な設定であろうとも、疑うことなく真に受け、当事者として必死に行動する。恐らくそこには、小説を駆動する原理がある。

私にとって「赤の他人の瓜二つ」という小説は、二〇一〇年の夏の記憶と共にある。大震災が起こってほとんどの人が忘れてしまったが、二〇一〇年の夏は観測史上もっとも暑い夏だった。信じがたい暑さの中で、私は毎日この小説を書いていた。午後三時の、誰も歩いていない道路からもうもうと立ちのぼる陽炎を見たのは小説を書いていた私だったのか、小説の中の昭和三十九年にチョコレート工場で働き始めた青年だったのか。それともそれは、寝苦しい夜にただ夢で見ただけの光景だったのか、今となっては区別が付かない。

改めて、今回のドゥマゴ文学賞選考委員でいらっしゃる辻原登さん、東急文化村の方々、この小説の雑誌掲載から単行本化までお世話になった編集者の方々、家族、友人にお礼を申し上げます。ありがとうございました。

私の敗北、小説の勝利

エッセイ

――追悼　北杜夫／「新潮」二〇一二年一月号

私が芥川賞という名前を初めて知ったのは今から三十年以上前、北杜夫さんと遠藤周作さんの対談の中でだった、『船乗りクプクプの冒険』一冊を読んだだけで、この人の書く小説はきっとどれも面白いに違いないと確信した中学生の私は、当時新潮文庫と中公文庫から出ていた北さんの小説と対談集を片っ端から憑かれたように読み進んでいった……、という私が新聞に書いたエッセイを読んだ北さんの娘さんの斎藤由香さんからお礼の手紙が届いたのが、二〇〇九年の秋のことだった。手紙と一緒に北さんのサイン入りの『幽霊』初版本と、私家版の『羽蟻のゐる丘・蝦蟇』も同封されていた。斎藤さんはその年の暮れに新宿で行った私と青山七恵さんのトークショーにも来て下さった。

翌年の正月、私は保坂和志さんと梅ヶ丘を散歩していた。風のない暖かい午後で、いつもなら喫茶店に入るところを、「ちょっと散歩してみよう」という事になったのだと思う。羽根木公園からさらに北へ、緩い坂の途中で保坂さんが言った。「確かこの辺りが北杜夫の家の筈なんだ」続けて、「お前はよく人と会ってしまうからな」すると、次の角を曲がった路地の奥に、黒いセーターを着た女性と水色のスウェットスーツの老人がいた。斎藤由香さんと、初めてお会いする北杜夫さんだった。「どうぞ家に上がって行って下さい」正月休みにいきなりこんな形でお邪魔するのはさすがに躊躇われた、しかも北さんは前年の夏にした怪我のリハビリ中だったのだが、けっきょく私たちは北さんのお家に上がらせて頂くことにした。玄関の前で待っているときに、ウサギが二匹、足元に寄ってきた。「ウサギがいる家というのも、ちょっと変ですよね」

通された応接間は壁一面の本棚と蛍光灯のせいなのか少し暗い感じがした、かつてここには毎日大勢の来客があった筈なのだ。そのときの北さんの顔は血の気が引いて白く見えた、こちらの質問に短く答えてくれる程度で余り話さなかった。その無口さを埋めるように奥さんと斎藤さんが一生懸命話してくれた。「父はもう忘れられた作家ですから」躁病の話や株売買に夢中になって全財産を使い果たした話、電話を止めた話も事実であることを教えてくれた、すると北さんも不服げにとつぜん割って入ってくるのだった。——帰り道、保坂さんが私に言った。「文学賞の選考委員や大学教授のような文壇の名誉職の話だってとうぜんあった筈なのに、北さんはいっさい受けなかった。そういう作家はめったにいない、そういう作家は偉いと思う」

それからまた一年近くが経った去年（二〇一〇年）の十一月、夕刊に北さんのインタビュー記事を見つけた。微笑んでいる顔色は新聞の写真でも分かるほど明らかに良く、しかしそれよりも私は「……B29がのし掛かるように飛んできて、灯に照らされて、あやしい美しさなんですよ。敵もやるな、と思った……」と答えているのを読んで、ああ、元気そうだな、かなり回復したのだな、と思った。斎藤さんに連絡を取ってみると、「年が明けて、羽根木公園の梅祭りの頃に、またお昼でもご一緒しませんか？」という返事を頂いた。

もう一度お会いするにあたって、私は北杜夫の小説を読み直してみた。例えば、「谿間にて」という短編の次の部分。

「そのとき梢をとおし、この空地にもはじめて朝の光がさしこんできた。北回帰線間近の、純粋な、力にあふれた、万物を活気づける光線である。同時に幾匹かのタテハチョウが林の梢に乱舞を開始するのが見えた。彼は網の柄を握りなおし、上へむかって歩きだした。

トドマツの密林の中は苔の匂いが満ちていた。原始林には畏怖を誘う一種特有の気配がある。その鬼気にちかいものを彼は感じた。自分が一人きりだということをも。そんなことは生れて初めてのことであった。すべてが生れてはじめてで、同時に莫迦げきっているように思われた。」（新潮文庫『夜と霧の隅で』収録「谿間にて」）

私は驚いた。この描写は私の小説にそっくりだった。私の小説の中に置いてあったとしても何の違和も感じないほど大袈裟さや飛躍、外向きの視線、名詞の使い方が似ている、特に私の最初の小説『肝心の子供』の中の、何箇所かの自然描写に極めて近いように思えた。いや、似ているのは私の小説の方であって、北さんの小説の方がはるかに先行して書かれているのはもちろんなのだが、正直に言えば、私がこれより以前に北杜夫の小説を読んだ最後は、恐らく高校時代の筈なのだ。それから三十年が経っている。そもそも冷静になって考えてもみて欲しい、初めて読んだ小説の作者がそれから三十年後にまだ生きていて、自分も同じように純文学の小説家としてデビューを果たしていて、散歩の途中で道を歩いていてたまたま出会える確率というのは、いったいどれ程あるというのか？　ある志向性のようなものが自覚のないまま私の中で三十年間生き続けていたことに感動すると同時に、あらためて小説の力のしぶとさ、恐ろしさを思い知らされた気がした。

二月二十六日の土曜日、私は一人で北さんのお家に伺った。七〇年代に放送されていたネスカフェ・ゴールドブレンドのテレビＣＭで、漁船に釣り上げられたマンボウを北さんが指差すシーンは、じつは別々の場所で撮った映像の合成なのだということを私は北さんのエッセイで読んで知っていたが、斎藤さんはそもそものＣＭじたい見たことがなかった。作家の父娘というのはじっさいそういう関係なのかもしれないなと、なぜだか私はそのとき思った。

私は「谿間にて」についても、北さんに聞いてみた。

「もともとは台湾の山へ取材に行こうと思っていたんです。ところが埴谷雄高さんが、取材なんて行かなくてよい、自分の頭で考えて書きなさい、と止めた。それで自分で考えながら、書いてみたんです」

「『楡家の人びと』で、徹吉（＝斎藤茂吉がモデル）が箱根の山荘に滞在中、誰に邪魔されることなく一人で桃をむさぼり食べて、幸福に浸るシーンがありますね」

「『楡家』は最初、すべて実名で書いたんです。ところがまだ存命中の者がたくさんいましたから、それじゃあまずいと言われて、変えた。茂吉とは若いころに何度か箱根で過ごしましたけど、ただとにかく怖かったので、親子という関係ではなかった」

「小説をもう一度、書いてみようとは思いませんか？」

「いや、もうとても。小説は……」

私はデジカメを持っていないので、〝写ルンです〟で北さんと二人の写真を撮って貰った。帰り際、北さんは玄関で私を見送ってくれた。靴を履いて振り向いてからの数秒間、私たちは見つめ合ったような気がする、北さんはわずかに口を開けて、何かを言いたそうな表情だった。

じつはこのとき私の中を、けっきょく北さんとの最後の別れはあの玄関だったと思う日がいずれ来るのかもしれない、という思いが過ぎった。一方でそれは、この年齢の人に会うと誰もが安易に感じてしまう思考の罠なのかもしれない、とも思えた。ならば私は、その罠に打ち勝って現実としないため、近いうちにもう一度、北さんに会う機会を作ろうと決めた。じっさい北さんと話してみて驚いたのは、世間話にはほとんど付いてこないくせに、自らの小説は正確に記憶していて、質問にもこちらの知りたい点を外すことなく即座に答えてくれることだった。私が話した限り、題名や作品間の混同もなかった。これならば雑誌の対談はまったく問題ないだろう、公開のトークショーだって行けるかもしれない。どくとるマンボウではなく、小説家としての北杜夫、『楡家の人びと』を始めとする作品にもう一度光を当てたいと私は考えていた、幾人かの日本の現代小説家に通じる源流がそこには見出せるのではないか。「忘れられた作家」などとご家族だって本気で思っている訳ではないだろう、しかしじっさい、三島や太宰ではなく、最初に読んだ小説は北杜夫だったという作家や編集者、新聞記者が私の周りにも何と多いことか！　新潮の担当編集者もすぐにこのアイデアに賛同してくれたし、対談ではやはり『楡家』を中心に話すのが良かろうということで、斎藤さんを通して北さん本人との意思疎通までできていた。私としても、やるからにはきちんと準備した上で対談に臨みたいという思いが強くあった。

ところがまず、三月の地震が起こった。すべての予定が延期になった上に、私の新刊が出たり、会社の仕事の繁忙期が重なったりした。そのうちに梅雨に入り、夏になり、北さんは奥さんと軽井沢の別荘へ行かれてしまった。斎藤さんからは何度か、「父は元気です。対談はいつでも磯﨑さんのご都合よろしい時に、お気になさらずに」という優しい言葉を頂いていた。その一方で、私も担当編集者も、あの年齢なのだからいつ何が起こってもおかしくはない、そんなに先延ばしにすることはできないということは、じゅうぶん分かっていた筈なのに。

十月二十六日の朝早く、私の携帯電話にメールの着信があった。私の父からだったが、「北杜夫さん」という題名を見た瞬間、私は何が起こったかを悟り、猛烈な後悔に襲われた。とりあえずといっても何をして良いのか分からぬままに花だけご自宅に送ると、その日のうちに斎藤さんからメールが来た。「美しいお花、ありがとうございます。お正月が懐かしいです。父は磯﨑さんが好きでした」この八カ月間、私はいったい何をしていたのか？　忙しい、忙しいとか言いながらけっきょく一番大事なことを先延ばしして、取るに足らないこと、誰がやっても良いような仕事ばかり優先していただけじゃあないのか！　まったく愚かなことだ！　完全に、私の敗北だった。私という人間は敗北したが、しかし恐らく、この三十年余りをかけて、小説は勝利していた。私が今、小説家として、この追悼文を書いているという事実がその勝利の何よりの証だった。小説との出会いが北杜夫だった多くの幸運な人々の中の一人として、磯﨑憲一郎という小説家は存在しているに過ぎない。私は三十数年前と今回の二度、北さんから恩寵を授かっている。

2012年

インタビュー

僕は通勤電車の中でこんな本を読んできた。

――小説家を刺激する10冊――表現者たちの本棚 with Bunkamura ドゥマゴ パリ

／文＝樺山美夏／「SWITCH」二〇一二年一月号

中学時代、往復三時間かけて電車通学を始めた時、読書少年でもなかった僕がたまたま手にとった小説が、北杜夫さんの『船乗りクプクプの冒険』でした。子供向けなのに作中に作者が登場する斬新さに驚いて、この人の書くものはきっと面白いだろうと思って、それから北さんの作品は全部読みました。『楡家の人びと』なんて長い小説、本当に読み終えられるかなと思いながら読んでましたけど、今でも妙に鮮明に覚えてるんですよ。北さんの父親の斎藤茂吉がモデルの徹吉が、箱根の山荘で桃をむさぼり食うシーンとか。いつまでもその断片が人の記憶に残る小説の持つ力を知りました。以前、北さんご本人にお会いした時も、小説のしぶとさみたいなものをあらためて感じましたね。他の話題には興味を示さない北さんが、自分の小説のことはディテールまで覚えていたので、そういうものなんだなと。最近、北さんの小説を読み返したら、意識したことはなかったのに自分の小説と似ているなと思った。北杜夫から入ったことは僕の読書の方向性を決めたんだと思います。

その後、中三でロックに目覚めて本を読まなくなってしまうわけですが、ロックはビートルズから入ったのでハンター・デイヴィスの『ビートルズ』を繰り返し読みました。伝記ってディテールが面白いんです。たとえば、ビートルズが初めてプロとしての契約を結ぶという会議に、ポールだけがいつまでたっても現れない、家に電話してみると、驚いたことにポールは風呂に入っていたんですね。

それをジョージがブライアン・エプスタインに報告すると、「ひどい！　それじゃあよっぽど遅くなるな」と言われて、「でもすごく清潔になって来ますよ」とジョージが答えたとか。んな訳ないだろ！　って思うようなエピソードのリアリティが面白いんです。

音楽つながりで言うと、僕は奥田民生さんの曲が好きで、彼とは歳も同じで、だから聴いてきた音楽も似ているんです。『俺は知ってるぜ』を読んだのはだいぶ後ですが、この本を読んだ時、奥田さんが考えているのと同じようなことを僕も小説の世界でやろうとしているのかなと思いました。先週、会社の部下から、「磯崎さんは若者に何を求めているんですか？」と訊かれた時も、奥田民生の『イージュー★ライダー』の二番のサビの歌詞みたいに生きて欲しいんだって言って、一緒にカラオケに行ったんですよ（笑）。あの自由な感じがすごくいいんですよね。できれば僕もミュージシャンになりたかったけど、まさに僕がやりたかったような音楽を、奥田さんがやってくれているからそれで十分って満足できる、そういう存在です。

ガルシア゠マルケスの『百年の孤独』は通勤電車の中で読んでいたら中断できなくなって、「この本を読み続けることが僕の人生にとって正しい選択だ！」と決めてその日は会社を休んで読み通した本です。文章の持つ強引な力をすごく感じる、今でもたまたま開いたページから読み始めると止まらなくなりますね。小説というジャンルは一九二〇年代のジョイスやカフカの時代に完成したと僕は思っていて、それ以降の、無理に新しさを求めようとした試みはむしろ小説の再生に邪魔になったんじゃないかなと。小説の原理に忠実なのは、マルケスを代表とするマジックリアリズムのような気がします。パスカル・キニャールの『ローマのテラス』も十七世紀の設定なのに、全然古さを感じさせない小説で格好いいんですよね。ポスト構造主義の時代はむやみに新しさを求めたけれども、表面的な新しさが逆に古臭かった。むしろ小説の原理を徹底して突き詰めていったほうが時代を超えるものが生まれる。キニャールはそういう方向に向かっている作家です。

北さん以来久しぶりに、この作家のすべての作品を読もうと思ったのが保坂和志さんです。最初に読んだ『この人の閾』は、サラリーマンの一日を書いた小説なんですが、風景の描き方や流れる時間のとらえ方が胸に迫ってきて、なんというか、この世界に生きることの至福感を感じた。保坂さんの日本文学における最大の功績は、「猫は猫だ」と言い切ったことだと僕は思っているんです。猫を擬人化したり、人間の心象を投影したりする小説はたくさんありましたけど、猫を猫そのものとして書いたのは保坂さんが恐らく世界で初めてです。

ヤノーホの『カフカとの対話』は保坂さんから薦められました。カフカは現代人の不安を描いた不条理作家みたいに言われることが多いんですが、これを読むとカフカ本人は周囲から「聖人」と言われるほどものすごくいい人なんですよ。ヤノーホが両親の離婚問題で悩んでいた時も、「忍耐はすべての状況に対する特効薬です」と励まして、非常にポジティブな波動を送り続けた。僕の小説も、ある女子大生が「読んでとても前向きな気持ちになった」とブログに書いてくれたことがあって。まだ見ぬ読者に向けてポジティブな波動を投げるのが小説の使命でもあると思いました。

そういう意味でも、小説家というのはとても素晴らしい職業だという話を、近所に住んでいる友達の青山七恵さんと会うと話しています。お互い小説家である喜びを噛みしめている感じですね。彼女の『わたしの彼氏』は、今までの青山さんとは違う作風で、こう来るか！　とびっくりしましたけど。

ベケットの『モロイ』『マロウンは死ぬ』『名づけえぬもの』の三部作は、今まさに読んでいるのですが、どうしてこんなにくだらないことを延々と書くんだろう？　これで本当にノーベル文学賞？　というぐらいつまらなくて、全然読み進められない（笑）。ただ、小説とは何なのかについて深く考えさせる小説です。これも保坂さんが言っていたんですが、「小説とは小説を読んでいる時間」なのだと。取材を受けるとよく「この小説のテーマは？」って訊かれるんですけど、音楽とか美術の場合、そういう質問はまず出てこないですよね。小説も音楽や美術に近いもので、読む時間そのものが芸術体験なんです。読んだ後に「あれはいったい何だったんだろう？」と思い返す時間も含めて。多くの人はそこを勘違いしていますよね。この前、ある大学教授と話をした時、最近の大学の授業は「起承転結」じゃなくて、最初に結論を言って何度も結論を確かめながら「結結結結」で話さないと成り立たないと言っていましたけど、そういうものの対極にあるのが小説なんですよ。小説に結論はないんです。

［小説家の通学・通勤史］

13歳・『船乗りクプクプの冒険』北杜夫（新潮社）
北さんの作品から小説を読み始めたことは、小説家として決定的なことだったと思います。

14歳・『楡家の人びと』北杜夫（新潮社）
30年の間、読み返さなくてもはっきりと覚えている場面がある。小説のしぶとさを感じました。

15歳・『ビートルズ』ハンター・デイヴィス　小笠原豊樹、中田耕治訳（草思社）
実は図書館から盗んで何度も読んでました。ディテールのセンスがいい！　増補完全版も読みました。

20代後半・『百年の孤独』ガブリエル・ガルシア＝マルケス　鼓直訳（新潮社）
池澤夏樹さんが激賞されていて読み始めたのですが、会社を休んで読んじゃいました。

30歳・『この人の閾』保坂和志（新潮社）

乗り換え駅の書店で購入。保坂さんは小説の先生であり、話し相手でもあり、目標でもあります。

30代半ば・『カフカとの対話』ヤノーホ　吉田仙太郎訳（筑摩書房）

保坂さんから読んだ方がいいと薦められて読みました。カフカはすごくいい人だったんですね。

39歳・『俺は知ってるぜ』奥田民生（ロッキング・オン）

僕は本当はミュージシャンになりたかったんです。でも奥田さんがいるからいいやって。

40歳・『ローマのテラス』パスカル・キニャール　高橋啓訳（青土社）

アメリカから帰ってきて読んだ一冊です。キニャールは小説の原理に忠実なんですよね。

45歳・『わたしの彼氏』青山七恵（講談社）

ちなみに僕の『赤の他人の瓜二つ』に登場する小説家はちょっと青山さんが入っています。

46歳・『モロイ』三部作　サミュエル・ベケット　安堂信也訳（白水社）

どうしてこんなにくだらないことを延々と書くの？　小説とは何かを考えさせられる小説です。

対談

辻原登×磯﨑憲一郎「出張小説」と夢の技法

――ドゥマゴ文学賞受賞記念対談／「群像」二〇一二年二月号

生の遍歴と記憶

辻原　ドゥマゴ賞というのは選考委員が一人で選ぶ賞です。今回私は、磯﨑さんの『赤の他人の瓜二つ』を選びました。『赤の他人の瓜二つ』は、賞の趣旨である、「既成の概念にとらわれることなく、先進性と独創性、アクチュアリティーのある、新しい文学の可能性」を秘めた、あるいはそれを実現した作品だと思いました。

磯﨑　ありがとうございます。

私はいつも、全く設計図なしに小説を書き始めます。あるのは最初の一文だけです。その文章の次にどういう文章を置いたらおもしろいのかという、ただその推進力だけで書いているようなものです。だから、書いている時は、本当にこの小説が書き上がるのか、ほとんど不安との戦いみたいなものですね。『赤の他人の瓜二つ』は今までの中でもっとも長い小説になりましたが、途中で、もうこのまま完成しないのではないかと、正直思いました。書いていて、先の見えない、書き上がらないかもしれないという不安感がとても強かったのです。

それが今回このような形で賞をいただきまして、それも作家デビュー前の一サラリーマンだったころから小説を拝読していた辻原さんが選考委員と伺い、二重の意味でうれしく思いました。

辻原　セルバンテスの『ドン・キホーテ』では、主人公ドン・キホーテの幼年時代や青年時代、あるいは両親についての記述が一切ないのです。その代わりに何が語られているかというと、ドン・キホーテが何を読んだかということだけです。それは彼の人生そのものが読むことだということです。あるいは夢見ることともいえるかもしれません。読んだものをもう一回夢見る。読んだ物語が、聖書も含めてですが、実際にあったこととしてどんどんヒートアップしていきます。ところが、今の自分が生きている現実を見ると、自分が読んだ世界とまるで違った荒涼とした社会である。だから、自分が世間に乗り出していってこれを正さなければならないということで冒険が始まるわけです。しかし、長い物語なのに、なぜ彼の実際の過去が全然ないのか。しかも彼の中に生の記憶は一切ないのです。読んだ記憶しかない。

でも、我々が物を書くというのはそういうところがありますね。つまり、ドン・キホーテがロシナンテに乗って、槍を持って出かけていくのと同じように、我々は自分の読書経験に基づいて、「書く」という世界に出かけていく。磯﨑さんの小説を読んで特にそう思うのは、現実に起こる出来事も我々にとっては一種の書物のようなものであるということです。そう考えていくと、磯﨑さんの小説の定義に近づいてくるのです。

それでは、『ドン・キホーテ』に欠けていた生の記憶というもので我々の遍歴を少しお話ししましょう。

磯﨑さんは子どもの頃から作家になりたいと思っていたのでしょうか？

磯﨑　私の作家デビューは四十二歳のときです。小説を読み始めたのは中学生の頃なんですが、ずっと文学青年で小説家を目指していたということはなくて、思春期のころはむしろ音楽に夢中でしたし、大学時代はボート部でした。そう考えると、何で今自分が小説家になっているのか、とても不思議です。

今、辻原さんがおっしゃった『ドン・キホーテ』ではないですが、私も確かに小説家としては割愛されてしかるべき少年、青年時代なんでしょうけれども、ただ、やっぱり何かそういうものの上に今書いている小説は成り立っているということも、非常に強く感じます。

辻原　大学のボート部ではオリンピックを目指していたとお聞きしました。

磯﨑　才能はなくても、練習方法に頭を使えば、一回ぐらい日本代表に入れるんじゃないかと思ってやっていました。結局代表には入れなかったのですけれども。シングルスカルという一人こぎのボートを、埼玉県戸田市で練習していたのですが、自分がうまくこげているときの感覚であるとか、そのときの川の水面の状態、色や輝き、そういうものが強く印象に残っています。小説を書く上では、そういうものをよく覚えているという蓄積が大切なのではないでしょうか。

辻原　そうだと思います。つまり本を読んでいることだけが読んでいることじゃなくて、生きていることを思い返したりすることがよく読むこと、そんなところがありますね。

会社員は朝に書く

辻原　私は一九四五年生まれで、磯﨑さんは一九六五年生まれですので、私と磯﨑さんは年齢はちょうど二十歳違います。しかし、商社に勤めながら小説を書いてデビューしたという共通点がありますね。芥川賞をもらった年も同じ四十四歳です。

磯﨑さんは今も会社にお勤めですが、いつ書いているのですか？

磯﨑　出勤する前、早朝に起きて書いています。

辻原　やはりそうですか。実は私もサラリーマンのときは、ずっと朝早くに執筆していました。

私は、二十歳のときに文藝賞の佳作に入選しましたが、その後父親が亡くなったり、いろいろなことがあって、二十八歳になって、小説を書くことはもうやめる決心をつけて就職しようと思って東京に出てきました。それまではまったく働いたことがありませんでした。

そんな私を雇ってくれるところはないですから、どうやったら雇ってくれるかと考えて、友人の家に居候しながら、そのころ市ヶ谷にあった中国語研修学校というところに二年間通った。そして、三十一歳で、社員六人の友好商社に初めて就職しました。

働き始めたとき、私はとても幸福でした。もう文学とは縁を切って、これからはちゃんと給料をもらって生きていくんだと思ったら、生きるのがものすごく楽しくなった。三十四歳で結婚した時は、もう幸福の絶頂です（笑）。高尾の館ヶ丘という公団住宅で新婚生活を送って、一年ぐらいたつと、今度はこの幸福を書かないでどうするかという気持ちになったんです。それで書いたのが「犬かけて」（一九八五年）です。会社員の主人公が、妻は売春組織にいたのではと疑うという妙な話です。「犬かけて」は、会社で、書いていることを知られてはいけないので、辻原登というペンネームを使いました。

仕事ではよく中国の奥地に出張に行きました。東京にいても、磯﨑さんもそうだと思いますが、接待だとかで時間がない。中国へ出張に行っても、お客さんと一緒に行ったら、朝八時ぐらいから行動を始めて、夜は宴会。何とか時間を見つけようと思って、朝八時にお客さんと出発するとしたら、朝早く起きるしかない。それまで六時半くらいに起きていたのを五時にしたのです。そうすると、一時間半は本が読めたり、ノートをとったりできる。

磯﨑　まさしくそうですね。私も今、五時半ぐらいに起きて、一時間ぐらいですかね。週末はもう少し書きますけれども、確かに、そういう環境の中で書くには、これしかないのかなと私も思うんです。ただ、ほかの生活があることによって、書いている間は集中しているのかなと思うときもあります。
でも、一時間かけて二、三行しか書けないことが多いのですけれども、せっかく小説家にさせてもらったからには、寝不足でも起きなきゃいけないとか、今日書いた一行か二行をいずれ見ず知らずのどこかの若い読者が読むかもしれないと思うと、自分はきつくても朝起きて書かなきゃいけないんじゃないかという、大げさにいうと責任感みたいなものが強いです。

辻原　私は、そこまで立派な考えがあるわけではないのですが……。
ただ、一時間でも毎日やると、これはたいへんな蓄積になりますね。
それと、朝五時の考えというのがあります。四時だったかな、ポール・クローデルに、朝五時の考えがあると。そのときに浮かぶ考えが一番正しくて深い。僕は、その言葉に出会ったときに、それを実践しようと思ったのです。確かにそうです。朝五時に起きてみる、あるいは、起きなくてもいいから、布団の中で目を覚まして、いろんなことを考えると、実に冷静に物をとらえたり、悩んでいたことの核心がパッとつかめたりする。やっぱり人間というのは単に思考の動物ではなくて、いろんなものに左右されながら、何かひらめくものがある。あるいは、神の啓示がおりてきたり、そう思い込んで、今もわりと早く起きている。昔ほどそんなに早くは起きられないですが。

磯﨑　前日、この小説を次にどうつなげようかなと思って、夜、帰りの電車の中でもつらつら考えて、わからないなと思っているようなときでも、寝て、起きて、朝の時間帯だと、ああそうか、こうすればいいんだと思うことが結構ありますね。脳が休まるだけなのかもしれないんですけれども。
小説家は朝書かれる方が多いですね。村上春樹さんも小川洋子さんも朝でなければ書けないということをエッセイで書かれてたように思います。

辻原　ただ、ずっと考え続けていないとだめなんです。悩んで、悩んで、悩み続けて、眠って朝、四時なら四時、五時なら五時とならないと。それまでポカーンと何も考えないで、朝五時に起きたから何か生まれてくるかというと、そういうわけにはいかない。

磯﨑　今、辻原さんのお話を伺って、保坂和志さんから、「小説家というのは基本的に三百六十五日、二十四時間、休みのない仕事だからな」といわれたことを思い出しました。それは、三百六十五日原稿用紙に向かえということではなくて、頭のどこかで、自分は小説家である、自分は小説を書いている最中だという事実から逃れてはいけないということなのだと思います。そうすることによって朝、たった一行か二行かが生まれてくる。会社で仕事しているときはちゃんと仕事しているんですよ（笑）。始終ネタを考えているということではまったくなくて、生き方というか姿勢みたいなものを常に試されているというか、自分がそういう人間であるということを忘れてはいけないということだと考えています。

出張小説について

辻原　磯﨑さんは一九八八年に大学を卒業されて、商社に入られたのですね。僕が『村の名前』を書いたのが一九九〇年です。僕はそのころまだ小さな貿易商社にいたんです。あれは中国の奥地に、畳の藺草《いぐさ》を求めての出張の話なのですが、磯﨑さんも随分出張していると思います。

磯﨑　そうですね。まさに『村の名前』を僕が読んだのが入社二年目なのですが、ちょうど出張に行き始めたころです。出張は、場所が変わるだけなんですけれども、それだけでは自分の中では整理がつかない、何か異次元に入ってしまったような感覚というのは、やっぱり旅行とまたちょっと違うんですね。
辻原　違いますね。
磯﨑　仕事で行っているという、本当は日常生活と地続きのはずなところが、かえって何か、こんなことはあり得ないだろうということと出会ってしまう。
辻原　出張の思い出というのは、僕なんかつらいことばかりなんですが、そういえば出張小説といえば、カフカですね。彼の小説はほとんど出張小説といっていいんじゃないかと思うくらい。会社員であったり、測量士であったり、つまり、組織からの締めつけがあって、成績を上げなければいけないという中で、未知の場所に移動していく。
　そういう未知の場所への移動は、カフカの小説の世界だけではなくて、我々が出張してみると、実際に経験しますよね。
磯﨑　旅行は基本的に楽しい思い出なんですよ。トラブルもありますけれども、それはやっぱり楽しい思い出なんです。出張の場合、何か特異な緊張感から来るのかもしれないのですけれども、まさしく辻原さんがおっしゃったように、カフカの『城』もそうだし、短篇でも結構出張したときの……。
辻原　『変身』もそうですね。
磯﨑　『変身』のグレーゴル・ザムザもよく出張に行っている人物でした。本当は自分は仕事をしなきゃいけない、日常と地続きでいなきゃいけないのに、何か変な引力に引っ張られるというその経験。私は会社員になって二十年以上になるのですけれども、若いころの出張の経験というのは、アフリカなんかまで行ったわけですけれども、あれが本当にあったことなのか……。
辻原　うん、そこです、そこです。
磯﨑　実は自分が何かで読んだことなのか、だれかから聞いた話なのかという区別が余りつかなくなってくるんですね。そこが逆におもしろいですね。

辻原　出張している間に夢を見ていたというわけじゃないんですが、実際は出張先というのは、夢かうつつかわからない、そういうところがありますね。だって言葉の問題がありますから。つまり、別の国の言語を、通訳を介したり、あるいは例えば磯﨑さんは英語で話すでしょうし、僕が中国へ行ったら中国語で話す。そこにもう何か微妙な食い違いが生まれてきて、しかしそこには現実の生身の外国人、商売の相手がいて、戦わなくちゃいけない、あるいは握手しなきゃいけない。そういう微妙な違いが幾つも重なっていくと、後で思い出すと、あれは悪夢だったんじゃないかと思うことがあります。

磯﨑　まさにそうなんです。悪夢なんですね。

出張という時間は、現実と夢との境界線が微妙になってくる。

辻原　旅は全部夢だと思っていいと思うんです。出張は夢と現実の両方に相わたらなければいけないつらさがある。でも、磯﨑さんの『終の住処』も、今度の『赤の他人の瓜二つ』も、その微妙なところをドラマにしていますね。

夢と現実の間

磯﨑　やっぱり単に夢の話、夢小説みたいなもの、幻想小説のほうに行き切ってしまうのではなくて、リアリズムの小説に立脚しながら、夢の力に引っ張られる、そんな小説というのは、私の考える小説の一つの理想型です。今回受賞の言葉にも書かせていただいたのですけれども、辻原さんが選評で「小説とは、出来事が継起する時系列に並べ換えられた夢である、たとえそれが現実の似姿を取ろうとも」と書かれていることに強く共感しました。それに対するお答えとして、「受賞の言葉」を書きました。そこで、ボルヘスの「南部」という短篇を例として挙げているのですけれども、この「南部」の主人公というのも、本来であれば、自分が持っている南部の農場に帰って、そこで安らかな生活を送るはずのところが、なぜか途中で違う駅で降りろといわれて、自分の本意ではない決闘をするはめになってしまう。ただ、その決闘に向かう途中で主人公は、もし病室で死にかけていた自分であるならば、これこそが自分が夢見てやまない死に方だったんじゃないかという言葉でこの「南部」という短篇が終わるのです。この「南部」という小説は、もしかしたら病室で見た夢だったのかもしれないというふうにも読めるんですよ。

そこが私には、この短篇はすごいなと思わせるところなんです。夢というのはふつうは淡いもの、儚いものと考えられるのですけれども、そうではなくて、もっと強い力を持った、現実をぐいっと引っ張ってやまない、そういう力を持ったもののように思える。そこが小説の持つ力と相通じるところがあるんじゃないかという気がするんです。

辻原　例えば、私たちは夢を見るといっても、「こんな夢を見た」といえる夢というのは、覚め際に見た夢に過ぎなくて、実際は脳細胞が見ている無数の夢があって、それはほとんど忘却のかなたに毎日沈んでいっているわけです。でも、それは私たちの脳の中に刻まれているわけでして、それがどんなふうにして出てくるかというと、例えば私は磯﨑さんの『赤の他人の瓜二つ』という小説を読むことで、「あっ、こんな夢を見たかもしれない」。見たような気がするではなくて、見たかもしれない、そういうふうな感覚があるのです。

夢は本当は恐ろしいもので、ほとんど死の世界と隣接しているというんでしょうか、だから磯﨑さんの小説の魅力は、そういうまがまがしいものと現実との間に、男女の物語だとかチョコレートの話だとか、あるいは『終の住処』では主人公は製薬会社勤務で、奥さんが十一年間ずっと口をきかないという世界がある。しかし、これは現実であり、夢でもあって、現実の似姿をとった夢の記述かもしれない、あるいは現実こそ夢なのかもしれないみたいな、そういうところで物語は成り立っている気がするんです。だから、磯﨑さんの小説を読むと、そういう小説の力をよみがえらせるというか、創造してくれる作家が会社員から出てきたというところに、私は勇気を与えられます。

磯﨑　おそらく夢というのが辻原さんの作品と僕の作品の共通点の一つだと思っています。

辻原さんが書かれている「天気」（「新潮」二〇一一年十二月号）という小説を拝読したのですけれども、すばらしい作品だと思いました。最初に「横浜・保土ヶ谷にある自宅から」というところから始まり、エッセイであってもおかしくないような、そういう現実と地続きのところから離陸する。そして、八時十九分の新幹線を九時十九分と間違える。電車の時間を一時間間違えてしまうのは私もよくやるミスなんです。

駅へ行ってから、アーッと思う。大急ぎで電車を乗り継いで、松阪まで行く。それから迎えの車に乗って目的地のGに向かう。その車中で、今走っている道を、どこかで見たことがある、どこかで自分は経験したことがある。ずっと何だったんだろう、何だったんだろうと思いながら、その晩に無意識に潜んでいた物語の記憶だったんじゃないかと思う。まさしく夢と、現実と、本を読んだ記憶というのが混然一体となっていく、そのおもしろさが描かれています。記憶があいまいなんじゃなくて、現実が実際そうなんだと思うんです。現実というのは、僕らが思っているほど確固たる、オーガナイズされた世界なのではなくて、夢とか、過去に読んだ小説の記憶とか、見てないのに見たつもりになっている記憶が混然一体となったものが、実は僕らが生きている現実なんじゃないかという気がしてならないんです。

辻原　小説を書くと、よりそういう認識が深まっていく。そして、それが同時に小説の技法を作っていく。芸術ですから、音楽でも建築でも小説でも、テーマと、そのテーマをあらわす技法が実は一体なんです。形式、技法、テーマは本当は分けられない。磯﨑さんの作品では分かれていない。では、磯﨑さんはどうしてテーマと技法が一体の書き方を身につけたのかというと、出張ではないかと私は思ったのです。

　だから、磯﨑さんの小説の魅力というか、あのいわくいいがたい世界というのは、テーマと技法の一体になった「夢の技法」によるといってもいいと思います。夢を見る技法は我々誰でも持っています。意識している技法ではないのですが、神が与えたとしか思えないような夢の技法というのがあって、それを磯﨑さんは何らかの形で、例えばボートをこぎながら身につけたのかもしれないし、たゆたう水の上で身につけたのかもわからないですけれども、そういう気がする。同時に、いわゆる死に接近するにはこの方法しかないと感じます。我々は死を見ることはできないし、死を体験することはできないけれども、ぎりぎりまで行ける。そのぎりぎりまで行くには、この方法しかないかなということを、あなたの作品によって感じるんです。

磯﨑　確かに僕は、その技法を自分で意識して身につけた覚えが全くないので、そういわれてしまうと本当に恐縮してしまうんです。ただ、自分で正直に考えてみると、確かに出張の記憶みたいなもの、もしくは過去に自分が見た光景みたいなもの、自分が本当に感じたことを何とか言葉で表現してみようとすると、こう書かざるを得ないのかなと思います。やっぱり現実を忠実に描写しようとすると、そうはあり得ないという書き方をするしかない。『赤の他人の瓜二つ』の中に、看護婦の背が門柱と同じぐらいまで伸びるという描写がありますが、そんなわけはないのです。ただ、そう書くしかないだろうという体験は実際にしているんです。私にとって、そのようにしか見えなかったということを何とかして言葉にあらわしたいと思うと、そういうデフォルメされた表現が出てきてしまう。小説の技法として新しいものをやろうとか、何か奇をてらったことをやろうということではなくて、自分の感じたリアルなものを書こうとすると出てくる、ということなのかなという気はしますね。

辻原　私も、同じように思います。映画を考えてみるとおもしろいと思うんです。

映画というのは十九世紀に登場して、二十世紀のはじめで、映画の文法というのができ上がって、ドラマを表現できるようになった。映画そのものは近代科学技術の粋そのものです。しかし、映画でドラマを表現する技法というのは、全部夢からかりているといえると思います。つまり、クローズアップ、パン、俯瞰、フェイドイン、フェイドアウト、上空から撮ったり、ぐるーっとカメラが回ったり、これは全部本当は原始時代から人間が夢の中で実現してきたことです。それを近代の科学技術が実現したのではないでしょうか。

小説は、それを科学技術の技法をかりないで、文章だけでずっとやってきたわけです。だから、そんなにややこしいことじゃなくて、磯﨑さんが書いているのは、単に古代人が夢を見てきた、その見方を文章にあらわすことだといえます。しかし、その文章のあらわし方にはやっぱり技術が必要です。最高度のレベルで我々の夢を書くと、磯﨑さんの小説になると僕は思ったのです。

磯﨑　小説を含む、芸術作品は、新しいものを作ろうと思ったならば、もっと原理原則というか、自分たちのコアな部分に戻ってこなきゃいけないというのが鉄則じゃないかという気がします。僕らが生きているこの世界が何なのかを考えていく上で、いろいろ新奇な方法を試すのではなくて、自分の中、夢に立ち返ってみる、その一点からのみ向こう側が見えてくる。それは、自分が小説という芸術作品を作っていく上でものすごく強く感じていることです。本当に夢とは何なのかということを考え尽くせば、表現方法の可能性は、まだまだ考え出すことはできるのではないでしょうか。

辻原　そのとおりだと思いますね。夢の世界は無尽蔵で、人類が物語を語り始めて、まだせいぜい四千年ぐらいだと思うのですが、まだ夢のごく一部しか見ていない、あるいは表現していないと思うのです。音楽にしても、建築にしても、舞台にしても、物語にしても、小説という形のものにしても。だから、まだまだ見なくちゃいけない夢はあるし、見ているはずの夢があって、それを表現しなければいけない。

磯﨑　夢が何を意味しているのかということは、もっぱら精神分析に使われてしまっている。一番安易なのはテレビ番組で、こういう夢を見たときは、あなたは彼氏、彼女が欲しいんですよとか、貧乏で困っていますねという安易な「夢判断」になってしまっているのですけれども、そうではなくて、夢そのものに立ち返ったほうがいい。そこには、世界そのもののあり方であるとか、芸術をどう考えるかというヒントがたくさんあるように思いますね。

受け継いでいくもの

辻原　磯﨑さんの文章もそうだし、カフカの文章を考えても、一つ一つの文章は極めて正確で、比喩も少なく形容詞も少ない。商社の営業報告書みたいです（笑）。

磯﨑　会社の文書はよくだめだといわれたんです（笑）。

辻原　一ついえるのは、例えば『赤の他人の瓜二つ』という小説は、磯﨑憲一郎という人が書いたのはまちがいないが、磯﨑さんの読んだ本だとか経験だとか、そして磯﨑さんがまだ意識していない夢とか、そういうものが書かせたとしたら、半分しか著作権がないと思うんです（笑）。でも、芸術とはそういうものです。そういうふうにして、文学なら文学が一人一人の個人の書き手を超えてずっとつながってきているし、これからもつながっていくのではないか。そういうことを作家が自覚しないといけないと思います。

磯崎　デビューのときの文藝賞の受賞の際にも書いたのですが、一人の小説家にできることというのは大したことではないと思っています。あらゆる世界を描きたいというようなことはまったく思っていなくて、小説というか芸術の大きい流れの中のごく一部分を私は担っているにすぎないと考えています。その中で、私の小説を読んでくれた若い人たちが、磯崎憲一郎はおもしろいなと思って小説に興味を持ってくれたら、自分としては人生でやるべき仕事の大半はやり遂げたぐらいのつもりでいます。格好つけているわけじゃなくて、正直にそう思うんです。年がいってからデビューしたからそう思えるのかもしれません。

それから、過去に読んだ小説というのが自分の中でいかに大きいかということを本日お話ししてあらためて感じました。辻原さんは『東京大学で世界文学を学ぶ』の中でベンヤミンの「三十五歳で死んだ男は、想起にとっては、彼の人生のどの時点においても三十五歳で死ぬ男」であるという文章を引用しています。たとえば、そのような文章を読んでしまうと、実際に経験したことと同じくらいの重さとなって自分の中に残ります。結局そういう今まで読んだものが蓄積されたのが磯崎憲一郎という小説家であるにすぎなくて、人が持っていない才能を持っているとかそういうことではないと思うんです。

辻原　我々の実際の人生というのは、まだ死ぬときが決まっていないわけですが、小説は、主人公は最後に必ず死にますね。具体的にジュリアン・ソレルのように死ぬ場合もあれば、小説が終わるという形で、そこで繰り広げられた人生が終わる。例えばジュリアン・ソレルは二十三歳でギロチンで死ぬ。スタンダールは、「二十三歳で首が落ちる男」として、一行目から書いているわけです。「ヴェリエールは小さいながらも、フランシュ＝コンテ地方でもっとも美しい町の一つといってよい」（野崎歓訳）という冒頭の一行からジュリアン・ソレルの血で染まっているわけです。

小説というのはまさにそういうふうに切り取って、夢を含めた人生の意味（センス・方向）を我々に感得・感受させてくれる。我々は絶対に自分の死を見ることはできないけれど、優れた小説を読むと、死を見ることができるのです。つまり「生」をです。小説家というのは、まさにそういうものを提供しようとしているのではないでしょうか。

エッセイ

二足の草鞋

――「日本経済新聞」二〇一二年六月二四日

「二足の草鞋《わらじ》を履く」ということわざは元々、江戸時代に博打《ばくち》打ちが十手を預かって、器用に立場を変えながら自分と同じ博徒を取り締まる捕吏を兼ねていたことから生まれたことわざだそうなのだが、それはともかくとして、日経新聞という媒体なのでこういう機会に敢《あ》えて言っておきたいのだが、私は自分が「二足の草鞋」を、この場合は会社員と小説家という意味だが、その二つの立場を器用に使い分けて、両立させているなどと思ったことは今まで一度もない。

二〇〇七年に文藝賞という小説の新人賞を頂いて作家としてデビューすることが決まったとき、人並みに本好きではあったが文学青年でもなく、ましてや苦節何十年で小説家を目指してきたわけでもない私は受賞の喜びを口にしながらも内心、「ちょっとまずいことになったかもな……」という思いがあった。とりあえずの半年、一年はまあ良いかも知れない、しかし企業という秩序に守られた、私にとっては馴染《なじ》み親しんだ世界と、文学というまったく未知の、個性と個性が激しくぶつかり合う野蛮な世界の狭間で、結局どっち付かずになって、いずれ股裂きのようにぼろぼろに引き裂かれてしまうのではないか？　ところがそんなことはなかった、むしろ逆だった。じっさいにはやればやるほど二つの世界は私の中で統合されてきている。

昨年東急文化村主催のドゥマゴ文学賞を頂き、授賞式には会社の部下も招待したのだが、私のスピーチを聞いた、その中の女性総合職の一人が何気なく言った。「会社の会議でされた話と、同じ話をされていましたね」。自分を変えたいなんていう意思はたかが知れている、もっと大きな、ポジティヴな流れに身を委ねることの方がよほど大切だ、そんな話を私はそのときした、似たような話を会社でもしたことがあったのかもしれない。

しかし考えてみればそれも当たり前なのだ。場面に応じて使い分けできる部分なんてしょせん表面的な部分に過ぎない、会社員としてであろうと、小説家としてであろうと、更にいえば家庭の父親としてであろうと、使い分けなど絶対にできない部分、変えようにも変えようがないコアな部分こそが、その人がその人である理由なのだから。そしてどんな場面であってもそれが真剣勝負であるならば、そういうコアな部分をさらけ出すしかないのだから。

「二足の草鞋をどうやって使い分けているのですか？」。取材でもプライベートでも何度となく受けてきた質問だが、不遜と思われかねない危険を承知で敢えて言うならば、それは「会社に出勤するときは何を着ているんですか？　やっぱりスーツですか？　ご自宅ではジーンズにTシャツでしょうか？」という質問を受けているのと、ほとんど変わらない。

もう一つ、しばしばされる質問に「いったいいつ、書いているんですか？」というのがある。これもまあ「二足の草鞋」と同じで、私が会社勤めと執筆の両方を続けているので、よほど時間のやりくりが上手《うま》いのではないか？　特別な時間管理術のようなものでも実践しているのではないか？　という先入観から来ている質問なのだろうが、ここにも根本的な誤解がある。小説は時間を掛ければ書けるものではない、もう少し丁寧に言うならば、小説を書くためにはもちろん時間が必要なのだが、時間さえあれば小説が書けるというわけではない。

時間管理術なんかよりももっと大事なのは、結局はさっきと同じ話になるのだが、自分としてどうしても譲れない、変えようにも変えられない部分はどこなのか、変えられない部分に対して自分の人生をどのように差し出すのか、その差し出すときの姿勢、腰の低さみたいなことなのだと思う。

ところで話は変わるのだが、昨年一年間で、私にとって一番ショックだった出来事は、北杜夫さんが亡くなったことだった。今から三十年以上前、中学生の私が初めて読んだ小説は北さんの小説だった。北さんとは生前二度お会いしている。実は文芸誌上で対談を企画していた矢先の訃報だったので、私は猛烈に後悔した。せめてあと一か月早く対談を実現していれば……私はユーモアエッセイの「どくとるマンボウ」ではない、北杜夫の「小説」にもう一度光を当てたかった。今、改めて『楡家の人びと』を読み返してみると、これが本当に五十年前に書かれた日本の小説なのか？　ほとんどラテンアメリカ文学ではないか？　というぐらいの描写の大袈裟《おおげさ》さや飛躍、風通しの良さに驚かされる。三島由紀夫や太宰治とは異なる、幾人かの現代作家へと至る源流がそこには見出《みいだ》せるようにさえ思う。同時に、主人公楡基一郎のような徹底した虚栄心の塊《かたま》りに対しても、それを丸ごと受け止め肯定してみせる、ありのままの人間への暖かい眼差《まなざ》しも感じさせる。

小説家としてももちろんだが、精神科医でもあった北さんは自らが躁《そう》うつ病であることを公言し、開けっ広げに病状を書きつづったことで、同じ病気の患者を勇気づけた、その社会的な功績も大きいと何人かの方が追悼文で書かれていた。しかしそこに「二足の草鞋」の使い分けがあったとは私にはどうしても思えない、喩《たと》えではなく事実として、そこには一人の人間しか存在しない。北さんは文学賞の選考委員や大学教授のような文壇の名誉職にはいっさい就かず、晩年には紫綬褒章も辞退されたような方だった。小説家としても、医師としても、北さんは北杜夫という生き方を貫き、全うされたに過ぎない。

対談

石原千秋×磯﨑憲一郎
日本離れした文学

——ひとつの源流としての北杜夫／「文藝別冊　北杜夫」二〇一二年七月

出会い

磯﨑　僕は大学も商学部なもので、日本の文学史には疎いんですが（笑）。自分が実際に小説を書くにあたって感じることと照らし合わせながら、今日はお話しするよりほかないんですけれども、初めて読んだ小説が北杜夫さんなので、北さんの小説にはとても強い思い入れがあるんですね。実は北さんには二度ほどお目にかかっているんです。北さんの小説のすごさにもう一度光を当てよう、という企画が持ち上がっていた矢先の、昨年十月の訃報だった。今日は石原さんに、そこのところの思いも聞いていただきたいと思っています。僕は、北さんの作品が文庫で出揃ったころに、たまたま読み始めました。僕は一九六五年生まれなので、当時中学生でした。子供らしい単純さで、とにかく出ている文庫は全部読むんだ、と。

石原　私も思えば中学生の頃ですね。私は一九五五年生まれなので、昭和四〇年代前半です。今思えば、北さんが一番脂ののっていた時期ですね。

磯﨑　『楡家の人びと』が一九六四年（昭和三九年）ですからね。

石原　たまたま家にあった『どくとるマンボウ航海記』（一九六〇年）から入ったんですよ。すごく面白くって。「どくとるマンボウ」シリーズを読みあさりました。「アルカルテマンマリスプログレシーバマグナーリス」だったかな、友達と競い合って暗誦したりね。いやあ、数十年ぶりに発音しました（笑）。筆箱や下敷きに、『怪盗ジバコ』の挿絵を真似て書いてみたり（笑）。あの挿絵は、谷内六郎さんが描いていたんですね。

磯﨑　石原さんの世代は、単行本で読まれているから、まさに「リアルタイム」なんですね。

石原　ええ、単行本で読んでいました。

磯﨑　僕は文庫になってからだから、完全に一回り遅いんですね。中学生だから、単行本は高くて買えないし。

石原　私はちょっとブックフェチの気味合いがあって、好きな作品は文庫が改版されたり他の文庫から出たりすると買い直す癖があるものですから、『楡家の人びと』も含めて複数持っています。

磯﨑　『楡家』の新潮文庫版はいま、各部ごとに分かれて三分冊になっているんですよね。

石原　そうなんです。また買い換えなければならないんで、それがちょっとしゃくですよね。僕が初めて自分で買った北杜夫は新潮社の「純文学書下ろし特別作品」と銘打った『酔いどれ船』（一九七二年）の単行本です。高校生でした。この対談をさせていただくにあたって、その現物を確認してみたんですけれども、『酔いどれ船』の初版の日付は「四月一五日」で、僕が持っているのは「五月五日」付けの「第二刷」でした。広告を見て、すぐに買ったはずなのに！

磯﨑　ほんのひと月足らずで重版されているんですね。

石原　そうなんです。私は初版を買いそこねているんです。

磯﨑　新潮社って、売り上げ部数が一〇万部を超えると、革装の記念本を作ってくれるんですね。それで、新潮社にお邪魔した際に、歴代の革装本が並んでいる部屋を見せてもらったんですけれども、北さんの作品は軒並み入っているんです。「北さんの時代」が目に見える形で、並んでいました。もちろんそこには、遠藤周作さんも、吉行淳之介さんも、びしっと並んでいるんですが。いま、一〇万部のヒット作を出し続ける純文学の作家はそうはいないことを考えると、北さんがいかに売れていたか、改めて驚きを覚えます。

粘着性のなさ

石原　いま、ふっと思い出したんですが、私は、北さんのお嬢さんでエッセイストの斎藤由香さんと、お会いしたことがあるんですよ。とはいっても、斎藤さんは私と会ったという認識も記憶もないと思うんですが。成城大学の私の師匠の東郷克美先生のゼミで斎藤さんも学んでいて、何かの折に先生から紹介されたんです。「北杜夫さんのお嬢さんなんですよ」と。当時はまだ大学生で、可愛らしい女の子といった風情でした。

磯﨑　実は、私の「北さん好き」を知って、最初に連絡をくださったのが、斎藤由香さんだったんです。その後、二〇一〇年の正月に保坂和志さんと梅ヶ丘を散歩していたら偶然、歩行のリハビリ中だった北さんと、付き添っていた斎藤さんにお会いしたんです。その場で斎藤さんが「家に上がっていってください」と何度も声を掛けてくださったんですね。突然お会いして、北さんはリハビリ中ですし、しかもお正月ですし、さすがに遠慮したほうが……と躊躇したのですが、「これも何かのご縁だろう」と、お邪魔させていただくことにしました。その時、ご家族が繰り返しこう仰られたんです。「父は忘れられた作家ですから……」と。しかも、ご本人の目の前で。もちろん、謙遜も含まれていたのでしょうけれども、僕は「いや、忘れられた作家なんかではないですよ！」と。僕が作家としてデビューしてから驚いたことのひとつは、同じ作家仲間や編集者や新聞記者に「初めて読んだ小説が北杜夫だった」という人がどれだけ多いか、です。北さんとご家族に、そのお話をしました。北さんは去年の一〇月二四日にお亡くなりになられて、その二日後くらいだったでしょうか、ご家族によって伏せられていた訃報がマスコミに発表されました。その翌朝の新聞各紙の一面のコラム、朝日だったら「天声人語」、読売だったら「編集手帳」にあたる欄は、全紙北さんの追悼文でした。表現として適切ではないかもしれませんが、あれだけ大きな扱いの訃報は井上ひさしさん以来だと思う。影響力の大きさが改めてわかった日でした。

石原 そうですね。「どくとるマンボウ」シリーズを読んで、文章に目覚めた人間はとても多い。その世代がいま、出版や報道の世界で中心となって活躍する年齢になっているわけですね。かく言う私も、『どくとるマンボウ航海記』から文体を学びましたよ。中学時代の国語の先生がたまたま詩人の牟礼（谷田）慶子さんだったんですが、読書感想文やその他の作文を「どくとるマンボウ」シリーズの文体で書きまくって、たくさん褒めていただいたという幸せな記憶があります（笑）。東京の端っこにある狛江市という田舎町でしたから、ユーモアやシニカルさを含んだ文体で作文を書く中学生は珍しかったんだと思います。

私はいま、戦後作家の小説を読み直す仕事をしているのですが、北さんの小説は他と全然違うんです。北さんはスタートが詩作でいらっしゃるせいか、初期の作品なんかは特に「詩の文体」です。北さん以前の世代の、息苦しいまでの濃密な文体と比べて全く質が違う。自由度が高いし、文体がちゃんと呼吸をしていて、新鮮な空気が流れている感じがする。私のなかには「三人の北杜夫」がいるんです。詩人が小説を書いている「初期の北杜夫」と、「年代記を書いている北杜夫」、それから「〈どくとるマンボウ・シリーズ〉の北杜夫」です。それぞれの北杜夫は、まんべんなく上手に混ざり合っています。そこが面白いなあ、と。

磯崎　よくわかります。北さんの初期の短篇、たとえば『谿間にて』の自然の描写などは、自分でも驚くほど、深いところに刷り込まれています。一〇代前半の頃は、面白さに惹かれて読んでいただけなんですけれども、いまにして思うと、「決定的」だったんだなあ、と。たとえば、風で木の枝が揺れて、ざわざわと音をたてたりするのを聞いて、「ああ、いいなあ」と思うのは、自分が千葉の田舎の生まれ育ちだからだ、と思っていたのですが、北さんの本を読み返すと「自分の奥深いところにあるものは、もしかしたら、こっちなんじゃないか？」と思ったりするんです。北さんの小説には、不意に、自然の描写が続くときがあったりして、それがとてもいいですね。

　今日ここに持参しました『羽蟻のゐる丘・蝦蟇』（青蛾書房、一九七一年）は限定七五〇部で作られた私家版なんですけれども、北さんご本人からいただいたものです。『羽蟻のゐる丘』は、男女の不倫の話なんですけれども、「一番大きな羽のある蟻が彼女のほうに顔をむけた」という冒頭部分なんかは、蟻が主語になっていたりして、なんというかこう……「抜けがいい」んですよ。あまりにスコーン！　と抜けているので、「えっ？」と不意をつかれるような（笑）。

石原　ああ、その感じわかります（笑）。

磯崎　その女性が突然「あなたは、スジコがお好き？」と聞いたりもする。こういった飛躍、突拍子のなさは、石原さんがおっしゃるように、それまでの日本の作家にはなかったものなんじゃないでしょうか。

石原　そうですね。いま読み返しているもののなかには、安岡章太郎の『海辺の光景』だとか、小島信夫の『抱擁家族』、初期の大江健三郎などがあるのですが、「粘着質」と言いましょうか（笑）。文体や、描かれる母と息子の関係、夫と妻の関係、少年たちと社会との関係、どれをとってもそう感じるんです。北さんの小説には、その「粘着」がない。

それからこれは、加藤典洋さんの『アメリカの影』に書かれてあることですが、これら戦後作家の小説は、アメリカという異質な侵入者が軸になって書かれている感じがとても強い。侵入者であるアメリカの脅威から身を守るようにして、母と息子や、夫と妻が、非常に粘着質な関係を保っていく。大岡昇平の『武蔵野夫人』なんかは、戦後における戦争の影を書いたものですね。北さんにはそういう、戦争の影だとか、アメリカの影がない。これは北さんが従軍経験を持たない世代であり、「戦後空間を受け入れ辛いと感じる世代」の少し後の世代の作家であるからと言えますが、世代的なこと以上に、戦争の影から「スコーンと抜けて」いるんですね。北さんは戦争の影を背負わない、先駆け的な小説家です。北杜夫と遠藤周作と吉行淳之介の三人は、ライバル関係にあったり、じゃれあったりしながら（笑）、新しい、どこの国の影響も受けない「日本の文壇」を見せてくれたような、そういう印象がありますね。北さんの役割として、それも非常に大きかったように思います。

磯﨑　北さんは確か、エッセイなどで繰り返し〈子供にとって戦争とは長い休暇だった〉というようなことを書かれていたと記憶しています。北さんは戦時中、学徒動員で工場で働いていて、そこでいかに手を抜くか、さぼるか、ということばかり考えていた、と。本来なら勉学に励まなければならない時間を、そうやって過ごしたということで「長い休暇」。従軍した世代とは、かなりかけ離れた戦争観です。

石原　それから、北さんの世代では、ドイツ文学がベースにある作家は珍しかったと思います。研究や批評の世界ではいまだに、「ドイツ文学は難解」とされているような節があります。英米文学の親しみやすさや、仏文学の気取った感じともまた違っているんです。北さんがトーマス・マンから影響を受けていることは有名ですが、これが突出した印象を与える要因の一つではないかと思うんです。

卓越した距離感

磯﨑　この対談に備えて、『楡家の人びと』を読み返したんですが、改めて読むと『楡家』は徹底して視線が「外向き」なことに驚かされる。主人公の楡基一郎は、虚栄心の塊のような男なんですが、必ずそれを一歩引いた視点から描いています。ちょっと離れたところから見て、ちゃかしているようなところがある。読者に過剰に感情移入させない、風通しの良さがあるんです。冒頭の、伊助じいさんが大釜でご飯を炊く場面なんて……

石原　長篇小説史上、最高の出だしのひとつですよね。

磯﨑　はい。この、まかないのシーンから、全体に視点を広げていく……こういう小説を書くことが、すべての小説家の最終的な目標なのではないかとさえ思います。

石原　たとえば島崎藤村の『夜明け前』も同じ年代記ですが、「木曾路はすべて山の中である」という書き出しはみごとだけれども、やっぱり「こりゃ、キビしいぞ」と思わせます（笑）。『楡家』の出だしは、なんともリアルな日常で。ご飯を炊く湯気が、ページから漂ってきそう。

磯﨑　三島由紀夫が『楡家』を絶賛しているんですけれども、「これほど巨大で、しかも不健全な観念性をみごとに脱却した小説を、今までわれわれは夢想することもできなかつた」と、『楡家』の函の推薦文で書いています。先程、石原さんがおっしゃった「粘着性のなさ」は、三島の言う「不健全な観念性をみごとに脱却」と非常に重なるように思えて、三島の言葉は確かにその通りだなあ、と思うんです。

『楡家』を読むと、僕はどうしてもガルシア゠マルケスの『百年の孤独』を思い浮かべてしまいます。どんなに悲しいことが起こっても、それが大きな時間の流れのなかのほんの一部分であるように、巨視的に語られていくその感じが『百年の孤独』と共通している。ついでに言うと、たとえば脳病院の建物の描写なんか、まるで城塞のようで、非現実的なんですが、そんな大袈裟さや飛躍が、問答無用のリアリティを持って迫ってくる。ラテンアメリカ文学のマジックリアリズムにも通じているように感じるんです。

石原　私もまったく同じことを考えていました。三島由紀夫が「この小説の出現によつて、日本文学は、真に市民的な作品をはじめて持ち、小説といふものの正統性《オーソドクシー》を証明するのは、その市民性に他ならないことを学んだといへる」ともやはり同じ推薦文に書いていて、この「市民性」というのが、いま磯﨑さんがおっしゃった「巨視的」に通じると思うんです。「市民」という言葉は、実はいまだにあまり日本人に馴染んでいないのではないでしょうか。「市民運動」などというと、たちまちイデオロギーの存在を感じて構えてしまったりもします。本来は、「選挙権を持つ、独立した個」というような意味でしょう。日本の風土に、離れた目線からカラッとした「市民の感覚」をはじめて持ち込んだ小説が『楡家の人びと』であり、それを見抜いた三島も慧眼だなあ、と思います。

ある一人の人物に、とりつかない、粘着しない。ここのところですよね。普通なら、その人物に入り込んで、自問自答したり煩悶したりするんだろうなあというところで、ふっと視線をその人物から外して、脱臼させて笑わせたりする。そこのところの上手さは、「どくとるマンボウ」シリーズから続いていて、私なんかが読んでいると「ここでどうして〈どくとるマンボウ〉がでてくるわけ?」となるわけです（笑）。このカラッと抜けた感じは、日本にそれまでなかったもののように感じます。

年代記、クロニクルはもちろん人間が主役なんですが、「時間」が主役でもあるんですね。その時間の流れを読者にどう伝えるかにものすごく腐心した作家なのではないかと思います。『酔いどれ船』

が、私は一番好きなんです。移民の物語なんですが、章ごとに主人公を変えることで、時間の流れを非常に上手く描いています。北さんが一番描きたかったのは、時間の流れそのものなのではないかと思うんですね。

磯﨑　主人公の視点をひとつに特定せずに、時間そのものを描いた小説というのは、日本では、北さん以前には例がないのではないでしょうか。

石原　そう思います。登場人物は人間くさいんだけれども、文体は人間くさくない。やはり、珍しいと思います。年代記といえば、さっきちらっと出ました『夜明け前』だってそうで、時代の波に翻弄される人物が描かれるんですけれども、やっぱり、息苦しい。『楡家の人びと』にしたって、対象に距離をとり続けるだけじゃない。最後に病院を立て直していこうとするあたり、私はあれを『風と共に去りぬ』だと思っていますが（笑）、どこか人間を信じている、肯定しているところがあって、最後に感情移入できるポイントがある。上手いんですよね！

磯﨑　そうなんです。楡基一郎は俗物ですし、楡龍子なんて、モデルは北さんのお母さんだと思うんですけれども、すんごいイヤな性格じゃないですか（笑）。それでも読者は、彼女を嫌いにはなれない。愛すべきところがある。『楡家』のような登場人物との距離の取り方は、思わず唸りたくなるほど絶妙だと思います。楡基一郎が死ぬ場面なんか、すごいです。畑の真ん中で倒れて、赤の他人に看取られて死んでしまう。それを悲壮に描かないんです。最後まで、離れた視点で貫かれています。

非・権威的な人、文体

石原　『楡家の人びと』はテレビドラマ化されたんですよね（ＮＨＫ銀河テレビ小説、一九七二年）。宇野重吉さんが基一郎の役で、飄々としたいい味を出していました。いい配役だなあと思いました。

磯﨑　北さんが子供向けに書かれた『ぼくのおじさん』もテレビドラマ化（原作は一九七二年。ＮＨＫ少年ドラマシリーズ、一九七四年）されたんですが、僕は小説を読み始める前にそのドラマを見ていて、思えばそこが入り口でした。『船乗りクプクプ』なんかも子供向け小説なんですが、その内容は結構高度だったりします。メタフィクションと言いましょうか、「キタ・モリオ」という登場人物が出てきたり、真っ白い、何も書かれていないページが出てきたり（笑）。これは相当な技術を要するものだと、自分が作家になってから、改めてわかりました。

石原　しかもそれが、さりげないんですよね。リアリズムをコツコツと追求することで技術を見せようとする人もいますが、北さんの技術の見せ方は「さりげない」。

磯﨑　そうなんです。その、さりげなさやユーモアは、客観性だとか、謙虚さ、反権威的な考え方だとか、そういったものから生まれているんだと思います。教養あふれる方なのに全然ペダンチックではなくて、ご自身の躁鬱病のことだとか、株で失敗した話だとかを書いてはいても、少しも私小説めいたところがない。自分を売り物にしないんです。

少し話が逸れますが、北さんは文学賞の選考委員の依頼も、すべてご辞退なされていたようで、そういうことは極めて珍しいと聞いたことがあります。それとこれは、亡くなった後の『週刊新潮』の記事で知ったのですが、紫綬褒章も辞退されていたんですね。

石原　ああ、芸術家が獲りたがるあれを。

磯﨑　自分はそんな人間じゃないから、と、「ちゃんと」辞退されてらっしゃる。北さんは、小説家としても、医者としても、それ以外の人生でも、「北杜夫」を貫かれた人なんだなあ、と強く感じます。北さんは晩年のエッセイで、「どくとるマンボウ」シリーズが大ヒットしてしまったから、エッセイの執筆依頼がたくさん来て、それを受けてしまった。エッセイの依頼を断ってでも、もっと小説に力を入れるべきだった、というようなことも書かれていました。

石原　そうと聞くと、読者の側も切ないものがありますね。

磯﨑　エッセイを引き受けすぎたというのはまあ、借金のことなんかもあったのかもしれませんが（北杜夫は躁状態のときに映画製作に乗り出そうとしたり、株で失敗したりして、多額の借金を抱えた）、文学賞の選考委員だって、紫綬褒章だって、お金を貰えることを考えると普通だったら受けてしまうのかもしれない、でも北さんは受けなかった。文学賞の選考委員は断っても、漫画がお好きで、漫画の賞の選考委員はちゃんと務めていらしたこととか、本当に北さんらしい。権威から遠ざかろうとしているように見えます。

北さん最後のまとまった仕事は「茂吉」シリーズになりますか。

石原　「青年」「壮年」「彷徨」「晩年」と四冊の本になっています。

磯﨑　処女作の『幽霊』も、もともとは四部作くらいになるはずだったそうですが、時間がかかって、かかって（笑）。北さんにはそういう、壮大なものに立ち向かっていこうとなさる傾向があったのかもしれませんね。

石原　そうですね。「三人の北杜夫」のうち一人だけが壮大な構想を持っていたわけではなく、どの北杜夫も同じだったんですね。「どくとるマンボウ」も、思えば大シリーズです。磯﨑さんはやはり、中学生時代だったとか？

磯﨑　はい。ほとんど読んでいると思います。

石原　私はなかでも、『航海記』と『青春記』だと思うんですが……

磯﨑　僕もそう思います。面白さからいったら、『青春記』でしょうか。

石原　私は、文体は『航海記』、内容は『青春記』だと思っています。

磯崎　普通のエッセイとはまた、違いますよね。決して軽くはないんです。一見、単なる身辺雑記や回想録のようにも読めるのですが、やはり自分を少し突き放したような、抑制の効いた書き方をしている。

石原　「ああ、こういう航海がしてみたい」とか、「ああ、こういう高校生活が送りたい」とか、自分もそれができるような錯覚を与えますよね。そんなことができないことがわかっても、不思議に裏切られた気はしないんです。自分の貧しい体験を〈どくとるマンボウ〉の文体に変換して、追体験しているのかなあ。

蒔かれた種

磯崎　北さんの後継者と呼べるような人って……

石原　あんまり、いないですね。

磯崎　現代の小説家は、「私」というものから徹底的に遠ざかろうとする人と、逆に「私」を突き詰めることでどこかに到達しようとする人に大きく二分できるように思うんですけれども、どちらも一九八〇年代以降、小説が「若者文化」になってしまってからの傾向だと思うんです。北さんはそれ以前の作家ですね。

石原　村上春樹や村上龍の時代以降、北さんの「私」からの距離の取り方とは、まったく違った小説が人気を博していきますね。北さんを継ぐとまではいきませんが、似た雰囲気は、最近の女性作家に感じられます。まったくテイストは違いますが、角田光代さんの『ツリーハウス』とか、江國香織さんの『抱擁、あるいはライスには塩を』とか、水村美苗さんの『母の遺産　新聞小説』も、水村さんらしい工夫がこらされたある種の年代記です。

磯﨑　北さんは「ひとつの時代を作った作家」と、捉えられがちなんですけれども、北さんが蒔いた種は育っていて、いまの作家に影響を与え続けていると思うんです。非・粘着性であるとか、人間に対する視線の暖かみであるとか、一歩引いたところからの「全体」の肯定であるとか……幾人かの現代の若い作家が実践しようと試みていることの、源流なんじゃないでしょうか。

石原　なるほど。自分を過剰に前面に出さない生き方と、文体とが一体化している。

磯﨑　そうですね。

石原　文芸時評をはじめて以来、小説を書き始めた若い人から「原稿を読んでくれ」と言われることがたまにあるんですが、自分の感性、感覚だけが書いてある。「私はこう感じた」だけしかない。「あなたがどう感じたかを知りたいわけじゃないんです。あなたにそんなに興味はありません！」と喉元まで出かかるんですが、なんとか引っ込めたりして（笑）。そういう「私」の感覚や感性を信じきって、それを他人と共有できると思っている若手作家予備軍が非常に多い。「どくとるマンボウ」シリーズなんて、「私」を上手に殺しているからこそ笑えるんですよね。「俺を笑ってくれ、笑ってくれ」と前面に出てきませんから。そのあたりの機微というか、それを理解して書くことができる人は……種は蒔かれているとはいえ、そんなに実っているわけでもないように感じてしまいます。

磯﨑　北さんが亡くなったことも悔しかったんですが、亡くなられた後の追悼文に、今日お話ししたようなことが、ほとんど触れられていなかったことが、もっと悔しかったんです。

初めに話した二〇一〇年のお正月のことがあってから、翌年の二月二六日に、ひとりで北さんのお宅にお邪魔しました。僕は、大変失礼ながら、そのとき八四歳になられていた北さんと、充実した会話ができるとはあまり期待していなかった。もちろん、北さんがまったく興味のない話題、たとえばご家族が「ユニクロの衣類は意外に品質が良い云々」などといっても、聞いちゃいない風なのですが

（笑）、小説についての私の質問には、作品間の混同もなく、的確に答えてくださいました。それで、うれしくなってしまって「もう小説はお書きにならないんですか？」と訊いてしまったんですね。小島信夫さんが『残光』を書かれたのは九〇歳のときだったことなど、交えながら。ですが答えは「とても、とても」と。もちろんお体の調子のことを鑑みての部分も大きいと思うのですが、しかしお話ししている限りまだまだお元気だったので、誰かが強く背中を押してさえあげれば、また小説を書くのではないか、という気もしました。僕はこの日のやりとりに気を良くして、次回是非、対談をいたしましょう、と申し出ました。その対談では、もう躁鬱病やご家族の苦労などの昔話はなしにして、小説にフォーカスを絞って語り合いましょう、とご提案して。実際に斎藤由香さんを通して、日程の調整や下打ち合わせまで進んでいました。ところが三・一一の地震ですべての日程が仕切り直しになってしまって、その後も僕の会社の仕事の繁忙期があったり、夏になったら北さんが軽井沢に避暑に行かれてしまったりして、すれ違っているうちに、訃報が届いたんです。本当に悔しかった。

北杜夫は日本文学史におけるひとつの源流だと思っています。追悼文の多くは、北さんが大変な人気作家であったことと、躁鬱病に対する世間一般の理解を深めた功績を讃えていて、もちろんそれはその通りなのですが、北さんが現代文学に与えた影響について、もっと書かれてしかるべきだったと思います。太宰治や三島由紀夫から小説に入る人も多いのでしょうが、北杜夫はそれとはまた別の流れを作った人だと思いますし、自分もその流れを受け継いだひとりでいたいと思っています。

石原　北杜夫文学の柄の大きな物語性と、それを壊そうとしながらも、物語を支えている文体の微妙な配合を受け継ぐ小説家が、もっと出てきてほしいと思っています。

エッセイ

それは、いきなり襲って来た

――「早稲田学報」二〇一二年一〇月

何といっても早稲田は私の憧れだった、思春期以降常にそうだった、早稲田と慶応の両方に合格したら迷わず早稲田に行こうと決めていたのだが、そもそもそれはなぜだったのか？　父親が卒業生だからなのか？　テレビでよく見る大橋巨泉やタモリのような早稲田出身の知的芸能人への憧れからなのか？　何れとも思えないのだが、高校生の私はほとんど信仰にも似た想いで早稲田大学を第一志望として、受験可能な文系全学部を受験して、あっけなく全敗してしまった。一年の浪人を経て、翌年商学部に合格することができた。

などと書いているうちに少しずつ思い出して来る、高校で音楽に目覚めた私は、大学では勉強する気など端からなかった、徹底的にバンド活動にのめり込もうと決めていた。全国から個性豊かな秀才が集まる早稲田だ、バンドマン達だってきっと強者揃いに違いない、才能溢れる連中と切磋琢磨し合って、毎夜音楽議論を戦わせて、いずれプロとしてデビューできるチャンスだって巡って来るかもしれない……ところがそこまで期待して入学した早稲田なのに、どの音楽サークルの演奏会を聴きに行っても、正直なところそれ程レベルが高いようには思えなかった、これならばまだ高校の軽音楽部の方が上手かったんじゃあないだろうか？　とりあえず音楽サークルの一つに入部したのだが、そこでどんな熾烈な競争が待ち受けているのかと思いきや、やはり一番ギターが上手いのは私で、すんなりと新入生のリーダーのような役回りにされてしまった。

その日もサークルの練習を終えたあと、実家最寄りのバス停で降りて、ギターケースを下げ田舎道を一人歩きながら、「新人の電話連絡網も作らないといけないな、ああ、面倒臭いな……」そう思ったときだった、いきなりそれは襲って来た、私は五月病になった。五月病という病名は最近は余り聞かないが、要するに軽度のうつ病、適応障害だったのだと思う。その日を境に私は外出するのが億劫になり、授業も休みがちになった、そのうえ私は失恋してしまった、高校時代から付き合っていた女性は去って行った。大したことはなかったが車の事故まで起こしてしまった。落ち込んだ状態はけっきょく、体育局のボート部に入部を決める翌年の夏まで一年近く続いたのだ。

2013年

芸術家と父

エッセイ

——「文藝春秋」二〇一三年五月号

小説にしろ、音楽にしろ、美術にしろ、芸術では食べて行けない。世の中そんなに甘くはない。堅い仕事に就くことだ……世の多くの親子と同様に、十代の頃の私も毎日父からそう言われたものだった。ところがじっさいに息子が作家になってみると、誰よりも一番熱心に応援してくれるのは、他ならぬその父なのだ。

今年喜寿を迎えた父は、私の小説の掲載誌の発売日ともなれば、身を切る寒風の中一人自転車を漕いで駅の本屋までその雑誌を買いに行く。実家の居間には私の本や新聞の切り抜きが並べてある。賞でも取れば大喜びだし、批評家にけなされれば私がなだめるまで父の怒りは治まらない。忙しさを理由に執筆の依頼を断ったりすると、どうして受けなかったんだと文句まで言って来る。

必ずしも私の父が特別ということでもなさそうなのは、他の作家の親もだいたい似たり寄ったりだからなのだが、ところで今の時代、芸術家になるのを諦めて勤め仕事に就いたからといって一生安泰ということでもない。新聞を開けばリストラされてうつ病に苦しむサラリーマンの話や、最悪の場合は自殺、ストレスから来るのかどうかは知らないが盗撮や痴漢で捕まる役人や警察官の記事をなんと多く見ることか。対して、ここ何年間かで貧乏のために自室で孤独死した作家や画家の記事を見たことがあるだろうか。

そんな極端な比較などせずとも、雪の日も猛暑の日も毎朝決まった電車に乗って、会社に着いたら着いたで嫌いな相手とも付き合わねばならない、逃げ出したくなるような無理難題とも向かい合わねばならない勤め仕事が、安泰などという一言で済ませるほど容易くないのは、今も昔も変わらない。いや、それもちょっと違うのかも知れない、勤め仕事の本当に恐ろしいところは今日一日、この一週間をもがき苦しみながら何とか乗り切ることを繰り返している内に、気が付けば何年も、何十年もが塊りとなって過ぎ去ってしまっているところなのではないか。

私の父もまた、大学を卒業してから定年までの四十二年間を一つの会社で勤め上げた人だった。休日出勤したり、上司や同僚を家へ連れて来たりしたことが子供時代の私の記憶にも残っているので、やはり昭和の時代のモーレツ社員だったのだろう。歳を取った最近の父が、会社員時代を懐かしんで話すことはほとんどないように思う。

妙に鮮明に残っている昔の記憶がある。子供の頃、土曜日の晩は家族で夕飯を食べながらテレビ番組の「巨泉のクイズダービー」を見ていたものだった。あるときこんな問題が出された。「次の文章は川端康成の『雪国』の冒頭部分を、ある作家の文体を模写して変えたものです。『国境の長いトンネル抜ければまごう方なきそこは雪国。夜の底白くなり、信号所に汽車が止まると向側の座席から一人の女立ち上がり……』さて、この作家とは誰でしょう?」父は即座に「野坂昭如!」と叫んだ、まるで勝ち誇っているかのようだった。なんて凄いんだと私は思った。会社で出世したときも、若くして一軒家を建てたときにも父を凄いと思ったことなどなかったのに、この時ばかりは心の底から尊敬してしまった。

2014年

文庫解説

小説を読んだのではなくむしろ自分は絵を見たのではないか？

――金井美恵子自選短篇集『砂の粒／孤独な場所で』（講談社文庫）／二〇一四年一〇月一〇日

この二、三年というもの、自分が日々書いているのは実は小説ではなく、絵なのではないか？　そんな疑念に取り憑かれて、振り払うのに酷く苦労している――何度説明しても分かってくれない、分かろうともしないある種の人々――ある種とはいえ、そういう人々が評論家や新聞記者、編集者の大半を占めているという事実は、私が小説家になってから知った、最も大きな驚きでもあるのだが――彼ら彼女らに対しては、いっそのことそうとでも言ってやった方が、少なくともまだ、彼ら彼女らの中にも留まり続ける不可解さとして小説は浮かばれるのではないかとも思うのだが、しかし今回、金井美恵子自らが選んだ十六の短篇を読んでみて、その経験とは小説を読んだのではなくむしろ自分は絵を見たのではないか？　もっと正確にいえば絵が描かれる過程の、色彩の選択、輪郭線の取り方、一筆一筆の運動を見たのではないか？　じっさいそう表現するのこそが相応しい読書があるのだということを、私は思い知らされた。

古い大きな榎の新鮮な緑に包まれた優美な枝が窓の半ばを隠し、灰色の表面の崩れかかった凝灰岩の塀に、キイチゴとエニシダの花盛りの枝が大きな花づなのように咲きこぼれ、甘美で香わしい芳香が夜のかろやかな微風をふくらませ、皮膚の表面の薄い皮膜を通して浸透し、記憶と無数の夜の夢が眩暈のように疾走する戦慄でもって頭を沸き立たせた。わたしは震え、発熱したように悪寒をおぼえ、彼女のことを、はっきりと思い出した。

（「曖昧な出発」28〜29ページ）

この文章を何度か繰り返して、丁寧に読んで欲しい。ふつう「榎」の葉の表側はブリティッシュグリーンというのか、濃く明るい緑色で裏側は淡い緑色だが、この小説の語り手は「夜になってから地下鉄に乗って夕食を食べるつもりで散歩に出かけた」（28ページ）のだから、この時点ではもう日の光を浴びていない、深緑《ふかみどり》かほとんど黒に近いぐらいの色の葉を茂らせた「優美な」線を描く「枝」が「窓の半ば」まで掛かっている。その窓からは灯りは漏れていたのか？　いなかったのか？　窓の下に見える「凝灰岩の塀」は「灰色」で「表面」が「崩れかかっ」ている。「キイチゴ」の花は白、「エニシダ」の花は黄色で、どちらも春に咲く花だが、その白と黄色が「花づなのように」絡まりあって「咲きこぼれ」ている視覚の刺激が、花を前にした人間の自然な反応として嗅覚へと移り、夜の風に混ざった「甘美で香わしい芳香」が「皮膚の表面の薄い皮膜を通して」肉体の内部へと入り込むことが呼び水となって、眠っていた「記憶と無数の夜の夢」が呼び覚まされ、語り手は忘れることに成功した筈の、かつての恋人の存在を「はっきりと思い出」すことになる。

こんな風に文章を分析というよりは、ほとんど分解してしまうことは、小説を台無しにしてしまう下品な行為に他ならないし、分析など寄せ付けぬほど、この短い数行の文章の中で繰り広げられる深緑→灰色→白→黄色という滑らかな色彩の流れ、視覚→嗅覚→触覚→戦慄（想起）という目まぐるしい運動は、まったく見事という他ないのだが、しかしここで問題にしたいのは、作者である金井美恵子はこの場面をどのようにして書いたのか？　ということ——つまり現実の過去の中で見た、感じた記憶の一場面、一瞬間を元に記録のように書いたのか？　それとも、想像の産物としてのある明確なイメージが頭の中にあって、それを一語一語忠実に書き写していったのだろうか？　これは同じ一人の実作者としての単なる勘でしかないのだが、一方でそのなけなしの勘だけを頼りに自分は今まで何作かの小説を書き上げることができたのだという自信も込めて言いたいのだが、私は、その何れでもないように思う。

「花嫁たち」の語り手が中央駅に到着し、列車に乗って旅立つ場面を引用してみる。

中央駅はとてつもなく広く、まるで体育館のように高いドームのある、さだかならぬ迷宮のようだった。チョコレート色の鉄骨と埃のつもったガラスで出来た鈍く光っている天井の下で、数えきれない数のプラットフォームと線路にかけて渡された階段が錯綜して、無数の長いプラットフォームの拡声器が一度に列車の発着時間や地名や乗りかえの案内を伝え、その無数の声が耳鳴りのように反響して、わたしには自分の行くべき場所も乗るべき列車もまるでわからなくなってしまうのだった。白い乳色の蒸気をシューシュー音をたてて吐き出し、車輪の重い軋みと蒸気を吐き出す深い溜息の音をたてて汽車がとまり、わたしはその汽車に乗り込む。不安だけれど、どうでもいい気持になっていて、それに汽車の明るい窓から、グレーのフェルト帽子を被った女が微笑みながら手まねきをして何か言っている。彼女の声は反響する騒音と汽車の吐き出す蒸気の音にかき消されてしまって、どぎつく塗った口紅の牡丹色の唇が動くので何か言っているのがわかるだけだ。わたしは彼女と一緒に旅行をする。（89〜90ページ）

この短篇集の中でもここの旅立ちの場面は私がもっとも好きな場面の内の一つなのだが、不遜と思われることを恐れずに正直に言ってしまえば、好きな場面という以上に、自分＝磯﨑憲一郎の小説中の一場面を読み返しているかのような不思議な共感というか、反転した既視感をこの旅立ちの場面と、ここから続く展開には感じたということでもある。それはともかく、やはりここでも「チョコレート色の鉄骨」「埃のつもったガラスで出来た鈍く光っている天井（燻《いぶ》し銀色?）」「白い乳色」「グレーのフェルト帽子」「牡丹色の唇」という色彩の移り変わりが文章に推進力を与えている。一つの色の選択が次の色を生み出し、その色がまたさらに次の色を生み出しているように、私には見える。だが、これは恐らく色彩に限った話ではない。「まだ暗いうちから……眼を覚まして」「何回となく道順を繰り返し確かめ」（89ページ）ずにはいられない主人公の不安が、この小説を「とてつもなく広く」「さだかならぬ迷宮のよう」な中央駅の場面へと導き、「数えきれない数のプラットフォームと線路にかけて渡された階段」を錯綜させ、拡声器から一斉に発せられる「列車の発着時間や地名や乗りかえの案内」の「無数の声」を「耳鳴りのように反響」させて、主人公に「自分の行くべき場所も乗るべき列車もまるでわからなく」させてしまう。この状況に陥ってしまったら当然取らざるを得ない行動として、主人公はこの混乱から逃れようと「車輪の重い軋みと蒸気を吐き出す深い溜息の音をたて」る汽車へと乗り込む。汽車の中では「微笑みながら手まねき」をする「グレーのフェルト帽子を被った女」が待っているのだが、ここで大事なことは、このグレーのフェルト帽子の女は予め存在した女ではないということだ、ここまで文章を書くことによって、初めて生み出された女なのだ。

つまりここでは、一文一文の単位で次々に小説が生成されている。前の文章が次の文章を規定し、進むべき方向を示す、生成の連鎖が起こっている。そもそも小説という芸術形式が宿命的に持っているリニアな構造――いかなる小説も、一文一文書き連ねて行く他はない――に起因するのだろうが、新たに書かれる一文は必ず、冒頭からそこに至るまでに書かれた文章を前提に、そこに至るまでの文章との関係性によって生み出される。読み手の予想を大きく裏切る逸脱や転調ですらも、そこに至るまでの文章が逸脱や転調を要求しているという意味で、やはり関係性に忠実であることに変わりはない。そしてその忠実さこそが、小説に内在する力に寄り添っているということに他ならない。

室内を描くとする――私の前には戸棚があり、実にいきいきした赤の感覚を私に与えている。そして私は満足のいくような赤を置く。この赤とカンヴァスの白との間にある関係が生まれる。そのそばに緑を置き、黄色で寄せ木の床を表現しようとする。そこでこの緑と黄とカンヴァスの白との間に私の気に入る関係が生まれるだろう。だが、これらのさまざまな色調はお互いを弱めてしまう。私が使ういろいろな記号はお互いを殺さないように釣合いがとれていなければいけない。そのためには私の発想を秩序立てねばならない。つまり、それらの色調の間の関係はそれらを殺す代りに支える形で設定されるだろう。色彩の新しい組合わせが最初のにとって代って私の表象の全体を表わしてくれるだろう。

これはアンリ・マティスの「画家のノート」というエッセイからの引用（『マティス　画家のノート』二見史郎訳　みすず書房、45ページ）だが、ここでマティスは色彩の選択に当たっては、関係性こそが最優先されると言っている。恐らく、マティスが見た「寄せ木の床」はじっさいには黄色ではなかったのではないか？　しかし、「戸棚」の赤とカンヴァスの白と、そのそばに置いた緑の関係性が、「寄せ木の床」を黄色で描くよう画家に命令した、画家はその命令に忠実に従った……

事実、マティスはこの文章の後で、こう続けている。

私には盲従的に自然を写し取ることはできない。自然を解釈し、それを絵の精神に服属させるようにせざるをえないのである。私の色調のあらゆる関係が見出されたとき、そこから生きた色彩の和音、音楽の作曲の場合と同じような調和が生まれてくるに相違ない。（同、45ページ）

しかしこの解説で私がどんなに言葉を費やしたところで、小説そのものには遠く及ばない。「日記」の主人公が感じる自失、敗北感、「もう一つの薔薇」の信じ難い期待による導き、「調理場芝居」の逃れ難い悪夢的な反復、「ゆるやかな午後」の人妻の生きる苦しさ、愛人を待つ不安、「グレート・ヤーマスへ」で浮かび上がる、読むという行為の不思議、「砂の粒」の古い記憶、「柔らかい土をふんで、」の圧倒的な描写にときおり差し挟まれる、中年男の孤独……読む者の胸を打つ、それらこそが本物だ。小説とは、小説を読む経験の中にしかない。作者自らが選んだ十六の短篇に戻って、再び読み始めて欲しい。

2015年

対談

羽生善治×磯﨑憲一郎
予想を超える面白さ

——『電車道』刊行記念対談／「波」二〇一五年五月号

「電車」を描く意味

磯﨑　羽生さんと最初にお目にかかったのは、僕が勤めている会社の研修でご講演いただいた時でしたが、その後に横尾忠則さんと三人でお会いしたんですよね。横尾さんが「死ぬまでに絶対に会っておきたい人が二人いる。イチローと羽生善治だ」とおっしゃるので（笑）、羽生さんにお願いして横尾さんのアトリエにお邪魔しました。

羽生　ええ、ランチをご一緒した後、だいぶ長い時間お話ししましたね。

磯﨑　横尾さんはその日のツイッターに「将棋も文学も美術もその源流はひとつ」とかなり荒っぽいことを書き込んでいますが（笑）、確かにそんな話題も出ましたので、今日もそういったところにまで話を広げられれば、と思っています。

羽生　そうですね。あの時、横尾さんの「Y字路」に描かれた分かれ道というテーマについて話をしたのを覚えています。今回出版されたのは『電車道』という作品ですが、お書きになる前はどのようなテーマをお考えになっていたんですか。

磯﨑　僕はいつも、どんな展開になるか自分でもわからないまま小説を書き始めます。今回の場合、家の近くのお寺に洞窟の祠がありまして、何となく昔そこに人が住んでいたような気がするという、最初にあったのはそのイメージだけでした。ですから、書き始めの段階では、電車を描く小説になるなんて、まったく考えていなかったんです。

羽生 そうなんですか。書いている間に次第に構想が浮かび上がってきたということなんですね。

磯﨑 ええ。その辺りは百年前は桑畑で、農家がまばらに点在しているような土地でした。それがなぜ今、住宅地に変貌を遂げたのか。調べていくと、鉄道が敷かれて駅ができたことが決定的な契機になったことがわかりました。そこでどうやらこの小説は鉄道の歴史を描いていくことになるのではないかと、朧気に見えてきたんです。

羽生 この小説は長い間の人の営みや時代を描いていますが、電車はそこに繋がってくるものだったんですね。

磯﨑 そうですね。調べてみて気づいたのは、現代のわれわれは「電車を使っている」と思っていますが、実は逆なんです。電車を使わざるを得ない場所に、居住地が作られているんです。例えば僕が今住んでいる東京の世田谷はもともと雑木林だらけの土地でした。そこに鉄道が敷かれたわけですが、その電車を利用する人を確保するために、林が切り拓かれて住宅地が作られるんですね。その結果、それまでは職住近接が当たり前だったのに、郊外に住んで通勤するという生活形態が生まれた。つまり、電車を利用せざるを得ないような場所に家を作らされている。その受動性というか、反転した歴史みたいな感じが面白くて、小説に書いてみたくなりました。

羽生 私も実家が八王子という東京の郊外なので幼い頃から電車によく乗っていましたが、電車にはそこに暮らす人々の生活があらわれている気がしますね。通勤ラッシュや終電間際の酔っ払いなど、人間模様を見る思いでした。電車自体は無機的なのですが、何かもの悲しさを感じることがあります。

磯崎　羽生さんは奨励会時代、片道一時間半かけて通われていたんですよね。

羽生　ええ。その頃、対局が夜中までかかると終電もなくなるので、始発まで待って家に帰りました。普通の方々が出勤してくる時に、反対方向に向かって帰るわけです。当時、十五、六歳でしたが、〝ああ、自分は道を踏み外してしまった。変な道に進んだんだな〟と、リアルに実感したのを覚えています（笑）。

変わらずに続く営み

羽生　本が刊行されてからの反応や、手ごたえはいかがですか。

磯崎　この作品は今まで書いた中で最も長い小説です。書き終えたとき、そういう意味での達成感があったのも事実ですが、それ以上にこんな凄い作品を本当に俺が書いたのか？という驚きの方が大きいですね。とても自分が書いたものとは思えない（笑）。

羽生　ある作家の方が「書いてしまったら、後は自立した子供を陰から見守るような気持ちになる」と言っておられましたが、やはり自分の手から離れていくという感覚が強いんですね。

磯崎　先ほども申し上げた通りで、僕は事前の設計図は作らず、一文ごとにどう繋げたら面白いかだけを考えながら書き継いで、それが最終的に一つの作品になるという書き方なんです。一文をひねり出すのに何日もかかることもあります。そうやって書き上げてみると、確かに成長したわが子のように思えることがありますね。可愛いけれど、作品はやっぱり他者なんです。小説が独り歩きを始めて、書評などで褒められたりすると、益々自分から遠ざかっていく気がしますね。

羽生　今回の作品は何世代にもわたる長い時間を描いていますが、そういった世代を繋ぐ話は何となくセンチメンタルになりやすいように思うんです。それなのに、むしろ淡々と描写されているのがとても印象的でした。

磯﨑　有難うございます。おっしゃる通りで、こういった年代記は愛憎入り乱れるウエットな書き方をしようと思ったら、いくらでもそうできるんです。ただ、僕がこの小説を書きながら考えていたのは、個々の人間が直面している過酷な状況や苦難は、実は過去の歴史の中で何度も反復されているということなんです。誰しも自分が直面している問題はシリアスにとらえがちですが、百年前の人にも同じような悩みがあったんだと考えると、それは一つの救いになる。そういう相対化したい気持ちが僕の中にあったことは確かです。

羽生　なるほど。そういえば今日は北陸新幹線の開通日ですが、新幹線ができてもやっていること自体は何も変わらないんですよね。速度が上がって時間が短縮されたという二次的なことはあるにせよ、人間の営みとして考えると、根本的な部分は昔も今も変わっていないなと思います。

磯﨑　僕らはとかく〝戦前戦後〟とか、〝インターネット以前と以後〟とか、〝東日本大震災以前と以後〟というように、大きな事象を境に歴史が変わったと考えたがります。でも、実はそういう変化を受け入れながら、人間の営みはずっと続いてきた。その続いてきたという事実の方を、僕はポジティブにとらえたいですね。それは醒めて冷淡に生きるのとは、全く逆の生き方なのだと思います。

「正しく自由」であること

羽生　小説も含めて、人間が文章を書く行為も昔からずっと続いてきていますよね。それに関しては、小説家というお立場でどのように感じておられますか。

磯﨑　自分は小説の大きな歴史の中の一部分でしかない、ということは感じています。僕自身、大好きなガルシア゠マルケスや北杜夫さんの小説を読んだから今、小説を書いているわけで、今後もしかしたら僕の小説を読んだ若い人が新しい小説を書いてくれるかもしれない。小説を書く際には奇をてらった表面的な新しさを狙うべきではないと、僕は考えています。歴史を受け入れた上で、自分の個性や身体性を通じて表現していく。小説はそうやって再生産され続けていくのだと思います。

羽生　文章は、何でもいいから書くということなら誰にでもできますが、小説のような表現形態になると、違ったプロセスが必要になってきます。その中で自分らしさや個性を出すためには、何が重要なんでしょうか。

磯﨑　僕は四十歳過ぎてデビューした、文章修業などもしていない人間で、そんな人間がいうのも何ですが、小説家になりたくてもなれない人の典型的なパターンは、小説への憧れが強すぎる人だと思うんです。小説家や文学を崇拝しすぎることは、かえってマイナスに働きます。小説の歴史に忠実であるためには、「正しく自由」でなければいけないと思っています。

羽生　「正しく自由」になるというのは矛盾しているようでもありますが、そこが重要なんですね。

磯﨑　羽生さんも将棋に関して、「基礎を弁えた上で新しい手を指す」とおっしゃっていますよね。

羽生　将棋の場合、もちろんルール上の制約もありますが、上達するということは自分にある種の制約をかけていくことでもあるんです。つまり、制約をかけると不自由になりますが、それによってミスが少なくなったり、自分のスタイルが確立されます。ですから、確かに「正しく自由」に指すという感覚は私の中にもありますね。

磯﨑　横尾さんの「将棋も文学も美術もその源流はひとつ」という言葉も、そういう部分をいいたかったのではないかと思います。羽生さんは言語脳科学者の酒井邦嘉さんとの対談の中で、「将棋を指していてなぜ面白いかというと、どうなるか分からないという状況が毎回続くからなのです」と語り、「自分の期待や予想をはるかに上回る場面が出てくる」と話されています。これは小説を書く面白さに似ていると思いましたが、この感覚は自分一人で研究していてもダメで、対局でないと出てこないものでしょうか。

羽生　対局の方が圧倒的にその面白さがありますね。相手がいますので、予想をしても必ず予想外のことが起きますから。また、対局者二人ともが予想もしなかった展開になることもある。それが将棋の不思議なところです。さらに言うと、二人の考えることが一致していない方が、むしろ思いがけない方向に進んで面白い内容になるように思いますね。

新しいアイデアとは

磯﨑　同じ対談の中で、最近の将棋は過去のデータを分析して様々な局面をセオリーやパターンにまとめようとしていることに息苦しさを感じる、とおっしゃっていますが、小説も一九七〇年代頃に記号論が流行って、ロラン・バルトらによって物語の構造分析が試みられたことがありました。ただ、それも最近は下火になって、小説のセオリーや構造を分析することは無理だと諦められてしまったような感じがあります。将棋は、構造分析のような研究が進んでいるんですか。

羽生　それはまさに「電車道」なんですよ。北陸まで新幹線が通ったけれど福井まではまだ、という具合に、ある一定の場所までは道ができています。それ以外の所を見つけて新しい道を作ろうと試みるわけですが、一方でここに道を通しても仕方がないと、見向きもされない場所もあります。それに関しても研究されてデータとして積み重ねられているのですが、あまりその方向に偏ってしまうのは健全ではないな、という思いはあります。将棋には無限ではないけれど膨大な可能性があるのですから、常に新しいところへ行ってみようとする方が面白いと思いますね。

磯﨑　横尾さんのアトリエでお喋りしたときに、「最近は勝ち負けよりも、今までにない新しい試みができた時に充実感を感じる」と羽生さんがおっしゃったのがとても印象に残っています。でも、革新的だったり前衛的な方法というのは、最初はなかなか多くの人に理解されないんじゃないですか。

羽生　私は新しい試みといっても、その9割以上はそれまでに存在したアイデアの組み合わせだと思っています。多くの場合、組み合わせ方が新しいのであって、本当にゼロから生まれたアイデアはごく僅かなんです。また、将棋の世界では自分が思いついたアイデアは、その時点ですでに他の人にも浮かんでいると思ってほぼ間違いないですね。みな考えているテーマはだいたい共通していて、あとは誰が最初に指すかというタイミングの問題なんですよ。ですから、完全に自分だけのオリジナルな新しい道を見つけるのは、実はとても難しいことのような気がします。

磯﨑　羽生さんたちの世界では、将棋という一つの大きな問題を棋士全員で解いているような感じがありますね。羽生さんが対局の中で新しい発見をされるように、僕も実際にパソコンに向かって文章を紡いでいくことで、初めて見えてくる何かがあると思っています。やはり現場での力は大きいですよね。

羽生　現場では作家の方には締切、われわれには持ち時間という制約があって、追い詰められることもあります。でも、そうやって切迫した時の方がかえって集中したり深く取り組めたりもするんですよね。小説を書いている時に感情の起伏はある、つまり喜怒哀楽を感じるものですか。

磯﨑　書きながら「これはいい話だ」と自分で感心することもあります。今回の小説にはムササビが何度か登場するのですが、最後にムササビが森に帰っていく場面が書けた時には、いい描写だと思って、本当に一日気分がよかった（笑）。子供に向かって「何かほしいものはないか」と聞いたりするほどでした。

羽生　充実感は、書いていく中に存在するんですね。

磯崎　そんな時は、自分の苦労が報われたというよりも、何か別のものが巣立っていく感覚がありますね。

羽生　まさにムササビですね（笑）。

磯崎　この作品は「電車道」ではなく、「ムササビ小説」と呼んだ方がいいかもしれません。

文庫解説

『カフカ式練習帳』解説

――保坂和志『カフカ式練習帳』(河出文庫)/二〇一五年六月一〇日

そもそも解説まで読むような律儀な人に向けて書かれた小説ではない、この小説の面白さは、分かる人には分かるが分からない人にはいくら言葉を尽くして説明したところで分かっては貰えない、という諦念を前提にせざるを得ないのだが、それでも例えば、フランツ・カフカ本人が遺したノートの中の、次の文章を読んでみて欲しい。

巨人アトラスは、自分がその気になれば、かついでいる地球を放りだし、こっそりずらかってもいいのだ、と空想することはできた。しかし、空想の域をでることは、彼には許されていなかった。

(新潮社『カフカ全集第三巻』八つ折り判ノート 81ページ)

この文章を読んで、これが警句とか箴言《しんげん》とか、読み手に対する何らかの忠告にしか見えない人は、恐らくこの『カフカ式練習帳』を楽しむこともできない。上手く言葉にはできない気持ちの中の引っ掛かりというか、虚を突かれて胸がざわつく感じというか、そういうものを感じた人は見所がある。それはある種の才能なのだ。

カフカ本人のノートから、もう一つ。


ぼくらは驚いてこの巨大な馬を見た。馬は、ぼくらの小部屋の屋根を打抜いて、そびえ立っていた。あわい曇り空がその精悍な輪郭をなぞってひろがり、吹きつける風にたてがみが乱れ鳴った。

(同78ページ)


カフカを読み慣れた人であれば、この文章にはカフカの小説にしばしば見られる、登場人物(この場合は「巨大な馬」だが)の垂直方向への、胸がすくような素早い運動を読み取るのかもしれないが、こういう文章を読んで、とにかく私はカッコイイと思う、特に最後の「たてがみが乱れ鳴った」という部分が文句なく、圧倒的にカッコイイ。

小説を、テーマとか、時代の象徴とか、因果関係の絡まりあいとして読まずに、ただそこに書かれている文章の唐突さとか、不安定さとか、馬鹿馬鹿しさとか、カッコよさとして読むことのできる人たちのために、保坂和志は『カフカ式練習帳』を書いた。それはもちろん、保坂和志自身が「カフカが書き遺した断片がおもしろくて、自分もそういうことをしたくなった」(単行本「あとがき」より)から書いたに他ならないわけだが、今回私は、文庫の解説を書くに当たってこの小説を再読したところが、一つの断片を読み終えるたびに、いちいち立ち止まり、十五分、二十分と反芻するので、一冊読み通すのにえらく時間がかかってしまった。しかしじっさい、次のような文章を読んだ後で、とりあえず開いたページを閉じて、じっと考え込まずにいられる人など、いったいどれだけいるだろうか？

高校時代の忘れがたい出来事。夜おそく駅からの道を家に向かってマラソンのような足どりで走っていると、道の真ん中に馬が横たわっていた。夜おそかったのでほとんど車も通っていなかったが夜の十時までならひんぱんに車の通る鎌倉のメインストリートと言っていい道だ。もちろん本当の馬なわけはない。もっともその一年後、私は海で友達五人と夜明かしした早朝、波打ち際を馬が走ってくるのを寝呆け眼で目撃することになるのだからありえないことではないのだが、そっちは海でこっちは道路だ。もちろん本当の馬なわけはなく、それは馬と見えただけでずっと小さかった。それは生き物でさえなかった。その形状が横たわった馬に似ていたということにすぎない。あのとき私が走ってさえいなければあんな見間違いはしなかったに違いない。そんなものが横たわった馬に見えたなど誰も信じてはくれまい。何より私自身があれが馬に見えたとは今ではとうてい信じかねている。

スタンダールの『パルムの僧院』ほどのフィクションなら、戦場で銃弾を受け、腸が腹から出た馬が「自分の腸を脚にからませながら、なおも仲間を追おうとしていた」と書こうというものだが、私が馬と思ったそれにはそのような動きはなく苦悶の表情も当然なく、ただ横たわっているだけだった。しかし、あのとき私が『パルム』のあの場面を知っていたらどうだったか。私が馬と見間違ったあれは、あれほど動きがない状態で横たわっていただろうか。

（文庫版　105～106ページ）

たまたまカフカから続けて「馬」繋がりになったが、もちろん他意はない。この断片の前半部分のみを書き写すつもりだったのだが、書き写しているうちに考え直して、やはり丸々全部を解説にも載せることにした。凡庸な作家は幻想譚としてまとめてしまうであろうところを、保坂和志は「高校時代の忘れがたい出来事」としてこの断片を書き切っている、ふつうならばわざわざ入れないであろう「もっともその一年後、私は海で……そっちは海でこっちは道路だ。」の一文をあえて入れまでして、徹底して、「忘れがたい出来事」の忘れがたさの中に留まっている。「もちろん本当の馬なわけはない」と繰り返し、「その形状が横たわった馬に似ていたということにすぎない」「誰も信じてはくれまい」「何より私自身があれが馬に見えたとは今ではとうてい信じかねている」と否定を重ねれば重ねるほど、逆に、この夜の出来事の忘れがたさは際立っていく。

これは文体とかレトリックなどという表層的な問題ではなく、どれだけ小説生成の原理に忠実かという実作者としての誠意のあらわれのような気がするが、保坂和志が凄いのは、そこからさらに『パルムの僧院』にまで跳躍する（そう、飛躍ではなく跳躍する）ことだ。最後の「しかし、あのとき私が『パルム』のあの場面を知っていたらどうだったか。私が馬と見間違ったあれは、あれほど動きがない状態で横たわっていただろうか。」という二文によって、忘れがたい出来事の忘れがたさが小説の広大さに呑み込まれてしまうとでもいえば良いのか、もっと畏れ多いものを垣間見てしまった気持ちになるとでもいえば良いのか、ここで読み手はいったんページを閉じて考え込まざるを得なくなるわけだが、とにかくこういう文章を、テクニックではなくリアリティとして、そして生きる上での信念として書けるのは、今の日本の小説家の中では保坂和志しかいない。

それにしてもしかし、こうしてこの本の凄さ、面白さを説明しようとすればするほど、じっさいにこの本を読んでいる最中に感じる凄さ、面白さとの距離は縮まるどころかむしろ開いていくようにしか思えない。なので、ここからは私が気に入っている箇所をいくつか書き出してみることにする。気に入っているという意味は、読んだ瞬間ほとんど反射的にグッときたとか、吹き出したとか、晴れ晴れした気持ちになったとか、底なしの悲しみに投げ込まれたとか、激しく同意したとか、単純にそういう意味に取ってもらって構わない。

サラリーマン時代、私の夢は、昔の女友達がふらっとやってきて、
「あんたまだこんなところで働いていたの？　さっさと辞めてあたしと暮らそうよ。」
と言って、私を連れ去ってくれることだった。

（55ページ）

しかしそれは自殺行為だ。瞳の中の紅蓮の炎は彼女を内から焼き尽くさんばかりだった。炎を鎮めるためか彼女は立ち上がった。彼女の座っていたところは、失禁したように水溜まりができていた。

（180ページ）

最近つくづく思う、私が出会う人たちはみんな私の過去からやってくる。私は昔話に花を咲かせる。昔話を肴に酒を酌み交わす。素晴らしい一夜だ。過去を共有する友人と過ごす時間は素晴らしい。人生に過去があるとは素晴らしい。過去のない人生なんて！　考えただけで身震いする。

（205ページ）

しかし事態はそのとおりになった。彼がツアー客を引き連れて古墳の頂上にあが

ると、遠くでパチパチと爆竹の弾けるような音がしたと思うと、隣りの古墳の向こうから、このうえなくうららかな春の空の下、まるで地平線の彼方から現われるようにして、十数人からなる小隊が機関銃を撃ちながら駆けあがってきた。彼はさっきの運転手の発言が、彼への命令ででもあったかのように、ツアー客の老人たちを古墳に置きざりにして、一人で転がるようにして逃げた。

（209ページ）

三つ前の駅から乗ってきた二組の親子の子供たちがうるさい。お母さんが「しいっ」という声も聞こえるが、子供はいっこうに静かにならず、いい加減いらいらしていると、初老のおじさんが立ち上がって、にこにこ笑いながら子供に何か渡した。子供は途端に静かになった。

（232〜233ページ）

虫はカナブンやゴキブリのように硬いと思ったら柔らかく、簡単につまめると思ったら吸盤でもついているように床にくっついていた。指には嫌な臭いがついた。すぐに洗ったが痛みはひどくなり、人差指が親指のように腫れてきた。

（240ページ）

昔は面白かったなあ！　目に映る世界が陰謀に満ち満ちていた。僕に好運をもたらす人はもちろん、災いを呼び寄せる人も、すべてが僕が解読すべきこの世界の暗

号を形成している歓迎すべき人たちだった。（245ページ）

人生のはじまりから終わりまで同じ猫に見られるなんて、今は想像もつかないが、そういう時代が来たら、きっと人類は今よりも幸福になると思う。（283ページ）

下川君はお兄さんが二人もいたから、プロレスの技に精通していた。我々はそう思っていたのだが、下川君のお兄さんはプロレスに関心をまったく持っていなかった。しかもお兄さんは一人だった。お兄さんが二人だと、下川君が言ったわけではない。我々は勝手にそう思い込んでいたのだ。（285〜286ページ）

ジジを火葬した晩、ということはジジが死んで二晩目、藍のように濃く深く地平線が見えるほど低いところまであって左右も広い空を夢に見た。私はいま自分が夢の中にいることをじゅうぶん承知し、この素晴らしいというより力強いような空は今日ジジを焼き場に連れていくときに見た空の延長であるとともに、ジジ自身が私に見せている空だと感じていた。（290ページ）

日没後、遠くの低い空を光がゆっくりと移動していく。その光が高いビルで隠れたら問題ない。しかし高いビルの手前を飛んだら、それは飛行機ではない。低い空を移動する光が高いビルにさしかかる瞬間、私は緊張する。

（295ページ）

カフカのような断片を書きとどめようと思ったのは、その夢とも思考ともつかない漂いの中でだった。それをはじめたとき私はカフカのような断片を書きとどめることが、ペチャとジジと一緒にいる時間を延ばすことだというふうな祈りに似た気持ちを感じていただろうか。

（303ページ）

言葉が咽元まで出かかって、出てこないように、すぐそこまで来てて手が届きそうなのになかなか届かない。そこから時間がかかる。たいていは何年もかかる。何年かかっても届けばまだ運がいい。

（360ページ）

リビングでテレビを見たりしているとき、ふとチャーちゃんを思い出し、「今もしもチャーちゃんが私の肩に乗って来たとしても、わかんないんだよな」と思うのは、まさにそのときチャーちゃんが本当に私の肩に乗ったからだ、という想像をいったい誰が否定できるか。

（376ページ）

芸術に接するときに根拠を求めてはならない。根拠はそのつど自分で作り出すこと。社会で流通している妥当性を求めないこと。芸術から見放された人間がこの社会を作ったのだから、社会は芸術に対するルサンチマンに満ちている。彼らは自分が理解できないものを執拗に攻撃する。自分の直観だけを信じること。（４１３ページ）

切りがないのでこのぐらいで止めるが、もし私が書き出した箇所にどこか響くものを感じた人がいたら、本文に戻ってもう一度ゆっくりと、その断片全文を読んで欲しい。そのときあなたの中で起こる共感なのか、高揚なのか、嫉妬なのか、落胆なのか、何が起こるのかは分からないが、とにかく読んでいる最中に読み手の中で起こる何かだけが、小説なのだから。

二〇〇九年の夏の夜、今はもう閉店してしまった、石窯で焼き上げたピザの美味しかったイタリア料理店の薄暗いテーブル席で、保坂さんは唐突にコクヨの水色の小さなノートを私の前に差し出し、「今度、こういうのを書いてみようかと思うのだけど、ちょっと読んでみてよ」と言った。細字のボールペンで横書きされたそれは、この『カフカ式練習帳』の最初に収録されることになる断片、「隣りの空き地に夏なのに厚いコートを着た男が」だった。若干とまどいながらもその場で私は読みふけり、読み終えると同時に、少し笑いながら「これは、面白いじゃないですか」と答えたのだが、「面白いじゃないですか」という言葉の選択も、答え方も、自分が恥ずかしくなるぐらいどうにも不遜に思えてならなかった、私は小説家としてデビューしてまだ二年にもなっていなかった。

対談

愚かさに対するほとんど肉体的な厭悪

蓮實重彥×磯﨑憲一郎

――「新潮」二〇一五年七月号

文学は本物の不良にしかまかせられない

蓮實　わたくしがたまたま「新潮」で『随想』を連載しているときに、磯﨑さんが『終の住処』（二〇〇九）で芥川賞を受賞されました。読ませていただいたところ大変面白く、また思いもかけぬ刺激にもみちていましたので、連載の一回分をまるまるこの作品の分析にあててしまいました。『随想』の連載では同時代の文学作品にはまったく触れておりませんでしたから、それは例外的な悦びでした。では、『終の住処』の何に惹かれたのか。この作家は、言葉に対してあられもない図々しさで接していながら、それをいささかも図々しさとは見せない慎ましさがあるということ、まあ言ってみればその不良性でした。してはならぬことを心得つくしていながら、あえてそれをやってのけ、それをどうだと誇示することのない不良としての気風のよさに惚れました。日本の現代小説はすごいことになっている。「見たか、俺はこれを待っていたんだ」と、なかば驚嘆しつつ歓喜しました。『随想』ではたしか「つつしみをわきまえたあつかましさ」といった言葉を使ったと思いますが、不良ってその両面を持ってるじゃないですか。慎ましいだけでも、厚かましいだけでも、文学を揺るがせる刺激にはなりません。その両方を兼ね備えた作家だけが、言葉の力でぐいぐいと読む者を引っ張っていってくれるのです。
それから日本の現代作家の小説をぽつりぽつりと読んではみましたが、皆さん、どこかで不良になりきれず、不良のフリをしているだけで真面目さが透けて見えてしまい、やはり文学は年期の入った本物の不良にしかまかせられないと思いました。最新作の『電車道』も読ませていただき、これまた「やってるやってる」とわくわくしました。

磯﨑 ありがとうございます。

蓮實 ただ、同じシステムの繰り返しではありません。今回は形の上では長篇小説になっている。とはいえ、これがいわゆる長篇小説かどうかは大いに疑わしく、連載で十二回お書きになりましたが、それぞれの章というか断章が前後につながっている場合とそうでない場合がある。にもかかわらず、この作品全体で何かが共有されている。それは何だろうと考えたのですが、おそらく「愚かさ」に対するほとんど肉体的な厭悪ですね。それがいくつもの異なる挿話を、登場人物の性別や年齢や時代背景をこえて結びつけている。もっとも、「愚かさ」というのはあくまで相対的なものですから、何が愚かで何が聡明かという対比に陥りがちですが、そうなっていないところが小説の面白さなのです。
人間が、世界と正しい関係を結ぶことなど絶対にできるはずもない。そもそも、正しい関係などというものがあるはずがない。したがって、誰もがそのときどきにとりあえずの選択をするしかないわけですが、磯﨑憲一郎にあっては、選択肢は当然いくつかあるはずなのに、決断する人間は、性格や性別や時代や社会的な地位にかかわりなく、誰もが「根拠のない自信」によってそれが一つしかないかのごとく振る舞い、彼ら、彼女らの現実を引きよせる。まず最初に、薬屋がそうした決断によっていきなり家を出て行く。それが、その地方に最初の電車路線が開通する時期だったことが、あとでわかります。三章では、それに似た決断によって選挙に敗れた元銀行員が家を出る。薬屋は二つの川に挟まれた土地の洞窟に住み着いて子供たちを相手にしながら教育者となり、銀行員は伊豆の温泉場に行き、病身の英国女性への愛という思ってもみないできごとに立ちあい、土地の電灯会社に職を得て、最後には「馬鹿ども」を蹴散らして鉄道会社の経営者となる。それぞれまったく偶然の選択であるはずなのに、その偶然が必然化していく。その必然を、描かれている事件や背景としてではなく、それを書く言葉の側から引き寄せているところに深く感動しました。

「愚かさ」ということについていえば、最初に森の主のようになっていた元薬屋が子どもたちを捕まえて「馬鹿」という。なぜか分からないが倒れている少女を前に少年たちが困りはてているとき、その言葉が出る。〈この腫れ方を見て、どうして蜂だと分からないのか〉というわけです。そして銀行員もまた、元薬屋と同じように「馬鹿」どもに付き合ってはいられないと銀行を辞める。こうして「愚かさ」が主題となり、その後もあらゆる人々によって変奏されていきます。

「愚かさ」を主題にするということは、一種の哲学的な選択かとも思えます。実際、〈いったんある方向に転がり始めてしまったら、途中で立ち止まる勇気がないがゆえに、ただ判断保留がゆえに、つまりはその愚かさゆえに、人間は死ぬまで転がり続けてしまう〉といった文章は、モラリスト的な考察のようにさえ思えます。しかし、ここでは、そうした言葉が哲学を引きよせることもなく、かといって人生論的に「愚かさ」を考察するのでもない。まわりの者たちを「馬鹿」と断じるのは、元薬屋や元銀行員の知的な優越感とはまったく無縁のものであり、「愚かさ」に対するほとんど肉体的な厭悪として、突発的に彼らに決断を迫り、しかもそれが事後的に正当化されてゆく。そこが面白い。自分の選択を正当化する勇気もなく、誰もがそうしているから世間に従ってしまうことが「愚かさ」にほかならず、戦争までも、そうした「愚か」なことととして描かれる。

この小説ではあらゆる人が「愚か」という言葉を使います。犬を連れて戦時中に家出をした少女が、戦後に女優になったとき、周りの人間がみんな海外旅行に行ったりオープンカーに乗ったりするのを見て「愚かだ」と言う。その息子も後に、祖父が銀行員だったということをほとんど知らぬまま銀行員になっていますが、〈銀行の支店での仕事が相変わらず絶望的につまらなく、つまらないだけでは済まずに人間の愚かさを助長しているような罪悪感まで覚えていながらも〉、ある女性のために銀行で働き続ける。このように、『電車道』の男女はいたるところで「愚かさ」に直面するのですが、だからといって、これが人間嫌いの悲観的な小説なのかというとそうではなく、ある種の故のないオプティミズムが言葉を支えています。まず、その点について磯﨑さんのお話を伺えればと思います。

磯﨑　ありがとうございます。最初におっしゃられたあられもない図々しさ、不良というのは、僕としては本当にうれしい、褒め言葉と受け止めたいです。愚かさに対する肉体的な厭悪と、蓮實さんが以前の私の作品で感じてくださった不良というのは、たぶん通じるものがあると思います。世の中では不良を演じている優等生が非常に多い、作家の中にも多いと思います。不良という、周囲からの役割期待に応じているだけのような。しかし不良を演じることが実は最も優等生的な立ち回り方なのであって、それに対する憤りは、デビューの頃からずっとあります。

蓮實　よしよし、そうでしょう（笑）。

磯﨑　会社員として働いていることやちゃんと家庭を持っていることだけを捉えて、「エリートだ」みたいな薄っぺらい見方をする人たちこそが、実はもっとも従順な、単なる優等生に過ぎないと思います。

蓮實　それこそ愚かなことです。

磯﨑　そんな見方しかできないから小説がダメになるのであって……それはともかく、そういう自分の中の不良性は、大事にしてきたと思っています。『電車道』に関しては、確かに愚かさに対する厭悪が登場人物たちを駆り立てているというのは間違いありません。しかし、アンチテーゼだけを書くことも、やはり違うんだろうなと。基本的には具体的なことだけを書くものの、叙事ではなく叙述ということを心がけていたら、登場人物や時代が違っても変わらないことを書いていました。そう言ってしまうとまとまりが良すぎるのですが、結局この小説でやっていることって「反復」なんだろうと思います。これは自分で書いている最中に気づいたことで、連載を読んだ知人からも指摘されたことなのですが。

その知人には「『電車道』という小説は、家を出る人の話だ」と言われました。最初に出てくる男は、家業の薬屋が嫌になって、仕事と家族を捨てて家を出て洞窟に住み着く。後に鉄道会社の社長になる男も、銀行員だったのが選挙に落選したことで家にいづらくなり、家を出てしまう。その隠し子の女優も、犬を救うためにその犬をリュックに入れて家を出る。知人からは、いずれ女優の息子も家を出るのではと言われました。しかし、この反復というのは、少なくとも僕は意図して書いていることではなくて、小説の言葉の中から出てきてしまうものなんです。

蓮實　自分でも驚かれたわけですね。「ああ、またやっている、自分は」と。

磯﨑　そうですね。

蓮實　言葉の力が、書く人をそちらへ引き寄せていくということだと思う。語っている言葉の内容ではなく、言葉そのものがね。その過程は、新たな章を読むごとに生々しく感じました。

磯﨑　そのお話に続けますと、実は今日蓮實さんにお会いしたら申し上げようと事前に思っていたことは一つしかなくて、蓮實さんが繰り返しおっしゃっている「読み手はあくまでテキストに寄り添わなくてはならない」という考え方は、書き手である僕にとっても同じなんです。書き手も寄り添うべきものはテキストしかなくて、小説を頼りに小説を書くしかない。それを徹底したのが今回の『電車道』なのではないかと自分では思っています。『終の住処』の解説で蓮實さんが「みずからをみずからの言葉で支える孤児さながらのおぼつかない身分」と書いてくださいましたが、結局、言葉しか頼りにするものがないところで一文一文書いていく、その中で「反復」がどうしようもなく出てくるのではないかと……。

蓮實　そう思います。言葉の生々しさがきわだつと、言葉に対してほどよい距離を保つということは誰にもできなくなる。ところが、社会にはほどよい距離を保つフリをなさる方が多く、大学をも含めて、学校教育なんてまさにそうだと思う。適度の距離を保つフリを教えてはいるけれど、実際に書いたり読んだりしていると、言葉はそんなものではなく、もっと怖くて危険で始末におえないものでしょう。だから、文学作品を対象としたわたくしの批評的な散文は、そんな言葉に距離なしに触れてしまった実践の記録のようなものたらざるをえず、だから読者のほうに向いていないのではないかという気がします。わたくしは作家ではありませんが、その言葉を書き付けた生身の存在に自分をかさねるように書いている。そうなると、作品と読者の中間に位置すべき批評家の媒介性が失われてしまうから、ときに難解だと言われてしまうのですが、これは仕方のないことで、とにかく「書かれているものを、書かれた現場で読まずに、どうしておまえさんたちは文学的な議論を始めてしまえるのか？」と、青年時代からずっと不思議に思っていました。ほとんどの人は、文学を論じるとき、言葉が生まれ落ちる書かれた現場には目を向けず、書かれていないことばかりをすぐに語り始める。小林秀雄ですらそうだと思います。

　だから、磯﨑さんの小説を読ませていただくと、言葉の書かれつつある現場に引き込まれるようで、ドキドキする。いま読みつつあるテクストだけではなく、その周辺の言葉にもう一度触れよと誘われているような気がするからです。磯﨑さんとはまったく違う書き方をしておられますが、たとえば黒田夏子さんの『ａｂさんご』を読んだときにも、それに似た言葉の誘惑を感じとりました。黒田さんの小説を読んだときには、言葉と距離なしに触れながら、自分が無駄に年をとってきたのではないと実感でき、悦び、かつ粛然としましたが、本来は文学とはそういうものだったはずなのに、どこかで違ってしまった。そのことが疑問なんです。でもその疑問に答えてくださるのではなく、「その疑問は正しい」と勇気づけてくれる作品がぽつりぽつりと日本文学の中にもあった。まさに『電車道』がそうでした。

社会的な通念には屈さない

蓮實　磯﨑さんは、ある近しい編集者の方から「偉大なる失敗作を書いてください」と言われたことがあるそうですね。その言葉を聞かれて、嫌な気持ちにはならなかったでしょう？

磯﨑　自由な気持ちがしましたね。

蓮實　しかし、偉大なる失敗作は、書こうと思えば書けることなのか。失敗作を書くことに成功するのは、果たして失敗なのか成功なのか（笑）。おそらく、成功と失敗とが同義語になってしまうような体験にずるずると引きこまれていくのが文学ではないでしょうか。完全な成功作や完全な失敗作なんてものはあるはずがない。失敗と成功が絶えず境を接しあっているような作品を読むのは、わたくしにとって健康によいことです。同時に、健康に悪い。健康にいいというのは「やっぱり」とひとまず安堵できるからですが、でも「こんなこと書かれちゃたまらん」と思うわけだから、やはり健康に悪い（笑）。

作品について具体的にいくつか伺いたいのですが、まず、長篇小説でも作中人物を指示する固有名詞を絶対に使わないというのは初めから決めておられたのですか。

磯﨑　最初からではないです。ただ、固有名詞を出すことに気恥ずかしさみたいなものを常に感じるので、どこまで出さずにできるかやってみようという思いだけは、初めの段階からありました。今までもほとんどの小説を固有名詞を使わずに書いて来ましたが、はたして長篇で最後までそれで行けるのか、不安もありました。でも、言葉だけを頼りに一文一文書いていくやり方なら、固有名詞なしでも四百枚くらい行けるんですね。「男」としか書いていなくても、これが校長なのか鉄道会社の社長なのか混乱することはない。言葉を導きに散文をちゃんと書いていけば、このぐらいのことはできるんだと実感できて、小説に対する信頼がさらに増しました。

蓮實　散文のフィクションに不可能はないということですね。小説家の中にはよくこんな名前つけるよなというものもありますが（笑）、その中で固有名詞抜きでこれだけ書いてしまうというのは大変な作業で、皆さん本気で驚いてほしい。

先ほど「叙事」でなく「叙述」だとおっしゃっていましたが、時間が流れる感覚というのは叙事的なものじゃないですか。それに逆らう形で、この小説では時間を圧縮したり引き伸ばしたりする。たとえば川から遠い丘陵地帯に水汲みの装置を作るところで、わずか二ページで一世代がスーッと過ぎちゃう。初めに取り組んだ男の子が装置の出来上がる頃には大人になるという、あのくだりは感動しました。また、洞窟に住んでいた元薬屋が塾を開いたりするころ、〈蜂に刺されて失神したところを洞窟の男に助けられた女の子も今では一児の母になっていた〉とも書かれていますが、固有名詞もないまま時間が経過する。それをやるかと驚嘆しました。あれは圧縮なのか引き伸ばしなのか、どっちなのでしょうね。ことによると読んでいる人は馬鹿にされたと思うかもしれません。でも、あれは真面目に書いておられるのでしょう？

磯﨑　赤いカラスウリが連なっている様子を真似して水汲みの機械を考え出したという場面ですね。

書き手としては、こんなに時間を飛ばしちゃうと整合性がおかしくなるのではとか、もっと時代が進まないとこんな機械はできないのではなどと考えてしまいます。そういう「優等生の誘惑」にかられるのですが、そこで負けてはいけない。言葉が何かを要求してきたら、作者はそれに従わないと。それだけで書き進めてきたような気がします。

蓮實　鉄道会社の社長の隠し子だった女優の息子が、いきなりギターを弾き始めたとき、ギターのほうが自分に命令しているんだということを言いますね。それに似た感じでしょうか。

磯﨑　正にそうですね。ある種の受動性のようなものでしょうか。ネガティブな意味ではなく、信じるものに自分を捧げる、そういう生き方に対する憧れが僕の中にあるんだと思います。自己実現なんてちっぽけなものだという思いが強い。

蓮實　〈満杯の桶がよろよろと頼りなげに縄を伝って、斜面に据えた四か所の中継地点をうまく通過して高台の村まで到達したとき、最初の男の子はもう立派な大人になっていた〉というあの二行には感心しました。しかも、それが幻想やお伽噺のようなものでもなくて、実際にそうなったこととしてきわめて具体的に書かれている。水汲みの機械を作っている最中に、元薬屋がどのくらい老いたのかなどといったことは考えなくていいんですよね。

磯﨑　考えなくていいと頭では分かっているのに、やっぱり真面目さの誘惑にとらわれてしまう。整合性だとか、時間軸が間違ってしまうんじゃないかとか。その抑圧はすごいんです。小説家の中でもそれに負けてなびいてしまう人がいて、その気持ちは分からなくもないのですが、やっぱり小説の外部からやってくる社会的な通念のようなものには屈さずに、小説の論理に忠実でなければいけないと思います。

蓮實　テクストの論理ですね。

蓮實　第二章で、京都に舞台が移って丁稚の小僧が出てきます。ここでアカギレの痛みや寒さといった肉体的なものが語られていて、舞台装置がおさまるある種の抽象的な状況と思いもかけずみごとに融合していることに、引き付けられました。丁稚が寒さの中でお遣いの途中に何かに刺されるような痛みを覚え、やっとたどり着いたところでお内儀さんの膝枕で寝てしまう。その後目が醒めてお遣い先を出ると、電車の前を走る告知人の少年が、疲れきって倒れてしまい、そこに電車が走ってきて、大きな悲鳴が上がる。告知人が死んでしまったのかどうかは直接書かれていないのですが、その途端、丁稚は告知人が持っていた行灯を持って脱兎のごとく駆け出して帰る……この流れはいいですね。「京都の電車はおんぼろ電車」という歌はご存知ですか。修学旅行で初めて京都に行ったときにみんなで歌った記憶があるのですが（笑）、ここに書かれているのは、疏水のほうから延びている道ですよね。まあ、実際にどこなのかは分からず、しかもこの二人の少年がどんな表情をしているのかも詳しく語られていないのに、言葉がとても生々しいイメージにおさまっていて、感心しました。

磯﨑　日本で最初の電車が通ったということで京都を舞台に選んだのですが、なぜ丁稚が出てきたのかはやはり分からずに書いていました。

蓮實　それは気持ちがいい。しかも、この丁稚をまた出してやろうなどというさもしい魂胆もなく語り切ってしまったというのがみごとです。この丁稚の話は孤立している。

磯﨑　第三回ぐらいの原稿を送ったときに、この小説は毎回違う話を断章形式で書いていくのですかと編集者からは言われたのですが、そもそも最初は電車の話にすることすら決めていませんでした。

蓮實　そうでしたか。

磯﨑　連載開始の頃にはあらかじめだいぶ書き進んでいたので、そのときには電車が登場する場面も書いていたのですが、序盤では僕自身、この小説はどこへ行くんだろうと思いながらでした。最初に頭にあったのは洞窟のことだけで。毎年初詣に行くお寺が家の近くにあるのですが、その境内に洞窟の祠があって、ある年の正月に、ここに人が住んでいてもおかしくないなと思った、ただそれが始まりです。

蓮實　それなのに、丁稚や告知人が出てきちゃう。

磯﨑　出てきたものには逆らわずに従ったということですね。女優が出演した映画の話で二章分も使ってますが、これも、まあそのまま書こうと思ったわけです。だから本当に、小説と相談しながら書き上げた小説で、その都度、その地点まで書いた文章から力を貰って、次の一文を書き継いでいきました。

『「ボヴァリー夫人」論』から受け取ったもの

磯﨑　今回の小説は今までと比べて、一見フレームはしっかりしていると思います。近代の日本の百年間を描くに当たって、史実や歴史的な背景をかなり取り込んだものになるだろうという予想は途中からありました。ですから、たとえば第二次世界大戦が始まった直後に、盆踊りが大流行したとか、大人も子どももヨーヨーに夢中になったとか、金属類回収令は有名ですが犬の回収令まであったということを小説の中で書いていますが、これらはすべて事実です。でも、こうした事実は小説を外側から支えてくれるものだと僕は思っていたのですが、この『電車道』という小説の中に入れてしまうと、逆に史実のほうが揺らぎ始めてしまう。小説の文章に引っ張られて「犬の回収令なんて嘘だろう」「京都の市電の前に子どもを走らせていたなんて、磯﨑の創作だろう」と言われるようになるんです。

それを聞いて、ああ、この小説はあるべき方向に進んでいるなと思うことができました。
蓮實　ただ、一箇所、間違いがあります。
磯﨑　え、どこですか。
蓮實　一二七ページに〈太平洋戦争が始まり金属類回収令が公布される〉と書かれていますが、その前の一一三ページで〈昭和十六年の八月に金属類回収令が制定されると〉となっている。つまり太平洋戦争が始まる前です。これを見つけたとき、爽快な悦びを覚えました。「あ、ここ違う」と（笑）。連載時に気づいていたので、今回単行本で読み直してみたら、そのままだった。
磯﨑　それは気づかなかったです（笑）。
蓮實　校閲の方も気づかなかったのでしょうか。でも、そういう回収令が出るのは太平洋戦争が始まったからだと信じるほうが正しい。
磯﨑　でしたら、直さなくていいんですかね。
蓮實　厳密な正しさという点では間違いなんですが、校閲の方から指摘されていたとしても、従わなくていい。雰囲気として、回収令が出るのは戦争が始まった後というほうが正しいと感じるのですから。
磯﨑　ありがとうございます。そう言っていただいたのでついでに言わせていただきますが（笑）、この小説に出てくる女優の年齢のつじつまが一歳合わないんです。一九三ページで〈もうすぐ三十歳を迎える彼女は、まだ十分に若く、美しかった〉という文章があるのですが、このときは昭和三十七年で、女優は三十歳を過ぎているはずだと校閲の方から指摘されました。しかし僕は〈もうすぐ三十歳を迎える彼女〉というこの文章を残したいから、直しませんでした。
　蓮實さんの『「ボヴァリー夫人」論』で、エンマが乗る「つばめ」という乗合馬車について、前半では「車輪が幌の高さまであるので」景色が見えないと書かれているのに、後半では遠くまで景色が見えるとあって、矛盾ではあるが、それはテキスト的現実がそうなっているからいいのだと書かれているのを拝読して、勝手に自分自身も肯定されているような気がしました。都合がいいと言われればそれまでですが、整合性なんかよりもっと大事なものがあるということですね。

蓮實　まさしくフローベールも同じことをやっている。『ボヴァリー夫人』では、鉄道が敷かれている時代の話なのにあたかも鉄道など存在しないかのようにエンマは振る舞っており、それが「テクスト的な現実」であり、それが小説だということです。それに似た問題を友人のマクシム・デュ・カンが「おまえさん、それ違うよ」と言う。フローベールはあたりに高い教会の塔が見えないのはおかしいと思い、『感情教育』ではその時代には存在しているはずのない塔を描いてしまう。しかし、「テクスト的な現実」を無視して、史実に照らし合わせて正しくないなどと言い出すなら、小説なんか読むなってことですよ。それはもう小説の「テクスト」ではなくなるんだから。

磯﨑　『「ボヴァリー夫人」論』についてもう少しお伺いしたいのですが、シャルルとエンマがそれぞれの父親に連れられていく場面で、同じ文章が一箇所だけ出てくると指摘されています。「父親が自分で彼を連れて行った」と「父親が自分で彼女を連れて行った」ですが、原文だとまったく同じ文章なんですね。フローベールは同じ文章が繰り返されることを神経質なまでに避けていたのに、三十ページしか離れていない二つの場面でそれが出てくる。だからこれをフローベールは気づいていたはずだとおっしゃっているのですが、つまりこれは意図的だということでしょうか。

蓮實　そうとは断じられない、としか言えないです。「意図的かどうかは分からないけれども、テクストではこうなっている」という以上のことを言ってしまうと、小説とは違うところに連れて行かれてしまう。ここは「まさにここにあるじゃない、見てください」という、蓮實的な「見てくれ」主義みたいなところが出ていて（笑）、フランス人に話したらみんなびっくりして「本当だ、どうしておまえ気がついたの？」と聞くから「どうしておまえさんたち気がつかなかったの？」と答えるのですが。

磯崎　ただ少なくとも、フローベールは気づいていたはずだけどそれを変えなかったという事実がある。三十ページしか離れていないところに同じ文章が出てくるのは、テキストが要求する何かにフローベールが従ったと考えていいのではないでしょうか。

蓮實　そう考えざるを得ないと思います。ただ、それが彼の意図かどうかを問うことは意味がない。分からないですから。

磯崎　そのことは、小説を信じている人間としてはとても勇気付けられる話です。作者の意図や外部の注釈をさらに超えたところに小説、テキストというものがあるということを信じていないと、小説家なんてやってられない。

蓮實　そうでないと、小説を読むことも書くこともできないと思います。ところがそのような散文のテクストに対する確信のようなものが至るところで揺らいでいて、何行続いたら改行しなくてはいけないとか、作中人物の台詞は改行してから立てろとか……あれはなんでしょうね。そんなことをしなくても、読めると思うんですけど。

磯崎　それは、売るためなんじゃないですかね。

蓮實　新聞記事をあまり長い段落にはしないというのは何となく分かりますが、小説でそんなことを言い出したら、「なんでおまえさん小説読んでるの？」と言いたくなりますけどね、わたくしは。

磯崎　微妙な問題だとは思うのですが、顧客主義といいますか、マーケティングに基づいていかに媚を売るかというような傾向が形を変えて、書き手までを圧迫してくるのを時折感じます。でもそれに負けず、やるべきことはやらないといけない。「ここはちょっと改行しとかないと読みづらいかな」というのに負けたくありません。

蓮實　犬を連れた少女が家を出るまでの場面も、まったく改行されていない。

磯﨑　金属類回収令を巡る愚かさに対する怒りが書かれて、鐘楼が押収されていく写真が新聞に載るまでになってさすがにこれはやりすぎだろうと思うところで、いきなり犬を連れた少女が出てきます。

蓮實　その怒りを少女が口にするはずはないのですが、それでもスーッと少女の場面につながってしまう。不良以外にこんな手品めいたことをやる人はいないと思いました（笑）。誰だって、顧客主義とも無縁にあそこは改行しますよ。しかし、改行しないことで胸を反らせておられるような、ほとんど「根拠のない自信」みたいなものが出るんです。それはやはり不良として貫いていただかないと、日本文学がますます単調でつまらないものになってしまう。

磯﨑　この、誰が言っているのか分からないという書き方については、蓮實さんが『随想』の中で『終の住処』について書いてくださったときにも〈単声的な「語り」の純粋形態〉とおっしゃっていました。かぎ括弧で括る台詞ではなくて、小説内のつぶやきのような感じです。

蓮實　登場人物の言葉ではない、作者が言っているわけでもないだろうというつぶやきについて、理論家たちはいろいろ意見を述べていますが、磯﨑さんは「文句あっか？」というように書いていらっしゃる。

磯﨑　学校に焼夷弾が落ちて、なんで子供たちを疎開させないんだという話になる場面でも同じような書き方になりますが、小説として不都合はまったく生じないのに、誰が言ったかを明示しなくてはいけないと思ってしまうと、臆病になって小説の論理を捨ててしまうことになる。それは小説の懐の深さのようなものを放棄することと同じだと思います。

作者は小説より小さい存在

蓮實　第十一章にあたる二〇七ページに〈過去百年の日本の歴史の中で、昭和四十年代こそが子供たちにとって最も幸福な時代であったことは疑いようもない〉という文章があります。そこで、なんとなく人称が透けて見えないわけではないような気がしました。ここは一般的に言われていることなのか、作者が言いたいことなのか、どうなんでしょう。

磯﨑　確かに僕も昭和四十年代に育った子どもなので、自分の実体験だろうといわれればそうです。しかしここは第十一章の頭から二〇九ページの〈それでも母親は鍋の中身を捨てなかった、家族四人はそれからの三日間、焦げた苦い味のするカレーを食べ続けた〉までは、その後の女優の話に入っていくための長い枕詞というか、踏み台のような機能になっているんです。

その踏み台のようなものは、この小説では結構多用しています。たとえば八一ページの〈決断が下せぬときの常なのだろうが、いったんその局面から逃げようとした途端後ろ手を強くつかまれて連れ戻されるかのように、まったく別の、ひとつの考えがひらめいた〉から〈電灯会社を新しい鉄道の大株主にしてしまおう！〉という、思いつきの話になるのですが、その〈決断が下せぬときの常なのだろうが〉というのは男が思いついたことの、全く何の説明にもなってない（笑）。しかしそういう一種のフレーズのようなものを差し込むことで、次の一文が生み出されていくという、玉突きのようなものがこの小説を駆動する力となっていたことは、間違いないと思います。

蓮實　その少し先に出てくる、男の株主案に反対している専務について、この人物だけは濃厚に肉体を描写されています。縮れ毛であるとか、相撲取りのようなとか。そのあと、宴会の最中に不意に電灯が消え、再び電気が点くと、隣の部屋で専務と女の人が二人で横たわっているのが見つかるのですが、これは、寝ているんでしょうか。

磯﨑　作者もよく分からないのですが、そのご質問は、寝ているのか死んでいるのか、それとも眠らされているのかということでしょうか。

蓮實　明かりが戻って、襖が開くと、向こうに二人がいたというのは真実なんですよね。

磯﨑　はい、そうですね。

蓮實　二人が動かないと書かれているから、睡眠薬でも飲んでいるのでしょうか。でも、宴会中の隣の部屋でそんなことが起こるはずがないから、たまたま寝ていたのか。わたくしはそう読んだのですが。

磯﨑　本当に分かりません（笑）。

蓮實　そして、ここで誰が唐紙を開けたのかも分からない。後に電鉄会社の社長になる男なのかどうかも。ただスッと襖が開いたら、そういう光景が見えた。

磯﨑　後に社長になる男がこの宴会に出ていたのかどうかも書かれていないんです。ただ、この事件によって専務が失脚したということは間違いない。僕が言えるのは、ひとりだけ男の案に大反対していた専務が、そういうショッキングな事件の当事者になることが、続く八三ページの〈とうとう男は電鉄会社を設立してしまった〉につなげるために必要だと思っていたということだけです。

蓮實　わたくしもそれで納得するのですが、「おまえさん、それは読みが浅いよ」と言われるのが怖くて一応伺ってみました。この宴会は送別会なのですが、送られる人は非常に無口だと書かれています。その無口さ加減と、音もなく開かれた唐紙の向こう側に寝ているお相撲さんみたいな人と誰か分からない女の人……その描写で切ってしまうことが、電鉄会社を設立するという男の企みがうまく行く、勝ったというところにつながる。これは物語的な論理とはまったく違いますよね。わたくしなんかはまだどこかで物語に囚われているから、ここで二人は死んだのだろうか、誰かの策略だろうかなどといろいろ考えてしまうのですが、これはただこういうことがあったということなんですね。

磯﨑　僕は「読みが浅い」なんて絶対に言えなくて、というのも、書き終えてみて時間が経つほどに、小説は作者の思惑を超えているると思い知らされるんです。実は僕自身、「俺はぜんぜん分かってないな」と思ったエピソードがあるのですが、一二五ページに〈するとその翌週、配給米の備蓄は完全に底をつき、闇米ですらいくら大金を積んでも買えない戦争末期の状況からすればぜったいにあり得ないことだったのだが、一俵もの米が学校に届けられた〉とあって、この後に〈後日手紙が届いて送り主が分かった、電鉄会社の社長からだった〉と書かれています。これを書いているときの僕は、電鉄会社の社長が学校の校長に宅地販売を委託していたからその関係があって米が届いたのだろう、ぐらいにしか考えていなかった。ところがその三回後の号が出たらすぐに知人から連絡があって「だからあの時お米が届いたんですね」と言われたのです。その号には、犬を連れて逃げた少女が電鉄会社の社長の隠し子で、あの学校の生徒だったと書いていました。でも僕はその二つの間に関係があるとはぜんぜん気付いていなかった。そのとき、この小説から見下された気がしました。「作者であるおまえは、この小説のことをまったく分かってないな」と……小説を誇りに思っているどころか、小説から馬鹿にされたわけです。

蓮實　怖いですね。

磯﨑　作者というのは小説に比べたら小さい存在だということをつくづく思い知らされました。作者一人なんかより、言葉の連なりというのははるかに大きくて、小説というのは仰ぎ見る存在だと実感しましたね。

蓮實　よく「作者を超えて作中人物が一人歩きする」と言いますが、わたくしはそんなことは絶対にないと思う。ただし「作者を超えて言葉が一人歩きする」ことは絶対にある。まさか使うはずがないところにある言葉を使ってしまうことがあったとして、そのことに作者が怯えなかったら、その人は小説家ではないと思います。

なぜ「同時代性」を避けたか

蓮實　もう一点伺いたいのですが、この小説で、磯﨑さんは自分がまったくご存知ない時代のことを書いておられるわけです。たとえば戦争や法律の施行などですが、読み進めると、〈アフガニスタンからの撤退……、第二ボスポラス橋……、グラス・スティーガル法の改正法案……〉だの、これは平成に入ってからだと分かるできごとが最後のほうで出てきます。ただし、「平成」という言葉をまったく使っておられない、「明治」、「大正」、「昭和」という言葉は書きつけられているのに。これはどうしてでしょう。

磯﨑　最後に高台の町の描写をすごく平面的に書いていて、このとき時代は確かに平成なのですが、意識的に使わなかったというよりは、やはりこれもテキスト的現実で、僕はそれに従ったということになると思います。実はこの最終回を書いたときに、編集者から「最後の場面は現代とのつながりがちょっと弱いんじゃないですか」と指摘をいただきました。それで多少書き換えたところもあるのですが、同時代性のようなものをあえて避けたということはあるかもしれません。

蓮實　わたくしはあえて避けておられるなと感じました。ここで現代になっちゃったらヤバいなあと思われたのではないかと。この高台の町というのは、世田谷区を知っている人ならあそこだとすぐに言いたくなるのでしょうが、それも言わせない、名づけさせないという強いものが出ていて、それでいいと思いました。

磯﨑　時代性を感じさせたくないのは、東日本大震災についてもそうで、一箇所だけ出てきます。〈三年前の地震の際にもそれらの古い建物はびくともしなかったのだが〉というところです。しかし続けて〈同じ年の夏に猛烈な豪雨に襲われたときには、低い空が紫紺の雲に覆われると見る見るうちに道路は川のように流れ、床下まで浸水した家も何軒もあった〉と書いている。ここは愚かさに対する憤りみたいなところもあって、地震をネタにしすぎることへの反発です。東日本大震災や原発事故の前後で時代が変わったという言い方に傲慢さを感じていて、商売のネタならまだしも、小説のネタにまでしている人たちがいることに対する怒りのようなものがあります。

蓮實　その怒りにはわたくしも同調します。しかし、怒りに加えて、軽蔑もありませんか？「やるなよ、そんなこと」という。

磯﨑　だったらあの年の夏、ゲリラ豪雨で池袋の地下街が水浸しになったことをあなたたちはなんで簡単に忘れてしまうんだと思います。「自分たち」や「現代」を特権的に考えたがる人たちに対する憤りや軽蔑があって、この部分を書いてしまったのでしょう。

蓮實　そんなところにあるはずないのに、なぜあなたたちはそこに同時代性を見出そうとするのか、ということですね。だからこの小説の最後にすごいことが起こったら困る。平成でもない、東日本大地震でもない、ちょっとした天候の異変みたいなものが日々起こっているということだけが書かれている。この小説の最後は同時代性とはまったく違う、ある抽象的で希薄な空間、時間というものがあって、そこにも感心しました。

いいものなら売れるわけがない

蓮實　ところで、この『電車道』という作品名は三つの漢字からなっています。ちなみに作中に出てくる映画の題名も『巨大蛭』で三文字です。映画の世界では、ごくわずかな例外を除けば、漢字三文字の題にはするなというのが昭和四十年代の風潮で、『大魔神』と『大海賊』くらいしかないんです。なぜかというと、当たらないものが多かったからということだそうで、それが本当かどうかは分かりませんが、たしかに言われてみると、漢字三文字というのは何かとっつきづらいようにも思う。でも、こうして表紙を見ると、収まりのよさとは違う力を持っているような気がする。だから、今回の『電車道』で「ついに磯﨑憲一郎が漢字三文字の小説を書いた」と思いました。そこは意識されていましたか。

磯﨑　いまご指摘いただいて初めて気づきましたが、三文字が当たらないのでしたら、純文学と言うものは無理して売ろうとしなくていいんじゃないかって僕は思っていますから、それにお墨付きをいただいた気がします（笑）。

芥川賞を受賞したときに「圧倒的多数で受賞が決まった」と新聞に書かれていたことについて、蓮實さんが『随想』で「これが圧倒的な多数を得るわけないだろう」と書いてくださいました。僕はデビューから八年経ちますが、蓮實さんがおっしゃったとおりだということはもう痛いほど実感しています。それを承知の上で、僕らは純文学、現代文学を書いているのですが、それでも少しは売ろうとしていることのさもしさが悲しいんです（笑）。いいものなら売れるわけがないんだから。そのことが、今回題名が漢字三文字だということにも滲み出ているのかもしれません（笑）。

蓮實　最後に個人的な話をさせていただくなら、小説の中で犬を連れた少女が塩尻行きの列車に乗りますが、わたくしは塩尻のひとつ手前の駅である小野というところに疎開していました。だから、戦時中は塩尻行きの鈍行にもよく乗っていました。そしたら、その路線がでてくるではないか。もちろん、単なる偶然なんですが、「この人、よくまあ塩尻行きに乗せてくれたな」と感嘆しました（笑）。

ちなみに、この小野という村は筑摩書房を創業した古田晁さんの故郷です。戦時中、空襲で東京の印刷所が全部焼けちゃったからだと思いますが、古田さんは列車に乗って故郷付近の印刷所まで原稿を運んでいたらしい。すると、あるとき、乗っていた列車が不意に空襲を受けた。止まっていた列車が機銃掃射を受け、隣の客が撃たれて倒れたんだそうです。そのとき古田さんが読んでおられた原稿にその血が飛び散ったということを、ご本人だったか、中村光夫だったか、あるいは臼井吉見だったかが書いておられるのを読んだ記憶があります。そんな個人的な挿話で何が言いたいかというと、あの塩尻行きの列車は、たまたま少女が犬を隠して乗っていたから、機銃掃射を受けずにすんだということです。磯崎さんはご存知ないはずなのに、少年時代のわたくしがよく乗っていた路線の列車が出てきたことは、わたくしにとって何か貴重な贈り物のような気がしました。

2016年

文庫解説

『未明の闘争』解説

——保坂和志『未明の闘争』（講談社文庫）／二〇一六年二月一三日

『未明の闘争』という小説は、その比類のなさを言葉を尽くして説明しようとすればするほど、小説そのものから遠ざかってしまう、それどころか、読み手の側が小説から見下されているかのような屈辱さえ覚えかねない小説なのだが、逆にいえば、この小説は、小説を外部から論じることの不可能性をあからさまに露呈してしまった小説である、ともいえる。

にもかかわらず、少なからぬ数の理論家や批評家は、一八五七年からこんにちにいたるまで、「テクスト」の煽りたてる記憶喪失に陥ったまま、この作品をめぐる彼らの批評的、学術的な言説にあっけらかんと「エンマ・ボヴァリー」という固有名詞を書きつけ、その意図もないまま、みずからを作品から遠ざけてしまう。それは、彼らや彼女らが、『ボヴァリー夫人』というフィクションの「テクスト的な現実」に向けるべき視線を、そうと意識することもなくあらかじめ放棄しているからなのだ。
『「ボヴァリー夫人」論』の著者は、「テクストをめぐるテクスト」が煽りたてがちな「倒錯」に加担することのみならず、「テクスト」の誘いこむ記憶喪失に陥ることもまた回避したいと思っている。それには、何よりもまず、『ボヴァリー夫人』の「テクスト」と向かいあわねばならない。「文」ではなく、あくまで「テクスト」を読むこと。それには、「文」や、それをかたちづくっている「語」や「辞」を、「文脈」を超えた時空で共鳴させねばならない。

これは蓮實重彥の『「ボヴァリー夫人」論』（筑摩書房刊）の序章の一節（二八ページ）だが、ここで蓮實重彥は、ある小説を真摯《しんし》に論じたいと思うのであれば、そのためには徹底してテクスト＝小説本体を読むしかない、小説に寄り添わなければならない、という意味のことをいっている。新聞や雑誌の書評や、こういった文庫に付される解説などもその典型ではあるのだが、その作品がいかに優れているか、もしくはいかに凡庸かであってもどちらでも良いのだが、対象となる作品の評価を伝えるために、書評家たちは多くの場合、作者の小説家としてのキャリアを振り返ってみたり、先行する文学史上の名だたる傑作と比較してみたり、同時代の社会情勢の中に作品を位置づけてテーマをあぶり出してみたりする。一見とても明快な印象を与えるそれらの解説はしかし、なんら小説を論じていることにはならない。小説外の尺度を持ってきていくら小説を分析したところで無駄なのだ、小説を知ろうと思ったら読み手は徹底して小説本体を読むしかない、いま読みつつある一文一文に集中し、文と文の間に起こる矛盾や不確かさ、曖昧さを受け容れつつ、小説に寄り添いながら読み進むしかない、ということを蓮實重彥はいっているのだが、ところがこれは読み手だけに留《とど》まらない。書き手もまた、少なくとも小説という表現形式の独自性に全幅の信頼を置いている書き手＝小説家であるならば、読み手と同じように小説に寄り添いながら、いま書きつつある小説だけを頼りに、一文一文を絞り出すように書き進むしかない。そしてそのようにして書かれた作品であることを、『未明の闘争』という小説は、外部から論じられることなど断固として拒もうとする、自らのその全体把握不能性をもって示している。

例えば次の、この小説中の最重要人物ともいえる「村中鳴海」が初めて登場する部分を読んでみて欲しい。

「昔、自分が不倫してたから、ダンナもきっと不倫するって思うんです。」

「それなら大丈夫だ。」私は言った。西武時代、私はまったく同じ台詞を女の子から聞いた。その子はこういう話が好きな子とは別だ。「女が多くていいな。」アキちゃんが言った。アキちゃんはなんで辞めたんだよとも言った。こういう話が好きな子を仮りに中村さんとしておくと、不倫の因果応報を怖れた子は山本さんだ。私は実名でこんなことしゃべって、アキちゃんから向こうに伝わるのを怖れた。

（上巻・二七〇〜二七一ページ）

ここで「こういう話が好きな子を仮りに中村さんとしておくと」といっている、「中村さん」の本名が「村中鳴海」であることが後に明かされる。「村中鳴海」は、主人公・語り手である「星川高志」が「あこがれつつ気圧されつつも胸が波立つような気持ち」（上巻・二八五ページ）を抱く相手であり、身延線に乗って山梨を旅しながら、一緒に便所掃除や物乞いをして生きていきたいと主人公に夢想させる、そして「一晩ですべてが変わった」（下巻・二四九ページ）かのように忽然とホテルの部屋から消えてしまう、とにかくこの小説の読者であれば誰もが強烈な魅力を感じずにはいられない人物なのだが、その「村中鳴海」は当初、わざわざ仮名を使うというトリッキーな、手の込んだ方法で登場させられたように見える。だがじっさいは違う。作者である保坂和志は、この上巻の二七一ページの部分を書いた段階では、「中村さん」→「村中鳴海」をこの小説の重要人物に据えるなどと考えてはいなかった。どうして私はそういい切れるのか？同じ実作者としての勘といいたいところだがそうではなく、私は作者本人に確かめたことがあるからだ。そのときの作者の答えははっきりと、「考えているわけない」（「対談　保坂和志・磯﨑憲一郎　小説はなぜおもしろいのか　長篇『未明の闘争』をめぐって」群像二〇一三年一一月号掲載）だった。

「村中鳴海」も作者によってあらかじめその小説中の存在が担保されていたわけではなかった、その事実はすなわち、この小説中のもっとも魅力的な登場人物ですらも、小説が一文一文生成される過程で、作者の意図を超えたところで生み出された、という証拠に他ならない。しかしそうであるならば、この『未明の闘争』という小説は作者が書いたとはいえなくなるのではないか？　この小説の、真の作者とはいったい誰なのか？

ポチは毛の長い尨犬で、海岸を散歩しているとたいてい人が寄ってきて、「さわらせて。」とか「撫でさせて。」とか言うが、ポチは顔の前に手が出てくるとほとんど反射的に咬みつくのに伸びてくる手にはシッポを振ってうれしそうに顔を出すから、高校生の私は緊張して引き綱をしっかり持って、「すいません。この犬、咬むんです。」と言うと、相手はとても心外な顔をするのだが、ジョンは人を咬んだり絶対しない。

しかし地味で体格も秋田犬ほど大きくないが柴犬より二まわりくらいは大きく、体型はとてもバランスがよくキリッとしていたが特にかわいいところは何もないからわざわざ「撫でさせて。」と寄ってくる人はいなかったが、夏あるいは初夏、私は気まぐれでジョンと一緒にジャブジャブ海に入っていった。波がほとんどない遠浅の海にジョンの脚の三分の二くらい、ぱっと見ると膝と感じる犬の脚のそこは人間でいう踵にあたるそこよりは深く、その上の本当の膝にあたる関節までの半分くらいの深さまでジョンと一緒にいると、

「かわいい。」「撫でてもいいですか？」

と、小学五年生くらいの女の子が三人、海に入ってきた。

きらきら光を反射させる水面に囲まれて、ジョンは女の子三人におとなしく撫でられ私はうれしかった。それ以来私は何度もジョンと海にジャブジャブ入っていったが、あのときの女の子たちのように海までわざわざ入ってきて「撫でさせて。」なんて言う人は一人もいなかったが、私はあのときの女の子たちだけで幸福感がじゅうぶん持続していた。私はジョンと一緒に海に入っていきながら、あのときのように誰かが来るのをそのたびに期待しないということはなかったが、誰も来なくてがっかりしたりはしなかった。


（下巻・六五〜六七ページ）

散歩に連れていた犬を撫でに三人の少女が海に入ってくる、語り手の高校生時代のこの回想場面は、何度読んでも素晴らしい、ほんの数分の出来事が、その後何十年もの死

に至るまでの人生を明るく照らし、守り続けてくれる、それぐらいの圧倒的な幸福感に満ち満ちている、この小説中で私が一番好きな場面なのだが、今回この文庫解説を書くために改めて読み返してみて驚いたのは、この海岸の場面へと至る、主人公が高校時代に飼っていた「ポチ」と「ジョン」の二匹の犬の回想が始まる直前まで、主人公と「村中鳴海」はまだ身延線に乗って旅を続けていた、ということだった。下巻の五五ページの「私は高校三年の夏にジョンが突然死ぬまで、ジョンを本当に心から愛していたのかわからない。」という一文は、何の脈絡もなく、まったく唐突に始まっている。

こんな繋げ方は計算ではぜったいにできない、一文一文書き継がれる中で、小説自らが自らの進むべき方向に導いたとしか思えない。小説の作者とは、書き手でも、読み手でもない、小説自身こそが真の作者なのではないか？　そんな捨て台詞でも吐いてやりたくなるほどに、『未明の闘争』は汲み尽くせない。私など足元にも及ばない、作者である保坂和志も見上げる遥かな高みに、ただ『未明の闘争』という小説だけがそびえ立っている。

激しい失恋《エッセイ》

――文遊抄／「日本経済新聞」二〇一六年三月一二日

20代の半ばに激しい失恋をした。弱い所を人に見せることを極端に嫌っていた若い頃の私が、普段お世話になっている取引先の担当者に心情を吐露したのだから、よほど参っていたのだろう。もともとの理由は忘れてしまったが、失恋した翌週に、野房喜幸さん（現JFEスチール専務）と新宿ですき焼きを食べる約束をしていた、初夏の、土曜日の夜だった。「彼女は間違った結婚をしようとしている！」ほとんど怒りに任せて私は訴えた。別れた相手とは学生時代からの長い付き合いだった。

その晩は野房さんのご実家に泊めて頂いた。翌朝は朝食を用意頂いた上に、朝風呂まで勧めてくれた、初期のホール&オーツのCDをテープに録音して私に持たせてくれた。帰り際、何となく気になった私は、訊《き》いてみた。「やっぱり、自分に酔っているんでしょうか？」「少し、そうだね」。そのとき私は、恐らく人生で初めて、善意と優しさに打ちのめされた。

その後、野房さんは私の会社の同僚だった女性と結婚され、私もあっけなく社内結婚をしてしまった。あれから四半世紀もの時間が経《た》ってしまったが、今でも野房さんとは年に1、2度、食事をご一緒させて頂いている。

エッセイ

五十歳と、放浪の画家

――「文藝春秋」二〇一六年三月号

五十歳になったのを機に、二十七年半勤めた総合商社を退職し、残りの人生は小説家として生きていくことに決めた。そう宣言すると思いがけず、沢山というほどの数でもないが何社かの新聞社や雑誌社から取材を頂いた。いま書いているこのエッセイも、そうしたサラリーマンを辞めた後の心境の変化を綴って欲しいという依頼の一つなわけだが、もちろん日々の過ごし方としては、朝は満員の通勤電車に乗って職場へ向かい、夜はほぼ連日、取引先との会食の予定が入っているという生活から、今日は何をするか、どこへ行って誰と会うかはすべて自分で決めるという生活へと大きく変わりはしたものの、気の持ち方は自分でも拍子抜けするほど変わっていない、決意も新たに頑張ろうということでもないし、自分一人でやっていけるのかという緊張や不安に捉われているわけでもない。十年遅れの不惑といえばまだ聞こえはよいかもしれないが、考えてみれば私はもうずいぶん前から小説家だった、そもそもここで「宣言」などすることじたいが大げさなのだ。

「でも五十歳にして独立するというのは、世のサラリーマンからしたら理想の人生なのかもしれませんよ」取材してくれた記者の中にはそういってくれた方もいた。しかし私の場合は会社は辞めても、大学の教員として授業を持ちながら小説を書くのだから、本当の意味での「独立」ともいえない。だがもしも、私が小説家としてデビューすることもなく、会社員として働き続けながらこの五十歳という年齢を迎えていたとしたら、今の私のような人間に対して、さすがに理想とか憧れとまではいわないにしても、やはりある種の羨ましさ、嫉妬を感じていたのではないか、そんな想像はしてしまう。自ら望んだ職に就いて、達成感も苦労も分かち合える同僚がいて、家族と暮らしていく上での経済的な不安もない、それでもなお満たされない想いが心の奥底に残るのだとすれば、それを単なる中年男性的な欲深さとして片付けることもできないように思う。

小説の仕事とも大学とも関係はないのだが、つい先日、『放浪の画家　ピロスマニ』という映画を観た（ギオルギ・シェンゲラヤ監督、一九六九年制作の再上映）。十九世紀の半ばにグルジア東部の貧しい農家の子として生まれたニコ・ピロスマニは、居を転々としながら日々の食物やワインと引き換えに酒場に飾る絵や看板を描き続けた、それらは後にパブロ・ピカソが、「私の絵をグルジアに飾る必要はない。なぜならピロスマニがいるからだ」と絶賛したほどの素晴らしい作品なのだが、ピロスマニ本人は孤独と貧困のうちに五十年余りの生涯を終えている。じっさい黒いキャンバスに躊躇《ためら》いのない筆致で描かれた動物や子供、田舎の風景を見ると、素朴などという形容ではとても追いつかない、画家の一途さ、人並み外れた信念の強さが伝わってくる。しかし絵と同様か、いや、もしかしたらそれ以上に、映画は見事な作品に仕上がっていた。終始かすかに灰色がかった色調に包まれたスクリーンは、おそらくピロスマニの絵にならったのであろう、聖なる空気に満ちている、少ない台詞、寂しげな民族音楽も、観る者の心を清らかにする。何よりこの映画は一つ一つのカットがあまりに素晴らしい。じっさいに画家でもあるアヴタンディル・ヴァラジの演じる老いたピロスマニが、黒い帽子をかぶり、小さな鞄を手にして、冬枯れの斜面を一人うつむいて歩く姿の、その貫かれた孤独に私は胸を打たれた、そして真の「憧れ」や「理想」とは、このような人にこそ捧げられるべきなのだと知った。

エッセイ

全ての芸術家の導き

——「文藝別冊　ボブ・ディラン」二〇一六年一二月

ノーベル文学賞の選考委員会がどんなメンバーで構成されているのかは知らないが、ボブ・ディラン以上の芸術家が集まって受賞者を決めているはずはないのだから、今回の受賞でことさら大騒ぎする理由などありはしない、それにしても受賞を報じる新聞や雑誌に掲載された小説家や評論家のコメントは酷かった、読むに堪えなかった。「現代の吟遊詩人」「反戦や人種差別解消を求める抵抗歌の歌い手」「ポピュラー音楽の世界に文学を持ち込んだ」「ロックを芸術に高めた」「彼の詩は歌われるだけではなく、読まれるべきものだ」「ノーベル文学賞が対象とする、文学の領域が広がった」どれもボブ・ディランという芸術家、表現者の比類なさを言い表していないばかりか、むしろミスリーディングですらある、テレビのニュースでも「風に吹かれて」を歌う、一九六三年のテレビ出演時の映像を繰り返し流していたが、代表曲ならばせめて「ライク・ア・ローリング・ストーン」にして欲しかった。

ボブ・ディランという人はぜったいに聴衆に媚びない、聴衆に媚びないということは市場の論理に屈しないということでもある、そして表現者としての自らを更新し、再生し続ける生き様、人生そのものが全ての芸術家の導きとなるような存在なのだ。表現者としての更新で一番有名なのは、『追憶のハイウェイ61』リリース後の一九六五年のツアーで、それまでのギター一本で歌うフォークから大音量のエレクトリック・セットに変えて、観客から大ブーイングを浴びながら演奏し続けたことなのだろうが、その後も『ナッシュヴィル・スカイライン』では美声でカントリーを歌ってみたり、ゴスペルに傾倒してみたり、グレイトフル・デッドと一緒にツアーをしてみたり、ここ数年はスタンダード・ナンバーを歌ってみたりと、ディランはその時どきの自分の演りたい音楽を演りたいように続けてきた、というその辺りの詳しい話は、この『文藝別冊ボブ・ディラン』の中のどこかで誰かが書いてくれるだろうからそちらを読んで欲しい。しかし今やどんなわがままでも通るはずの超大物のローリング・ストーンズでさえ、コンサートの最後には毎回律儀に「ジャンピング・ジャック・フラッシュ」と「サティスファクション」を演奏することを考えれば、ディランのように自分の演りたい曲を演りたいように演るということがどれほど難しいことか想像が付く、プロならば観客の期待に応えなければならない、という逃げ口上めいた言い訳はできるとしても、何年も毎晩同じ曲を同じアレンジで演奏していて飽きないミュージシャンなどいない、今現在の自らの興味関心や気分に忠実であることこそが、じつは芸術家として最も誠実な態度なのだ。

「芸術家は目的に到達したと思ってはいけない」
「いつもどこかに向かう過程にあると思うべきだ」
「そう思っている限り大丈夫だ」
「歌を聞き手に合わせる積もりはない」
「誰もが満足する歌などない」
「ドアの内側に身を隠し」
「それからは誰にも邪魔されずにいる」

これはマーティン・スコセッシ監督の映画『ノー・ディレクション・ホーム』(二〇〇五年公開)の中のボブ・ディラン自身の言葉だが、こういう言葉を聞くと、芸術の内部で文学とか音楽とか美術とかの区分けをすることがいかに無意味かがよく分かる、大事なことはその人が本物の芸術家か？　どうか？　だけなのだ。

一九七〇年代のボブ・ディラン、特に『ローリング・サンダー・レヴュー』の頃のディランは見ていて怖くなるぐらいにカッコ良い、オープニング曲の「今宵はきみと」の歌い出しを聞くたびに、避け難く起こる人生のあらゆる問題を一気に吹き飛ばすような爽快感を覚える、ミュージシャンの多くは三十代に最高の仕事をする、ボブ・ディランもその例外ではないといってしまいたくもなるが、その最高の仕事すらも乗り越えた遥かな高みに、現在の七十五歳のディランはいる。

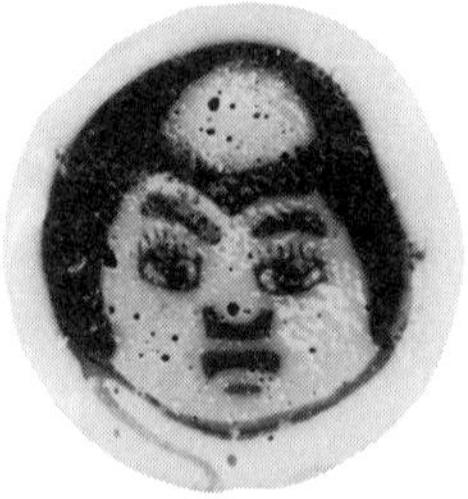

2017年

文庫解説

「音楽の状態」を志す小説家

——青山七恵『風』（河出文庫）／二〇一七年四月一〇日

「すべての芸術は絶えず音楽の状態に憧れる」——この言葉を知ったのは、ボルヘスのエッセイ集「続審問」の中でだったので、私はずっと長い間、ボルヘスの言葉なのだと思い込んでいたのだが、今回改めて調べてみると十九世紀のイギリスの批評家、ウォルター・ペイターの言葉だった、ペイターはその著書『ルネサンス　美術と詩の研究』の中で、こう述べている。

すべての芸術は絶えず音楽の状態に憧れる。というのも、他のすべての芸術では内容と形式とを区別することが可能であり、悟性はつねにこれを区別しうるのであるが、それをなくしてしまうことが芸術の絶えざる努力目標となっているのだから。たとえば詩においては、単にその内容とか主題、すなわちある特定の事件とか状況——また絵画においては、単にその題材、すなわちある出来事の実際の状況とかある風景の実際の地形とか――は、それらを扱う際に形式と精神とを欠いては無に等しくなるだろうということ、そしてこの形式、この扱い方は、それ自体が目的となって、内容全体に浸透するであろうということ――これこそすべての芸術が絶えず到達しようと努力している状態であり、程度の差はあるがそれぞれに成果を収めているのである。

（ウォルター・ペイター著 富士川義之訳『ルネサンス 美術と詩の研究』ジョルジョーネ派）

この後でペイターは詩を例にとって、内容・主題と形式が容易に分離できるヴィクトール・ユゴーの作品などは理想的なタイプの詩とはいえず、ウィリアム・ブレイクのいくつかの詩作品のような、内容と形式が渾然一体となって、「言葉の意味が悟性によって明瞭に辿ることができないような経路を通じて私たちに伝えられる」「その題材や主題がもはや知性のみに訴えないような作品」こそが理想的な作品であり、「この芸術上の理想、内容と形式とのこうした完璧な一致を最も完全に実現しているのは、音楽芸術である」と、論を進めている。

青山七恵という小説家は世間一般では、という場合の世間一般がどういう人々を指すのかはとりあえず置いておくとして、研ぎ澄まされた観察眼による、きめ細やかな情景描写や、意表を突いた角度から大胆に切り込む心理描写を得意とする書き手と思われているようなのだが、そういった認識、評価が的外れだとまではいわないにしても、青山七恵という人は何よりもまず、自らの作品を音楽の状態にまで高めようと奮闘努力している作家なのではないかと、私には思えてならない。

例えば、表題作「風」の、物語が始まって間もない、次の部分を読んでみて欲しい。


ふたりは雨より雷より、風がきらいだった。

姉妹が子ども時代に住んでいた高台の大きな家のまわりには、毎日強い風が吹いた。東側の一帯には巨大なタイヤ工場があったから、風はいつもうっすらゴムのにおいがした。夕方になると、においは特にきつくなった。でも今日みたいな、梅雨のなかやすみのすっきり晴れた日にスンと鼻を澄ませてみるときだけは、ほんの少しだけ、くちなしの甘い香りがかぎとれるのだった。風は来る日も来る日も吹き続けて、最後には高台の大きな家を、ふたりの幸せな子ども時代を、吹き散らかしてしまった。その土地を離れたあとも、ふたりに吹きつけてくる風は、どんな風であっても、それはふるさとに吹いていた風の続き、同じ風だった。風はどこまでも姉妹を追いかけてきた。父親がすいぞう癌で死んだ日も、強い北風が吹いていた。

（133ページ）


「風」という小説はある意味この、吹き続ける風、どこまでも執拗に追いかけてくる風のイメージの徹底した繰り返し、見事な変奏ともいえるのだが、緑地の平屋に引っ越してきた中年の姉妹、澄子と貴子を取り巻く環境の描写にしても、「ただでさえ背の低い平屋は木立のなかに沈没している」「朝でも昼でも暗い」「乾いた虫たちの死骸が遊歩道にあふれた」「空は重苦しいねずみ色で、重なりあう木々の枝がきゅうきゅうとしなり、湿っぽい、つめたい風が入ってくる」などと、暗い、ネガティヴな、短調めいた言葉ばかりが続く、姉妹の会話も、会話とさえもいえないような、「いいおばさんが、見苦しい」「でぶは黙っててよ」「この豚！　くそばばあ！　今すぐ死んじまえ！」といった悪口の言い合い、罵り合いの連続なのに、表現がどぎつくなればなるほど、読み手の側はカラッとした明るい気分にさせられる、残酷ささえも爽やかな、とても珍しい、不思議な作品に仕上がっているのは、もちろんこの姉妹が憎しみとも見紛う深い愛情と「父親の最後の命令」で深く結びつけられているからに他ならないのだが、それだけでは理由として足らない、本当にこの小説の中を、乾いた強い風が吹き抜け続けているからだとしか、私には思えない。

やはり圧巻はラストの、姉妹がドラムを打ち鳴らしながら、マーチングバンドを先導する場面だろう。

列を組んだ姉妹は激しく太鼓を打ち鳴らしながら、一糸乱れず整ったバンドの列からはずれ、沿道に乗りあげる。小太鼓隊を追い越し、シンバルも追い越し、指揮杖を掲げて歩くドラムメジャーさえも追い越し、彼女たちは今、パレードの先頭にいる。お待たせしてすみません、ほら、保険のパンフレットを持ってきましたから！　向こうから走ってきた保険外交員の青年をスティックで叩きのめし、倒れた彼を踏みつけ、ふたりは行進した。胸を張って誇らしげで、目はきらきらと輝いていた。

もっともっと広いところへ！　もっともっと高いところへ！　緑地を通り過ぎてしまっても、足は止まらなかった。

その年いちばん強い南風が吹いてきて、スティックが宙に舞った。

それでもリズムはやまなかったし、姉妹はおかまいなしに、笑いながら歩き続けた。

（175ページ）

この部分を読み進めているときの私たちもまた強い風を受けているように感じるのは、「強い南風が吹いてきて」と書かれているからではない、文章としての風、言葉の風が吹きまくっているからなのだが、そう説明してしまうと、それはつまりは文体の問題、文章のリズムや句読点の問題なのだと誤解されがちなのだが、そういう表面的なことではない。簡潔で鮮やかな言葉を選択する感性は間違いなく必要だろう、しかしそれ以上に大事なのは作品に向き合う姿勢というか、表現者としての目線の高さというか、それこそペイターのいう「その題材や主題がもはや知性のみに訴えないような」「音楽の状態」を、その書き手は真剣に志しているかどうか、という問題のような気がする。

もうすぐクリスマスだからクリスマスの曲を演奏する、そして聴いているひとはもうすぐクリスマスだなあ、と思いながら帰っていく。単純だ。たぶん誰もまじめに聴いていないし、演奏しているわたしたちも、「寒い」とか「早く帰りたい」とか内心では思っている。それでも「ジングルベル」は「ジングルベル」として、「きよしこの夜」は「きよしこの夜」として、この場にいるひとびとの耳から心に流れていく。

そういうことのぜんたい、きっと音楽を通してしか感じられない、この場だけにあるちょっと親密で嬉《うれ》しい感じ……としか言えない何かに、そのときのわたしはとても慰められていた。ふだんのモヤモヤが消え去って、「だからか」と降参していた。

しかしいったい、何に「だからか」だったのか。

高校卒業後、わたしはファストフード店でアルバイトし、男の子とデートもし、クラリネットも習ってみた。でもあのクリスマスコンサートのときと同じようには、何にも降参しなかった。誰かに説明したくても、言葉の網を向けたとたん背を向けて逃れていってしまうあの「だからか」、あれはいったいなんだったんだろう。

（青山七恵「クリスマスの路上で」日本経済新聞　平成28年12月25日朝刊掲載）

これは青山七恵本人が最近新聞に書いたエッセイからの引用だが、音楽が持つ力に「降参」した経験を持つ者だけが、「音楽の状態」に憧れ、それを志向することができる、そしてその資格、才能と根性を併せ持っている書き手は、今の日本にはそれほど多くはいない。小説家青山七恵が関係性の綾に絡み取られることなく、孤独を恐れず、犀の角のように一人歩み続けてくれることを、同じ小説家として、また友人の一人として、私は願っている。

エッセイ

中心は、いつも、ない……

――横尾忠則現代美術館「ヨコオ・ワールド・ツアー」図録 収録／二〇一七年四月一五日

残念ながら横尾さんと海外を旅した経験はないが、箱根までならば一緒に行ったことがある。「往きの列車の中では仕事をしたいから、座席はそれぞれ離れて座ることにしましょう」横尾さんのその一言で、並びの席を予約しておいた編集者は出発間際に慌てて指定席を取り直さねばならなくなった、私の席の三列か、四列後ろの席に横尾さんは腰を下ろしたようだった。八月の初めの、良く晴れた朝だった、車窓から見える街路樹やアスファルトの坂道、子供用の自転車には、青白く光る粉のようなものがうっすらと振り掛けられていた、通過する駅のホームは閑散としていた、夏休み期間中とはいえ平日だからなのか、特急の車内も空いていた、同じ車両には私たちの他に家族連れが二組ほど乗っているだけだった。軽い眠気に襲われて、ふと気がつくと、横尾さんは通路を挟んだ私の斜め前の席に移動していた、落ち着きなく周囲を見回して、仕事などしているようには見えなかった。「磯﨑さん、それで何を書いているの？」確かに私の目の前のテーブルの上には、ノートパソコンが広げられていた、私にしたってそれで原稿を書いていたわけではなかった、仕事をしている振りをしながら、都心部を離れるにつれ似たような墨色の屋根の建売住宅ばかりが続く単調な風景を、ただぼんやりと眺めていただけだった。

箱根湯本駅近くで昼食を取った後、保坂和志さんが合流した、箱根彫刻の森美術館で開催されている横尾さんの展覧会を観ながら、私たち三人が文芸誌に連載している鼎談を収録することになっていた。「車はやめて、ここから登山鉄道に乗って行きませんか？」誰かが言い出したその提案に、私は飛びつくように賛成した。「絶対に登山鉄道で行った方が楽しいですよ、スイッチバックなんです、スイッチバック、横尾さん、ご存知ですか？」「何？」「スイッチバックです、急勾配を登るために、途中で進行方向を逆向きに切り替えて進むんです」「磯﨑さんの説明、ぜんぜん分からない」「横尾さん、登山鉄道、乗ったことないんですか？」「分からない、憶えてない」車両の連結部分に近い座席に、私たち三人は並んで座った。電車が動き始めるやいなや、目の前にはいきなり夏山の斜面が広がっていた、黒々とした真夏の山を見るたびに私はいつも圧倒されてしまう、この山一つにいったい何万トンの土砂が積み上げられ、何万本の草木が生え、何億枚の葉が茂っているのか？　山に比べたら人間の作る建造物の何とちっぽけなことか！　人類の築いた歴史など、この名もない山の自然の営みにさえも遠く及ばないではないか！

何気なく、車両間を仕切るドアの脇に付いている製造プレートを見上げると、「汽車会社　昭和二十五年」と刻印されている、昭和25年！　１９５０年！　60年以上も前に製造された車両が、現実の世界で、今も乗客を乗せて走っている、何かおかしくないだろうか？「横尾さん、この電車、昭和25年製造ですよ！　終戦から五年後に作られた電車ですよ！　それが今も現役なんです」興奮した私が隣に座る横尾さんに大声で伝えると、横尾さんはあからさまに不機嫌な顔で、小声で呟くように、「うるさくて、かなわない……」といった。空調の付いていないこの車両は窓を大きく開け放っているので、モーターの駆動音やカーブを曲がる時の車輪とレールの軋む音がもの凄くうるさかった、真夏の午後の暑さとひっきりなしに聞こえるセミの声が、その騒音を増幅していた。「登山鉄道っていうのは、こんなにうるさいもんなの？　本当にこんな乗り物が、観光客に人気あるの？」電車はほどなく彫刻の森駅に到着したのだが、横尾さんは見るからに疲れ果てていた、車はやめて登山電車に乗ろうなどと提案した私と編集者は反省した、横尾さんと一緒にいるとすぐに忘れてしまうのだが、横尾さんは今年で80歳になるのだ、昭和11年生まれで、私の父と同い年なのだ。

駅から美術館への、線路沿いの緩やかな坂道を登り始めたところで、横尾さんはとつぜん立ち止まった。「おい、ちょっと待って」道が上り坂になる前の、踏切のあった場所まで戻って、腰を落とした低い姿勢のまま右手を前に出して、遠くを見つめている。「これは……Y字路じゃあないか」私たちも横尾さんのいる位置まで戻ってみると、確かに左手には暗い森の中に消えていく線路、右手には片側一車線の車道の上り坂のカーブの、大きなY字路がそこにはあった。「早く！　写真を撮って！」編集者は持っていたスマートフォンで写真を撮り始めた。「いや、そこじゃあ駄目だ！　もっと引いて撮らないと」横尾さんは自ら線路内に入り込んで、写真を撮る位置を指示した、その身のこなしは、ついさっき老人扱いした私に対する仕返しであるかのように素早く、軽やかだったのだが、すぐに警笛が聞こえた。「そこは立ち入り禁止です、危険です、早く出て！」と叫びながら駅員が駆け寄ってきた。「美術館の近くに、あんな最高のY字路があることに、どうして今まで気づかなかったんだろう？　どうして誰も教えてくれなかったんだろう？」美術館に着くまでの道、横尾さんは独り言のように繰り返していたので、責められているのは私たちのような気がしてならなかった。

美術館の控え室で一服してから、いよいよ展示を観ようとすると、横尾さんがいった。「僕はここで待っていますから、説明は学芸員の方から聞いて下さい」「でも、それじゃあわざわざ三人で箱根の美術館まで来た意味がないですよ？」「だって、自分の作品に対して、説明なんてしようがない、僕は行かない」仕方なく本当に、保坂さんと私は二人で展示を観始めた、広々とした芝生の庭に面した大きな窓のある一階の展示を観てから、洞窟めいて薄暗い、二階の展示室へと上がった。《受胎された霊感》（１９９１年）、《薔薇の蕾と薔薇の関係》（１９８８年）という二つの作品を観ながら私は、誰に聞くでもなく聞いてみた。「この頃の横尾さんって、画面を細かく分割した作品を多く描かれていますよね？」「キャンバスを切って貼る、こういう描き方は誰もやってないね」いつの間にか横尾さんは、私たちの真後ろにいた。「でも、横尾さんの作品の、この、観る人の目を喜ばせる感覚って、凄いですよね」これは保坂さんの言葉だ。「目が、ずっとあっちこっち動くでしょう？　こんなに目を動かされる絵はめったにないですよ」確かに保坂さんのいう通りだった、保坂さんに同意する積もりで私は、横尾さんの絵には中心が見つからないというような意味のことをいった。「中心は、いつも、ない……」登山電車がうるさくてかなわないといったのと同じ、横尾さんの、消え入るような小さな声が聞こえた。

今回の「ヨコオ・ワールド・ツアー」展に出品される作品の中にも《気まぐれ》（２００８年）のような、「中心がない」ともいえる作品もあるが、しかし横尾さんの作品には「いつも中心がない」というのは言い過ぎだろう、例えば《悠久の愛》（１９９１年）のような作品でも、やはり中心は抱き合うクリシュナの神々であり、更にいうならば、慈しむようなその眼差しがこの絵の中心となることは疑いようがない。それでも横尾さんの作品が、焦点を一点に留めることを許さず、常に見る側の意識を分散させ続けてしまうことは、保坂さんが指摘した通りだ。「磯﨑さんはいつも、変な所にばかり目が行くからね」これは以前、横尾さんの作品に描かれた人物の喉仏がコウモリが羽を広げた形をしているということを伝えたときの、横尾さんの反応だが、変な所にばかり目が行くのは恐らく私の側の問題ではない、横尾さんの作品だけが持つ不思議な力、もしくは横尾さん本人に起因する特別な何かが理由だとしか、私には思えない。

後日、私たち三人の会話を録音していた編集者が送ってきた文字起こしを読んでみると、「中心は、いつも、ない……」は横尾さんではなく、保坂さんの発言になっていた、だが私は確かにあのとき、横尾さんの消え入るような小さな声を聞いたのだ。

批評

朝日新聞　文芸時評

〈第一回〉小説が作者に指示を出す

――二〇一七年四月二八日　朝刊

作者であれば答えを知っているに違いない――これこそが小説の書き手以外の人々に共通する、最大の誤解だろう。小説とは作者の意図や主題の投影をすんなりと許してくれる、従順な媒体ではない、それどころか書き進む過程で小説自らが動き始め、傲慢《ごうまん》にも作者に対して指示を出すことさえある。

今村夏子「星の子」では主人公の幼い頃の病気が知人から勧められた万能の水によって完治したことをきっかけに、両親が新興宗教にのめり込んでいく。そうした小説にありがちな、主人公は孤立するのだろう、家族も崩壊してしまうのだろうといった嫌な予感はことごとく外される。この作者の持ち味に違いない、もたつくことなく進む文章のテンポの良さや、憧れの教師から不審者と疑われた人物は、実は自分の両親なのだと涙ながらに告白した主人公の悲しみを「知ってるよ」「だって有名じゃん」という友人の一言で打ち消してみせるキラーパス的なユーモアだけでは、この作品が成功している理由としては足りない。小説の中盤、いかにも災厄をもたらしそうな「ひろゆき」なる人物から主人公に電話がかかってくる、訳も分からぬまま主人公はその呼び出しに応じてしまうのだが、結局大した災厄をもたらすこともなく「ひろゆき」は姿を消す。ほとんど不要とも思えるこのエピソードをなぜ作者は挿入したのか？　同じ実作者としての勘でしかないのだが、その勘を頼りにしてしか小説を書くことはできないという確信を持っていわせて貰《もら》えば、それは作者が小説からの指示に従ったからなのだ。そこで小説は立ち上がり、作者は主人公の人生を生き始める。

沼田真佑《しんすけ》「影裏《えいり》」にも小説からの指示に作者が従ったと思われる箇所はある。主人公が「日浅」という友人と共に東北の山中で釣りを楽しむ姿が一文一文見事な跳躍感のある文体で描かれていく内に、主人公にはかつて性同一性障害を持った恋人がいたこと、友人は東日本大震災で行方不明となったことが明かされるのだが、この作品はその何《いず》れにも回収されない。ある日主人公は友人から夜の釣りに誘われる、興奮しながら釣場《つりば》に向かったにも拘《かか》わらず「おたがい変に緊張し」、友人は「攻撃的でぴりぴりして」「わたしに対し明確にそれだとわかる当てつけ」をいう。理由は示されぬまま仲違《なかたが》いした二人がその後会うことはなく小説は終わるのだが、やはりここにも因果律を超えた小説からの指示が感じられる。どうして小説はそんな指示を出すのか？　その答えは読者同様、作者も知り得ない。しかし小説の発する声を聞き取り、それに従う作者だけが、読者を魅了する作品を書き上げることができるのだ。

――二〇一七年五月二六日　朝刊

〈第二回〉現実を揺さぶる語りの力

これは異例の受賞といっても良いのだろう。現在も文芸誌上で連作継続中であるにも拘《かか》わらず初回の一篇が、優れた短篇に贈られる川端賞を受賞することとなった円城塔「文字渦」は、小説の書き手であれば誰しもが感服せざるを得ない、見事な作品に仕上がっている。

「帝国の栄華を永遠に残すため」秦の始皇帝は自らの陵墓の周囲に一万体を超える兵馬俑《へいばよう》を収めさせた、卓越した技能を見込まれた一人の陶工はあるとき皇帝から召喚され、その姿を「真人の像」として写し取ることを命じられる、ところが現れるたびに印象の変わる皇帝の姿は捉え難く、悩んだ陶工は一体一体の陶俑を表す独自の文字を竹簡に記し始める……というストーリー自体はこの作品中にも示されている通り「典型的な使命達成寓話《ぐうわ》」に過ぎないのかもしれない。しかし小説とはストーリーではない。大事なのは語り口でありこの作品の貴重さの理由も、違和感がいつの間にか納得感にすり替わってしまう、その不思議な語り口にある。「奇妙な仕事というものは、少ないからこそ妙なのだ」「正直なところ、邪魔である」といった発話主体が誰なのかもはっきりとしない、自意識のかけらもない飄々《ひょうひょう》とした語りに導かれながら小説は着実に進み、ついには現代の我々も拠って立つ所の文字言語というシステムを根底からぐらつかせてみせる。虚構によって現実世界を変容させることに、この作品は成功している。

現代フランス文学を代表する作家でありながら、いかなる流派にも属さず、独自の作品世界を構築し続けているパスカル・キニャールの最新短篇「謎」は、書き上げられるやいなや作者本人から訳者である小川美登里氏へ電子メールで送られてきたのだという。母親に殺されかけた子供が獣の肉を喰らい、礼拝堂の聖水で喉《のど》を潤しながら生きることを学び、自らの生を謎として提示することによって一つの王国を手中に収めるという、ギリシア民話を下敷きにしたこの寓話的な作品のストーリーもまた、どこかしら既視感が漂う。だが接続詞が省かれた武骨なまでに簡素な文体で書き継がれていく、正《まさ》しくその語りの力によって、人間の内奥に堆積《たいせき》する「謎めいたメッセージ」という生の秘密にまでこの物語《コント》が行き着くとき、自明だったはずの我々自身の現実の生も揺らぎ始める。

人口に膾炙《かいしゃ》し、読み手の共感を得ようと媚《こ》びる小説ばかりが量産される時代にあっても、小説の力、語りの力によって現実を変容させようと日々奮闘している作家はいる。そうした使命感に貫かれた作家の作品だけが後の世代に受け継がれることは、小説の歴史が証明している。

——二〇一七年六月三〇日　朝刊

〈第三回〉人工知能の時代に小説は

将棋の名人や囲碁のトップ棋士が人工知能（ＡＩ）と対局し敗れたことが大々的に報じられるたびに覚える違和感は、人類最速の陸上選手よりも速く走る自動車が開発されたと喧伝《けんでん》されているかのような滑稽さだけが理由ではない。そこでは「そもそも我々は人間でしかない」という自明が棚上げされている。いや、むしろその「でしかない」制約や限界をこそ、我々は「人間」と呼んできたのではなかったのか？

文芸の分野でも人工知能による創作の可能性が指摘され始めているが、円城塔・武田将明・西川アサキによる鼎談《ていだん》「第四次産業革命下にフィクションは必要か」は、盲目的な文学信仰とは無縁の方向から、技術革新の進んだ現代におけるフィクションの存在意義を確認し直しているという意味で、本欄で取り上げるに値する興味深い内容となっている。

人工知能と哲学が専門の西川は、今や社会のあらゆる層で「この世界を動かしているのは数理的なものやロジックらしい」という認識が共有されつつあるとした上で、「現実に比べてフィクションは、とても不安定で脆弱《ぜいじゃく》」なのだと述べる。小説家の円城も「数理的なもの」の圧倒的な「強さ」には同意しながら、「人間とフィクションが根本的なところで繫《つな》がっているとも思っています」と返し、「数学と言えども、人間の認識能力に絡んでしまっている」のだから「人間にとって本当に強固なのかどうか」は分からないと注釈を付ける。

そこから議論は更に「旧来の作家主義を解体し」人工知能を含む「集団で小説を書く」という「分業」の可能性検証へと進むのだが、「エンターテインメント小説なら、入口と出口が決まっていて指標もしっかりしているので、『仕様』が共有しやすい。一方、純文学でどうすればいいのか?」「純文学として読まれているもののほうが、よくわからない（笑）」と、図らずもというべきか、必然的にというべきか、「エンターテインメント」と「純文学」をフィクションとして一括《ひとくく》りにする無謀さと同時に、我々人間が創造したものでありながら、未《いま》だそれが何なのかを知り得ぬ有機的システムとしての小説（この場合は「純文学」）を、この議論は浮かび上がらせてしまう。

一篇の小説が人間「でしかない」作者の意図を超えた広がりを見せることはままある。ならば小説それ自体が、テクノロジーとは全く別の場所で自己生成する、一種の人工知能でもあるのではないか？　いっそのことそう述べてしまった方が、日々原稿と向き合う一人の実作者としての実感には近いように思う。そしてその小説を味わう幸福を享受できるのも、今のところ、人間「でしかない」読者だけなのだ。

〈第四回〉時代にあらがう若き志

――二〇一七年七月二八日 朝刊

もしかすると石原慎太郎の「太陽の季節」辺りにその端緒があるだけなのかもしれないが、奇妙なことに日本では、若い純文学作家は同時代の風俗や世相、もしくは社会に沈殿する漠然とした不安を写し取り、描くものとされてきた。それ以外には自己の内面を露悪的に綴《つづ》る作家がやたらと目に付く、そんな時代が長く続いていたのだが、この十年か、十五年ほどの間に、そうした呪縛には囚《とら》われずに、数世代にも亘《わた》る長大な時間を描きながら新たな歴史を創り出したり、独自の言語感覚によって我々が慣れ親しんだ空間を分解し再構築する、スケールの大きな作品を書く何人かの若い作家が現れ、活躍し始めている。

青木淳悟はデビュー以来新聞広告や日記、日本の神話といった題材を用いながら、そんな身近な題材がどうしてこれほど斬新に生まれ変わるのかと驚嘆する他ないような、独創的な作品を発表し続けてきた。新作「僻説俗論《へきせつぞくろん》 明治十年が如《ごと》く」では、西南戦争勃発から西郷隆盛自決に至る経緯を、当時の滑稽雑誌に掲載された俗悪な駄洒落《だじゃれ》記事を差し挟みながら描いているのだが、「彼らの置かれた状況は例えばこんなところだろうか」「いやしかし、(中略) 文献すら読まないうちには、これ以上西郷には近づけない」などという、語り手というよりは小説を駆動する原理そのものが語っているかのような文体が、この小説の不可思議な推進力となっている。作者の唯一無二さが遺憾なく発揮されている。

畠山丑雄《うしお》の文藝賞受賞第一作「死者たち」は、登場人物個々の生と死を理念や叙情ではなく徹底した具体性をもって描くことで、その土地に流れた長い時間を浮かび上がらせている。太平洋戦争開戦の年に「米岡」という架空の町の地主一家に嫁いだ女性の視点から物語は始まり、「家の中で溺死《できし》した」兄嫁、日本人とユダヤ人は共通の先祖を持つとする「日猶《にちゆ》同祖論」などの魅惑的な挿話が、抑制の利いた短文を次々に繰り出すテンポの良い文体で書き進められていく。終戦後十年近く経ってから帰還した夫が、下女の消息を聞かされた直後に「それで葬式はちゃんとやりましたか?」と尋ね、「いや、お石さんのじゃありません。僕の葬式です」と切り返す、会話の積み重ね方も上手《うま》いし、「うなぎのようにつるりとしたからだ」「家に対して人間が足りない」といった表現も堂に入っている。息子の「十」の視点に移る後半、物語の密度が薄まったような印象を受けることが惜しいが、それでも間違いなくこの作品には、安易な同時代性には靡《なび》くまいとする強い意思と共に、文学の歴史への敬意がある。そういう志を持った若い作家の登場を歓迎したいと思う。

——二〇一七年八月二五日 朝刊

〈第五回〉音楽や美術のように読む

音楽の授業でモーツァルトの交響曲を聴いて、「作曲者の意図を述べなさい」という課題が出されることはないし、美術の授業でセザンヌの作品を見て、「画家の伝えたかったことを述べなさい」という課題が出されることもない。ところが国語の小説の場合は、「傍線部の作者の意図を三十字以内で述べなさい」という問題が当然のように出される。ここに大きな間違いがある。文字で表記されているという見た目は似ていても、小説は論説文や新聞記事とは違う、音楽や美術と同じ仲間の、没入し体験されるべき芸術なのだ。その作品の素晴らしさを知ろうと思ったら、小説本体を、時間をかけて読むしかない。

町田康「湖畔の愛」は湖畔のホテルに集った大学の演劇研究会のメンバーと、ホテルの従業員たちの繰り広げる騒動を、ここまで書くのか！　と感嘆しつつ哄笑《こうしょう》せざるを得ないような諧謔《かいぎゃく》、皮肉、逸脱の連続で描き切っている。「貴族の舞踏会にうっかり迷い込んでしまったバンドマン」「日陰の黴《かび》、シンクの黒ずみのような存在」といった次々に繰り出される絶妙の喩《たと》えに酔い痴《し》れていると、時折唐突に、「神と権力と芸人と民衆の関係について考察する人間になんて誰も魅力を感じない」「具眼の士が必ずいる。人を信じ、自分を信じて、プロをなめてガンバレ」といった警句めいた一文に出会い我に返るのだが、こうして説明してみたところでこの作品の小気味好《よ》さは全く伝えられている気がしない。他のどんな作家も真似《まね》することのできない、この作者の文章からしか醸し出されない独特のグルーヴ感を味わうには、実際にその小説を読む以外ない。

そう述べてしまうと、特異なリズムを持つ文体だとか、話芸を凝らした作品に限った話をしているのだと誤解され兼ねないのだが、例えば滝口悠生『茄子の輝き』の巻末に収められた短篇「文化」は、よく晴れた秋の日の神田神保町の街並み、居酒屋のテーブルに置かれたビール瓶、隣席の親子の会話、ひび割れたコンクリートの隙間から生え出た一本の雑草、高速道路に覆われた深緑色の川面などを律儀《りちぎ》とも思えるほど満遍なく平等に、極めて平易な文体で描いているだけなのに、この作品に行き渡った澄んだ空気や、語り口が「私」という一人称から徐々に遊離する不思議な感覚は、やはりこの作品を読んだ者にしか分からない。

本欄や書評欄を読んで興味が湧いた作品があれば、ぜひその作品を手に取って、一行一行じっくりと読んでみて欲しい。セザンヌについて書かれた論文を何十本読んでも、セザンヌの絵画を見たことにはならない。小説という芸術にも全く同じことがいえるのだ。

――二〇一七年九月二九日 朝刊

〈第六回〉次世代の読者のために

今年の谷崎潤一郎賞とドゥマゴ文学賞をダブル受賞することとなった松浦寿輝『名誉と恍惚《こうこつ》』は、日中戦争下の魔都上海を舞台に、策略に巻き込まれ、官憲から追われる身となった日本人警官の彷徨《ほうこう》を描いた長篇だ。「物語の背景をなす一九三〇年代後半の史実には忠実を期し」と著者自身が付記している通り、調べ上げられた細部がこの作品の骨格となっていることは間違いないが、「どこもかしこも細長い感じのする男」「くっきりと粒立った世界がそこにあった」といった、卓越した想像力と表現力による描写こそが、会話から鉤括弧《かぎ》（「 」）を取り払った疾走感溢《あふ》れる文体と相俟《あいま》って、現実以上に生き生きとした虚構を立ち上げている。主人公の秘密が次々に明かされていく展開も、小説の王道でありながら、ページを捲《めく》るたびに新鮮な驚きを覚える。谷崎の名を冠した賞に相応《ふさわ》しい傑作だと思う。

この作品には注目せねばならない点が他にもある。それは単行本の本体価格が五千円に設定されていることだ。

ここ数年、純文学が売れないという声をしばしば耳にするが、純文学が売れないのは今に始まった話ではない。純文学は昔から売れない。ところがそんな限られた市場を相手にしているにも拘《かか》わらず、出版社は何十万部も売れるエンタメと変わらぬ価格で純文学を売り、その赤字をエンタメや漫画から出た利益で埋めている。そういう依存体質から脱し、部数は伸びなくても適正な利益が確保できるような、健全なビジネスモデルに変えねばならない、さもなくば事業として立ち行かなくなる、そう分かっていながら変えていないのは、数年に一冊出るか出ないかという爆発的ヒットを夢見ているからだろう。しかしその考え方ではビジネスというよりギャンブルに近い。

確かに一冊五千円というのは「誰でも気軽に手に取って下さい」という価格ではない。だが「この金額を払ってくれる人には絶対に損はさせない」という自信は伝わってくる。「若者は本一冊に三千円とか、五千円なんて、とても出せない」という反論もあろうが、では大学生や若い社会人は一回の飲み会にいくら払っているのか？　毎月の携帯電話代、洋服代にいくら払っているのか？　結局それらを我慢してでも本を買おうという人々に向けて、純文学という商品を作っていくしかないのではないか？

一九二二年にパリで出版されたジェイムズ・ジョイスの『ユリシーズ』は千部限定、最も安い紙に刷ったものでも一冊一五〇フランだった。それは当時のアトリエの賃料半月分に相当したという。そして百年後の今も、私たちは書店で『ユリシーズ』を購入することができる。純文学とはそのようにして今までも残ってきて、そのようにして次世代に伝えられるべきものなのだ。

——二〇一七年一〇月二七日　朝刊

〈第七回〉書く必然、新人賞作品貫く

「今は、優れた作品よりひどい作品のほうが経済的報酬をずっと多く得る時代だ」これは短篇の名手として知られた米国の女性作家フラナリー・オコナーの半世紀以上昔の言葉だが、確かにいつの時代も純文学の作家というのは、優れた仕事を成し遂げても報いられることの少ない、しんどい職

業なのかもしれない。にも拘《かか》わらず、新たな書き手は毎年登場している。その理由とは何なのか？長年抱いてきた作家になりたいという個人的な夢の実現ではなく、新鮮味を演出する出版社の戦略ではもちろんなく、その作品がじっさいに書かれ、活字となり、どうしても世に出なければならない切実さ、唯一無二さを秘めているからであって欲しいと、同じ書き手の一人としては願う。

今月は文芸誌三誌で新人賞が発表され、受賞作・佳作合わせて五作が選ばれた。若竹千佐子「おらおらでひとりいぐも」は、伴侶を喪《うしな》い、子供たちとも疎遠になった独居老人の孤独、衰え、そして何より自由の喜びを、東北弁を交えた多声的な文体で描く。時間の蓄積を感じさせる家財道具の仔細《しさい》な描写や、主人公の豊富な運動量、「地球とおらも壮大な相似形を為《な》すのでがす」「子供のころを思い出して鼻先で笑えるほどには長《なが》らえたのだ」といった自意識を突き放す快活な語り口が、この作品が安易な感傷に陥ることを防いでいる。中盤、亡夫との出会いから突然の別れまでを回想する場面では、言葉選びの慎重さが薄れた印象も受けるが、それでもこの作品は、如何様《いかよう》にも解釈できるラストまで含めて、この形でしか書き得なかった必然性に貫かれている。

佐藤厚志「蛇沼」は、東北の田舎町に生まれ育った主人公の、少年時代に巻き込まれた監禁事件と、その直後に起きた幼友達の死を巡る復讐譚《ふくしゅうたん》だ。親子兄弟の絶望的な確執、町を支配し抑圧する地元企業の経営者、突発的で理由のない暴力……そんな目を背けたくなるような陰鬱《いんうつ》な描写が執拗《しつよう》に続くにも拘わらず、この作品に読み止められない魅力を感じてしまうのは、「芋虫は全身を躍動させて進んでいる」「歯と歯の間から毒蛇のような音を出した」「稲の目のくらむような輝きを見て興奮に包まれる」といった文章から絶えず発せられる、夥《おびただ》しい熱量が故なのだろう。この作品にもまた、どうしても書かれねばならなかった作者の情念が込められている。

二千近い応募作の中から受賞作に選ばれ、作家デビューすることは大変なことのように見えるが、本当に大変なのはこれから書き続けていくことなのだ。だが、その苦労こそが芸術家の幸福でもある。自分と、自分の作品を心待ちにしてくれる読者を信じて、長く書き続けて欲しい。

――二〇一七年一一月二四日 朝刊

〈第八回〉小説への揺るぎない信奉

今から十年後、早ければ五年後にも日本の純文学を牽引《けんいん》しているであろう、二人の若い才能の紹介に、今回は徹することにしたい。

二〇一四年に文藝賞を受賞しデビューした金子薫は、どこか手工芸品めいた感触のある、独特の物語世界を作り上げてきた。三作目となる『双子は驢馬《ろば》に跨《また》がって』は、「君子危うきに近寄らず」と「君子」という奇妙な名前を付けられた父子が、理由も分からぬままに幽閉されている場面から始まるのだが、そんな奇妙さなど気に掛けていられぬほど、物語は一気に離陸する。父子はいつか驢馬に乗った双子が自分たちを救出しに来てくれると信じている、するとその確信によって、双子は小説中に産み落とされる。双子の誕生する日、街を往《ゆ》く人々はなぜだか皆その事を知っていて、歓喜に満ちた表情をしている。双子の父親となる男に一人の浮浪者が近寄ってきて、こう告げる。「二人は今日という日に生まれ、すくすく育っていったかと思えば、あっという間に旅に出てしまうことでしょう」、聖書をさえも連想させるこの予言の場面の何と素晴らしいことか！　現実に対する想像力の圧倒的勝利を目の当たりにしているかのような興奮を覚える。だが事実、幽閉された父子が「理念もなし、確固たる意志もなし、すべてくだらぬ落書きでしかない」と罵倒されながら、ただ自らの想像力だけを頼りに部屋の壁一面に描き続けた地図に導かれて、ついに双子は目的地に到達するのだから、この作品は小説に内在する力を信じた作者の勝利の記録であるとも言える。

乗代雄介は二〇一五年の群像新人文学賞を受賞してデビュー、今月刊行された『本物の読書家』が二冊目の単行本となる。表題作の主人公は、川端康成からの手紙を持っているという噂のある大叔父を、茨城の老人ホームまで送り届けることになる。列車の中でたまたま乗り合わせた、相当な曲者らしい読書家と文学談義をするうちに、大叔父の古い日記が開示され、川端の代表作『片腕』は実は大叔父による代作であったことが分かる、というスリリングな展開を見せるのだが、この作品を成り立たせているのはそこではない。「枯れた縁だけを巻き上げている燃え残りのような青葉」「肌の色と泥の色とが、どこをとっても細さの変わらぬ腕や肩のあたりに境界をつくって現れた」といった才能ある書き手にしか書けぬ描写と、「事実は小説より奇なり」という慣用句を前にして「それでもなお事実より小説を知りたい」と宣言する、自惚《うぬぼ》れや衒学《げんがく》とは異なる、徹底したストイシズムこそがこの作品を支えている。この作者にもまた、小説と、小説の歴史に対する揺るぎない信奉がある。

——二〇一七年一二月二九日 朝刊

〈第九回〉強みは小説、差別化戦略を

「わが国の文芸誌は、世界的に見て特殊なものだが、新年号はさらに不思議な華やかさである」、一九九二年十二月の本紙「文芸時評」で、大江健三郎はそう書いている。ベテランから若手まで、各誌一斉に十作以上もの短篇が並んだ四半世紀前の新年号とは比べるべくもないが、今月発売され

た「文學界」にも「珠玉の小説館」と題された短篇特集があり、「すばる」では「対話」をテーマとした短篇競作が組まれている。

多和田葉子「文通」は、子供のいる女性との結婚を考えている小説家の主人公が、高校の同窓会で旧友と再会する話の筈《はず》が、いつの間にか、かつて文通をしていた従兄弟《いとこ》の女性の話にすり替わっている。「遠いという漢字は、猿がバイクに乗っているよう」「天気のことくらいしか書く事がないのだが、天気には書かれるだけの価値がある」といった、有無を言わせぬ魔術的な表現や、カフカに捧げられたのであろう絶妙な喩《たと》えが、次々に繰り出される。

上田岳弘「愛してるって言ったじゃん？」は、主人公が好意を寄せる既婚者の女性と対話し、ジャンヌ・ダルクが受けた神の啓示について考えを巡らせる中で、自分たちの関係も相対化させるに至る。「お前は見たい像を見ようとしているだけだ」「何千年も間違い続けてきた、そのことにこそ問題があるんだ」、こうした力強い言葉には、人類の長い歴史をも我々が生きる日常と同一平面上に置き直すほどの、熱量と憤りが込められている。

何《いず》れも短い枚数でありながら、その作家ならではの独自の作品世界を十分に堪能することができる。一方で今月、その面白さの余り思わず読み進んでしまったのは、アマゾン最深部に潜む文明社会から隔絶された先住民に迫った、現役のNHKディレクターによるノンフィクション、「ノモレ」だった。長引く出版不況の中、紙媒体としての生き残りを賭けた果敢な試みとして、ノンフィクションを新年号巻頭に掲載した「新潮」の決断は評価されて然《しか》るべきだろう。昨今は文芸誌でも、総合誌や論壇誌のような、政治や社会問題に類する特集が組まれることも多い。

だがそれでも敢《あ》えて言おう、文芸誌は小説をメインに載せ続けるべきだ。それはノスタルジーに加担したい為でもないし、作家である自らの保身の為でもない。どんな市場においても競争戦略、差別化戦略の要諦《ようてい》は「強みを、より強く」なのであり、文芸誌の「強み」とは、ベテラン作家や気鋭の新作を、逸早《いちはや》く読者に提供できることに他ならないからなのだ。そして文芸誌が生き残る為に、作家もまた、質の高い作品を書き続けることでその責任を果たさねばならないのは、言うまでもない。

母の車

エッセイ

――「文藝春秋」（「オヤジとおふくろ」）二〇一七年五月号

私の母は昭和十四年生まれの現在七十八歳だが、父と私と私の妹の三人がかりで幾度となく説得して、ようやく昨年、運転免許の返納に応じてくれた。母が免許を取得したのはもともと私たち家族のためだった、自宅から最寄りの駅までは路線バスが通っていたのだが、朝の通勤時間帯になるとバスは待てども待てどもやって来なかった、両親の間でどういう話合いが持たれたのかは分からない、我が家でも車を購入して、父ではなく母が運転免許を取ることになった、私が都内の中学へ電車通学を始めた頃だったと思う。

だから母の車は私たち家族を送り迎えするための車だった、父、私、そして妹が中学に上がってからは妹の三人をそれぞれ乗せて、母は自宅と駅の間を毎朝夕合計六往復した、駅までは片道たかだか五分の道程《みちのり》だったが、思春期の男の子と母親が二人きりの時間を確保できる方法など、これ以外に考えられるだろうか？　母の話に気のない相槌を打ちながら、助手席の私は窓の外の川べりの風景を眺めていた。高校生になり帰宅時間が遅くなっても、母は私を駅まで迎えに来てくれた、自宅の駐車場に車を入れた後もしばらくの間、母は車から出て来なかった、気になった私が様子を伺いに戻ってみると、母は運転席に座ったままじっと前方を見据えていた、考えてみれば当時の母は、今の私よりも十歳以上も若かったのだ。

「怖いから遠出はしない、高速道路になんて、ぜったいに乗らない」常々そういい続けていた母だったが、運転に慣れてくると千葉や新潟への家族旅行も車で行くようになった、大学のボート部に入部した日も私は母の車で送って貰った、退屈な講義やキャンパスの浮ついた雰囲気に嫌気が差した私は、ほとんど出家するような気持ちでボート部への入部を決めてしまった。運動部の経験などない息子のことだ、しごき殺されてしまうのではないか？　両親は止めたが、私は頑なだった。日曜日の早朝、布団を車に積み込んで、ボート部の合宿所へと向かった。「どうしても辛かったら、帰って来るんだよ」ハンドルを握りながら母は泣いていた、まるで出征する我が子を見送るかのようだった。ところがその日の晩に私はいきなり帰宅してしまった、合宿所生活が一年中続くと思い込んでいたのだが、毎週日曜日の晩には合宿は解散となり、部員はみな自宅に戻ることを知らなかったのだ。

論考

いかなる書き手も、一文一文が連なる小説の単線的《リニア》な構造から逃れることはできない

――総特集 蓮實重彦／「ユリイカ」二〇一七年一〇月臨時増刊号

いかなる書き手も、一文一文が連なる小説の単線的《リニア》な構造から逃れることはできない――小説を書くことを職業としてから今年で十年になるが、当初は密やかな喜びすら伴っていたその発見が、今では確信を通り越した諦念か、もしくは力なく平伏する他ない敗北感すら覚えさせる、いま書きつつある小説をも支配する牢固たる原理となって、私の目の前に聳え立っている。

もちろん小説を執筆するにあたって遵守せねばならないルールというものは存在しないのだから、どんな書き方をしようとそれは書き手の勝手だ。事前のプロットなどは組み立てない、それどころかモチーフとなる資料集めもしなければ、舞台となる場所まで出向いて取材したことだって自慢ではないが一度もない、冒頭の一文を書いたらただその一、二行を寄ってすがる杖のようにして、次に続くべき一文をどうにかこうにか探し当てる、後はひたすら同じ作業ばかりを繰り返すという、ほとんど場当たり的な執筆法

を私が実践しているからといって、何年もの長い時間をかけて構想を練った上でようやく第一稿に取り掛かる作家がいたとしても、主人公のモデルと定めた実在の人物に幾度となくインタビューを重ねてから書き始める作家がいたとしても、それらは何ら小説の禁ずるところではない、わざわざこの場を借りていうまでもないことだが、大多数の作家は予めプロットを組み立てるものなのだ。じっさいヴァージニア・ウルフは新たな作品に取り掛かる際には、物語の展開のみならず章毎の登場人物の行動や発言まで含めた綿密な設計図を作っていたという話を、以前誰かから聞いた記憶がある。ボルヘスはどうだろうか？　生涯短篇しか書かなかったあの作家ならば、周到な準備をしてからでないと、最初の一行は書き出さなかったような気がする、というよりは寧ろ、事前に完璧な構想を練り上げるためには、作品はその管理の行き届く範囲の枚数である必要があったのかもしれない。短篇で伝え切れる内容しかないものをわざわざ冗長な長篇にする理由が自分には見つからない、というような発言も、ボルヘスはどこかでしていたように思う。

だが真剣に、自らの経験に照らして正直に考えてみて欲しい。原稿に向かい、そこまで書き連ねてきた文章を何十回も読み返しながら新たな一語を捻り出そうとするとき、不意に理由もなく思い付いてしまった、捨て難く魅惑的なエピソードを今ここに挿入してみたらどうだろう？　そんな誘惑に、それよりはもっと強引な、予定の進路を変更して別の道を進むべきだという目の前の小説からの高圧的ともいえる指示に、断固として抗うことのできる作家など、現実の世界にいったいどれほどの数いるものだろうか？小説の単線的構造に閉じ込められている、創作の渦中にある作家には、逃げ場などどこにもありはしないというのに！

『伝奇集』に収められている「南部」は、自作に対しては極めて評価の厳しかったボルヘスにして「たぶん最良の作品」（「工匠集」プロローグ）とまで自賛している、紛れもない傑作だが、自らが被った災厄、些細な怪我とその怪我が基となって発症した敗血症で危うく命まで失いかけたボルヘス自身の体験をモチーフにした冒頭に始まり、予後を南部の農場で過ごすために乗り込んだ列車から見知らぬ駅で一人降ろされ、平原での決闘に向かうラストまで、一言一句無駄なく計算し尽くされた上で書かれたのであろうその「南部」にさえも、小説が要請したと思われる迂回はある。

初秋の夜、主人公フアン・ダールマンはコンスティトゥシオン駅に到着する、列車の出発時間までにはまだ少し時間があることに気づいたダールマンは不意に、「ブラジル街のカフェ――イリゴジェンの屋敷から数メートルのところ――に、まるで尊大な神のように人びとの愛撫を受ける大きな猫がいることを」（鼓直訳、岩波文庫）思い出す、彼はカフェに入り、コーヒーを注文してから、「猫の黒い毛並みを撫で」る、という文庫の文字組みで八行足らずのこの段落に限っては、病に臥せていたときならばこれこそが夢見た死に方だっただろうと思いながら、「ダールマンは扱い方もろくに知らないナイフをしっかりにぎって、平原へ出ていった。」という最後の一文に至るまで休みなく一直線に疾走するこの小説の中の唯一の寄り道、停滞のように見える。もちろん完成した作品として読んでみれば、この「瞬間の永遠性のなかに生きている」黒猫は、最後の場面でナイフを投げてよこしダールマンを決闘へと追い込む、「時間の外で、永遠のなかで生きているかのよう」な老いたガウチョの分身、伏線とも考えられる、寧ろそう読むのが文芸批評的な正解なのだろう。だが同じ書き手として、というのも余りに不遜ではあるが、小説の原理、芸術の圧倒的な力の前では誰しもが等しく無力であると信じていわせて貰うならば、ここまで書き進んだときにボルヘスは主人公をすんなりと列車に乗せてしまうのを嫌った、もっと正確にいえば、小説がここで小休止を取るよう作者に指示した、はっきりとした理由も分からぬまま作者はその指示に従った、あたかも主人公ダールマンの小説中の受動性をなぞるようにして――私にはそう思えてならない。そして主人公の立ち寄ったカフェの、「永遠性」の中に生きる「大きな猫」が描かれたことによって、文章が生起した順番通りに、最後に登場する「ガウチョ」も「永遠」を纏うこととなった。

だから、文学作品を対象とした私の批評的な散文は、そんな言葉に距離なしに触れてしまった実践の記録のようなものたらざるをえず、だから読者のほうに向いていないのではないかという気がします。私は作家ではありませんが、その言葉を書き付けた生身の存在に自分をかさねるように書いている。そうなると、作品と読者の中間に位置すべき批評家の媒介性が失われてしまうから、ときに難解だと言われてしまうのですが、これは仕方のないことで、とにかく「書かれているものを、書かれた現場で読まずに、どうしておまえさんたちは文学的な議論を始めてしまえるのか?」と、青年時代からずっと不思議に思っていました。ほとんどの人は、文学を論じるとき、言葉が生まれ落ちる書かれた現場には目を向けず、書かれていないことばかりをすぐに語り始める。小林秀雄ですらそうだと思います。

(「愚かさに対するほとんど肉体的な厭悪」、「新潮」二〇一五年七月号)

引用したのは私と対談した際の蓮實重彦自身の言葉だが、多くの批評家が、というよりは蓮實重彦以外のほぼ全ての批評家がといってしまった方が現状をより正確に表していると思うのだが、先行する文学作品からの影響を得々と論じてみたり、同時代の政治情勢や世相風俗の中にテーマを炙り出してみたり、作家の出自や前職によってラベリングやグルーピングしてみたりといった、小説の外の尺度をもってしか作品を批評できない、絶望的に無能で愚かな連中ばかりである中にあって、その作品を真摯に論じたいと思うのであれば、「その言葉を書き付けた生身の存在に自分をかさねるように」「書かれているものを、書かれた現場で読」むしかない、一行一行生み出される小説本体＝テクストに徹底して寄り添いながら読み進むしかないと主張する、蓮實重彥の存在とその態度は余りにも貴重だ。逃げ場のない単線的構造の中で、一人孤独に小説と対峙する書き手と同じ闘いを、この批評家は闘っている。『「ボヴァリー夫人」論』の中で提示された、「小説的なフィクションにおいては、言語によって作りだされる見せかけの生、あるいは現実の幻想は、それ自体が一つの現実にほかならない」（「「かのように」のフィクション概念に関する批判的な考察」、『「ボヴァリー夫人」拾遺』）とする、「テクスト的な現実」という考え方にも、小説外のいかなる価値判断基準にも加担せず、飽くまでも小説本体に向き合い、そこに書かれていることをそのまま現実的な体験として受容するという意味で、同じ態度が貫かれていることは間違いないが、今回、蓮實重彥のいくつかの批評を読み返してみて改めて驚かされたことは、その極端なまでの、批評対象となる作品からの「　」付きの引用の多さだった。凡庸な批評の多くは作品の周辺情報を並べているに過ぎないのに対して、蓮實重彥の批評は「　」付きの引用によってこそ成り立っている、そうしたテクストそれ自体への拘り、徹底振りには、書き手と読み手という違いこそあれ、結局のところ我々には、小説本体――書き手にとってみれば書かれつつあるテクストであり、読み手にとってみれば読まれつつあるテクスト――以外に頼れるものなどないという、小説という表現形式が構造的に背負わされた宿命すら感じさせる。

しかしこうして考えていった先に浮かび上がってくるのは、では小説の、真の作者とはいったい誰なのか?という疑問だろう。書かれつつある文の連なりだけを頼りに、その連なりとの関係性によってしか新たな一文が生み出されないのだとすれば、書き手はもはやその作品の作者ではない、真の作者とはその小説本体に他ならないのではないか? つまり、小説は自らの身体から自らを生み出す、小説は自己生成する――そんな狂人じみた考えに、私はこの数年囚われている。

対談

中島岳志×磯﨑憲一郎
「与格」がもたらした小説

――『鳥獣戯画』刊行記念対談／「群像」二〇一七年一二月号

『鳥獣戯画』を成り立たせているもの

磯﨑　今日は、僕の新刊の刊行記念対談ということですが、いかにもプロモーションという予定調和はやめて、小説だけにとらわれず、話題が流れるままに自由にお話しさせていただきたいと思っています。

まず中島さんの著書から入りますが、近著の『親鸞と日本主義』もそうだし、『中村屋のボース』も何ヵ所かはそうだったと記憶しているんですけれども、中島さんは歴史の批評というか評論を、「私は」という一人称で書き始める。「私は親鸞の思想を人生の指針に据えている」とか。『親鸞と日本主義』の序章だけ読んでも、「私はこの店で思想を学んだ」「私にとって親鸞の思想が魅力的だったのは」と。そういう書き方をする批評、評論は珍しいですよね。それをあえてやっているのはなぜですか。

中島　そうですね。アカデミックな世界ではやってはいけないことなんですよね。一番最初に書いたのは『ヒンドゥー・ナショナリズム』という本で、インドの右派の過激派の人たちと共同生活をして、そこから現代インドの問題を書くみたいなことをやりました。

僕は文化人類学と政治学の間みたいなことをやっていたんですけれども、文化人類学というのは、○○村に行って、そこのエスノグラフィー（民族誌）というのを書くわけです。この村の家族体系がこうで、祭りはこうで、それはこういう意味があってとか書く。あるとき、それはフィクションと何が違うのかと言われたんですね。それはその書き手が眼差した文化であって、そこに文化の客観性みたいなものは存在しない。ならば、民族誌の書き手は科学を装ったフィクションの担い手である、としたときに、「これがこの村の文化だ」と言うこと自体が、ある種の恣意性かつ権力性みたいなものを内包している。あなたの文化はこうですよというふうに規定してしまう強制性、権力性みたいなものがあると批判されたんですね。

文化を書くことは果たして可能なのかという問いに対して、文化人類学者はエスノグラフィーを書くということを放棄しようとしていたんです。他者を描くことは可能なのかという問いの中でグルグル回り始めていて、文化人類学・学、つまり、文化人類学はそもそも可能かという議論をやっていた。そのときに僕が考えたのは、客観的で合理的な過不足のない文化を描くのは不可能である。書けるとしたら、そのように自分は見たという「私」を入れることが、ぎりぎりできること。つまり、あらゆる文化を描くということが恣意的であるなら、恣意的である「私」とは何者なのかというのを少なくともそこに入れなければ書けない。あるいは、それを入れることによって書ける何かがあるんじゃないか。しかし、学問というのは客観的で正しいこと、科学を書くということなので、「私」という主語は入れてはいけない。「私」であろうが誰であろうが、同じ結論になるのが学問である、と言われたときに、僕はそれは違うだろうと反発したんですね。何かを表現するということは常に「私」という問題を含んでいる。なので、「私」という主語を入れたんです。

そこには磯﨑さんのこの小説『鳥獣戯画』とすごく近い問題があると思っているんです。というのは、磯﨑さんの小説は、一見すると、極めて「私」性があるように読めるけれども、決定的に私小説とは異なると思うんです。私小説とは違うものとして「私」が描かれている。私小説というのは、どうしても自己の暴露的なものを題材として小説を構成するので、「私」の露出なんですね。それとは違うものとして磯﨑さんの小説における「私」は存在しているという感覚と、僕は非常に通底しているかなと思ったりしているんですけど。

磯﨑　僕も中島さんの評論を読んで感じるのは、今おっしゃった客観的に書くことは本当に可能なのかという問題です。「私にとって」と一人称で書くことによって、世の中での位置づけとか、グルーピングとかマッピングとか、そういうことではなくて、何かを受けとめる覚悟というか、「私」と「世界」との距離感、そこを書く覚悟があるように思えてならなかったんです。

今、僕の小説について中島さんが言ってくださったことへの答えとして、ここで申し上げるべきことがあります。今回『鳥獣戯画』という小説を書き始めるに当たっては、幾つかのきっかけがありました。小さなきっかけとしては、前作の『電車道』という小説が近代日本の百年というかなりフレームのしっかりした作品だったので、次は思いっきりフレームを取っ払った小説を書きたかったということがあります。

あと、以前書いた連作の『往古来今』という小説の中の「見張りの男」という短篇は、どんどん話が移行していきながら語りの力だけで強引に進んでいく。ああいう感じで長篇を書けないかという思いもありました。

でも、『鳥獣戯画』という小説を書く一番大きなきっかけというか、背中を強く押されたのは、大江健三郎さんと古井由吉さんの『文学の淵を渡る』という対談集を読んだことなんです。この中で大江さんが「僕は小説を『私は』と書き始めるたび、どうもそう書くことに小説の原型があるという気持を持つことがあります」と言っていて、それに対して古井さんは「小説の『私』という人称には、そのようなストイシズムへの志向がありますね」と言う。大江さんが「そして、『私』と書くときのあの異様なリアリティは、ほかにかえがたいところがありますね」、古井さんがそれに答えて「個別を超えようという運動の感触がありますね」、大江さんが「僕もそういう気持を持っています」と、そういうやりとりをしているんです。

僕は、いわゆる一人称の小説というのはあまり書いたことがなかったんです。ただ、新しい小説を書くからには、何か違うことをやらなきゃいけない、自分の中での挑戦をしなきゃいけないという思いがありました。古井さんはさらにそのやりとりに続けて、「私」と書くときの「私」というのは多くの部分が死者、死んでいる人間で、個別の「私」にわからないはずの感覚とか感性とか認識を書いているという意味のことをおっしゃっているんです。表現として、「私」が完全に個別だったら見えないはずのことまで書いている。だから、「私」という人称の中におのずから含まれる死者というものを考えるべきだ、と。このやりとりを読んだとき、それに賭けてみようと思って書いたのが、今回の小説なんです。

中島　僕も全く同じことをずっと考えていて、その変形バージョンと言えるのが『親鸞と日本主義』なんです。どういうことかというと、これは磯崎さんとたぶん同じ感覚だなと思うことがあって、僕がずっと考えているのは「与格」という考え方なんですね。

僕は十九歳からヒンディー語という言語を勉強していてインドに住んだりしていたんですけれども、ヒンディー語には与格というやっかいな構文が出てくるんです。それは國分功一郎さんが言っている「中動態」の議論に、近いんですね。与格がどういう構文かというと、「私はあなたを愛している」というのをヒンディー語では「私にあなたへの愛がやってきてとどまっている」という言い方をするんです。あるいは、「風邪をひいた」というのも、「私に風邪がやってきてとどまっている」という言い方をする。自分の意思を超えて「私」というものの行動が起こるものについて与格構文を使う。「私に」で始める構文なんです。

インドに行っていろいろな調査をするときに、いきなりヒンディー語をしゃべると警戒されるんです。最初は英語でしゃべって途中からヒンディー語に切りかえると、向こうの気が緩んでスムーズにいろんな調査ができるとわかったので、インタビューするときにはそうしたんです。僕がパッとヒンディー語に切りかえると、相手がびっくりして「ヒンディー語ができるのか」と聞く。そのときに与格を使って、「あなたにヒンディー語がやってきてとどまっているのか」という言い方をするんです。そのときはこんなところで与格を使うんだと思ったんですけれども、何回か繰り返されたときに、あれっ、この人たちの感覚というのは一体何なのかと思ったんです。つまり、言葉は、やってきて私にとどまっているもの、と考えたときに、その言葉は一体どこから来ているのか。それはたぶん死者たちであり、インドにおいてはそれを突き抜けたところに神という問題があるのだと思います。

磯﨑　なるほど。

中島　磯﨑さんの『鳥獣戯画』は、基本的に与格によって成り立っていると思います。そして、そのことが磯﨑さんにおける小説というもののストラクチャーとすごくかかわりがあると思ったんですね。どういうところかというと、例えば、佐渡のことを思い出すくだりですが、二八一ページの三行目からの「私はやはりこの三十一年前の、タクシーの運転手との会話を思い出した、思い出さずにはいられなかった」。これは、「私」という主体が意思を持って何か佐渡のことを考えたという構文ではなくて、「私」に何か佐渡の思いがやってきて、「私」を動かしているという話なんです。日本語にも与格はあるんです。「私には思えた」というのは与格で、磯﨑さんの小説は基本構造が与格なんです。

もう一ヵ所、二八四ページの後ろから六行目に「私は奇妙な予感に囚われた」とありますが、これも予感というものを自分の理性によって何か主体的に構築して、こう思ったということではない。この「私」に来ている与格性と磯﨑さんの小説における与格性というのが二重になっているわけです。こ

磯﨑さんは、朝日新聞の「文芸時評」でも「小説家というのは基本的に小説の発する声を聞き取り、それに従うものである」という意味のことを書いています。つまり、「私」が何かをつくり上げているのではなくて、小説はやってくるものとして磯﨑さんにある。たぶんこれが磯﨑さんの小説のかなり重要な与格性という問題で、「私は」という私小説とは違う「私に」の小説なんですね。それは僕がずっと考えてきた与格という問題、「私」というのは一体どういう存在なのか、「私」が書くとはどういうことなのか、それはどこからやってくるのか、そういう問題とたぶん同じ構造になっているんじゃないのかなと思うんです。

磯﨑　今、中島さんがおっしゃった与格性と同じことだと思うんですが、小説家を十年間やってみて、つくづく感じるのは、小説は作者の所有物ではないということなんですね。小説に比べたら、作者の存在というのは何て小さいことか。作者というのは、小説から指示を与えられて動いているにすぎない。実際に小説を書いている書き手、その渦中にいる作者の実感としては、ものすごい受け身で、受動性に満たされている。コントロールのきかないもの、ままならないものに翻弄されながら書いているというのが、小説を書いている書き手の実感としてあるんです。そこが古井さんも言っているストイシズムではないか。自意識からちゃんと遠ざかるというか、小説から与えられた指示に忠実に従うというところがストイシズムなのだと僕は思うんです。

作者と小説、自力と他力の関係

中島 「鳥獣戯画」というのは誰が描いたのかも、いつ描かれたのかもわからない。この小説のタイトルが『鳥獣戯画』なのは、まさにそのことをメタファーとして意味していると思うんです。

磯崎 いや、それは今初めて気がつきました。

中島 作中にも書かれていて、八〇ページの後ろから四行目、「鳥獣戯画、正しくは鳥獣人物戯画ですが、日本で一番有名なこの絵巻は、いつ、誰が、何のために描いたのか？ 数多ある寺院の中でどうして高山寺に所蔵されることになったのか？ 様々な推論はあるものの、じつは今もって、いっさいが分かっていません」という話を聞いた後に、たぶんつまらない思いをしていた「私」が、次のページの四行目で「十九歳の時から亡くなる間際まで、四十年にも亘って自分が見た夢の記録を付け続けた人なんです、外国を探しても、この時代にこんな人はいない、とても変わった人なんです」という住職の話を聞きます。この一言を頼りに京都まで行ってしまうわけですね。それぐらい行動の動機が不安定で、かつ、行った先にあるものも非常に不安定というか、作者性すら虚構に満ちているというか、そういうものを頼りに行って、突然、主語が明恵上人になっていく。

この構造は、作者性の問題の脱構築みたいな話で、ポストモダンがやりがちなんですけれども、僕はそれとも違うと思うんですね。ポストモダンというのは単に「私」というアイデンティティを解体してしまうだけですが、そこにある具体的な「私」という問題に磯崎さんは常に戻ってくるんです。そこですごく象徴的なシーンだと思うのは、「携帯電話」の章の終わりの一八七ページの後ろから四行目、タクシーに乗っていて渋滞にはまったところで、「こんな時間と金の無駄遣いはもう終わりにして、車から降りて、あなたはその若い肉体を酷使して、自らの両足で全力で走らなければならない、目的地の病院はもうすぐそこにあるのだから」。ここにタクシーを降りて自分の足で歩くという「私」がいるわけですね。この呼応がすごく重要で、そんな「私」なんて存在しないというのがポストモダン。作者なんていない、空虚だ。でも、ここではそれを超えて「私」というのをもう一回引き受け直す。

仏教でいうならば、色即是空で空即是色になっているんですね。色の世界は空である。しかし、空なるものは色という現実の中にあらわれ直して、もう一回この世界を取り戻す。そういう構造になっているんじゃないのか。それが磯﨑さんの小説の無意識のストラクチャーなんじゃないのかと思ったんですが。

磯﨑　ポストモダン的な作者の不在とは違うというのはそのとおりで、「私」の存在はすごく濃密にあるんです。濃密な生を生きている人間としてあるんだけど、その濃密さはどこから来ているかというと、受動性を貫くという強い意思なんです。矛盾した言い方ですが、受け身な立場を貫くということに、ある種の肯定性というか、何かを信じる強い気持ちみたいなものは間違いなくあるんですね。普通は、自意識とか自我を前面に押し出すことが「私」を強く感じることになるんでしょうけれども、「私」ではなくもっと大きなもの、小説なのか、世界なのか、芸術なのかはわからないけれども、そちらのほうに全幅の信頼を置く。まさしくカフカが言っていた「お前と世界との決闘に際しては、世界に介添えせよ」、それが間違いなくあります。

小説を自分の主義主張を伝えるための道具としてしか使っていない小説家は今の時代、すごく多いんです。僕はそうではなくて、何のために小説を書いているのかと問われたら、小説のために、もしくは小説の歴史が続くために小説を書いている、そう答えたいんですね。

中島　僕は一応政治学者ですけれども、政治学者の王道みたいなところから大分外れていると思います。もともと僕は政治学をやりたかったわけではなくて、政治と文学であれば圧倒的に文学のほうを信頼している人間なんですね。

磯﨑　たぶん僕よりよっぽど小説を読んでいますよ。

中島　いやいや、そんなに読んでないですよ。僕がどうして文学から自分で意図してずれていったのかというと、同時代の小説を信じられなかったからなんです。高校生のときはずっと古典ばかり読んでいて、それが僕にとっての小説というものだったんですが、大学生になって文芸誌に載っているものとか現代作家のものを読んでみて、激しく絶望したんですね。つまり、これは論理的に書けるぞということを小説化している。これは大澤真幸や宮台真司が言っていることじゃないかということが小説化されているのに、僕はものすごく苛立ったんですね。だったら大澤真幸を、宮台真司を読めばいいじゃないですか。それをわざわざ小説にする必要がどこにあるのか。そこで描けないものだからこそ、小説は小説として存在しているはずであり、それを読むことによってこそ小説というものと僕たちの世界が切り結ばれる。なのに、器用な社会学的なアプローチから小説を書くということにすごく苛立って、放棄してしまった。

それよりも具体的な他者との合意形成という、人間が人間として生きている以上どうしようもなくついてくる政治という問題をちゃんと考えようと思ったんです。文学でしか解決しない領域があると思うからこそ、政治というフロントラインでそれを守ろうという感覚があるんです。政治というのは人と人との合意形成でちゃんとやっていくためのルールづくりですから、副次的、二次的なものです。人間はそんなもののために生きているのではなくて、もっと大切なものがある。それを守るためにはまともな政治が重要である。そういう二段構えなんです。僕は圧倒的に政治よりも文学を信じているし、文学を抱きしめている。だから小賢しい小説に苛立った。

僕は小説というものが失われてしまっていると思ったときに一回投げ出したけれども、十年ぐらい前から、もう一回読み始めたんです。それは、そういうものに反発している小説もまた存在しているということがよくわかってきたからで、それが磯﨑さんとか星野智幸さんだったんです。社会学的分析なんかでは書き切れない何かを書こうとしているもの。たぶん磯﨑さんは、そこのところをやろうとしている。かつ、それは意図というよりは、何か自分を超えたものの中にある。

磯﨑　小説は作者を超えていかないと、作者よりはるかに大きくならないと、その小説が実現する意味はないと僕は思っているんです。作者の意図を投影したようなものであるならば、最初からその意図を言えばいいのであって。何百枚もの原稿を書くことによってしか言えないようなこと、結果的にその作者よりもはるかに大きな何か、小説という形でしか実現し得ない何かとしてしか小説が存在する意味はないと僕は思う。それは古井さんのおっしゃっていた死者たちとか、そういう言葉でしか表現し得ない何かとも通ずるところがあると思います。

作者と小説もしくは芸術とか死者とか、そういう関係というのは、『親鸞と日本主義』の中の自力と他力の関係に近いような気もするんですが、そこはどうですか。

中島　そうだと思いますね。親鸞の主著は『教行信証』ですが、あれはすごく変な本で、ほとんど引用なんです。だから、親鸞の著作と言えるのかという論争があるんですけれども、親鸞はいろんな仏典とかを引用して、その間間《あいだあいだ》を言葉でつないでいるだけなんですね。親鸞の感覚からすると、やはり作者性を疑っていると思うんです。

親鸞は徹底的に自力を疑っているので、「私」がオリジナルの何かであることとか、そういう表現が「私」においてあることを根本から疑っている。そして、先人たち、死者たちの言葉を配置することによって何かが生まれてくるということに賭けた人だと思うんです。それはたぶん現在言われている引用という考え方とは違う中世独特の感覚、死者との対話だったと思う。『教行信証』のスタイルが、親鸞という人の思想そのものではなかったのか。つまり、言葉は常に自分を超えた過去からやってきて、それを受けとめる器が「私」というものであるという感覚が非常に強くて、そのやってくる力が彼にとっては他力というものだったと思うんです。それが親鸞の思想そのもので、彼にとっての自力を超えた他力なんでしょうね。

たぶん親鸞は、全く自力を放棄すればいいとは思っていないんですね。本当に他力に出会える人間は、自力を尽くした人間でなければならないと思っている。つまり、自力を徹底的に尽くした結果、自分にはどうしようもない限界があり、制約があり、無力だ。それに出会ったときに初めて自分を超えた力というものが「私」の外部からやってくる。それが他力というもので、親鸞はその感覚に賭けた人なのではないか。徹底した最後の有限性や無力に気づくための自力、やり切った後に差し込んでくる他力。その他力というものは一体何かというと、そんなに簡単に言語化できないもので、磯﨑さんにとっての小説は、こういうものなんじゃないでしょうか。

磯﨑　言葉は過去からやってくるものだとおっしゃったけれども、まさしくそうなんですよ。自分が書いているものは、それこそフローベールとかジョイスとかカフカとか、最近だったら保坂和志さんもそうですけれど、そういう人たちの書いてきたものが一回自分という回路を経て新たな小説としてアウトプットされたものに過ぎなくて、自分を表現しているという感じはほとんどないんですね。だから、小説を自意識の投影と考えている人とは、文字表現という見た目は似ていても、全然違うことをやっているんだろうなというのは強く感じます。

ただ、僕が構造的にすごく似ているなと思ってしまったのは、作者と小説の関係と、さっき言った自力と他力という関係なのかなと。『親鸞と日本主義』によるとはるかに大きなもののはずが、なぜ国体論ではある種の単純化が起こって、漢意《からごころ》に置きかえられてしまうのか。亀井勝一郎もそこのところは書いてない、と中島さんも書いていましたけれども、親鸞の思想が単純化されて国体論に置きかわってしまうことは、もっと大きなものであるはずの小説がすごく矮小化されてコンセプチュアルな道具にすりかわってしまうことに似た既視感を覚えてならなかったんです。

中島　そうですね。僕はいずれ「与格の思想」という本を書きたいんですけれども、その前にやっておかないといけないことがあると思ったんですね。与格の危うさは、自分を超えた超越的な、あるいは過去という所有できない何かからやってくるはずのものを誰かが所有して、それはこうなんだというふうに言い始めたときに、「他力」までもが支配されるという構造があるんですね。それが他力の上に立ってしまった人たちで、他力とは天皇の大御心ですよとか、他力とはこうこうこうですよ、という。

しかし、親鸞にとっては、名付け得ない何か、私たちの賢しらな言葉などではそう簡単に表現し得ない何かなんです。つまり、僕たちは有限なる存在で、有限なる存在による言語というのは、やはり有限なる世界しか描けない。無限なるものというのは、無限なるものとしか言いようがない。それはこういうものですよと指を指すことができないわけですね。だけど、それを誰かが所有して、これが正しい答えですというふうに乗っ取られたときに、与格の思想というのはファシズムとか全体主義に行きやすいので、この構造をちゃんと書いておかないと、僕はその先に進めないと思ったんです。

僕たちは真理は所有できない。ただし、西田幾多郎の言い方をすると、真理は描けないけれども、真理の影を見ることはできる。真理が何かに当たって、そこから生まれてくる影のようなものは拾える。これが文学とか芸術みたいなものである。だけど、この真理にすぐ人が立ってしまうんですね。磯﨑さんがおっしゃっている小説がやってくる源泉みたいなものがこれだと言ってしまうと、またそこからファシズムが始まっていく。そこにおいて人間は常に謙虚でなければならない。

磯崎　小説を所有しようとする人たちはいるわけですよ。それが何なのかということは表現し得ないし、一人の作者が小説とか芸術をコントロールしようと思うことはおこがましい。その小説を自分のものにしようとする傲慢さ。そういう人たちに対する怒り、愚かさに対する憤りみたいなものが、この小説を書いている最中も常にあったと思うんですね。

親鸞の思想が国体論にすりかわったのは昭和のある特殊な一時期だったからで、絶対他力が祖国日本に置きかわったみたいなことは、今の時代はあり得ないだろうとみんな思っているかもしれない。けれども、同じような単純化は、今の政治のポピュリズムの問題とか、安易なフェミニズムとか、ある種の民族主義とか、そういうところでも形を変えて同じ事態が起こっているんじゃないかなという気がしてならない。

構想を裏切る小説の力

磯崎　僕は全然知らないことばかりだったんですけれども、中島さんの本を読むと、倉田百三にしても、三井甲之にしても、ことごとく屈折しているというか、挫折するし、自意識が異常に過剰じゃないですか。現代でも、トラウマ系の小説を書いている人たちは、結局同じことを繰り返しているんじゃないかと思うんですが。

中島　超国家主義を分析するときに、丸山眞男は、日本で健全なナショナリズムが超国家主義になったのは基本的に近代的な自我が確立されなかったからであるという論をとったんですね。これが確立されていれば、「私」というものの作為性とか決断によって、主体が確立できた。しかし、そういうものが全くなかったので、ずるずると超国家主義に流れ込んでいったというのが丸山の議論です。

しかし、橋川文三という僕が大変尊敬している政治学者は、それは違う、むしろ自我の過剰であると言ったんです。自我にさいなまれた煩悶青年がことごとく超国家主義になっていく。つまり、自我の過剰が自己とか他者というものに耐えられなくなってきて、ある大きな全体の中に自分を溶かし込んでいくようなロマン主義的な装置へとどんどん足をとられていったのが超国家主義だった。それは日本が近代的な自我を確立しなかったからではなくて、自我の過剰によってこそ全体主義への転倒が起きるんだというのが橋川の議論で、僕はそのとおりだと思っているんです。そういう人たちの物語。それが飛びついたのが国体論であり、その背後にある親鸞の他力という概念だった。

これは現在もパラレルな問題で、エヴァンゲリオンのようなアニメは全くそうなんです。人類補完計画というのが設定されて、一つのスープに溶け込むように私とあなたの区別がなくなったときに他者の恐怖から解放される、それが次の段階の人類というもので、そこへと昇華しなければいけないという物語で、そこととのずれとかいろんな葛藤が描かれる。今、セカイ系と言われるようなアニメの構造は、まさにこれで、僕はこのパラレルを考えたいんですね。

磯﨑　そのとおりで、まさしくパラレルな問題として、むしろ過剰な自我というもの、今、自分が直面している問題こそが歴史上最も重要な問題で、自分は歴史の変節点に立ち会っているみたいな自意識過剰な感じ。それが一番端的な形であらわれたのが東日本大震災だと僕は思うんですけれども、二〇一一年の前と後で歴史は決定的に変わったということを安易に言いたがる人たちの自意識過剰さ。インターネットによって世界は決定的に変わったという主張も構造は同じだと思う。自分はそういう大変な時代に生きていて、そういう自分を何とか救済したいという気持ちの現れなんでしょうね。

中島　僕と磯﨑さんの同根の部分は、磯﨑さんは、この小説もそうですが、いろんなところで歴史を書くときに、それが人類の大きな反復のようなものとして描かれている。僕も基本的には理論とかは全く信用していなくて、根本的に信頼しているのは歴史なので。そこに生きた人そのものを書いてみることによって何かがあらわれると思うので、僕は伝記というものに賭けたいと思っているんです。理論的なものとか結論を明示しなくても、伝記を書くことによってあらわれてくるものがあるということを信じたいんです。

今回の小説でその感覚がよくあらわれているのは一七二ページの九行目で、明恵が「私が死ぬということは、今日が終われば明日に継がれていくのと同じことだ、ひと続きの流れのようなものなのだから、何も案ずる必要はない」と言うところで、人はこうやって反復してずっと続いていくものであって、その一コマとして「私」が存在しているという巨視的な歴史というものに対する敬意。自分が特権的に山の上に立っているのではなくて、大きな流れの中にいる。その普遍みたいなもの。

だからこそ、冒頭で、「凡庸さは金になる。それがいけない、何とかそれを変えてやりたいと思い悩みながら」、次ですが、「何世紀もの時間が無駄に過ぎてしまった」。ここはすごく面白い書き方ですよね。それはいけないので変えないといけないと思っていながら何世紀も時間が過ぎてしまったという「私」が、磯﨑さんにとっての「私」なんですね。今、特権化しているというよりは、ずっと続いてきているものの中にある「私」。そして恐らく引き継がれるであろう「私」。これはとても仏教的であると思うんです。「私」への執着こそが最も大きな欲望であり、「私」というものの解体が仏教の根本的なテーゼだと思うんです。『鳥獣戯画』もそうですが、磯﨑さんがデビュー作から無意識のうちに使っていらっしゃるモチーフとして、どこかに仏教というものがかかってくるんですね。

磯﨑　「私」が滅びた後も世界は継続していくというところに希望を見出すのが僕の基本的なスタンスなんですね。私はこんなにつらいんだ、それをわかってほしいというスタンスで書いている人たちと自分は明らかに違うんだなというのは、小説を書けば書くほど感じるところではあるんですけどね。

今、中島さんの話を聞いていたら、確かに冒頭の一文なんかも、一人称で書いているのに、明らかに死者を含んだ「私」になっていますね。それは今話していて改めて気づきました。僕はデビュー以来、あらかじめ設計図とかプロットを全くつくらずに、冒頭の一文にどういう一文を続けたら面白いか、ただその推進力だけで小説を書いてきました。そこは今回の小説も同じなんですけど、今回は僕としては珍しく、大まかな構想はつくっていたわけですよ。それは何かというと、「鳥獣戯画」というタイトルを決めた段階から、全く異なる四つの話を語り口だけでつないでいこう、と。

鳥獣戯画というのは甲乙丙丁の四巻あって、一番有名なのはウサギとカエルがケンカしている甲の巻ですけれども、乙、丙、丁と進むに従って、唐突に人間が出てきたり、本当に脈絡のない、何でこういうものがつくられたのかわからないような絵巻物です。

四つの話を語りの力だけでつないでいこうというのは最初の段階で考えていたことで、一つは二十八年間勤めた会社をやめたサラリーマンの話、二つ目は美人の女優の話、三つ目は明恵の話で、四つ目の話は、子どもが生まれた話になってきたから、子育て時代の話に行くのだろうなと思っていたら、「警官」という章の一八九ページで、「子供はみどりと名付けられたが、みどりという名前は、じつは私が高校時代に付き合っていた女性と同じ名前なのだ」という文章を書いた途端、グググッと迂回し始めて、高校時代の話になっていってしまったんですよ。あれ、違うなと思ったけれども、カーブを描いてあらぬ方向に向かい、四つ目の話は子育ての話ではなくてそっちに行ってしまった。このときほど自分のことを信用ならない作者だなと思ったことはないですね。ただ、それこそが小説の力だと思うんですね。小説に比べたら作者などというのは本当に小さい存在で、どこまで作者は小説に奉仕できるか、そこだけを頼りに書いているんです。

小説家の中でも自覚している人と自覚していない人に分かれるけれど、実は小説を書く上で一番大事なのは、語り口だと思うんです。語り口に導かれて書いているということを、わかっている人はわかっているけれども、わかってない人は本当にわかってなくて、自分が書いていると思っている。でも、書いているのは実は語り口なんです。語り口が筆を導いている。それがほぼ全てと言ってもいいぐらいです。

言葉を超えるもの

中島　僕は福田恆存がすごく好きなんです。「一匹と九十九匹と」という有名なエッセーを書いていて、政治というのは九十九匹のためにあるものであるという。つまり、この人はちょっと大変だから、お金をこっちからこっちに回しましょうと再配分する。これは九十九匹を救うためのもので、三十匹ぐらいしか救えない政治は悪い政治だと言われる。ただし、百匹を救おうとしたらダメだと福田は言うんですね。なぜならば、どんなによき政治というのが成立したとて、人は救われないものであるからだ。どうしても政治では救われない一匹が存在している。この一匹は誰もが持っている一匹で、この一匹のためにあるのが小説というものであると考えるわけです。しかし、小説家はこの一匹だけを見ているのではない。一匹を見て普遍とか世界を見ているのだ。だから、福田恆存が苛立ったのは政治化する小説で、プロレタリア文学とかはけちょんけちょんに言うんです。つまり、政治的な何かを実現するために小説を道具として使おうとする者は、小説自体の可能性を断絶してしまっている。小説というのはそういうものではないんだと言うんです。

もうひとつ、「文学と戦争責任」という文章も好きです。通常は、作家があの戦争に加担したこととか、反対し得なかったこととかをみんな断罪するけれども、そんなものじゃないと福田は言うわけです。あの時代、多くの人間がいじましいぐらいのエゴイズムで全体主義を唱えたり、誰それはというふうに密告したりする。そのどうしようもない「私」に寄り添えなかった文学の不明に非があると彼は言うんです。みんな政治の大きなものに対抗するものとして小説を捉えようとするけれども、それがそもそも文学を殺しているんだというのが彼の言い分なんです。「私」に寄り添った小説がどんどんなくなっているので、磯﨑さんの感覚は僕には非常によくわかる。僕は一匹の論理というものを信じたいがゆえに、九十九匹の論理をずっとやっている感じなんです。その前の門構えをしっかりしておくということで。

磯﨑 中島さんも、政治学者としては失格なぐらい、明らかに一匹のほうに寄っているよね（笑）。

中島さんが伝記に興味があるというのは、人の人生というのは、政治とか理論・信条では割り切れない、その人生の具体性をもってしか伝え得ないものがあるからですね。ボースにしても、岩波茂雄にしてもそうなのかもしれないけれども、そっちに重きを置いている政治学者というのは珍しいですよ。

中島 日本では珍しいですね。でも、イギリスの歴史家は徹底的に人物を書くんですよ。人物伝というのをとにかく大切にする。そっちにこそ本当に大切なものがあると考えるからで、そこはイギリス人はさすがだなと思う。

こんなことを言うと怒られるんですけれども、僕は本当のところは政策とかに全く興味がないんです。「報道ステーション」に出て、いろんな解説をしていますけれども、それは僕にとっては副次的なことなんですね。福田恆存もそう考えていた。一匹の人間の可能性の領域を守りたいがゆえに九十九匹の合意形成が必要だと思っていて、ここはあなどってはいけないものだから、ちゃんとやる。でも、書きたいのは一匹のことなんですね。

磯﨑 小説にしても、具体的な人間の人生にしても、結論はないし、わかり得ないものじゃないですか。そのわかり得ないものを所有しようとする人とか、わかったふりをしようとする人とか、それって要するにこういうことですよねとクリアカットな説明をする社会学者とか、そういう人たちが今の世の中をダメにしている。テレビなんかでも、クリアカットなことを言う人が一番評価される時代になってしまっているじゃないですか。

中島　上手に語る人ですね。僕が「報道ステーション」で気をつけていたのは上手なことを言わないようにしようということで、もっと大きな構造を見せるような解説をしようと思っていたんです。成功したかどうかは全然わからないですが。この感覚と自分にとっての保守思想がつながっていったんですね。つまり、近代とか左派というのは、そこできれいな答えとか正解を言えるという感覚を持っている。僕はそれは無理だと思ったんですね。それが磯崎さんにとっての小説に対する畏怖、僕にとっては歴史に対する畏怖というもので、だからこそ僕自身は答えが持てない。

としたら、無名の人を含めた歴史の中で風雪に耐えてきた英知というのは一体何だろうか、常識というものの背後にあるものは一体何なのか、そういう暗黙知の領域に関心を持たざるを得なかったんですね。でも、それに関心を持つと、日本の保守派は愚かだから、あの戦争は正しかったとか、ほとんど左派と同じような構造の中にある。僕はこの左右の対決自体をぶっ壊したいんです。

福田恆存とか小林秀雄はそれがよくわかっていた人だと思っているんです。だから彼らは文芸批評家でありながら、保守的なもの、自分を超えたものに対する畏怖をすごく強く持っていた。小林秀雄が最後に書いた『本居宣長』では古代の人と普通にしゃべろうということをやろうとした本居宣長に対する、ある驚きみたいなものを描いている。江藤淳も、たぶんそういう人だと思いますね。それが日本の保守の一つの文脈であるならば、僕はその文脈に立ってみようと思ったんです。そこから言える政治というのがあるんじゃないかという感覚がありますね。

磯崎　自分を超えたものとか、言葉にし得ないものに対する畏怖とか、それを言うと、あの人、よくわからないことを言っていると言われるんですね。プレゼンの上手い人が評価されるとか、若い人が長いものに巻かれやすくなったとか、そういう事象の裏面なわけだけど。あと、自分がボケ役かツッコミ役かを瞬時に判断する、誰かがボケたらちゃんとツッコまなければいけないという役割分担みたいなものも、全部同根のような気がしてならない。全てを管理しないと気が済まない欲求なのかな。何なんでしょうね。

中島　社会がひな壇化しているんです。それぞれの役割、それぞれのポジションをメタレベルでちゃんと読めよという世界になっていて、その自分に囚われていくというか、それが自分だと思ってしまう。それは苦しいですよね。そういうものから人を自由にする。それが一匹のための小説ですよね。

磯﨑　ひな壇化というのは一匹を認めないんだよね。あるのは役割分担だけだからね。

中島　そうすると、それをうまく読む人間の世界にどんどん陥っていくんですね。

小林秀雄は常に言葉というものを考え続けた人ですが、『感想』というベルクソン論を書いていて、その冒頭でこんな変なことを言うんです。それは、自分の母親が死んで、仏様にあげるろうそくがなくなろうとしていた。火を消してはいけないので、ろうそくを買いにいこうと思って家を出たら、家の前を流れている小川に大きな蛍がいた。それを見たときに、これはおっかさんだと思った。「この蛍はおっかさんだ」というのは、通常の我々の論理が通った言語ゲームの言葉では書けない。けれども、それは言語ゲームの言葉以上のリアリティーが自分にある。とするならば、自分の本当の言葉というのは童話的にならざるを得ない。僕が探求したいのはこの言葉なんです。つまり、言語ゲームによって何かを成り立たせている言葉を超えた言葉というんですかね。

井筒俊彦という人は漢字の「言葉」とカタカナの「コトバ」を区別していて、漢字の言葉が普通にやりとりしているコミュニケーションの言葉で、本当の言葉はそれを超えたところにある「コトバ」として存在していると言っているんです。文学者とか宗教家というのは、たぶんカタカナの「コトバ」の問題を常に考えている人たちだと思うんです。これをどういうふうに表現したらいいのかと考える人なので、論理的な表現にはならないんです。なったら言語ゲームの言葉に回収されてしまう。

磯﨑　確かにそうですね。

中島　これはすごく難しい。知り合いの子供が、友達が引っ越して離れ離れになるときに、複雑な表情をして立ち尽くしていたんですね。「悲しい」とか「さみしい」とか言えなかった。けど私はこの沈黙が「コトバ」だと思うんです。この「沈黙のコトバ」を扱うものが芸術や文学であってほしい。

磯﨑　まさしく今のカタカナの「コトバ」ということでは、子供の「悲しい」もそうだし、小林秀雄の「蛍」もそうですが、小説というのは、同じ文字で書いてあるけれども新聞とか論説文の仲間ではなくて、絵とか音楽の仲間なんですよ。小説は、論理とか、差異の体系であるところの言語におさまり切らないものを言葉というものを使ってあらわしている芸術だから、まさしくそこを描かないといけないんですよ。中島さんのお知り合いのお子さんの感情をただ「悲しい」と書くのであれば、それは新聞記事の言葉としての「悲しい」にすぎない。社会面に載る記事ならば「遺族は悲しんでいた」と書けばよいのだろうけど、小説はそう書いてはいけないんですよ。

朝日新聞の「文芸時評」にも書きましたけれども、みんなそこのところを間違えていて、いまだに傍線部の作者の意図を書きなさいという問題が中学、高校の現代文のテストには出るわけです。作者の意図なんて、作者だってわからないのだから、そこを設問にしてはいけないんです。それは「悲しいと言いなさい」というのと同じ教育をしていることになる。

中島　僕たちは言葉に支配されるときがあるので、「悲しい」と言った瞬間にその複雑な感情が、「悲しい」という言葉のほうに支配されてしまうんですね。

磯﨑　言葉に引っ張られる。

中島　そうすることによって失うものがある。小説は、失わせるものじゃなくて、「悲しい」と言葉にできない何かを描くものなんですね。絵画もそうです。説明できない何かとして表現しているのに、説明されたものとして小説化したり映画化されても困る。それが僕が若いときに苛立ったことだったんです。

逆に現代の中で磯﨑さんやいろんな人によってそうでないものが紡がれることで、もう一回文学の世界を取り戻す感覚があるんです。なので、安心して政治学をやれる。

磯﨑　結局、小説を読んでいる最中に湧き起こる、何とも言いがたい、表現し得ないモヤモヤした感情こそが小説なのであって、それを別の表現で置きかえたり、三十字以内で説明しようとしてはいけないんです。小説というのは、小説を読む経験の中にしかない、小説を読んでいる時間の中にしかない。これは音楽が音楽を聴いている時間の中にしかないのと全く同じことなんです。

中島　磯﨑さんは五月の文芸時評で円城塔さんの作品について書いている中で、「小説というのは現代の我々もよって立つところの文字言語というシステムを根本からぐらつかせるものである。そのことによって、つまり、虚構によってこそ現実世界を変容させられる可能性に賭けているものが小説であり、小説家というものである」というようなことを書いていますが、まさにそうなんですね。

磯﨑　小説というのは、その小説を読むことによって現実がグワーッと広がるようなものでなければならないのに、今、ある種の小説は、現実のあるピンポイントの一点を指し示そうとしているんですね。そこじゃなくて、小説というのは、読むことによって現実がもっとわからなくなる、それ以前だったら「あの子は悲しがっていた」と言ってしまっていたところを、とても簡単にそうは言えなくなるような、現実をもっと伸長させるというか、拡散させるというか、そういうものでなければならないと思うんです。

エッセイ

関東大震災と世田谷

――世田谷とわたし／「世田谷文学館友の会」会報誌／二〇一七年一二月一九日

数年前に『電車道』（新潮社）という、東京近郊の私鉄沿線の百年の歴史を描いた小説を書いたときに、世田谷区が平成四年に発行した『せたがや百年史（上下巻）』という資料を取り寄せて読んでみたのだが、その中で驚くべき事実を発見してしまった。

大正十二年九月一日午前十一時五十八分、関東地方南部一帯は史上稀に見る激震に襲われた、揺れは十分間近くも続いたという。東京府と近県の死者・行方不明者は十万五千人以上、被災人口は住民の六割から七割にも達したのが関東大震災だったわけだが、私が現在住んでいる住所でいうところの世田谷区成城、当時の砧村の被害は、死者はゼロ、罹災戸数も全壊が三棟、半壊が三棟の合計六棟のみだったと、『せたがや百年史』には記されている。どうせ当時の砧村には住民なんてほとんどいなかったのだろう、と思われるかもしれないが、そんなことはない。大正十二年の砧村には五百九十八戸、三千六百八十人が住んでいたという記録が残っているのだから、もちろん現在の成城の街とは比べるべくもないが、決して人っ子一人住んでいない山林だったわけではない。関東大震災の甚大な被害を考えてみれば、砧村の死者ゼロというのは奇跡のようにさえ思えてくる。

因みに世田谷六か町村全体の被害は、死者五名、負傷者十二名、行方不明者三名だったのだが、六か村全人口三万九千九百五十二人に対して見れば、やはり明らかに被害は小さい。良く知られているように、関東大震災の死者の大半は建物の倒壊による圧死ではなく、地震後間もなく都市部に発生した火災による焼死者だった、対して当時の世田谷には密集した住宅地はほとんどなく、隣家との間隔の開いた農家が多かった、加えて地震当日は朝方まで雨が降っていたため、雨が上がった昼前から農作業に取り掛かっていた農民たちは、地震発生時まだ昼食の準備のための火を熾しておらず、結果的に火災を免れたともいわれている。

しかしこういう資料を読んでしまって改めて思い知らされるのは、人間は都市化、近代化を進めたことによって、ひとたび天災が起これば自らと家族の生命を失い兼ねないリスクを高めていた、という史実ではないだろうか。当時の砧村にはまだ養蚕農家が多く残っていて、仙川へと下る斜面には一面桑畑が広がり、幼子をおぶった少年少女達が歌を歌いながら桑の葉を摘んでいたのだという、その平穏な光景に想いを馳せる。

だが震災によって、防災基盤の脆弱な都市部ではなく、安全な郊外地域に住宅を求める機運が高まり、大正末期から昭和の初めにかけて、世田谷地域の人口は急激に増加する。その大半は郊外に家を持ち、都心の職場との間を往復するサラリーマン層だった、そしてその足となったのが、小田急や京王といった東京西部を走る私鉄電車だったのだ。

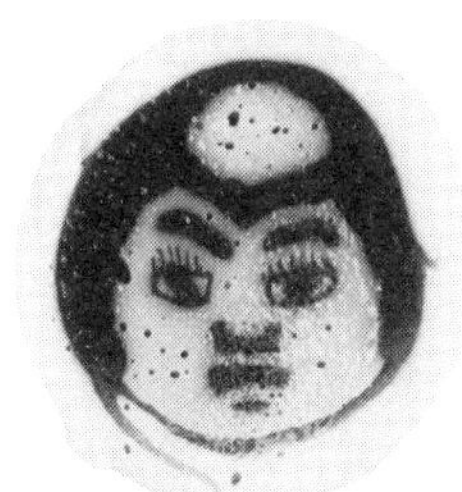

2018年

エッセイ

「他者のために」想い強く

――始まりの1冊『肝心の子供』／「読売新聞」二〇一八年一月二一日

取材を受けた際などにもしばしば話してきたことだが、私が小説を書き始めたのは、保坂和志さんに書くことを勧められたからだ。しかしそれより以前の数年間で、私の中には、小説家になるための下地のようなものが作られていたような気がする。

転機は子供が生まれたことだった。三十歳のときに長女を授かるやいなや、私は子供を溺愛するようになってしまったのだが、もともと私は子供好きではなかった。会社に入って二年目の秋、社員の親睦を深めるためのレガッタ大会の手伝いをしていた私は、同期入社の友人から声を掛けられた、彼は既に結婚していて、奥さんとベビーカーに乗せた赤ん坊を連れていた。「可愛《かわい》いな」口からはそんな言葉を吐きながら内心では、若くして家庭を持って、負担と責任を背負いこんでしまったこいつは馬鹿《ばか》だな……私はそう毒突《どくづ》いていた。

自己中心的な、何て嫌な奴《やつ》だろう！　事実、私の方こそが愚かで未熟だったのだ。そしてまるで過去からの懲らしめでも受けるかのように、生まれてきた長女は可愛かった、その可愛さは私の生活を一変させるほどだった。通勤電車の中でも、取引先との商談中も、私は子供のことばかり考えるようになってしまった、夜の飲み会は全て断り、仕事が終わるやいなや子供の顔見たさに大急ぎで帰宅するようになった。病気を患った子供へ親が臓器を移植した話を聞いても、私にはとてもそんな真似《まね》はできないのではないかと疑っていたが、実際に親になってみると、腎臓であろうと、肺であろうと、子供にならば躊躇《ちゆうちよ》なく捧《ささ》げる用意ができている自分自身に、私は驚いた。

しかし同時に、子供は他者だった。それはいくら愛してやまない我が子であっても、私とは別個の肉体を持ち、私が死んで消えた後も存在し続ける、という意味での他者だ。人間は年齢を重ねていく過程で、自分ではなく他者のために生きるように作られている、その他者が私の場合は子供だったが、子供にとって自分よりも大切な他者は、恋人かもしれないし、友人かもしれない、犬や猫のような動物という場合だってあるだろう。外へ、外へと広がる、そうした連鎖を考えたとき、もうそろそろ自分も、自分以外の他者のためになるような、外界に奉仕するような生き方をせねばならないのではないか？そんな想《おも》いが生まれ、三十代を通じて私の中で強まっていった。

だから私にとって小説を書くことは、その想いの実践に他ならなかった、小説を通じて自分という人間を知って貰《もら》いたい、自己を表現したいという欲望ではなかった。デビュー作『肝心の子供』には、そうした考え方が過剰とも思えるほど、色濃く表れている。二作目の『眼と太陽』は芥川賞の候補作に選ばれたが落選した。自分の書いているものはごく一部の人にしか理解されないだろうと思っていたので、候補にして貰えただけでもありがたいことだったが、選評を読んで私は愕然《がくぜん》とした、選考委員の小川洋子さんはこう書いてくれていた。「受賞に相応《ふさわ》しいと、一生懸命奮闘したつもりだが、力及ばず、残念だった」そのとき私は、私の書いた小説もまた、遠く離れた場所にいる他者であることを知った。

スクリプト
デトロイト！　デトロイト！

――「クロスオーバーイレブン」二〇一八新春／NHK－FM放送　二〇一八年一月二日―五日　二三：〇〇～二四：〇〇

第一日目

パート1

ミシガン州デトロイト――今では第二の故郷《こきょう》とさえ呼べるほどの愛着を抱いているその地名も、初めて聞いたときには、目の前がうっすらと霞んでいくような不安に襲われたことを憶えている。

会社員になって十年目の、夏のことだった。同期入社の友人たちが、一人、また一人と海外の支社へ転勤していくのを横目で見ながら、しかし俺にはまだその順番が回ってくるはずはないのだからと、半ば自分に言い聞かせるようにしていたのは、期待すればするだけ、希望が叶えられなかったときの落胆も大きくなることを怖れていたからだろうか？　出世コースに乗ることになどは興味もなかったが、もしチャンスがあれば海外で働いてみたいという内に秘めた思いはあった。その一方で若い頃の私は、自己主張すること自体に、どこか後ろめたさのようなものも感じていた。

そもそも大学時代はボート部での練習に明け暮れ、卒業後の進路のことなどまったく考えていなかった私が、就職先に海外との取引の多い商社を選んだのも、人生の一時期、日本からは遠く離れた異国の地で過ごしてみるのも悪くはないかもしれない、そう考えたからに他ならなかった。赤土の荒野にどこまでも延びるまっすぐな道を、額から落ちる汗をハンカチで拭いながら一人歩く、そんな凡庸な商社マンのイメージに自らを重ねたことさえあった。

だからある朝出社するなり直属の上司から呼び出され、「米国駐在の話がある」と切り出されたとき、自分のどこかに残っていた自尊心が恥ずかしく思われるほど、気持ちが高揚したのも無理はなかったのだろう。しかしその直後、赴任地はニューヨークでも、ロスアンゼルスでもシカゴでもなく、デトロイトだと告げられた瞬間、まるで懲らしめでも受けるかのように、高揚感は不安に変わってしまった。

デトロイトという町の名を聞いて、まず最初に私が思い浮かべたのは、川沿いに建ち並ぶ工場と白い煙を吐き続ける無数の煙突、低く垂れ込める鉛色の空の下、うつむき気味で踵を引きずるようにして歩く、着膨れした労働者たちという、典型的な工業都市の風景だった。全米で最も治安の悪い町、という印象もあった。しかしそれは、その何年か前に公開された近未来ＳＦ映画の舞台が、犯罪都市と化したデトロイトだったことによる、単なる思い込みだったのかもしれない。

しかし私の不安の、本当の理由は、環境や治安の悪さではなかった。デトロイトは米国の三大自動車メーカーが本社を置く、自動車産業の中心地だ。つまりデトロイト駐在員になるということは、三大自動車メーカーを相手に仕事をすることを意味する。自動車メーカーは莫大な量の鋼材やプラスチックを購入する、商社にとって最大の顧客でもあった。十年間、東京の本社で経験を積んでいたとはいえ、そんな責任の重い仕事は自分にはとても無理だと思った。つまり私は怖気付いたのだ。

あれから二十年が過ぎ、五十歳を超えた今の私から見ると、海外駐在を経験する前の私はまだ、覚悟の定まっていない若造《わかぞう》に過ぎなかった。

パート2

それでも私がその転勤の話を受けることに決めたのは、東京の本社での、残業の日々から抜け出したかったからなのだろう。バブル景気はとっくに終わっていたが、若いサラリーマンの働き方は何も変わっていなかった。誰も文句などいわず、当たり前のように連日終電間際まで働いていた。私はまだ三十代になったばかりだったが、際限なく続く残業と得意先の接待で疲れ果てていた。日曜日の午後、二歳の娘を膝に抱きながら、レンタルビデオ店で借りてきたアニメ映画を二人で観始めると、ものの五分と経たない内に私は眠りに落ちてしまった。目覚めたときには、日も既に暮れて、貴重な休日は終わろうとしていた。

仕事の苦労は変わらないにしても、海外支社での勤務の方がまだしも人間らしい生活が送れるのではないか？　週に一、二度は家族と一緒に夕飯を食べることもできるのではないか？　そう考えた私は、久しぶりに実家を訪れ、いよいよ自分もアメリカに転勤することになりそうだと両親に伝えた。「あなたがそれを望むのならば、きっと良い転機となるに違いない」この年の春に母は脳梗塞を患い、入院していた。幸い後遺症も残らずに快復しつつあったのだが、そんなタイミングで息子が遠く離れた場所に赴くことに、何かしらの寂しさを感じなかったとも思えない。母はこんなこともいっていた。「もしも向こうでどうしようもなく辛いことが起こったら、そのときはあっさりと諦めて、日本に帰ってくれれば良いじゃあない？」

ところがそれから二週間後、私は再び上司から呼び出され、米国への転勤の話はどうやら立ち消えになりそうだという説明を受けた。怖れていたような落胆はなかった、まあ、現実なんてそんなものだろうという気持ち、どちらかといえば、安堵の気持ちの方が大きかったのかもしれない。ある晩、いつものように残業を終え、疲れた身体でエレベーターに乗り込むと、大学の先輩でもある専務とたまたま一緒になった。「お前、デトロイトの話、断ったんだって？　理由は何なんだ？」私が頑なに転勤を拒否している、どうやら社内ではそういう話が伝わっているらしかった。その後、他の社員から聞いた話も総合すると、私の直属の上司が、若い社員を引き抜かれて自分の部署の戦力がダウンすることを怖れたのであろう、話をすり替えて専務に報告したに違いないことが分かった。

「二人だけで、話したいことがあります」会議室へ向かう廊下を私と並んで歩く、小柄な上司の口は、真一文字に結ばれていた。これから何が起こるのか、分かっているようにも見えた。「組織の一員である限り、私ももちろん会社としての決定には従う積もりです。ならばしかし、私が海外転勤を拒否しているなどと嘘をつくのではなく、部下の異動には応じたくないというあなたの、自らの意思表示をするべきだ！」

それまでにも私は、もっと頼りない上司や、口先ばかりで信用の置けない上司に仕えたこともあったが、このときほどあからさまに、直属の上司に対して怒りを表したことはなかった。だが恐らくこれは、私の中から沸き起こった本当の怒りではなかった。私はただ、母の怒りを代弁していただけなのだ。

パート3

成田を離陸してから、デトロイトに到着するまでの十一時間半、私は機内食も取らずに眠り続けた。デトロイト空港の国際線ターミナルは、まるで日本国内の離島の空港でもあるかのように小ぢんまりとして、人影もまばらで、しかも古びていた。空港まで迎えにきてくれた先輩社員の車の助手席に座り、窓越しに外へ目をやると、高速道路の路肩にはパンクして引き千切れたタイヤの破片や壊れたバンパー、絡まり合った針金が置き去りにされていた。埃の混ざった空気の乾いた臭いが、車の中にまで流れ込んできた。

当座の仮住まいとなるホテルにチェックインした途端、ついさっきまで晴れていた空から、冗談のように激しい雨が降ってきた。「夏の間は毎日、夕方になると決まって、サンダーストームがやってくる」この地に駐在して五年目になる遠藤さんは、そう教えてくれた。荒々しい雷と雨は、日が暮れるまで続いた。

私が働くことになるデトロイト支社は、オフィスビルの十四階にあった。初めて出社した朝、アメリカ人のスタッフたちはみな、優しげな笑顔で私を出迎えてくれた、支社内の会議室の場所や、文房具のしまってある棚、コーヒーメーカーの使い方などを丁寧に説明してくれたが、信じ難いことに私は、彼ら彼女らが話す言葉をほとんど聞き取れなかった。「アメリカ中西部の英語は、ニューヨークや西海岸の英語とは違って、本物のアメリカン・イングリッシュだから、ヒアリングが世界一難しい英語なんだよ。慣れるまでには時間がかかる」私の不安を察した遠藤さんが、笑いながら小声で耳打ちしてくれた。アメリカ人スタッフたちは、男性も女性も小柄で、私よりも背が低かったが、みな穏やかな表情でのんびりと働いていた。声を荒げることなどけっしてない、幸福で満ち足りた生活を送っているように見えた。

東京での疲弊し切っていた日々と比べると、デトロイトに着いて最初の一、二か月は、同じ人間の人生の続きとは思えぬほど、恐ろしく暇だった。オフィスに出ても何もすることがないので、車の運転講習を受けてみたり、ゴルフ大会の景品を集めたりと、そんなことしかしていなかった。休日はスーパーマーケットで買ってきた肉の塊《かたまり》を焼いてみたりもしたが、硬いばかりでさっぱり旨くなかった。

退屈な時間の中にいると、自分は今、一人ぼっちなのだという現実が露わになってしまう。妻と娘は、私が住む家を決めて、この地での生活の基盤を整えた上で呼び寄せることになっていたのだが、家族と離れて暮らす一日一日が、これほど耐え難く寂しいということに、我ながら愕然とした。夜、満月を見上げながら、日本にいる家族が見る月もこれと同じ月なのだと思う、そんなことさえ慰めとするまでに、私は家族に会いたかった。

だから十月の半ばに、ようやく家族がデトロイトに到着した日、到着ゲートの自動扉が開き、そこに大人びた紺色のワンピースを着た二歳の娘が現れ、「パパ！」と叫んだとき、私は何も言葉を発することができなかった。大げさではなく、その姿は、黄金《こがね》色の希望の光に包まれていた。

第二日目

パート１

この地に住み始めてすぐに分かったことだが、デトロイトという町は私が怖れていたような、工場や倉庫ばかりが建ち並ぶ、治安の悪い工業都市ではなかった。いや、ダウンタウンには地元の人間でも立ち入らないような、ほとんど廃墟と化したかつての自動車工場も残っていたのだが、私たちの住む郊外は、樹齢何十年という大木が其処此処《そここ》に生い茂る広大な森の中に、大小の湖が点在し、その湖に面して建てられた大きな家々の庭には柔らかな芝の敷き詰められた、どこか現実離れして美しい住宅地だった。

私たち家族が借りたのは、もちろんそんな大邸宅ではなく、若い夫婦向けに作られたタウンハウスだったが、それでもその家の裏庭は小さな湖に面していた。私の家族が到着すると同時に、ミシガンの秋は一気に深まった。色付いたカエデの葉が湖面を赤く染めて、夕暮れ時の雲の桃色と混ざり合っていた。岸に群れるカナダガンは、人間が住み始める何百年も前からここは自分たちの縄張りであったことを知っているかのように、堂々と歩いていた。地面に散らばったドングリや胡桃の実は、灰色の大きな尾をぶら下げたリスが素早く拾い上げて、樹の上の巣へと持ち帰っていった。

「ミシガンに住み始めたからには、サイダー・ミルを訪れるべきね。次の休日にでも、家族皆で出かけると良いわ」そう勧めてくれたのは、職場のアメリカ人スタッフのミアだった。小柄で小太りで、度の強い眼鏡をかけていて、私が聞き取れるようにゆっくりと英語を話してくれる彼女は、私と同じ三十代前半にも見えたし、じつはもっと歳上のようにも見えた。「子供はきっと喜ぶはずだ。これはアメリカの他の州では味わえない、ミシガンに住んでいる者だけに与えられた特権なのだ」

ミアが教えてくれたサイダー・ミルは、私の家から車で十分ほどの場所にあった。州道から折れて、森の中の砂利道の道路を進んでいくと、ドーム型の屋根に朱色の板壁の、巨大な納屋のような建物が現れた。建物の中はアメリカ人の家族連れで賑わっていたが、ここは店舗なのか？　休憩所なのか？　それとも誰かの家なのか？　私たちには良く分からなかった。人の流れに身を任せるようにして、裏口から外に出てみると、そこには一面黄色い落ち葉で埋め尽くされた広場があった、大人が大股で渡れるほどの小川が広場の真ん中を流れ、そのそばで紙コップいっぱいに注がれたアップル・サイダーが配られていた。この地で収穫されたばかりのリンゴを搾って作るというその飲み物を初めて飲んだとき、私はその甘さに驚いた、果汁だけでこれほど甘くなるものだろうか？甘いリンゴジュースを飲みながら一緒に食べる、揚げたてのドーナツもまた、それに輪をかけて甘いのだ。

広場には木製の滑り台やブランコもあった。大勢の子供たちが落ち葉の上を転げ回りながら遊んでいる、その様子を妻と私がぼんやり眺めていると、中に一人、赤いダウン・ジャケットを着た女の子が混ざって、大声で笑っている。それは英語などまったく話せない私の娘だった。そこで初めて気づいたのだが、家族との生活が始まったことで、私はようやくこの地の住人になることができたのだ。

パート2

日本を発つ前に私が不安を感じていたのは、デトロイトという米国自動車産業の中心地で、自分みたいな日本人の若造に仕事なんてできるのか？　ということだった。商談を纏めるどころか、取引先とのアポイントメントすら取れないのではないか？　だが、これはほとんど杞憂に終わった。不思議なことに、大手自動車メーカーの部長、ときには副社長ですら、事前に申し込みさえしておけば、私と会って真剣に話を聞いてくれたのだ。大企業の重役クラスが平社員の営業マンと面談してくれる、肩書きを重んじる日本の会社であれば、これは到底考えられないことだった。「アメリカは移民が集まって作った国だから、何よりもまず公平さを重んじるのよ。日本人だからとか、年少者だからなどという理由で面談を断ることはできません。なぜならそれは差別に当たるから」そう教えてくれたのも、職場の同僚のミアだった。中西部の英語にも少しずつ慣れて、聞き取れるようになった気がしていたが、じつは相手が何をいっているのか分からない状態に慣れただけだったのかもしれない。会話などというものは、それでも成立してしまうものだった。

米国に移り住んだ翌年、妻は二人目の子供を身ごもった。里帰りはできないので、妻の実家から義母が手伝いにきてくれることになっていた。予定日の一週間前に義母がデトロイトに到着すると、その晩いきなり、妻の陣痛が始まった。「これは、今晩にも、生まれるわね」義母は断言した。慌てて病院へ向かう準備をすると、妻は苦痛に顔を歪めながら、私を押《お》し止《とど》めた。「深夜の零時を過ぎてから病院に入りましょう。そうすれば一日分の入院費が浮くから」

日本と違い米国では、夫も出産に立ち会うのが当たり前だと聞かされてはいたが、実をいうと私にはまだその覚悟ができていなかった、人の血を見るだけで、私は力が抜けて、目眩がしてしまうのだ。しかし私の意向など何ら考慮される余裕はなく、病院に到着するなり、私たち夫婦はそのまま分娩室へと連れて行かれた。時間は夜中の三時過ぎだった。分娩室では年老いた助産師が黙々と器具を揃えたり、妊婦の血圧を測定したりしていた。「医者はいつ到着するんだ?」「今、こちらに向かっている」彼女は私とは目も合わせず、無愛想に答えたが、妻の苦しみ方からすると、ほどなく子供は生まれてしまいそうだった。新しい命が生まれるというのに、こんな老婆が一人しかいなくて大丈夫なのか？　もしも医療事故でも起こったら、どう責任を取る積もりなんだ！　そんな私の苛立ちを察した妻が、眉間に皺を寄せた苦悶の表情のまま口を開いた。「お医者さんがいなくても、助産師さんがいれば、大丈夫だから……」妻は絞り出すような声で続けた。「けっきょく頼りになるのは助産師さんだから……日本で出産したときもそうだったから……」

妻のいった通りだった、それから一時間後、老いた助産師は無事私たち夫婦の二人目の娘を取り上げてくれた。私は詫びるような気持ちで、サンキュー、サンキューと繰り返すしかなかった。

パート3

デトロイトから北へ、車で一時間ほど走ったところに、ドイツ移民の村がある。そこには一年中クリスマスツリーやオーナメントを売っている、世界最大のクリスマス用品の専門店があるのだという。たまには気分転換に少し遠出して、家族で昼食でも取りがてら、その店まで行ってみることにしよう。次女が一歳の誕生日を迎える前の、十一月の終わりだった。本当の冬の寒さはもう少し先だったが、空には厚い雲が垂れ込め、ときおり小雨もぱらついていた。これから五か月間、毎日こんな暗い天気が続くのだ。

店の入り口は狭く、しかも平屋造りなので、どことなく田舎の古いレストランのような印象を受けた。内部は確かに広く、体育館ほどの売り場全体が、サンタクロースの衣装、橇を引くトナカイの模型、生木のクリスマスツリー、雪の結晶や紅白縞模様のキャンデー、星や天使といったオーナメントで埋め尽くされていた。「ジングルベル」と「聖しこの夜」が絶え間なく流れてくる店内をぶらぶらと歩きながら、しかしこの程度の広さで「世界最大」を謳うのは広告の誇張だろう、きっとヨーロッパには、これより広いクリスマス用品店なんていくらでもあるに違いない——そう思ったのは私の早合点だった。売り場の一番端まで進むと両開きのドアがあり、それを開けるとまた同じ広さの、体育館のような売り場が広がっていた。しかしこの店の尋常でないところは、次の売り場の向こうにも、そのまた向こうにも、さらにその先にも、同じ広さの売り場が延々と続いていることだった。これほど広大な商業施設を、どうしてこんな辺鄙な、地元の人間しか来られないような場所に作ってしまったのか？　感謝祭や復活祭の季節にも、頑なにクリスマス用品だけを売り続ける理由は何なのか？　不可解さは増すばかりだった。

帰り途、雨は氷雨《ひさめ》、フリージングレインに変わっていた。時間はようやく午後の三時を回ったばかりだったが、外は夜のような暗さだった。沿道の木々は白く凍り、車のサイドミラーにも小さな氷柱《つらら》が下がっていた。「フリージングレインの日は、ぜったいに外出するな」この地に到着した最初の日に、職場の先輩の遠藤さんから受けた忠告もそれだった。だから私は高速道路の一番右側の車線を、これ以上できないくらい慎重に、低速で運転していた。カーラジオの音楽も切っていた。何台ものトラックがクラクションを鳴らしながら追い越していったが、私はけっしてスピードを上げなかった。

しかし事故は起きた。右手の合流路から迫ってくる一台の白い乗用車が、私にははっきり見えていた。ああ、来るな……と思ったときには、もうぶつけられていた。最初の一瞬は、意外な震動の小ささに安堵の気持ちすら起こった。だが追突された衝撃で斜めに押し出されると、車はどこまでも止まらなかった。氷の上を滑っているという制御不能の感覚が、途轍もなく恐ろしかった。視界は銀色の幕で遮られ、ジェット機が上空を通過するときのような轟音が車の中にまで響いた。ずいぶんと長い時間滑り続けていたような気がするが、実はそのほんの数秒が耐え難く長く感じられたということが、またさらなる恐怖だった。

車は高速道路の三本の車線を横切って、反対の側壁にぶつかって止まった。数分の間、家族四人は黙ったままだった。私はハンドルから手が離せずにいた。するとどこかのはずみで、後部座席の二人の子供が、同時に大声をあげて泣き出した。「大丈夫だから。もう、大丈夫だから」妻と私が後ろを向いて、子供たちの肩を抱いてやった。「四人とも、怪我がなくて、本当に良かった」だが、家族を車内に残したまま、ドアを開けて外に出た私は蒼ざめた。車は前輪が千切れてなくなり、ボンネットも三角形に曲がっていた。両側のドアも激しく波打っていた。自分たちが見舞われたのは、家族全員無事でいられた奇跡を神に感謝せねばならないほどの大事故だったことを、私はそのとき知ったのだ。

第三日目

パート1

人間は誰しも、自分が今、幸福の只中にいることになど気づかないものだが、後から振り返ってみれば間違いなく、あの異国の地での子育て時代こそが、私にとっての人生最良の日々だった。幼い子供がいる家はどこもそうであるように、我が家のリビングルームも、おもちゃや人形や洗濯物が雑然と散らかったままで、テーブルやカーペットは食べ物の染みだらけだった。次女が赤ん坊の頃は夜泣きで何度も起こされて、私と妻はいつも睡眠不足だった。どちらかの子供が風邪を引いて熱を出すと、その風邪は瞬く間に家族全員にうつった。

しかしあの忙しさと、疲労と、ときには声を荒げたくなるほどの苛立ちこそが、私たちの幸福の絶頂だったのだ。妻も私もまだ若く、賑やかな人生はこのまま果てしなく続くと信じ切っていた。夏の休暇にはアメリカの国内を旅行した。デトロイトからラスベガスまで飛行機で飛び、そこから車でグランド・キャニオン国立公園を回る計画を立てた。初めて訪れるラスベガスの大通りは華やかではあったが、テレビや映画で見ていたのとは違って、どことなくちゃちなようにも見えた。「Welcome to Fabulous Las Vegas Nevada」のネオンサインの文字は消え入るように細く、遊園地の観覧車もところどころ錆びついていた。車は歩行者並みのゆっくりとした速度で走らなければならないというのが、この街のルールらしかった。

ホテルにチェックインするやいなや、子供たちはプールで泳ぎたいと騒いだ。プールサイドで浴びた、にじり寄ってくるような直射日光と、摂氏四十度を超える乾いた暑さは、この場所がもともとは荒涼とした砂漠だったことを思い起こさせるに十分だった。「パパも早く、こっちに来て！」水しぶきを立てて遊んでいる子供たちに促され、プールに入った瞬間、私は驚いて足を引っ込めた。水は気味が悪いほどぬるかった。まるで風呂のように温かかった。空を見上げると、一様に濃い青で塗り尽くされた背景の中に、ただ白い太陽だけがぽつんと無言で浮かんでいた。

けっきょくこの気候では、人間は長い時間屋外に留まることはできない。観光客は滞在中の時間の大半を空調の効いた室内での食事や買い物、ショーなどの娯楽、そしてギャンブルに費やさざるを得なくなるというのが、わざわざこの地を選んで、人の手によって、街が作られた狙いなのだろう。私たちはホテル内で夕食を取ることにしたのだが、レストランまで辿り着くには、ギフトショップやブティックの建ち並ぶ、長い回廊のようなアーケードを通り抜けなければならなかった。五歳になる長女は、おもちゃ屋の、手品用品の実演販売の前で足を止めた。ブロンドの髪の、若いアメリカ人の男が、手のひらから赤いスポンジのボールを次々に出したり、ステッキの先端から花を咲かせたりしていた。奇跡でも目撃してしまったかのように、長女は手品に惹き付けられていた。食事の間もずっと思い詰めた顔をして、口を真一文字に結んだままだった。帰り途、私たちは再びおもちゃ屋に寄り、娘に手品のセットを買ってやった。すると、ブロンドの髪の男は娘にこういった。「この手品は、まだあなたには難しいかもしれない。けれどいつかきっと、できるようになる日がくる。それまで大事に取っておきなさい」男がいった通りだった。部屋に帰ってさっそく試してみたのだが、ボールの手品も、ステッキの手品も、娘が何度やっても男のように上手くはできなかった。だがむしろそのことによって、あの男は本物の魔術師として娘の記憶に刻まれたのだ。

パート2

翌朝早くレンタカーを借りて、私たちはグランド・キャニオンに向けて出発した。繁華街を出て国道を南へ下ると、赤茶けた砂山の斜面にへばり付くように建てられた粗末な家々が見えたが、やがて見渡す限り何もない、本当の砂漠になった。ダム湖に差し掛かったところで、私たちの遥か前方を走っていたピックアップ・トラックのテールランプが赤く灯った。小刻みにブレーキを踏みながらスピードを落とし、ほどなく車は完全に停止してしまった。信じ難いことだったが、こんな砂漠の中の道でも渋滞は発生するということらしかった。ダムの頂きの道路まで、車はぎっしりと詰まっていた。車が動かないので、空調の効きも悪くなり、湿気を含んだ生ぬるい空気と、糞尿めいた臭いが車中を満たした。しかし窓を開けたら、途端に摂氏五十度近い熱風が吹き込んでくる。何といってもここは、二十世紀に入るまで人間は足を踏み入れたことすらなかった、アリゾナ砂漠のど真ん中なのだから。

四時間半もあれば到着するはずだった道程《みちのり》を、私たちはもう六時間以上も走り続けていた。狭い車内に閉じ込められている子供たちのストレスも、もう限界だったので、街道沿いのデリに車を停め、短い休憩を取ることにした。子供たちにジュースを飲ませているあいだ、私は、店の一角で売られているネイティヴ・アメリカンの民芸品を、見るともなしに見ていた。幾何学模様のラグや食器、鳥の羽をあしらったアクセサリーなどだったが、どれも観光客用に作られた安っぽい土産物ばかりだった。

すると私は唐突に、奇妙な考えに囚われた。ラスベガスやグランド・キャニオンならば、残りの人生のどこかで、いつかまた訪れる機会があるかもしれない。しかしたまたま立ち寄った、街道沿いの名も知らぬこの店を訪れることは、もう二度とない。それだけは間違いない。ならば、この店に来ることこそが、今回の旅の本当の目的だったのではないだろうか？

パート3

夕方日没間際に、ようやく私たちはグランド・キャニオンに到着した。広大な渓谷を挟んで向かい側に見える断崖は、夕日が当たっている部分は黄金色に輝き、影になっている部分は薄い紫色に染まっていた。岩の凹凸は規則的に反復されていた。遠目には浮雲のようにも見える縞模様の地層は、渓谷の奥深くまで途切れなく続き、恐る恐る谷底を覗き込んでみれば、あれは干上がった川の跡なのか、それとも人の歩いた道なのか、砂地にくっきりと描かれた直線が見えるのだった。

「ほら、パパ見て！　大きな鳥さん！」桃色を帯びた晴れた空高くには、恐らく鷲か、コンドルといった猛禽類だろう、大きな鳥が旋回していた。孤独な先住民の少年が、野生の鷲を唯一の友として飼い慣らし、ついには少年自らも鷲となって大空に羽ばたく、そんなアメリカの短編映画を、何十年も昔の、小学生の頃に観たことを私は思い出した。夕焼けに染まる渓谷を眺めようと、崖沿いの遊歩道には大勢の観光客が集まっていたが、それでもこの場所では不思議な静けさと緊張感が保たれていた。ときおり聞こえてくる会話も、耳元で囁くような小声で交わされているのだ。

　そのとき突然、私たちの背後から強い風が吹いた。「あっ、帽子！」次女の被っていた帽子がふわりと舞い上がり、地面に落ちるとまるで小動物が逃げるかのように転がって、崖際の手すりの間を抜けて、渓谷に落ちてしまった。ちょうどそこに通りかかった黒人の少年が微笑みながら何か一言、次女に声をかけて、腹這いになって手すりを潜《くぐ》り抜け、崖を降りて行ってしまった。それは止める間も与えぬ、一瞬の出来事だった。だが、私たちが悲観するよりも早く、少年はすぐに戻ってきた。手にはピンク色の帽子が握られていた。

　宿泊するロッジには、テレビも、エアコンも付いていなかった。長旅で疲れた私たちは早々に眠ることにしたのだが、寝巻きに着替えた後、リュックサックが見つからないと、長女が騒ぎ出した。「どうせ車の中に置き忘れてきたんだろう」長女と私は手を繋いで、駐車場に停めてある車に向かった。真っ暗な夜闇の中を歩き始めるやいなや、長女は立ち止まり、頭上を指差した。

　無数の星が、夜空の端から端までを埋め尽くしていた。大小さまざまな星と星の隙間に夜空がわずかばかり見える、むしろそう表現した方が相応しい、それほどの満天の星空だった。流れ星もひっきりなしに流れた。空気が澄んでいて、人工照明のない場所であれば、空全体が銀色がかって見えるほど星が見える、私たちの頭上にはこんなにも多くの星が毎晩輝いているという事実を、今の今まで知らなかった――その無知を恥じ入りたいと思わせるほどの、それは本物の美しさだった。

第四日目

パート1

早ければ一年か、二年で日本に帰国することになるのだろう――内心そう思いながら始まった私たち家族の米国滞在は、けっきょく七年もの長きに及んだ。七年間の米国生活を通じての最大の悩みは、言葉でも、文化の違いでもなく、食事だった。アメリカの食べ物は、ステーキにしても、サンドイッチにしても、パスタにしても、デザートのケーキにしても、どれも耐え難いほど味が単調だった、塩や胡椒、ケチャップといった調味料をそのまま食べさせられているような気さえした。味が単調な上に、量が多かった。ジャケット着用が義務付けられている高級レストランへ行っても、山のようなマッシュポテトが出てくるのだ。不思議だったのは、それが大食いのアメリカ人でも食べ切れないほどの量だったことだ、彼らはその食べ残しをプラスチック製の容器に詰めて、家に持ち帰った。

駐在時代の最後の二年ほど、私は職場で取るハンバーガーやサンドイッチが憂鬱でならず、持参したカップ麺一杯で昼食を済ませていた。アメリカの大味な食べ物に比べると、日本製のレトルト食品やスナック菓子は、しみじみと美味く感じられた。

しかし今でも、これだけはアメリカの方が明らかに美味しい、素晴らしいと断言できる物が一つだけある。それはオレンジジュースだ。アメリカではスーパーの生鮮品売り場で売られている、果実を搾って作るタイプのジュースだが、この飲み物は、私が生まれてこの方飲んできたオレンジジュースとは、まったくの別物だった。一口飲むだけで、背中を乾いた涼しい風が吹き抜け、自分が直面している面倒な問題などはもうどうでもよくなる、大袈裟ではなく、人生の中で最も楽観的でいられた十代の数年間を思い起こさせるだけの力を、あのオレンジジュースという飲み物は持っている。特に初夏の、一番甘くなる時期の果実を搾って作ったオレンジジュースの、あの爽やかな甘みと香りは、他に比べられるものを私は知らない。

オレンジジュースと並べるのもおかしな話なのだが、アメリカ生活でもう一つ、私が素晴らしいと思ったのは、夏の日が長いことだった。ミシガン州は米国東部時間帯の西端に位置するため、日が暮れるのが遅い。六月であれば日没は夜の十時に近い。夕食は明るい中で取ることになる。開け放った窓からは西日が差し込み、裏庭の芝生には陰影がついて、日の当たる側だけが金色に波打っている。湖面は静かに青い空を映している。まだあと数時間は今日の日が残っているというただそれだけのことで、明日以降も続くであろう幸福の予感に浸ることができた。もちろんそれは私たち家族だけではなく、この地に住む人々全てに、平等に与えられた喜びだった。そして何よりこの季節に限っては、子供たちは夜闇が迫り来る前にベッドに入り、そのまま朝までぐっすりと眠ることができたのだ。

パート2

先輩の駐在員から幼い子供とはそういうものだと聞かされてはいたのだが、我が家の二人の子供たちも、すっかりアメリカ人のコミュニティーに溶け込んでいた。それは私たち両親がけっきょくいつまで経っても英語での日常会話に慣れず、どこか身構えながらアメリカ人社会と接していたのとは対照的だった。

長女は小学校に通い始めると、同じクラスで仲良しになった友達の家にも遊びに行くようになった。我が家から歩いて十分ほどの場所にある、クリスティンという名のその友達の家まで長女を連れていくと、思いがけず父親の私までもが、その家に招き入れられてしまった。この地での生活を始めてもう五年が過ぎた頃だったが、アメリカ人の家の中に足を踏み入れるのは、じつはこの時が初めてだった。クリスティンに手を引かれた長女は、すぐに子供部屋に消えてしまった。少し躊躇《ためら》いながら、靴を履いたまま長い廊下を進むと、真っ白な光に満ちた広い場所に出た。そこはこの家のリビングルームだった。床には毛足の長い白いカーペットが敷き詰められ、真ん中には十二、三人は座れるであろう、革張りの大きなソファーがコの字型に配置されていた。左手の壁には暖炉があり、右手の奥はキッチンになっていた。高い天井からは細かな装飾が施されたシャンデリアが吊るされていた。正面は全面ガラス張りの窓で、円形のプールとウッドデッキの向こう側には、延々と青い芝生が広がっていた。

「コーヒーを飲まれますか？　それとも、ビールにしますか？」クリスティンの父親は、俳優のロバート・レッドフォードに似ていた。奥さんは下の子供を連れてどこかへ出かけていて不在のようだった。二人でコーヒーを飲みながら、英語での、途切れ途切れの会話を交わした。二階の子供部屋からはときおり、甲高い笑い声が聞こえてきた。「日本には一度、仕事で訪れたことがあります。名古屋に滞在しました。いつか家族も、日本に連れていってやりたいと考えています」このハンサムな父親と同様、この豪華な家にも、高価な家具や調度類にも、生活の臭いがまったくしなかった。キッチンの壁にはフライパンが立てかけられ、棚には大きな鍋や調理皿もあるにはあるのだが、それらは何れも新品のように綺麗だった。

　そのとき私は、恐らく私と同年代であろうこのアメリカ人男性を軽蔑したのだろうか？　それとも、羨望や嫉妬を感じたのだろうか？　正直な気持ち、そういった恥ずべき感情は覚えずに済んだのだ。遠い異国の地に、日本に生まれ育った私とはまったく違う人生を歩む人がいる、それが今日たまたま一瞬交わり、以降はもう二度と出会うことはない。そんな現実の不思議さと脈絡のなさに、私はただ魅了されるばかりだった。

パート3

　米国に駐在して丸七年が経とうという夏の初め、私は東京の本社への帰任の辞令を受け取った。いざ帰国の日程が決まってみると、私も、妻も、二人の子供たちも、私たち家族はみな、この地——ミシガン州デトロイトに、一日でも長く留まりたいと願っていることに気づかされた。長女は寝間着とブランケットを持参して友達の家に泊まる、アメリカではスリープオーバーと呼ばれるお泊まり会に何度も参加するようになった。次女は幼稚園の先生と別れたくないと泣いた。妻は妻で、今更ながらクラフト・サークルに入り、造花のリースを作り始めた。私は詫びるような気持ちで、七年間一度も訪れたことのなかった地元の博物館や美術館を回った。

　私たち家族がデトロイトという町に対して抱いていた気持ちは、七年前に同じ地名を聞かされたときの動揺と不安を思い返せば信じられないことではあったが、正しく愛着と呼ぶのが相応しいような感情だった。そして同時に、私たち夫婦にとって、日本に帰国するということは、幸福な子育て時代の終わりも意味していた。

帰国に必要な書類を揃えるため、ダウンタウンにある日本領事館を訪れた帰り道、私は高速道路の渋滞に嵌まってしまった。工事が行われているのか、それとも事故なのか、車はまったく動かなかったが、運転席に座る私は苛立つことなく、不思議と穏やかな気持ちのままでいられた。よく晴れた七月の昼下がりだった。高速道路から見えるビルの窓ガラスは、どれも鏡のように反射して、中で働いている人々の様子を窺うことはできなかった。路肩には初めてこの地に到着した日と同じように、絡まり合った針金やタイヤの破片が置き捨てられ、ダウンタウン特有の、埃の混ざった空気の乾いた臭いがした。

ちょうどそのとき、点けっ放しになっていたカーラジオから、アコースティックギターの長閑《のどか》なワルツのリズムに乗せて、聴き憶えのある優しげな歌声が流れてきた。初めて聴く曲だったが、歌っているのはポール・サイモンに違いなかった。聞き取れない部分もあったが、どうやら生まれ育った、排気ガスで大気の汚れた工業都市からいつかは逃げ出したいと考えている、貧しい少年を歌った歌詞のようだった。すると曲の終盤、いきなりこの町の名前がはっきりと、二度、繰り返されたのだ。「デトロイト！　デトロイト！」しかし私は驚きはしなかった。それよりも、この曲で歌われている少年だって、口では悪態をつきながら、本心では故郷に限りない愛着を抱いているのではないだろうかと、そんな気がしてならなかった。

朝日新聞　文芸時評

〈第一〇回〉受賞作が決める賞の価値

――二〇一八年一月二六日　朝刊

今の三十代以下の人たちには余り想像が付かないかもしれないが、一九七〇年代から八〇年代にかけての一時期、芥川賞はさほど世間の注目を集めていなかった、選考会翌日の朝刊の社会面の片隅に受賞者の名前と顔写真が小さく載るだけという、その程度の扱いに過ぎなかった。低調という表現が相応《ふさわ》しいのかどうかは分からないがそんな時代は、島田雅彦、金井美恵子、村上春樹、高橋源一郎、松浦理英子といった、これらの名前抜きにはその後の日本の純文学を語ることはできない作家たちに、頑《かたく》なに芥川賞を受賞させなかった時期ともほぼ重なる。

芥川賞が再び注目されるようになったのは九〇年代以降の受賞作が読者の支持を集め、受賞者はその後も質の高い作品を発表し続けたことに依《よ》るところが大きいと思うのだが、純文学に多少なりとも関心のある人であれば知っている通り、そもそも芥川賞というのは実質的に文藝春秋が主催する、他社主催の三島由紀夫賞や野間文芸新人賞と同列に置かれる、小説の新人賞の一つに過ぎない。しかし普段全く純文学など読まないが、年に二回発表される芥川賞受賞作だけは目を通す人が少なからずいる通り、純文学の世界の内と外を繋《つな》ぐ、現在ではほとんど唯一の回路として機能している実態は認めざるを得ないだろう。これは発案者である菊池寛の先見の明などという話ではなく、芥川賞はその歴史の中で、単なる新人賞では済まない役割を担ってしまったということなのだ。

今回の芥川賞が石井遊佳「百年泥」と若竹千佐子「おらおらでひとりいぐも」に決まったことで、前回の沼田真佑「影裏」から続けて、三作ともデビュー作での芥川賞受賞ということになる。デビュー作での受賞は必ずしも問題視されることではないし、「影裏」と「おらおらで」については本欄でも以前、その新人離れした独自の文体を高く評価した通りなのだが、しかし本欄執筆者というよりは個人的な正直な気持ちを吐露すれば、昨年一年間に文芸誌に掲載された作品を振り返ってみたときに、芥川賞という回路を通じて広く世の中に差し出すに相応しい作品は、この三作以外にもあったのではないかという疑問が拭い切れない。

これは芥川賞に限らず、どの賞にも同じことが言えるのだが、賞というものはそれ自体に定まった価値があるわけではない、主催者がどんな候補作を選び、選考委員がどんな作家のどんな受賞作を世に送り出すかによって、その価値は高まりもすれば下がりもする。今回本欄で疑問を呈したことを悔やませるまでに、新たな受賞者たちが読む者を圧倒する作品を次々に発表してくれることを、むしろ願っている。

――二〇一八年二月二三日 朝刊

〈第一一回〉現実を超える小説的現実

プロの小説家の中にも勘違いしている人は少なからずいるのだが、現実の一部を切り取って、人々が共感できるように描いてみせるのが小説ではない。語りの力によって読む者を圧倒しつつ魅了する、現実とは異なる、いわば小説的現実を立ち上げてみせるのが、小説という芸術表現なのだ。

恐らくその最良の証明となるであろう、金井美恵子『『スタア誕生』』は、一九五〇年代の地方都市の商店街を舞台に、地元の映画館で開催されるニューフェース審査会に臨む、映画女優に憧れる若い美容師と、彼女を応援する商店街で働く女性たちを、当時十歳の少女だった語り手の目を通して描いている。とはいえ、特段ストーリーらしいストーリーがある訳ではない。脈絡なく繰り出される、ときには数ページにも亘《わた》る、映画館の内装の仔細《しさい》な描写や、そこで観《み》た筈《はず》の洋画や邦画の一場面、親しかった人たちの服装や髪型《かみがた》の説明、もはや発話者が誰だったのかも判然としないほど延々と続く会話に身を委ねていると、唐突に「……を思い出す」「……を覚えている」という結語に出会い、その度毎《ごと》に我に返り、この作品全体が語り手の回想であることに思い至る、そんな宛転《えんてん》たる語り口によって読者にもたらされるのは、単なる現実の過去への憧憬《しょうけい》、ノスタルジーである筈がない。紛れもなくそれは、自転車を漕《こ》ぐ「短いスカートからむき出しになった太もも」に感じる風や、「ぼうっとしたオレンジ色がかった桃色」に光る「スズラン灯」、「水色の半袖のセーター」の胸の谷間から漂う「キャラとかビャクダンとはまるで違う甘い匂い」によって作り出される、至福の小説的現実なのだ。

奥泉光の長篇『雪の階《きざはし》』は対照的に、精緻《せいち》に構築されたストーリーの随所に、二重三重の仕掛けが凝らされた作品だ。二・二六事件勃発前年の昭和十年、富士青木ケ原の樹海で情死した親友の謎を解くため、主人公の華族令嬢は、子供時代の遊び相手だった女性写真家に調査を依頼するのだが、その矢先、来日中のドイツ人ピアニストが不審な死を遂げる。天皇機関説を巡る抗争まで絡めた、秀逸なミステリーとして読まれるのであろうこの作品だが、しかし実際にこの作品を夢中になって読み進めている最中の読者が体感するのはやはり、「松林の幽暗に溶け込む孤樹の佇《たたず》まい」「仄白《ほのしろ》い若女の能面が月夜の桜花のごとく影に沈んでいる」といった、熟語を多用した三人称多元の語りによって立ち現れる、史実を上回って濃密な小説的現実に他ならない。そしてそのような作品に相応《ふさわ》しくラストでは、積み上げてきた一切の論理を超越する、鮮やかな小説的反転が待ち受けている。

——二〇一八年三月三〇日 朝刊

〈第一二回〉小説は具体性の積み重ね

何をどう書いても構わない、一切の定義付けや決まり事を拒むのが小説という言語表現ではあるのだが、しかし多くの書き手が日々実作を続ける中で感じる、小説を小説たらしめている第一の理由とは、具体性をもって描かれる、ということではないか。登場人物の動き、会話、出来事、事物や風景の描写、さらには過去の回想や意識の流れまで含めた、それら具体性の幾重もの積み上げによってしか表し得ない何かを伝えるために、書き手は評論や随筆といった他の散文形式ではなく、小説という方法を選び、書き始めるのだと思う。

小暮夕紀子「タイガー理髪店心中」は、親の代から数十年続く、今では客もまばらな理髪店を営む老夫婦が主人公なのだが、頑固一徹、ときに独善的でさえある理髪師の夫には独語癖があるため、その心理を描写する地の文を、妻の鉤括弧《かぎかっこ》（「 」）付きの会話文で受けることで、単にユーモラスなだけでは済まない、独特の緊張感すら漂う夫婦の関係が巧みに描き出されている。妻の認知症発症や、幼い息子の事故死というエピソードを扱いながらも、この作品が紋切り型の感傷に陥ることを免れているのは、「筋雲はどこかに去って、空には薄墨色が広がりつつあった」という細やかな観察眼を感じさせながらも意外性のある描写や、「小魚でも骨は固いのよ、そりゃそうでしょ、生きていくためだもの」という虚を衝く発言のような、言葉を選別し、丁寧に積み上げられた具体性の所産なのだろう。

岡本学「俺の部屋からは野球場が見える」では、余命幾許《いくばく》もないパートナーの女性を看病する主人公に、十年以上会っていない旧友から手紙が届き始める、手紙には旧友の住む部屋から見える、アマチュア野球のリーグ戦の詳報が綴《つづ》られている。作品は、病状が悪化する恋人をなす術《すべ》なくただ見守る他ない主人公と、新人投手の好投で突如快進撃を始めた最下位チームを、交互に描きながら進む。「奇跡ですら、パターンじゃないか。奇跡なんて人間の勝手な解釈だ」という旧友のかつての言葉を思い出しながら、恋人の快復という「さらなるありえない奇跡――医学では証明できない奇跡」を求めているのかと主人公が自問する、思弁的ともいえるこの作品が、所々雑な情景描写や野球の場面の単調さにも拘《かか》わらず、不思議な魅力を湛《たた》えているのはやはり、主人公の突発的な行動、旧友の挑発的な発言といった具体性がこの作品を支えているからなのだ。同時にこの作品は、作者の思弁を映す道具として小説が使われていない、小説そのものが思弁している、そのこともこの作品の成功に寄与しているように思う。

――二〇一八年四月二五日　朝刊

〈第一三回〉不自然さも飲み込み、疾走

小説を執筆するにあたって、遵守《じゅんしゅ》せねばならないルールは存在しない。冒頭から書き始めずに結末から遡《さかのぼ》って書いても構わないし、章毎《ごと》に別々に書いてから繋《つな》ぎ合わせても構わない。どんな書き

方をしようが、それは書き手の勝手なのだが、しかしいかなる書き手も、そして読み手も従わねばならない制約が一つだけある。それは、小説は文章の連なりから成る、単線的《リニア》な構造を持たざるを得ないということだ。

*

小説は単線的に、必ず一文一文進む。ある文章が小説の中に置かれたならば、たとえその内容がどんなに不可解であったとしても、それが前提となって、受け容《い》れられた上で、次の文章が続く。だがこの構造は、我々がよく知る何かに酷似している。夢である。睡眠中に見る夢の中では誰しも、たとえそれがどんなに突拍子もない設定、現実には起こる筈《はず》のない事態であったとしても、それを真に受けて、必死に対処しようとしてしまう。悪夢にうなされるのは幼児だけではない。五十歳を過ぎた中年男が受験生に戻った夢を見れば、試験開始時間に遅れまいと全力で駅の階段を駆け上がる。何十年も前に死に別れた肉親が夢の中に現れても、それを奇異だと感じることなく会話を始める。そして、こんな筈はない、自分は夢を見ているのではないかと疑った瞬間にはいつも、目が覚めてしまう。

夢こそが、小説の起源、小説の原型なのではないだろうか？　ロマンチックな連想や比喩として言っているのではない。夢と、小説とは、それらが拠って立つ構造、論理を共有しているようにしか思えないのだ。

小山田浩子の短篇集『庭』（新潮社）に収められた「広い庭」では冒頭、母親の運転する車に乗せられ、母親の友人宅へと遊びに行く主人公が、「ミラーの中の母の目がいつもより大きく尖《とが》って見え」ることに気付く。同年代の子供が何人かいる筈だと聞いていた友人宅に到着すると、その夫婦以外には誰もおらず、母親もそのことに疑問を呈する訳でもない。なのになぜか、「この人数のために用意したとは思えない量」の料理が用意されている。広大な庭を探索し始めた主人公が一本の梅の木を見つけ、しげしげと観察した後、改めて同じ木を見上げると、「さっきと枝の形が全然違うように見え」る。不可解さが宙吊《ちゆうづ》りにされたまま終わる、この短篇集に収められた作品からは何《いず》れも、夢の論理が働いている。読点の少ない、抑制の効いた文体で語られるこれらの描写には、夢の論理が多くの読者からの共感を得ようなどというさもしい意図は感じられず、読後にはむしろ、置いてけぼりを食らったような印象が残る。だがそれは即《すなわ》ち、それほど速く、この作者の作品が疾走していることを示している。

＊

夢の論理が働くのは、幻想的な小説に限ったことではない。高橋弘希「送り火」（文學界五月号）は、父親の転勤に伴い、東北の寒村へ移り住んだ中学三年生の主人公が、川沿いの銭湯で、地元のリーダー格の少年と出会う場面から始まる。田舎とはいえ現代に生きる思春期の少年たちが、携帯電話も持たず、性への関心も抱かぬまま、花札で遊び、角力《すもう》に興ずる、親子で仲良く羽根つきをするという不自然さを飲み込みながら小説が澱《よど》みなく進むのも、「茅葺《かやぶ》き屋根の民家」に住み、「右手に大根、左手に鎌」を持った、いかにも怪しげな老婆に招かれるがまま、あっさりと主人公が居間に上がり込んで、囲炉裏で炙《あぶ》ったマシュマロを食べ、甘酒まで呑《の》んでしまうのも、やはり夢の論理が作用しているが故の強引さとしか思えない。ほとんど予定調和のように見えてしまうラストの凄《せい》惨《さん》な暴力描写に比べると、「その茶色い生物は、白昼の陽光の中で、夜の鼾《いびき》をかくと、畦《あぜ》の緑を泥で汚しながら遠ざかっていった」という丁寧に観察され、選び抜いた言葉が使われた自然描写は、まるで夢の最中《さなか》に顕《あらわ》れる啓示の瞬間のようで、余りに魅力的だ。

——二〇一八年五月三〇日　朝刊

〈第一四回〉文体とは何か　一語ずつ積み上げ作る時空間

一般の読者は常々疑問を感じているに違いない、作家や評論家がさも自明の事でもあるかのように使っている、本欄だってこの三月までは何食わぬ顔をして見出しの一語として掲げていた小説の分類——純文学とエンタメ——この両者の違いはどこにあるのか？　髙村薫は「小説の現在地とこれから」（新潮六月号）と題された大佛次郎賞受賞記念講演の中で、回答を試みようとしている。

＊

講演では、昨今その境界が曖昧《あいまい》になっている純文学とエンターテインメントではあるが、もともと両者の違いに明確な定義があった訳ではないと前置いた上で、それでも両者を決定的に分かつのは「小説の書かれ方・読まれ方の差異」であり、「文体と文章空間に固執する者が純文学を書き、読む。これは昔もいまも変わりません」と、文体への志向性こそが、純文学を純文学たらしめている第一の理由なのだと強調する。

しかし読者からすると、この文体なるものがまた作家たちの専売特許のようで、今一つ分かり難いのかもしれない。講演では文体とは何かについても、「うつくしい文章とか気の利いた表現といったことではなく、日本語の並べ方そのもの」であり、「漢字と平仮名を連ねてゆくなかで立ち上がってくる」「意味と音と形態の三つどもえの響き合い」に他ならないと説明される。こうした発言は全て、実作者としての経験、実感に根差しているのだろう。創作の渦中にある書き手が頭を悩ませているのは、読者の意表を突くストーリー展開でも、登場人物の人生観を端的に言い表す台詞《せりふ》でもなく、ただひたすらに、目の前の一文の、語の選択と配置という問題なのだ。そしてその選択の基準は、講演でも述べられている通り、正しく書き手の身体性に委ねられている。

講演では後半、SNS全盛の現代、人々の身体性は希薄化し、文体への固執も消えつつあるという分析が成されているが、どういう訳か、そうした若い世代の中から、文体に意識的な作家も生まれ続けている。今年度の群像新人文学賞当選作、北条裕子「美しい顔」（群像六月号）は、震災で母親を失った女子高生の主人公が、被災者を消費するマスコミを敵視しながら、そのマスコミに自らも消費させ、避難所の非日常に引き籠《こ》もろうとしてしまう脆弱《ぜいじゃく》さと向き合い、弟と共に日常に帰還する迄《まで》を描いているのだが、投げ遣《や》りな描写や都合が良過ぎる人物造形といった欠点が散見されるにも拘《かか》わらず、この作品が特別なものに成り得ているのは、「……わからなかった」という語尾が執拗《しつよう》に繰り返されたり、「そっちじゃない、そっちじゃない、そっちじゃない」という同じ表現が反復される、書き手の苛立《いらだ》ちが見事に体現された文体に依《よ》る所が大きい。この文体は恐らく音楽、特にラップの影響を受けているのだろうが、作中の所々で、書き手の意図を超えて一つの言葉が次の言葉を生む、小説の自己生成が起こっているようにも感じる。

＊

桜井晴也「くだけちるかもしれないと思った音」（三田文学春季号）の主人公は冒頭、突然やってきた憲兵に捕らえられ、牢獄に収監されてしまう。そこから、看守とのやりとり、農場での労働、従軍中の姉から届く長い手紙が、平仮名と読点を多用し、会話から鉤括弧《かぎかっこ》（「　」）を省いた、小説内の時間と同期しながらゆったりと進む文体によって綴《つづ》られてゆく。後半、イメージを先行させ過ぎて描写が疎《おろそ》かになってしまうのが惜しいが、「わたしをおおう夜も星の光に照らされていた」「わたしは、あるいはわたしをふくめたとてもおおくのひとびとが彼に感謝をするべきだと思った」という言語化する事のもどかしさを引き受けた表現などは、書き手が自らの身体性に忠実でなければ書けないと思う。そのように書かれた作品なのだから、これは現実世界のメタファーとして読まれるべきではない、一語一語積み上げて作られた、唯一無二の時間と空間なのだ。

――二〇一八年六月二七日　朝刊

〈第一五回〉文化の拠点とは　小説も書店も「独自性」で輝く

日本全国で書店数の減少が続いているという。少し前の記事になるが、二〇一七年八月二四日付の本紙朝刊（東京本社発行の最終版）では、「書店ゼロの街　2割超」という見出しを掲げ、全国の二割強に当たる四二〇の自治体・行政区が、地域に書店が一店舗もない「書店ゼロ自治体」になっているとした上で、この事態を「『文化拠点の衰退』と危惧する声も強い」と報じている。

恐らく死ぬまで紙の本を読み続けるであろう世代の一人として、個人的には、成る丈多くの書店に存続して欲しいと願ってはいるがしかし、冷静に、客観的にこの状況を分析してみるならば、かつては少ないながらも海外小説や文庫の古典が並べられていた売り場を、売上ランキング上位の小説とダイエット本と付録付き女性誌に明け渡してしまった結果、街の書店の地位はコンビニとネット通販と情報サイトに取って代わられた、というのが本当の所なのではないか？　つまり「文化拠点」が衰退しているのではなく、「文化拠点」である事を自ら放棄した必然として、書店は減少の一途を辿《たど》っているように見えて仕方がない。

＊

安部公房にその才能を見出《みいだ》されたものの、極端に寡作な上に、十年以上に亘《わた》る休筆期間も経た後、熱心な読者からの要望に応える形で近年再び作品を発表するようになったという、その経歴からしてどこか作中の挿話めいてもいる、山尾悠子の新刊『飛ぶ孔雀《くじやく》』（文藝春秋）に収められた「不燃性について」を読んで、驚嘆した。一人の男が仕事帰りに立ち寄った地下公営浴場で、路面電車の女運転士と出会う、男は彼女から「あたしの電車を外に停《と》めていますから、帰りは乗っていくといい」と誘われるのだが、帰途に就く前に二人は、硫黄臭漂う地下深くにある売店を訪れる、そこでは茹《ゆ》でた卵が売られている……という冒頭だけでも十分に奇妙な小説である事は分かるのだが、この小説の本当の凄《すご》さは、幻想小説や奇譚《きたん》といった枠に収まり切らない、運動性豊かな文体にあるように思う。「底の知れない温水は相変わらず目を惑わすひかりの紋様でいっぱいで、そしてかなりの低音で喋《しやべ》る目のまえの相手が年上なのか年下なのか、Kは今ひとつ確信が持てないままでいた」。この文章の前半部分では、浴場の揺らめく温水を描写していながら、「そして」という接続詞で繋《つな》いだ後半部分では、前半とは全く異なる、目の前で話す女運転士の年齢不詳さについて語っている、この段差、跳躍が凄《すさ》まじい。この作品はこうした段差もしくは転調の連続なのだ。会話部分もほとんど応答になっていないにも拘《かか》わらず、小説は澱《よど》みなく進む。この作者が、前回本欄で述べた「語の選択と配置」に極めて意識的な書き手である事は疑いようがない。小説は後半、大きな災厄をもたらしそうな、地中深くに蠢《うごめ》く大蛇の存在を仄《ほの》めかしもするのだが、カタルシスに回収されることなく、驚くべき地点に着地する。

＊

「ポルトガル語のジェイムス・ジョイス」とも呼ばれる程の存在でありながら、日本での翻訳は極めて少ないブラジル人作家、J・G・ホーザの短篇集『最初の物語』（高橋都彦訳、水声社）も、言葉の力を駆使することで独自の小説世界を構築している。この中で描かれている、少年が森で出会う「皇帝のように彼に賞賛されようと背を見せた」七面鳥や、幼年時代に訪れた大邸宅の家具の「赤い木材の高級な材質の（中略）二度とない匂い」は、回想された本当の記憶ではない。言葉によって精緻《せいち》に作り直された、現実の過去とは異なる小説的記憶なのだ。

今回紹介した二冊に興味を持った読者が近所の書店を訪れたとしても、その棚に目当ての本を見つける事は難しいかもしれない。しかしだからこそ、こうした需要の取り込みに特化する事が書店間の差別化に有効なようにも思う。実際米国ではここ数年、独自の品揃《しなぞろ》えで地域の本読みから支持を得ている、独立系書店が復調傾向にあるという話も聞く。

〈第一六回〉作家の「蛮勇」 制御不能な言葉と生きる

――二〇一八年七月二五日 朝刊

『大江健三郎全小説』(講談社)の刊行開始を記念して行われた、「同時代の大江健三郎」(群像八月号)と題された筒井康隆との対談の中で、蓮實重彦は、読んでいるこちらがたじろぐような率直さで、「大江さんが作家として一番偉いと思っている」と言い放った後で、その理由を「世界に対して、あるいは言葉に対してどのような姿勢をとるかということを本能的に心得ている」「彼ほど言葉を自分の思い通りにしようと必死に操作しながら、しかしそれが思い通りに行かないことへの当然のいら立ちと脅《おび》えのようなものを生の刺激として書いた人はいない」と説明している。

＊

優れた小説家とは、一般に、素朴に信じ込まれているような、言葉を意のままに操り、その言葉によって世界の一部を鮮やかに切り取る能力を備えた人々ではない。幾ら言葉を積み重ねたところで自らが描こうとする対象にはとうてい追いつかず、書き進めば進むほど、今度は言葉の方が勝手に一人歩きを始めて収拾がつかなくなる、そうなると分かっていながらそれでも言葉を携えて原稿に立ち向かっていく、蛮勇とも思える営為を続ける人々なのだ。その意味では寧《むし》ろ、そうした言葉の限界と制御不能さを知る者こそが、真に優れた作品を書き上げる資格を得るのかもしれない。

朝吹真理子『TIMELESS』(新潮社)の主人公の女性「うみ」は、恋愛感情を持たぬまま「交配する」という約束だけを交わして、高校時代の同級生「アミ」と結婚する、アミには別に年長の恋人がいるのだが、自らが被爆三世である事を恋人には話せずにいる。友人の披露宴からの帰途、うみとアミは「時間が横たわったまま堰《せ》き止められている」かのような、廃屋ばかりが続く夜の谷に迷い込む、そこでは金色の目をした猫又《ねこまた》が電線を伝い、四百年前に荼毘《だび》に付された江姫の死臭を消すための、大量の香木を焚《た》いた煙までもが漂っている、互いの発する香りだけを頼りにかろうじて存在を確認し合っていた二人もやがて「くらいもの」となり、「隣にいるひとが誰なのかわからなくなる」。まるで海と陸とに引き裂かれた一卵性双生児のように似ていながら、奇妙な距離を取り続けるこの男女の関係は、作中に差し挟まれる科学や歴史の知識が、知識の羅列では解明できない部分を残すのと同様、言葉では説明し切れないものなのかもしれない。しかし作者は敢《あ》えて、言葉の届かない部分をこそ言葉によって表現するという力業《ちからわざ》を試みているようにも思う。

＊

青山七恵の短篇集『ブルーハワイ』（河出書房新社）の表題作は、東京での教員生活に挫折し、故郷のマスコット人形工場で働く主人公「優子」が、たまたま訪れた夏祭りの会場で、かつての教え子だという少女「ミナイ」から呼び止められる、その直後何の気なしに引いた福引きで特賞のハワイ旅行を当ててしまう場面から始まる。翌週、ミナイは優子の職場に突然現れる、そして優子にしつこく付き纏《まと》い、学校でいじめに遭っていたミナイを慰めてくれた事や、「自分を大事にしてもらうために、大声をあげたり、ほかのひとにかみついたりするのは、できればやりたくないよね」という確信を共感し合った事を伝えるのだが、優子はそれでもまだ、ミナイが自分の教え子であったという確信を持てない。それにしてもこの、捏造《ねつぞう》されたようにさえ見える一方的な記憶は明らかに不自然だ。

ミナイという少女はいったい何者なのか？　主人公を貶《おとし》める罠《わな》がどこかに隠されているのではないか？　そんな不吉な予感が高まっていく終盤、ほとんど唐突に主人公が吐露する、「この少女を（中略）大切にいつまでもいつまでも、自分ひとりだけのものにしておきたい」という「うすぐらい欲望」に仰天させられるのだが、この部分は作者が書いたというよりも、小説自身の発した叫びのように思えてならない。小説の言葉の恐ろしさを垣間見る気がする。

――二〇一八年八月二九日　朝刊

〈第一七回〉芸術と日常　人生の実感、率直な言葉に

ＮＨＫの連続テレビ小説「半分、青い。」を観《み》ていて、どうしても覚えてしまう違和感、という表現では足りない、ほとんど憤りにも近い感情の、一番の理由は、芸術が日常生活を脅かすものとして描かれていることだろう。漫画家を目指すヒロインは、故郷を捨てて上京する、そのヒロインが結婚した夫は、映画監督になる夢を諦め切れずに妻子を捨てる、夫が師事する先輩は、自らの成功のために脚本を横取りしてしまう……漫画や映画、そして恐らく小説の世界も同様に、生き馬の目を抜くような、エゴ剝《む》き出しの競争なのだろうと想像している人も少なくないとは思うが、しかし現実は逆なのだ。故郷や家族、友人、身の回りの日常を大切にできる人間でなければ、芸術家には成れない、よしんばデビューはできたとしても、その仕事を長く続けることはできない。次々に新たな展開を繰り出し、視聴者の興味を繫《つな》ぎ止めねばならないのがテレビドラマの宿命なのだとすれば、目くじらを立てる必要もないのかもしれないが、これから芸術に携わる仕事に就きたいと考えている若い人たちのために、これだけはいって置かねばならない。芸術は自己実現ではない、芸

術によって実現し、輝くのはあなたではなく、世界、外界の側なのだ。

＊

保坂和志の短篇集『ハレルヤ』（新潮社）には、愛猫との別れの日々を綴《つづ》った表題作と併せて、その愛猫との出会いを描いた、今から十九年前に発表された作品「生きる歓《よろこ》び」も再録されている。五月の連休に義母の墓参りで訪れた谷中霊園で、作者と妻は、歩道の真ん中でうずくまっている、生後間もない瀕死《ひんし》の三毛猫を見つける、既に二匹の猫を飼っているので三匹目は飼えないと思いつつも見捨てては置けず、貰《もら》い手を探す積もりで一旦《いったん》連れて帰るのだが、獣医に診て貰ったところ、この猫には片目がないことが分かる、そこで作者は自分で育てる決意を固める。ここには美談が書かれている訳でも、不思議な運命が書かれている訳でもない、現実に起こったこと、事実と経験がそのまま書かれている。自分のことは全て後回しにし、小説の執筆も中断して、作者は猫の看病に掛かり切りになる、その甲斐《かい》あって弱っていた猫は徐々に回復し始める、自ら進んで食物を摂るようになった猫を見ながら、「生きていることの歓びを小さな存在のすべてで発散させているよう」だと書かれているのも、目の前の現実に対する作者の率直な実感に他ならない。

表題作「ハレルヤ」では、猫は老いて不治の病に冒《おか》され、十八年八カ月の生涯を終えて旅立つ。亡骸《なきがら》を前にして、作者夫妻は改めて、もしもこの猫が片目でなかったら里親を探していたであろうこと、しかし自分たちが一緒に暮らしていた長い年月、片目であることは全く気にしていなかったことに思い至る。「死はまったく学習できない、死別することの心の準備は死ぬ瞬間までできない」「死は悲しみだけの出来事ではない」「それを忘れたら生きてはいけないようなことは言葉を介在させずに記憶する」「それは祈りだからそこに言葉はなかった、光と風と波だけがあった」。愛猫の死に接して絞り出された、読む者の心を震わせるこうした言葉も、哲学や箴言《しんげん》とは明らかに異なる、紛れもない作者の人生の実感なのだ。

＊

デビュー以来の保坂和志の全著作を読んできた一人として、ここ数年の作品はシンプルに、ストレートに、より融通無碍《ゆうずうむげ》に書かれていることを強く感じる。「小説は読んでいる行為の中にしかない」というのは、この作者自身のかつての言葉だが、近年の作品は読後の感想や批評も寄せ付けない、それを読みながらただ深く感じ入るしかない、最強の小説と成り得ている。そして何よりも作者の作品では、全ての芸術家の導きとなる生き方が示されている、「おまえと世界との闘いにおいては、かならず世界を支持する側につくこと」というカフカの教えが、ストイック且《か》つ大胆に、実践されている。

――二〇一八年九月二六日 朝刊

〈第一八回〉「書きたい」人々　優れた才能、見極める力を

Jリーグで活躍するプロサッカー選手が、とつぜんテノール歌手になったという話は聞かないし、売れっ子のファッションデザイナーがオリンピックでのメダル獲得を目指して、フィギュアスケートの練習に励んでいるという話も聞いたことがない、そんな無謀な越境の挑戦など試みられなくて当然なのだが、ところが挑戦の対象が小説となると、なぜだかその当然が当然ではなくなるらしい。

文芸書が売れない、若者はもう小説なんて読まないといわれるようになって久しいにも拘《かか》わらず、他の分野で名を成した人物が小説を執筆し、出版する、という話は今でもしばしば耳にする、それはなぜなのか？　もちろん著者の知名度の高さに応じた販売部数増を期待する出版社側の思惑はあるのだろうが、しかしそれだけでは有名人が次々に、多忙ななか執筆時間を捻出しそれなりの労力を費やしてまで、わざわざ小説を書きたがる理由として足りない。

＊

これは日本に限っての話かと思っていたのだが、そうでもないようだ。アメリカで最も有名な映画俳優、そして監督の経験も持つトム・ハンクスによる小説集『変わったタイプ』（小川高義訳、新潮クレスト・ブックス）が出版された。ニューヨーカー誌に掲載された短篇「アラン・ビーン、ほか四名」は、自宅の裏庭で高校時代の仲間とビールを飲んでいた主人公がふと夜空を見上げた拍子に、月への周回旅行を思い立つ、仲間はそれぞれの特技や職業を生かして、軌道を計算し、ホームセンターで資材を調達する、中古の宇宙船も百ドルで手に入れ、四人が乗り込んだロケットはいよいよ発射される……そんな物語なのだが、もしもこれがトム・ハンクスの書いた作品ではなかったとしたら、果たしてニューヨーカー誌は掲載しただろうか？　邦訳の単行本まで出版されただろうか？率直にいって、難しいのではないかと思う。「窓の地球とならんで何百枚も自撮りした」「青と白を継ぎはぎした生命の星」といった素人のブログ的な紋切り型表現が散見されるし、手作りロケットで月へ行くという突拍子もないアイデアを専門的な知識で中途半端に補強しようとするので、全体に凡庸なＳＦめいてしまっている。収録されている他の短篇もどこか、こんな風に書けば小説らしく見えるだろう、という執筆態度が透けて見えてしまうのだが、ただ「心の中で思うこと」「過去は大事なもの」といった作品からは、作者がこれを書かねばならなかった拘《こだわ》りと怒りが感じられる。「春、死なん」（群像十月号）の作者、紗倉まなは現役の人気AV女優であり、群像の目次にも「高齢者の性を描く」などと煽《あお》るような文句が並べられているのだが、この作品の核はそこではない。妻に先立たれ、二世帯住宅に住んではいるものの息子家族との交流はほとんどない、七十歳の主人公の、周囲には理解されない心身の不調の苦しみと、年齢を重ねても抜け出せない業《ごう》のようなものが、臆することのない筆致で描かれている。説明過多の会話や、展開の安易さといった欠点はあるものの、「所有する箱の中に、必ず消費されるエネルギーがきちんと整列しているのは、どこか自分の身体の内部を見ているよう」「血が繋《つな》ぎとめるたしかな後ろめたさ」などの鋭く斬り込む表現は、作者が小説家に必要な洞察力の持ち主であることを示している。

＊

何割かのイリュージョンを含みながら、小説、もしくは小説家という肩書きに対する憧れは、今の時代でもまだかろうじて残っているのかもしれない。しかしこれこそ当然のことだが、小説は作文とは違う、文章が書けさえすれば小説も書けるというわけではない、テノール歌手やフィギュアスケート選手と同様、小説家も一種の才能職なのだ。幾つかの先例が示す通り、音楽や美術、芸能の分野で活躍する人々の中にも、優れた小説を書く才能は間違いなく存在する、だからこそ編集者や出版社には、目先の話題性になど惑わされずに、その真の才能を見極める力が求められている。

〈第一九回〉文章の質感　過去への視線に時間の厚み

――二〇一八年一〇月三一日　朝刊

毎月本欄を読んで下さっている読者の中には、気付いている方もいるのかもしれない、本欄で小説を取り上げる際には、必ず何箇所かの、鉤括弧《かぎ》（「　」）付きの引用を入れるようにしている。幾ら言葉を尽くして説明したところで、じっさいに本文を読み、味わうという経験の中でしか、その小説の素晴らしさを知ることはできない、鉤括弧付きの引用は、せめて文章の質感だけでも伝えたいという、本欄執筆者としてのささやかな抵抗でもある。今月の文芸誌には、新人賞受賞作も含めて、手に取って読んで貰《もら》いたい良作が並んだ。

＊

今年の文藝賞を受賞した山野辺太郎「いつか深い穴に落ちるまで」（文藝冬号）では、戦後間もない時期に一人の若手官僚が、焼き鳥に刺した竹串から思い付いた、日本からブラジルまで地球を貫く穴を掘るという大事業の顚末《てんまつ》が描かれるのだが、そんな嘘《うそ》臭い、現実味の乏しい物語を書こうとしたならば、どんな書き手であっても、画期的な掘削工法が開発されたとか、地球中心部の高温高圧にも負けない超耐熱ガラスが発明されたとかいう、読者を納得させるに足る設定に頼りたくなるものだろう。しかしこの作者はそうした設定には一切頼ることなく、「どんな技術で穴を掘るというんだ？」と問われれば、「温泉を掘る技術です」と、平然と、真顔で答えながら、物語を推し進めていく、そんな大胆不敵さというよりは、小説という表現への揺るぎない信念こそが、この小説が読者に与える大きな感動の理由なのだ。一度目は選考委員として本作を読んだのだが、本欄で取り上げるに当たって改めて読み返してみて、バイタリティーに溢《あふ》れていた事業の発案者が年老いるにつれ、「穏やかな表情で聞き役に徹するかのごとく、静かに会議の席に座っているよう」になり、「ここに座っているのは彼自身の抜け殻にすぎないというかのような気配の薄さを呈することもあった」という、小説内の時間の経過が丁寧に描かれていることにも感心した。

新潮新人賞受賞作、三国美千子「いかれころ」（新潮十一月号）は、古い因習や差別がまだ残っていた昭和の終わりの大阪府南部の村を舞台に、互いが互いを縛り付け合う旧家の濃密な人間関係を、当時四歳だった主人公の視点から、「桜の花びらはどこか青白く」と表現されるような豊かな色彩感覚と、「銀の輪をしゃらしゃら鳴らし」「もくもくした綿あめみたいな沈黙」といった擬声語・擬態語を効果的に用いた巧みな文体で描いている。気分屋で抑圧的な母親とは対照的な、精神疾患を抱えながらも優しく聡明《そうめい》な、主人公が慕う叔母の縁談が物語の軸となるのだが、ときおり差し挟まれる、「幸明が結婚して嫁を迎える前のこの数年の間が、久美子の最後の黄金期だった」のような過去を顧みる視線が、単なる回想とは異なる、しっかりとした時間の厚みをこの小説に付け加えている。

＊

金子薫「壺中《こちゅう》に天あり獣あり」（群像十一月号）では、無限に広がるホテルの中を彷徨《さまよ》い続ける青年の物語と、玩具屋でブリキ製の動物の修理と改造を続ける女性の物語が、並行して進み、あるときホテルの中に作られた奇妙な場所で、二人は出会う。「何らかの結末に辿《たど》り着くにせよ、堂々巡りを続けるにせよ、見かけの前進を続ける外に選択肢はない」「地図を指先でなぞるだけなら僅《わず》か数秒で終わる旅も、実際に歩けば数えられないほどの夜を越えて歩き続けることになる」といった、この作者にしか書けない独特の言い回しは魅力的で、創作の隠喩のように読めたり、資本主義的欲望を連想させたりする部分もあり、優れた小説の条件を備えていることは間違いないのだが、幽閉、旅、地図、動物、奇妙な命名といったモチーフが、どうしても譲れない作家的資質としてではなく手法として、前作『双子は驢馬《ろば》に跨《また》がって』と似通ってしまっている点だけは気になった。

――二〇一八年一一月二八日　朝刊

〈第二〇回〉赤裸々な実感　誠実に記録し、同調を拒む

今から四十八年前の一九七〇年十一月二十五日、三島由紀夫は自衛隊市ケ谷駐屯地で割腹自殺した。金井美恵子はエッセイ「首の行方、あるいは……」（文學界十二月号）の中で、「日本のみならず世界に大きな衝撃を与え、文学や思想とはほぼ縁のないものも含めてあらゆる雑誌メディアが三島の特集を組んだほどの事件」がこの年に起きたことを、たまたま仕事上の必要から古い文芸誌の目次を見るまで「すっかり忘れていた」自分に驚きつつも、それは「三島由紀夫という作家にたいして関心を持っていなかったからだ」と端的に述べた上で、そこから不意に思い出された、それを読んだときには「一瞬目まいがするような気分に襲われ」たという、大江健三郎による短い文章を引用している。

三島の自決後十年ほど経ってから、大江は米国人女性の日本文学研究者からインタビューを受ける、三島の鍛え上げられた隆々とした筋肉が、彼女に「大男の印象をあたえている」ことに気づいた大江がそれを正そうと、「いや、むしろ小柄な人で」と口を開いたのに続けて、その場に同席していた、知的障害のある息子の光はこう発言してしまう。「本当に背の低い人でしたよ、これくら

いの人間でした！」。光は片手を差し出し、床から三十センチほどの高さを水平に動かしていた、事件当日の夕刊に掲載されていた、市ケ谷駐屯地総監室の床に直立している「生首」の写真が、幼児の記憶に確かに刻まれていた……そのことを知った大江は「驚きと嫌悪のまじっている思い」に打たれる。

＊

ここに書かれているのはいずれも、二人の作家の、三島自決に纏《まつ》わるごく個人的な出来事と、赤裸々ともいえる実感に過ぎない。しかしその、赤裸々な実感を敢《あ》えて書くという毅然《きぜん》とした態度から、その時代を象徴するような大きな事件や事故、災害に遭遇したときに、思考の均質化を強いる社会的な文脈に安易に自らを同化、同調させてはならないという忠告を読み取ることも可能なように思う。そうした安易さは当事者に対して非礼であるだけではなく、「今ほど○○な時代はない」という言説に常に付き纏《まと》う傲慢《ごうまん》さ、自己中心性、センチメンタリズムとも同根なのだ。そして小説家とは、そうした安易さから最も距離を置くべき表現者であることはいうまでもない。

＊

坂口恭平『建設現場』（みすず書房）の主人公は、どことも知れぬ建設現場で肉体労働に従事している、現場では定期的に崩壊が発生し、一向に工事が進む気配は感じられない、にも拘《かか》わらず、この現場にはトラックに乗せられて労働者が毎日送り込まれてくる、労働者はそれぞれ異なる言語を話し、片言の会話しか成立しない、主人公は現場監督のような仕事を任せられるが、一緒に働く労働者たちの名前を覚えられないのみならず、自分はどこに住んでいたのか、どのようにしてここにやって来たのかさえも思い出せない。

この作品は、作者の熊本地震の経験が生かされていることは間違いないし、作者自身が語っている通り、病者である自らを救済するために書かれたというのも事実なのだろう。しかしその病者の視線で凝視されることによって、目の前の現実は、社会的文脈に覆い隠されていた新たな断層を露《あら》わにする。「わたしは感情を計測する機械になっていた。なぜ、その役目がわたしなのかと思ってしまったくらい、わたしは感情を受け取る自分の能力に対して、独自のものを感じていた。人間ではないような気がした」。こういった文章からはベケットの『モロイ』にも似た、生々しい感触が伝わってくるが、そんなこととは関係なく、紛れもなくこの作品には我々の生きる現代が描かれている。ＬＧＢＴに関する議論も、ヘイトスピーチの問題も、人工知能も政治家も登場しないが、この作品は現代を生き抜いた者の誠実な記録であると同時に、未来への警告でもあるのだ。

——二〇一八年一二月二六日　朝刊

〈第二一回〉作家の生き様　具体性・身体性の積み上げ

創作特集が組まれている構成は従来とさほど変わらないが、今月の文芸誌新年号は、「文学にできることを」（群像）、「読むことは、想像力」（新潮）といったタイトルが付されたことによって、小説をめぐる状況に対する、ある種の危機感が表明されているようにも感じる。

＊

笙野頼子「返信を、待っていた」（群像一月号）の中で作者は、自分より一回り年下の、会ったことは一度しかないが以降も交信は続いていた、ある女性作家の死を、亡くなって半年以上が過ぎてから知る。「人の痛みの判《わか》る、しかし自分の事は他人事のように言ってしまう、それで誤解されるかもしれないいやさしい人物」であった彼女もまた、作者と同様に、ある難病と闘っていた、なのに幾度かの無神経な応答をしてしまったことを作者は今更ながらに悔いる、そしてTPP批判小説を発表しデモにも参加した、作者の造語を悪用していたネット上の女性差別に対しても抗議した、愛猫を亡くした失意の中で貰《もら》い受けた病気の猫の看病に尽くした、この一年を振り返る。「桜の花が破滅に見えるような嫌な四月」「泣くのではなくて、何か家の中が雪山のようになった」「それでも、怒りを維持する事で生命を維持している」。憤りと悔いと混乱、病気、束《つか》の間訪れる歓《よろこ》び、絶望と希望を人間は生きている、その人間の生活を脅かす権力と、作者は徹底して対峙《たいじ》する、それは政治的信条である以前に、一人の芸術家としての生き様なのだ。その揺るぎなさに胸を打たれる。

だが対峙せねばならない相手は、意外な近くにもいるのかもしれない。「『平成』が終わり、『魔法元年』が始まる」と題された対談（文學界一月号）で落合陽一と古市憲寿は、間もなく終わる平成の次の時代について話し合っている。視覚や聴覚に障害がある場合でもテクノロジーによってハンディが超克されるような、「差異が民主化された世界」が実現するという予見が提示された後、話題は超高齢化社会と社会保障制度の崩壊へと移る。古市は財務省の友人と細かく検討したところ、「お金がかかっているのは終末期医療、特に最後の一ケ月」であることが判明したので、「高齢者に『十年早く死んでくれ』と言うわけじゃなくて、『最後の一ケ月間の延命治療はやめませんか？』と提案すればいい」「順番を追って説明すれば大したことない話のはずなんだけど」といい、落合も

「終末期医療の延命治療を保険適用外にするだけで話が終わるような気もするんですけどね」と応じた上で、「国がそう決めてしまえば実現できそうな気もするけれど。今の政権は強そうだし」とまで付け加える。この想像力の欠如！　余命一カ月と宣告された命を前にしたとき、更に生き延びてくれるかもしれない一％の可能性に賭けずにはいられないのが人間なのだという想像力と、加えて身体性の欠如に絶望する。そしてその当然の帰結として、対談後半で語られる二人の小説観も、「文体よりもプロットに惹かれる」と述べてしまっている通り、身体性を欠いた、単なる伝達手段以上のものではない。

＊

「悪と記念碑の問題」（新潮一月号）の中で東浩紀は、自らの仕事の起点にはじつは少年時代に読んだ、人間を材木のように番号で管理し興味半分で解剖し殺害した、関東軍による人体実験を暴いた森村誠一の『悪魔の飽食』の衝撃があると述べている。それは「人間から固有名を剝奪《はくだつ》し、単なる『素材』として『処理』する、抽象化と数値化の暴力」であり「人間をかぎりなく残酷にもする」一方で、「抽象化と数値化」は「あらゆる知の源泉」であり、それ抜きには「国家も作れないし資本主義も運営できない」、「そこに厄介な逆説がある」としている。「政治について考えること」とは、その「逆説について考えること」であるとこのエッセイは締め括られているが、今の時代に、具体性・身体性の積み上げである芸術＝小説を書き、読むこともまた、「抽象化と数値化」に抗する一つの実践となるのではないだろうか？

エッセイ

残したのではなく、失ったのではないか？

――特集　金井美恵子なんかこわくない／「早稲田文学」二〇一八年春号

今回この原稿を書くに当たって、まだ単行本になっていない「「スタア誕生」」を、「文學界」二〇一七年十一月号に掲載された最終回から順番に遡る形で読み返し始めたら、必然的に『噂の娘』も読み返さねばならぬこととなり、しかし自宅のどこかにしまった筈の『噂の娘』の単行本がどうしても見つからないので、急遽文庫本を取り寄せたところ、巻末に収録された著者インタビューの中に、こんな言葉を見つけた。

自分の手とか肉体的な感触の記憶、紙石鹼なんかもその一つなんですけど、そういう物に対するものすごく具体的な愛着ですよね。そういう愛着を持っている物を広い家に住んでる人は全部とっておくこともできるわけですけど、私はたまたま小説家ですから、言葉で残したいんですね。言葉で描写したい、という欲望です。それ以外の説明はできないな。もちろん愛着を綿々と綴っても小説にはなりませんが。

（『噂の娘』講談社文庫　巻末インタビュー「断然、読者は女の人しか考えていません」）

作品を書く上で小説家に求められる一番重要な資質、というか作品の質を決する能力とはもしかしたら、視力の良さ、視覚の記憶力のような能力なのではないか。泉鏡花文学賞の授賞式の後、受賞者は毎回「杉の井」という金沢の老舗料亭で選考委員や主催者と共に会食することになっている、料理が振舞われてしばらく経ったところで、私の左隣に座っていた金井さんが誰に聞くともなく、小声で呟くように言った。「この器は、初めて見るわね」それは和食器に興味も知識もない私にさえ可愛らしいと思える、山茶花の描かれた小皿だったのだが、料亭の女将はその一言を聞き漏らさなかった、果たしてそれは、その年に新たに仕入れられた有田焼の器だった。

金井さんはこの賞の選考委員を二〇〇〇年から務めているので、私が受賞した二〇一三年は、この料亭で食事をするのは十四回目だった筈だ。しかしただでさえ品数の多い加賀会席の、料理が盛り付けられた器の絵柄を、十四年に亘って全て記憶しているというのは、やはりそれは特異な能力と言わざるを得ないのではないだろうか。

そんなエピソードなど披露したところで、何ら作品について述べたことにはならないのだが、けれど一点だけ気になるのは、小説家は本当に、愛着のある物やそれにまつわる視覚や感触の記憶を、言葉で「残す」ことができるのだろうか？　「残す」のではなく、小説家はむしろ「失う」のではないか？　そんな疑問が湧き上がってきたのは、『噂の娘』文庫巻末インタビューの先ほど引用した部分の数行後で、愛着を感じる対象は自分とは全然違うとしながらも、「物に対する、思い出す能力とそれを表現したいという欲望っていうのにはちょっと共感するところがあります」と触れられている、『ナボコフ自伝　記憶よ、語れ』の中の、次のような一節を思い出したからかもしれない。

かねがね大事にしてきた想い出を、たとえば、小説のなかの人物に与えたりすると、突然人工の世界にほおりこまれるためか、それがだんだん衰弱して影のうすい存在になってしまうということは、なんども経験している。想い出が心のなかから消えてしまうわけではないが、それが個人的な暖かみや過去に誘いこむ引力を失ってしまうのだ。そしてやがて私のものというより小説のものになってしまう——それまでは芸術家など近よれないように大事にしまってきたのに。

（『ナボコフ自伝　記憶よ、語れ』ウラジーミル・ナボコフ　大津栄一郎訳　晶文社）

小説家であれば誰しも、子供時代の不思議な体験や忘れがたい光景、宝物のように抽斗《ひきだし》に隠しておいた玩具や文房具について、それを作品中に書いた瞬間、思い出は小説の側に取り込まれて、現実の過去との境界が判然としなくなる、そんな経験を持っている。『噂の娘』とその続篇「「スタア誕生」」に描かれた美容室、そこで働いていた女性たちの記憶、商店街の貸本屋や洋装店、パチンコ屋の記憶、映画館で見た何本もの洋画、邦画の記憶も恐らく、金井さん本人の過去からは失われてしまった、そして、他のどんな作家にも真似のできない二篇の小説と、それを読む至福に捧げられた。

対談

横尾忠則×磯崎憲一郎
わからない芸術

――「群像」二〇一八年五月号

物をつくる究極の快感

磯崎　横尾さんの対談集『創造&老年』、読みました。きょうは老いることについて、お話ししましょうか。横尾さんは七十を過ぎてから、とにかく好きなことしかしなくなったら、体調がすごくよくなったと書かれていますね。

横尾　若いころは、いろんな野望とか野心とか願望とか、夢もひっくるめて、つまり、煩悩の生活をするわけじゃないですか。ところが、ある年齢に達してくると、そういったものがどうでもよくなってくる。だから八十にならないとダメみたい。七十歳で初めて、肉体と精神の乖離を意識したんです。肉体年齢と芸術年齢が乖離していたんですよ。それが一つにならないと、安定した創造と安定した生活ができないような気がしたんです。

磯崎　作品によって世の中に何か伝えるとか、社会に対して発信するとか、そういう気持ちが薄れてくることによって我欲が消えていって、仕事そのものの楽しさが肉体を活性化する。考えないということが、『創造&老年』で対談されていた金子兜太さんにしても、山田洋次さんにしても、みんな共通していたと書かれています。

最近、老いてからも楽しみがある、こんな楽しいことがあるとか、こんないろんなことができると か、やたら言われますが、僕はそこが巧妙にすりかえて伝えられているような気がする。年をとって からでも世の中に何か発信できるとか、存在感を誇示できるということが素晴らしいというふうに、間違って伝えられているような気がしてならないのです。そうじゃなくて、横尾さんがおっしゃって いる、老化とともに脳の支配から離れて、体そのものが動き始める。要するに、自我が抜けるという ことじゃないですか。

横尾　若いころは、自分の内部ではなくて、外部、社会に対する意気込みが創造の主導権を握ってい たと思うんです。ところが、ある年齢に達するとそれが逆転してくる。外部は結果でいいと思う。外 部を目的とかターゲットにしないで、自分の内部に向かって行う創造行為を自分なりに全うできれば、結果として自然にその創作作品は社会化していくんですよね。だから、世のため、人のため、国のた め、そんなことは考える必要はないと僕は思います。

磯﨑　僕ももう老人の側に入ってきているから、逆にすごく感じるんですけど、今の時代、年とって も世のため人のためとか、社会のために働くことができることを良しとする世の中なんですよ。そう じゃない。逆なんですよ。横尾さんがおっしゃっているのは、年とったら世のため人のためなんかに 働くなということでしょう。

横尾　でも、僕は若いころから、自分を取り巻く外部、社会に対してあんまり興味なかったね。

磯﨑　そういう意味では、年齢とは関係ないのかもしれないですよ。

横尾　作品は、自分の手から離れたらひとり立ちしていくんですよ。ひとり立ちすること自体が、作 品が僕から離れて社会化して普遍化していくことだと思うわけ。だから、わざわざ自分が作品の後を 追っかけて、作品を社会化させようとする必要は、全然ないと思うんです。文学の世界と美術の世界とは違うかもわからない。僕は言葉の世界ではなく造形の世界で生きているから、そこは磯崎さんと違うかもわからないけど。

磯崎　小説家、言葉を使う芸術を仕事にしている人の中にも、言葉でメッセージを伝えたいと思っている作家もいますけど、僕みたいなタイプは、メッセージではない。横尾さんは、絵を描くという行為は瞬間、瞬間だけが満足で、目的があるとすれば、それはプロセスなんだとおっしゃっているんですけど、たぶん僕が書いているような小説も、一行一行を書く瞬間のおもしろさだけなんですよ。全体として、何か作者の込めたメッセージみたいなものはないし、自分でもわからない。

横尾　絵で言うと、一筆一筆のタッチの快感みたいなものだと思うんです。僕は、芸術はわからないものだというのが前提にあるんですよ。わからないものでいいんです。芸術の究極のメッセージはわからないことで、それをわかろうと努力するというのを、やり始めると、おかしなものになっていくんです。人間の叡智と神の叡智とは違う。本当は神の叡智で物を見なきゃいけないんだけど、残念ながら、我々は人間だから、叡智どころか、今の社会では情報が最優先されているので、知識とか、経験とか、教養とか、そういったもので現代社会に立ち向かおうとしている。せいぜい知性と感性の領域でしょう。これを越えた霊性へのアプローチはゼロに等しい。

磯崎　そこはなかなかわかってもらえないところですね。小説を読むということは、作者が込めたメッセージを読み取ろうとすることだと思い込んでいる人は、いまだに世の中にはたくさんいると思います。

横尾　だけど、世の中にわかってもらおうという目的とか、そういったものを持つ必要はないと思う。そんなことのために物をつくっているわけじゃないから。物をつくる究極の快感はもっと別のものじゃないですか。一字一句を絵具のように書くことの快感というか楽しみ、今、目の前で行っていること自体が目的なんじゃないのかね。

磯﨑　実際に小説を書いているときのおもしろさは、例えば『鳥獣戯画』で言ったら、女優と高山寺に訪れたときのくだりですが、

「右の太股の辺りを撫でるようにかすかに、何かが触れた、大きな、重い物が通り過ぎた空気の揺れだけが残った。『おおっ』ぞっとした私は怖れの予感とともに叫びながら振り返ったのだが誰もいない、すると庭の芝生の上を、真っ黒な大きな犬が、恐らく私の五十年の人生で見た中でもっとも巨大な犬が、人間の抱く恐怖心など我関せずという気高さで、首を高く上げてまっすぐに前を見つめたまま大海を進む帆船のごとく悠然と、ゆっくりと移動していた、犬の背中は初夏の陽光を浴びてほとんど金色に輝いていた」

そんなでかい犬が世の中にいるわけないんですよ。なのに、書いているプロセスの中で唐突にでかい犬を書きたくなった。そこのおもしろさを感じながら自分は書いているんです。そんなでかい犬はいるわけないと思いつつ。この章の最後では、その女優が紺と白の縞のセーターを着ているんですけど、その肩がきらっと光ったような気がした。その光を彼女がパッともぎ取るんですけど、そうすると、昆虫のタマムシ、七色のタマムシなわけです。「この七色に輝く昆虫が実在することを、私は二十八年もの長い間忘れてしまっていた！」と書いています。

ここの章を書いたときに、巨大な帆船のように進む犬なんてあり得ないと思いつつ自分で書きながら、だけど、そんなでかい犬よりも、七色に光る虫が実在することのほうがどちらかと言うとウソくさいと思ったのです。

横尾　両方ともウソくさい（笑）。

磯﨑　だけど、そういうものを思いついて書いているときの感じは、例えばこのアトリエにある「H

ＡＮＧＡ　ＪＵＮＧＬＥ」のポスターで、ターザンの顔をまず緑色にするというのを思いつくところで普通ではないんですけど、ターザンの鼻に赤い羽根がある。あれは羽根ですか。

横尾　羽根じゃなくて、ターザンと重なる見えない女性の唇。それが確かに赤い羽根に見えますよ。むしろそういうふうに見てもらったほうがイメージが拡張されていくからね。ターザンの顔が緑色というのは密林の比喩です。密林を描かないで密林を描くというね。

磯﨑　僕が巨大な犬を書きたくなるときに使っている頭は、緑のターザンの鼻に赤を持ってこようと思うときに使っている頭と同じだと思うんです。

横尾　絵で言うと、巨大な犬のくだりは、さっき読んだところは一種のデフォルメじゃないかと思ったの。八頭身の人物というプロポーションがあるとすると、頭だけ巨大に描く場合もあるし、両腕が肩から出ていないで、おなかのあたりから出ている絵を描く場合もあるし、そういうふうにデフォルメしていくというのが、絵では通常のやり方なんですよ。だけど、文章になると、さっき磯﨑さんが読んだようなものになっていくんだなと思って、一種のシュルレアリスム的な解釈を与えるとわかるんじゃないかなと思う。磯﨑さんは別にシュルレアリスムの文学を書こうとしているわけじゃないでしょう。

磯﨑　とにかく、どう書いたらおもしろいか、そこだけしか考えてないんです。でも、確かに、文章を書くときに、どうデフォルメしていったらこの文章がおもしろくなるのかということはすごく考えていますね。いかに現実を写実的に切り取るかということに苦労している作家もいるんですけど、文章のレベルでいかにデフォルメできるかということを考えている作家もいて、たぶん僕は後者なんです。一見リアリズムのような形で書いていながら、文章をいかに変なふうにというか、書いている自分がおもしろいのと同じように、読んでいる人もおもしろいようにデフォルメできるかということばっかり考えているんだと思います。

横尾　磯﨑さんの文章を読んでいて、ただ読んでいるんじゃなくて、僕は自分がこの文章を書いているような気持で読んでいったんです。それは僕自身の創作と結びつけて読んでいるんですね。この小説がおもしろいか、おもしろくないか、何を言わんとしているかというのには、さほど興味はない。その根底には何か思想があるかもわからないけど、そんなことはどうでもいいわけで、僕は自分が文を書くように読んだ。

　美術展を見に行くと、僕は、ピカソの絵でも、ダ・ヴィンチの絵でも、ここをこういうふうにすればもっとおもしろくなるんじゃないかとか、見ながらそういうことを平気で考える。ピカソの絵の中に、ここにカエルを一匹描けば、この絵はもっとおもしろくなるんじゃないかとか、そんなふうに発想して見ちゃう。

破壊する勇気がないと創造はできない

横尾　この間、山田洋次さんと話をして、黒澤明さんの「七人の侍」の映画を見た小学生の感想がおもしろかった。「七人の侍がいました。四人が死にました。三人が生き残りました。だけど、おしっこはしませんでした」（笑）。子どもってすごい。
磯﨑　すごい。やっぱりそこですね。「おしっこはしませんでした」という感想文を大人になってから書くことがいかに大変か。
横尾　それは小学生でないと書けないよ。あの感性は、その子どももしゃべった時点ではそうかもわからないけど、一年もたてばもっと賢くなっちゃって、もっとつまらないことを言い出すかもわからないいね。

磯﨑　大人になってから、さも子どもが言いそうなことを真似て書く人はたくさんいるんですね。だけど大人になってから、本当に子どもが書いたのと同じ感性で書く、ということはすごく難しい。あんなに絵がうまいピカソが大人になってから、ああいう子どもみたいな絵を描くために何十年もかけたのも、同じことなんじゃないですか。

横尾　僕は子どものころ、最初に見た映画がターザンなんだけど、ターザン映画を見て思うのは、ターザン映画でターザンがひげをそっているところは全然映さない。いつもきれいになっている。あれはどこでひげをそっているのかなと思ったりする。(笑)。

磯﨑　その疑問を大人になってもちゃんと抱けることが、やっぱり大事なんですよ。

横尾　「四人死んで、三人残った」、これはそのまま事実なんだ。「だけど、おしっこはしませんでした」というのも事実。そのフレーズはもうある意味で文学だと思う。僕はさらにそこから先を発展させようと思って、じゃ、あの豪雨の中で三船敏郎に立ちションをさせるか、野糞をさせればもっとおもしろくなって、「七人の侍」の名作が迷作になるんじゃないかと考えて、そんなばかな話を山田さんにして笑ったんだけれども、磯﨑さんがやろうとしていることは、そんなことじゃないかと思う。僕自身がそういう発想と考え方のもとで作品をつくっているから。

磯﨑　読み手にある種の能動性を引き出させるというか、自分だったらここをこう書くかもしれないとか、何でこんなことが書いてあるんだろうと不審に思わせるとか、そういうことを読み手に思わせるようなものを書きたいんですよ。

横尾　だけど、読み手にそう思わせたいという意志は必要ないと思う。相手という対象はどうでもいいと思う。

磯﨑　相手というか、自分。結局、ストーリーとかテーマなんかどうでもいいと思って書いているから、一文終わるたびにいろんな選択肢があるわけです。次にどう行くのか。右に曲がるのか、左に曲がるのか、真っすぐ行くのかとか、いろんな選択肢がある中で、どうしてここで右に曲がったのかわからないけれども、さっきは右に曲がったと思ったら今度は左に曲がったとか、そういう書き方をしていきたいんです。僕はそれが文章の運動性だと思います。

横尾　僕はそれを「気分」と呼んでいる。そのときの気分で、右に曲がりたきゃ右に曲がる。左に行きたきゃ左に行く。そのときの気分なんです。その気分を僕はものすごく大事にしているわけ。

磯﨑　写実的な絵なんかだったら、突然巨大な犬は出てこないし、突然、絵の真ん中に赤い羽根は出てこない。東山魁夷の絵とかだったら、当然赤い羽根は真ん中に出てこない。それは、この絵はこういう絵だろうなという想定の範囲内にとどまることで、見ている人にある種の安心感を与えているんですね。

横尾　その観客は、東山魁夷の絵に正直になり過ぎていると思うの。もっと悪意を持って見ないとダメだと思う。東山魁夷のあの絵の中に赤い羽根を飛ばすとか、巨大な犬を持ってくるとか、タマムシが出てくるとか、見る側が想像していって初めて作品は完成すると思う。

磯﨑　そういう見る側を安心させる作品を、いいと言う人もいるんです。赤い羽根とか巨大な犬が出てこないことによって、この作品は自分の思っていたとおりの作品だったということで安心する人もいるんでしょうけど、たぶん芸術ってそういうことではないんです。

横尾　芸術は鑑賞者を安心させるのではなく、不安にさせなきゃ。ところが作家の自我で鑑賞者をコントロールしようとしている。その考え方自体が、物づくりの範疇から出ていない。その範疇内で描くんじゃなくて、範疇を出なきゃ意味がない。例えばコンセプチュアルだったら、コンセプトという範疇をつくりますね。その中でやれば、確かに自由だと言えば自由。でも、その自由はそんなに超越した自由じゃない。超越した自由は枠の中から外へ飛び出さなきゃいけないでしょう。そうすると、そこでコンセプトが崩れてしまうわけ。崩すことが大事で、それは自分自身に相当犠牲を払わなきゃいけないと思うし、その犠牲は破壊的勇気じゃないかなと思うんです。

磯﨑　横尾さんは、芸術家に一番大事なのは「勇気」だと思うとおっしゃっています。

横尾　いろいろあるけど、勇気は大事だと思うね。それは、自分の絵を破壊する勇気なんですよ。破壊しないと創造が生まれないんです。僕は映画を観ても、作り変えちゃうんです。例えば山田洋次さんの新作「家族はつらいよⅢ」で長男の妻が家出をする。ラストで夫が妻を呼び戻してハッピーエンドで終わる。僕はこの映画を観ながら、勝手に物語を変えちゃう。妻は帰ってこない。そして他の二人の子供の妻や夫も、次々家出をして、ついに家族は崩壊し、「そして、誰もいなくなった」映画にしてしまう。一見悲劇的に見えるけれど、これを喜劇のレベルで描く。ヒューマニズムをニヒリズムに変えてしまう。人の作品をピカソのマネやベラスケスのように悪意を持ってオマージュする。僕にとっての遊びなんですよね。

磯﨑　勇気というのは遊びなんだということもおっしゃっていますね。

横尾　目的とか、結果とか、大義名分があっては遊びにならないわけです。それを外して初めて、快楽とか自由というものが手に入るわけでしょ。究極は自由でありたい。描く側も自由、見る側も自由でいい。こういうふうに見てくださいとこちらのほうから押しつける必要はない。でも今、中には、俺の小説は、俺の絵はこう見てほしいと鑑賞者に、あるいは読者に指示する作家もいますね。そんなことは必要ない。どうぞご随意にという感じでいいんじゃないかと思う。そのためには、芸術はわからぬものだということを前提に知っていないと。それをわからせよう、わからせようとするから、書いていても苦しいし、読んでいてもおもしろくないような気がする。

磯﨑　この前、岡本太郎さんのエッセイ集を読んでいたら、芸術は理解されるようなものであってはいけない、わからないものでなくてはいけない、鑑賞者がわからないだけでなくて、自分もわからないものじゃなきゃいけないということを、結構堂々と書いているんです。

横尾　それはそうだと思います。芸術の究極はわからないことです。わかろうとしなくてもいい。

磯﨑　むしろ一九七〇年前後の岡本太郎さんのころのほうが、そういうことを正面切って堂々と言えた感じはしますね。今のクリエイターとかデザイナーの方が、自由であるふりをしながら、受け手がどう考えるかということを計算しながらつくっている感じはする。

横尾　商売でやる場合はそれでいいと思うんですよ。これを書いて何ぼのものだという経済生活がかかっている場合は、それでもいいと思う。そんなものは関係ないという作家にとっては、その発想自体が間違っている。

磯﨑　何でそうなのかというと、今のほうが、たくさん売れることが善であるということに対して、みんな疑問を抱かなくなっているから。七〇年代ぐらいのほうが、売れることなんて本当にいいことなのか、と正々堂々と言えた時代だと思う。

横尾　むしろそれは悪だという概念があったよね。

磯﨑　今はすごくマイナーな芸術家というか、とても売れるようなものをつくっていない人、この人はどう考えても売れないだろうと思うような人でも、何とか売ろうと頑張っている感じを受けますね。僕みたいな小説でも、「売れてますか」とか聞かれるわけですよ。

横尾　その人はたぶん磯﨑さんの本を読んで、おもろないなと思ったかもわからないよ。こんなおもしろない、難しい、何を言っているのかわけわからない本が売れるはずない。だから、一回作者に聞いてみようというので、「売れてますか」と聞いたかもしれない（笑）。

磯﨑　世の中に媚びたものが売れるのは当たり前だけど、世の中に媚びてなくても、いいものであればいつかは必ず認められて売れるだろうという資本主義的な考え方が、いつの間にか世の中に刷り込まれてしまった気がしますね。

横尾　経済至上主義の中の芸術はそういうもので、絵なんかでもオークションにかけて高い値段で落札されたら、その値段によってその作品が名作になっていくわけです。この経済機構の中だから何となく通用するけれども、そんなのは普通に考えたら通用する概念じゃないよね。その人の言ういいものって一体何ですかと聞きたいですよね。芸術にいいもの、悪いものってあるんですか。あれば教えてもらいたいですよね。芸術は他者の評価を無視するべきで、評価は自らがすべきでしょう。

磯﨑　岡本太郎さんがエッセイを書いたころは、売れるようなものをつくるほど俺は堕落していないということを堂々と言えた、そんな気がするんです。むしろ若い人に顕著なのかもしれないんですけど、売れることが善であり勝利であるという盲目的な信仰、それが当たり前になっちゃった時代のような気はしますね。

横尾　僕は、売れる売れないということは、テーマとして考えたこともないし、議論したこともないですよ。絵と文学の違いもあるかもわからないし。この間、保坂和志さんとお茶を飲みながら、文学賞で何が一番いいのと聞いたら、野間文芸賞が一番いい賞だと。何で？　と聞いたら、賞金が一番高いから（笑）。

磯﨑　保坂さんらしい答えだった。

横尾　賞金が高いから野間文芸賞をもらった作家は偉いということになるわけね。磯﨑さんも僕も泉鏡花文学賞をもらったけど、あれはそんなに賞金高くないのであまりいい賞じゃないの？

磯﨑　いや、いろんな文学賞がある中では、高いほうなんですよ。賞金なしというのもありますから。

横尾　ああ、いい賞だったんだ。保坂さんは冗談で言ったのか、現状どおりに解釈したのか、そこはよくわからないけど、びっくりした。美術の世界も似たり寄ったりじゃないかなと思う。「売れっ子」という言葉はおかしいですよね。お金の取引があるから売れっ子という言葉が出てくるわけで、そういう作家はどこかで作品がお金にかわらないとダメなんですよ。書いたものがどんどん買われていく作家は、その作品も評価が高くなっていくと考え、売れる作品こそレベルが高いと言う作家がいる。

磯﨑　そこが小説と決定的に違うのは、絵は一点ものじゃないですか。その一点を買ってくれる人がいればいいわけですものね。本は部数の多い少ないは別として、不特定多数の人に買ってもらうことが前提になっているわけで、だから、僕に「売れてますか」と聞いてくる新聞記者なんかも、悪気があって聞いているわけじゃなくて、多くの人に受け入れてもらえるものは、それだけ質の高いものだということを素朴に信じているからだと思うんです。

ただ、おもしろいと思った人が一人でも二人でもいてくれればいいという意味では、本当は絵も小説も同じであるべきなんですね。商売として成り立つ成り立たないの話になっちゃっているから、そこで巧妙にすりかえられているんですよ。

横尾　小説家で誰だったか覚えていないんだけども、注文がないと書けないみたいなことを言っている人がいたのよ。それってどういうこと？　僕は、絵の注文なんかないんですよ。なくはないかもわからないけども、描きたいから描いている。結果として展覧会に出品したり何かして、何かの機会にそれがどこかにコレクションされることがあるけれども、依頼がないと小説が書けないという考え方は、僕はおかしいと思った。注文がなくって時間がたっぷりあるんだったら、その間に小説を書けばいいわけでしょう。依頼がないから書かないというのは芸者的発想で、芸術をやっている人間の発想じゃないなという気がした。

磯﨑　本当は小説家も、デビュー作は誰からも依頼を受けずに書き始めるわけだから、みんな最初はそうではないはずなんです。どこかで食べるための手段に変わっていっちゃうから、依頼がないと書けないという話になっちゃうんでしょう。

無上の喜びは身体的行為

磯﨑　横尾さんは、絵筆を動かしているときの感触、絵具が塗られていくときの感触の楽しさはやっぱりあるわけですね。

横尾　描くという身体的な行為は愛撫というか、身体的な喜びが絵を描かせてくれると思うんです。家に病人がいて、自分が絵を描いて稼がないと医療費が払えないとか、そこまでせっぱ詰まっていないからこんなのんきなことを言っているのかもわからないけれども、とにかく身体を動かして描く喜びみたいなものは、頭脳の喜びとは違うんですよ。身体のほうを優先しているわけです。

僕は、絵を描くときは、言葉とか観念とか、そういうものは極力排除しているんです。ゼロにはならないです。やっぱり人間、生きている以上、何か思ったり考えたりするために言葉は必要だけれども、なるべく考えない。なぜ考えないかというと、遊びを優先した子どものような無心状態に自分を置きたいから。無心状態に置いたときは何が起こるかというと、自分の中にインスピレーションを受信しやすい装置ができるんです。せっかくこういう霊感を送ってくれたから、描くことはその霊感に対するご奉納みたいなところが、自分の中にどこかあるんですね。そのためには、あんまり理屈っぽくいろいろ考えたら、インスピレーションが入らない状態、ガードをつくってしまうんですね。そこで絵を描くことと言葉との僕のジレンマというのか、そういうテーマが出てくるんだけども、身体を脳化させて、脳の支配を拒否して、脳に代って、身体知を創造するんです。身体知性を。小説の場合は、言葉を外して小説を書けないじゃないですか。

磯﨑　でも、横尾さんが絵筆を動かして描くときと同じ身体的な喜びを、僕も含めて何人かの小説家は、言葉を書くことによってたぶん得ているんですよ。

横尾　そっちを優先しているから、巨大な犬が出てきたり、タマムシが出てきたりする。あのモチーフは全部、身体的なモチーフです。肉体を持っているじゃないですか。肉体性というか、野性性の目覚めですね。

磯﨑　それは言葉を並べていくときに、ああ、これが書けた！　みたいな、その喜びとしか言いようがないですね。

たまたま僕は、今度「文芸時評」（朝日新聞）で取り上げる金井美恵子さんの新作『『スタア誕生』』を先週読んでいたんです。そのあとがきには、作品が一冊の本として出来上がるまでには、入稿前の原稿の手入れや、ゲラを見て訂正するという苦手な作業などにも新鮮な喜びがある。しかし、小説を書いている時間の快楽にくらべれば、小さな喜びに過ぎない、ということを書かれています。金井さん一流の言い回しで書いてあったんですけど、とにかく小説を書くという喜びに比べたら、本をつくる過程のことは大したことじゃないと、書き終わったはずのそばから、あとがきで書かれていたんです。金井さんの小説は、明らかにそうですね。小説を書いている最中、この言葉の次にこの言葉を持ってこようかみたいな、それを考えているときの、喜びと言っちゃうとベタなんだけど、でも喜びとしか言いようがない。

横尾　でも、喜びに苦しみも共存していますね。単なる喜びだけじゃつまらないですね。苦しみがあって、初めて喜びがあるわけだから。

磯﨑　僕は、この言葉の次にこの言葉を持ってこようということを考えているときの頭の使い方は、ここにある横尾さんの猫のタマの絵で、ホースの下の緑色をどういう緑色にしようとか、ちょっと黒を入れようとか、それを考えているときの頭の使い方と同じだと思うんです。

横尾　むしろ考えたらダメなんです。ここのスペースはどうしようかという考えはありますよ。だけど、そのときに、僕があんまりふだん使わない色とタッチをここにやってみようと思った。海なのか、野っ原の草なのか、シーツなのか、何だかよくわからないけども、あそこにわからない緑が欲しかった。ただそれだけなんです。

磯﨑　実際に緑だったんですか。

横尾　あれは白地に花模様のあるシーツなの。そのとおり描いたら単なるリアリズムでおもしろくないでしょう。

磯﨑　写実的な描き方をする人だったら、そこに白い花模様のシーツを描いちゃったと思うんですけど、横尾さんは、それじゃおもしろくないじゃないと言った、そこなんですね。

僕が『鳥獣戯画』で書いた巨大な犬のシーンも、高山寺にかわいらしい白い兎が出てきたら、さもありなんかもしれないけど、そんなのおもしろくない。帆船のように巨大な犬が出てこないとおもしろくないじゃないか。やっぱりデフォルメするわけですね。それを優先している。

横尾　巨大化によってメタモルフォーゼしちゃう。僕のこの猫の絵で言えば、この緑が荒れ狂った海の波に見えてもいいし、ただ単に抽象表現主義の手法に見えてもいいし、とにかくこの絵の中で、ここにはそういうとんでもない意味不明のものを描きたかっただけの話なの。

磯﨑　あそこにああいう深い緑を持ってくるというのは、やっぱり横尾さんの身体性なんですか。何なんですかね。人によって違いますよね。白はおもしろくないなとまでは、思う人は思うかもしれないけど。

横尾　実験と言えば大げさだけれども、ふだんあまりやらないことをこの中で試してみよう。ダメだったら塗り潰せばいい。あるいは、別の絵を描けばいいわけでしょう。日常を描いているわけだけど、ここで日常を逸脱させたいというそれがさっき言った勇気につながるかもわからないけれども。

磯﨑　そこなんですね。勇気。

横尾　後生大事にこの絵が最後の一枚で、あとに余分なキャンバスもないというときだったら、どうなったかわからない。だけど、これがダメだったら、猫までは一緒だけども、あとはとにかくどんどん描けばいいわけでしょう。赤いのをつくったり、縞模様にしてもいいし、何をやったっていいわけだから、とりあえずこれ。それはさっき言った気まぐれというか、気分でやっている。

磯﨑　気分とおっしゃったんですけど、その気分を優先させるということが、みんななかなかできないんですよ。現実にはこんな色あり得ないよなとか、現実にはこんなでかい犬がいるわけないよなとか、現実には季節が違うからタマムシが飛んでくるわけないよなとか、そういうことにとらわれてしまうんです。そこを押し切る勇気というか、そこは僕は芸術家にはやっぱり大事なような気がしますね。

横尾　絵の上だけではなく、常に生活の中で気分をやっていないとダメですね。あとは、僕は絵の中に五感という身体感覚をできるだけ取り入れたいんです。においは難しいかもわからないけども、においが香るような花なり、食べ物なり、そういったことで五感をできるだけ絵の中にあらわしたい。

そういえば磯﨑さんの小説で、インドのことを書いたのがあったよね。

磯﨑　『肝心の子供』という小説の中では、ブッダの時代のインドは書きましたね。

横尾　それかもしれない。読んだときに、僕はこれはインドじゃないなと思ったわけ。僕はインドに何回も行ってたから、自分の体験を通してこれはインドじゃないなと感じた。なぜかというと、『肝心の子供』の舞台がもしインドならば、インドのあの独特のにおいが感じられるはずなのに、小説の中にはないわけですよ。

磯崎　僕はインドに行ったことがないですし、インドを書こうとしていないんでしょうね。僕の小説の中のブッダが住んでいた国を書いているんでしょうね。

横尾　あの小説に対抗したわけじゃないけども、インドのにおいがムンムンとする小説を書こうと思って、僕は「スリナガルの蛇」という短篇小説を書いたんです。あれは初めから最後までインドの湧き上がる大地のムンムンとしたにおいを感じさせる。磯崎さんの小説から僕が触発されているわけですよ。磯崎さんの小説は僕にとっては架空のインドだったかもわからないけれどもっと肉体的な五感が全部解放されたようなインドを書きたいと思って、「スリナガルの蛇」を書いたんです。

磯崎　五感という意味では、確かに僕は鼻がよくないから、「すごいキンモクセイのにおいがするね」と言われても、僕は全然におわないんです。でも、五感のうちの一つ、二つが衰えているというのも含めて、その人の身体性なわけだから、そこを無理に書くのも違うんでしょうね。

横尾　僕は耳がほとんど聞こえないので、すごく悩んだり、困ったりもしている。耳の機能にかわる何かが生まれないかなと思っているんだけど、今のところないんですよね。

磯崎　耳が悪いときに、それを嘆くのではなくて、ほかの機能が生まれないかなと思うところが、やっぱり横尾さんなんですよ。『創造&老年』の中でも、キリコが晩年は手が震えて直線が描けなくなってくる。弱々しい線しか描けないんだけど、その弱々しさに実に味がある。こういうのは意図的に震わせてもダメなんだと書かれています。

横尾　それはキリコのハンディなんだけれど、ハンディが思いもよらない効果をもたらしてくれる気がするんですよ。

磯﨑　横尾さんは耳が聞こえなくなってきたということで、また絵が変わるかもしれないじゃないですか。

横尾　何だかよくわからないね。あとは神の声しかないんじゃないですか（笑）。神の声は僕の肉体的な耳じゃなくて、別のところで聞く声だから、それは耳にかわるものと言えないですよね。難聴を感じさせる静寂を描くとか、逆に騒音を感じさせる絵を描くことへ、新たな関心が生まれるかもしれない。だから絵は身体的なんです。

作品が人生を導く

磯﨑　横尾さんはできるだけ長生きしたいと言われていますけど。

横尾　長生きするとおもしろいのは、一日でも絵が一枚描けるわけです。絵を描かない日は何もないわけです。だけど、一枚絵を描いたら、そこに一枚の絵の世界が現出する。世の中に存在するわけですよ。そのことを思うと、十日間生きて十点絵を描くのと、十日間生きたけれども一点も描かないのでは、ものすごく違うんですよ。何が違うのかよくわからないけど、どこか違うのです。描いたことと描かないことの違いだけかもしれない。けれども、長生きすればそれだけ絵がどんどん描ける。そうすると、その絵で僕が未知の領域に導かれていく部分もあると思うわけ。僕が絵を導くよりも、描いた絵が僕を導くことのほうが大きいんです。それは小説でも同じでしょう。

磯﨑　僕は、現実よりも小説が先行していると思っています。

横尾　今僕が言わんとしているのは、そのことです。つまり、小説があって自分の人生なんだよ。人生があって、暇だから小説を書こうかじゃなくて、小説を書くことによって自分の人生を導こうとするわけです。それがやっぱり大事だと思う。それはほかの小説家とは違う発想かもしれないですよ。

以前言ったけれど、毎日の日記をおもしろくしたいために、わざと日記になる行動を起こしていたということです。

磯﨑　小説を書く前と後、書き手にとってみれば小説を書く前と後だし、読み手にとってみれば小説を読む前と後なんですけど、いずれにしても後のほう、小説を書いた後、小説を読んだ後のほうが世界が広がっているというか、世界が変わって見える。小説家である限り、そういう作品を書かなければならないと思う。

横尾　それはそうですよ。ここに『鳥獣戯画』という世界というのか宇宙を創造したわけだから、その前と後とは違って当然ですよね。

磯﨑　学びを得たとか、賢くなったとか、そういうさもしい意味ではもちろん全くなくて。

横尾　もしかしたらアホになったかも。

磯﨑　アホになったかもしれないぐらいでいい。より世界がわけがわからなくなった、より謎がふえてしまった。そこが変わっていなきゃいけないと思うんです。

横尾　書くことによって、どんどん謎をふやしていくし、自分自身がだんだん迷路化されてわからなくなってくるわけです。その最終的なところは、アホになることだと僕は思っている。アホになるというのはちょっと説明したらつまらないことになるので説明しないけど、とにかくアホが僕にとっての究極の叡智みたいなところがある。天界という高い視点から見る叡智でなくて、せいぜい地べたの煩悩の世界の中の叡智なんだけど、その程度のアホなんですよ。寒山拾得のアホの世界まで行ければと願いたいですね。

磯﨑　より世界がわからなくなるということは、より豊かになるということでもありますから。より世界がわかるようになるということは、より貧しくなっている、より世界が狭くなったということなんでしょうね。さっきも言いましたが、週刊誌とか新聞が、年とることはいいことだとやたら言うけど、僕はその安直さがよくないんじゃないかと思っているんです。そういうのとは真逆の意味で、芸術家にとっては長生きこそが最大の勝利だということを、まさに今おっしゃったというか体現されていますね。

年とることは、実はいろんな体の不調が出てきて、本当は大変辛いことじゃないですか。今、世の中はそれをごまかすような、年とってもみんな元気ではつらつみたいな、楽しいことがたくさんあると喧伝されているんですけど、実際には僕みたいに五十過ぎだっていろんな体の衰えが出てくるぐらいだから、七十、八十、九十になれば、もっといろんな衰えが出てきて辛いことも増えるわけですけれども、でもそれを差し引いても余りある、長生きしたらしただけの何かが生み出せるということに目を向けなければならない。

横尾　今の社会は、長生きすることを目的にしているわけでしょう。僕らの世界では、長生きが目的じゃないんですよ。長生きは結果なんですよ。磯崎さんが違うと言っているのは、そういうことだと思うね。

人はその人なりに与えられた人生の時間があると思う。三十歳で死ぬ人は、三十年間の中でもしかしたら八十歳、九十歳を生きたかもしれない。その人に与えられた年齢はどうしようもない、動かせないものだから。まだ生きている、あるいは生かされているということは、それなりの何かやるべきことがあるんじゃないかと思う。でなきゃ死んだほうがいいわけだから。長生きさせられて苦しむ、ということもあるからね。カルマを解脱しないまでも解消するために生かされている部分はあると思いますね。そのためには自分の運命を生き切る必要がありますよね。

行き詰まった時に大事なことは

磯﨑　僕は、次にどう書けばいいのかわからないとき、二時間、三時間粘っても出てこないと、ちょっと別のことをします。ご飯を食べに行ったり、風呂に入ったり、それこそ学校へ行って学生と話したりしていると、あっ、そうだ、こう書けばいいんだというのがふっと浮かぶんです。あれが不思議で、何か別のことをしているときに、何でさっきあんなに考えていたときは思いつかなかったんだろうというようなことが思い浮かぶんです。横尾さんは、絵を描いていて、この絵をもうちょっとおもしろくしたいと絵の前でずっと考えていて、わからないなと思ったときに、別のことをしてみて、あぁ、そうだ、あそこにあれを描けばいいんだと思いつくことはありませんか。

横尾　それはないです。僕はキャンバスの前に立って初めてやることが浮かぶ。風呂へ入ったり、ご飯を食べたりしているときはそれに集中するので、キャンバスから離れている時は、あまり浮かばないね。

磯﨑　僕の場合も、じゃ、最初から風呂に入ればいいかといったら、そういうわけじゃないんですね。やっぱりああでもない、こうでもないと考えている二時間、三時間がないと、風呂に入ったときに思い浮かばないんですね。そこが不思議で、たぶん脳の構造がそうなっている。

横尾　お風呂に入って思い浮かべさせようと思う目的が発想を機能させないんです。風呂に入る時は風呂しか考えない。

磯﨑　さんざん考えたけどわからないや、もうきょうは諦めたと思ってボーッとしていると、そうか、こう書けばいいんだと、全く別のことをしているときに思い浮かぶんです。そういうストレスを加えた後に、パッと解放してやると何か思い浮かぶ。脳の構造はどうもそうなっているんじゃないかなと思うんです。

横尾　そういう時は脳を肉体化というか、肉体を脳化させてしまえばいいわけです。磯﨑さんが違うことをすると浮かぶというのはそういうことでしょう。僕の場合、絵は描きながら浮かんでくるわけだからね。描かないで違うことをやっていて、そこでふっと思いつくというのは、全体のテーマみたいなものを思いつくことはあるけれども、今進行している絵の行き詰まっている部分が浮かぶというのはないんですよ。だけど、うろうろして帰ってきて、キャンバスの前に座った途端に、二日、三日前まで見えなかったものがパッと見えることはある。それもキャンバスの前に座らないとダメなんです。風呂に入っていてもダメ。

磯﨑　将棋の棋士と話していたときのことですが、棋士も次の一手をどうするかとか、詰め将棋とかでわからないなと思っているときに、諦めて別のことをし始めるとパッと思い浮かぶと言っていたから、そこは言語的なものと、絵とは違うんですかね。

横尾　将棋の場合は先の先の先まで読んでいくわけでしょう。それを一手指し、相手も指す。相手の出方によって、そこで突然方向チェンジしなければいけないことも起こるわけだよね。

磯﨑　それはまるっきり変わるんじゃないですか。

横尾　自分の思いどおりに相手が指してくれればいいけども。僕なんか絵を描いていて、先の先の先は読めないんです。三つも四つも先は読めなくて、せいぜい今描いている次の先ぐらいはわかるんだけど。もっとどんどん読めれば、それはそれでちょっとおもしろいことができるかなと思う。でもあまり先へ先へいかないんです。というのは脳に支配されたくないからね。

磯﨑　小説もその先の先を考えることもできるんですけど、実際に例えば一文先、二文先、三文先と考えていたときに、一文書いて、これは予定どおりだ。二文目を書いたときに、三文目はこっちに行くと思っていたんだけど、二文目を書いてみたらこっちだぞというのがあるわけです。そこは、結局は絵と同じなんじゃないかと思うんですよ、書いてみないとわからないという意味では。

横尾　小説は言葉という考えの連続だから、考えを消すと言葉も消えてしまいますよね。磯﨑さんは文章を書いていて、消しちゃうこともあるわけ？

磯﨑　しょっちゅう消します。書いては消し、書いては消しです。不思議なのは、こういうふうに書いていけばいいんだなと思って書いていても、書いてみた感じで、ここは何か違うなと思うときがあるんですね。書いてみた文字の並びを見て、何かこうじゃないなと思って消すことはよくあるんです。そこは、絵で実際に筆で色を塗ってみて、緑色だと思って描いてみたけど何か違うなと思って、茶色に変えるというのと同じだと思うのです。そうやって一文一文、一語一語書いていく。そこからだけは逃れられないからだと思うのです。

横尾　小説を書いていて、一番難しいことは何なの？

磯﨑　一番も何も、次の一文をどう書いたらおもしろいのか。僕みたいな書き方をしている人は、そこに尽きるんじゃないですか。その中で次の一文が出てこない。ひどいときは一ヵ月も出てこないわけですから、やっぱりそこなんじゃないですかね。

横尾　三島由紀夫さんも比喩が浮かばないので、三日も四日も街へ出て行ったというようなことを聞いたことがありますね。絵はそこまで考えない。先々週か、山田詠美さんが遊びに来られたんですが、山田さんは最初の一行と最後の一行が決まると、中が動き始めるって。僕は最初の一筆も、最後の一筆もないのよ。どこからでもいいから入ってしまう。僕の場合は、見切り発車してしまうわけよ。それで、ヤーメタと途中下車してしまう。

磯﨑　横尾さんの作品は、すべて未完だとおっしゃってますものね。

横尾　未完で終わっちゃうんだけれども、山田詠美さんは最初を書いて最後を書けば、中は自由に動く。三島さんと同じタイプですね。

磯﨑　山田詠美さんの小説は、やっぱり練り上げられた計画性を持って書かないと書けないんじゃないかなあ。詠美さんや三島のような小説は確かに最初と最後を決めて、中をちゃんと構築していく。

横尾　磯﨑さんは一行目は大事かもわからないけれども、一行目を書いた後、最後の一行を考えないでしょう。最初の一行によって、その小説の運命が決まるということはあるの。

磯﨑　そういう意味では、最初の一行が一番難しいかもしれないです。最初の一行が力を持った一行でないと、小説が転がっていかない感じがしますね。

横尾　『鳥獣戯画』の最初の一行、何だかわけわからないことを言ってるけれど、へんな力があるので、つい入っちゃうよね。

「凡庸さは金になる。それがいけない、何とかそれを変えてやりたいと思い悩みながら、何世紀もの時間が無駄に過ぎてしまった」。誰の時間なの、あなたの時間？　それとも人類の時間？

磯﨑　わからないですね（笑）。

横尾　ハッハッハ、こういう抽象的なことを書けば、あと、どんな方向へ行ったっていいよね。キャンバスの上に絵具をこぼした感じみたい。

磯﨑　何かよくわからないけど、力を持った一文というのがやっぱりあるんですね。

横尾　でも、よくそんなわけのわからない言葉が書けるね。これ、一字一句、意味を考えると、何を言っているのかよくわからない。作家もわかってないの？　いきなり禅の公案を与えられたわけだ。

磯﨑　僕もわかっていないです。だから、岡本太郎の言う、作家自身もわかっていちゃいけないということじゃないですか（笑）。

横尾　というか、岡本さんは本当はわかりたいんだけど、わからなくなっちゃうんじゃないかな。僕も最初の一筆はわかっていない。どこから始めるかにもよるし。

磯﨑　ただ、何かおもしろいなというのはわかっているじゃないですか。意味はよくわからないけど、何か力のある一文だなというのは。そっちをわかっていることのほうが大事だと思いますね。

横尾　自分の今描こうとしている絵が、最終的にどういう絵になっていくんだろうか、という楽しみと謎のために描いている部分はあるわけですよ。そうすると、プロセスが楽しいわけです。結果はどうでもいい。本当にどうでもいい。そのプロセスが楽しめればいい。楽しみみたいなものイコール遊びなんだけど、それが僕の場合、常に最優先している。だから、十分遊べた作品は僕にとっては達成感がある。見る側のことなんか全然考えていないから、見る側はどういうふうに見たか、さっぱりわからないよね。たぶん十人十色で、それぞれおもしろい意見が出るかもわからないけど。

磯﨑さんは今、文学を最優先して、文学が自分の生活とか人生を導いているわけでしょう。だから、事件を起こしたいわけだ。普通はその逆で、文学をお仕事として考えた場合は、そういう発想じゃないと思う。これを書いて何ぼのものだということになれば、用心深くなって違うと思う。

磯﨑　それは芸術家だけの特権なんですよ。サラリーマンが現役のときには、自分の生きがいは仕事だと思っている人はたくさんいます。仕事があるから自分は生きていられるんだ、ぐらいに。僕が勤めていた商社なんかは、本当に仕事が好きな人も中にはいるわけです。ただ、僕は会社をやめてからも、幹部だった人ともときどき会うわけですけれども、サラリーマンはやめちゃうとやっぱり普通の人なんですよ。それが不思議なんです。本当に一生懸命仕事をやっていたような人でも、定年が来るとやめるしかないんですね。芸術家には定年がない、いい仕事ですよ。死ぬまでやろうと思ったらできる。サラリーマンだろうと政治家だろうと何だろうと、みんな定年があるんですね。死ぬまでできるのがいい仕事ですね。売れようが売れまいが、死ぬまでできる仕事は、世の中にはそんなにはないですから。

横尾　それによって収益を得るかどうかは別ですよね。僕なんかの仕事は、体力がどんどん落ちていくと、筆を持つのもやっとこさになるかもわからないけど、それでもなお描き続ける。そのときに、僕の場合で言うと、どんな絵ができるかという楽しみがあるんですよ。それを見たいと思う。さっきのキリコの話じゃないけど、キリコが年とってしまって、晩年近くのあの弱々しい震えた線は、健康な若いころには描ける線じゃないのよ。技術的に震わせることはできるけども、彼は晩年になると技術的に震わせるんじゃなくて、直線を引きたいのにグニャグニャとなってしまう。これによって絵が、誰もが描かないような境地に入っていくわけです。それは自分にとって楽しみでもあるわけ。そろそろ始まっているかなと思う。もう真っすぐ歩けないもの。よく道路にラインが引いてあるじゃない。ファッションモデルみたいにあれを真っすぐ歩こうとするんだけど、やっぱりフラフラして線からはみ出してしまう。部屋から外へ出ようとするときに、ドアの手前で曲がってしまって、肩とか頭を思いきりぶつけることがある。

磯﨑　それは本当に気をつけてくださいよ。

横尾　うちの家の中で角の手前で曲がってぶつけてしまって、背中が何日間も痛かったの。キリコ現象が、まず体から始まっているんだね。絵を考えなくても身体が先にデフォルメしてくれる。

磯﨑　でも、横尾さんの公開制作を見に行ったときに、横尾さんが電柱を描いたんですよ。定規も何も当てずに真っすぐ直線をシュッシュッと描くんです。本当にピタッと真っすぐの線なんです。「よく描けますね」と横尾さんに聞いたら、「プロだもの」と言ったんですよ。すごい失礼なことを聞いたんだなと反省したんですけど。

横尾　三半規管かどこか知らないけど狂っていて、本当は垂直に描けないんです。

磯﨑　僕らが見ると、それは真っすぐなんですよ。定規を当てたらピタッとおさまるくらい真っすぐなのに。

横尾　斜めになっていても自信を持って描くから人には真っすぐに見えてしまうんですよ。でも、真っすぐに描けてしまう不幸というのもあるんですよ。真っすぐ描こうと思うんだけれども、グニャグニャとなったり、ヒューッとこっちに行っちゃうとか、そうなって初めて新しい境地に入れると思う。そう思えば老齢の楽しみが待ち遠しくなる。だからできるだけ長い老年が必要ですね。

磯﨑　手塚治虫が晩年、完全な円が描けなくなったみたいなことを言っていましたけど、楕円になったら、楕円をもとに描けばいい。楕円の鉄腕アトムを描けばよかったんですね。そこを描かなきゃいけないんですね。

　キリコの話を読んで、パブロ・カザルスを思い出しました。若いときの録音より、年とってからのほうがいいと言われているんです。僕みたいな素人が聞いても、確かに年とってからのほうが味があるというか、音が太いのです。それは何かわかりますね。若いときのほうがうまいし、スムーズなのかもしれないけど、年とってからのほうが音に図太さがありますね。

横尾　そういう意味では、年とると頭と体が乖離していくわけだから、それはある意味で新しい境地を迎えることになるんですね。だけど、そのときはもうふらふらになっちゃって、新しい境地もへったくれもないかもわからないね。そんなことはどうでもいいよ、とにかくそれよりもシャキッとして真っすぐな線を描きたいと思うかもしれないね。結局は成るようにしか成らないんですよね。

真顔で書き切る

選評

——第五五回文藝賞選評／「文藝」二〇一八年冬号

ガルシア＝マルケスにも小説家としてデビューした後、書きあぐねていた時期があった、頭の中にアイデアはあるのだが、それを文章にする語り口が見つからず、五年もの間、何も書けなかった。しかしある日とつぜん、その語り口が見つかった、それは「わたしの祖母が話をするときの話し方」だった。「なにより大事なところは、話していたときの表情だ。話している間、ぜんぜん表情を変えない」「自分も話を信じること、そしてそれを祖母が話していたのとおなじ表情、すなわち、レンガのような顔で書くということだ」（『パリ・レヴュー・インタヴューII　作家はどうやって小説を書くのか、たっぷり聞いてみよう！』青山南編訳、岩波書店）

語り口を見出したガルシア＝マルケスはそれからの十八カ月、毎日座りっぱなしで原稿に向かい、『百年の孤独』を書き上げるのだが、この「ぜんぜん表情を変え」ずに「レンガのような顔で書く」、真顔で書き切るという態度が、山野辺太郎「いつか深い穴に落ちるまで」では徹底されている。焼き鳥に刺した竹串に着想を得て、地球を貫いて日本からブラジルまで続く底のない穴を掘るという、嘘臭くて、誰がどう考えても馬鹿げている、実現の可能性のかけらも感じさせない事業の成り行きを小説に書こうと思い付いてしまったとき、まっとうな書き手であれば、五千度〜六千度にも達するといわれる地球中心部の高温高圧に耐えられる超耐熱ガラスが発明されただとか、画期的な掘削工法が開発されただとかいう、読み手を納得させるに足る、もっともらしい設定を組んでおこうという誘惑に駆られるものだろう。しかしこの作者は、そんな誘惑に負けない、「どんな技術で穴を掘るというんだ?」と問われれば、「温泉を掘る技術です」と平然と答え、じっさいに温泉を掘り当ててしまえば、「温泉が出たというのはけっきょくのところ最善の結果ではあったのだ」などと巧みに論点と言葉をすり替えながら、小説は突き進む。作者のそうした胆力や技量の高さを評価したというよりはむしろ、小説という表現形式を信じる力の強さと、想像力の勝利に打たれて、私はこの作品を絶対に世に出したいと思った。

日上秀之「はんぷくするもの」は、全篇過剰な自意識が描かれているのだが、自意識を描くのであれば、それを対象化しないと小説としては立ち上がらない。貸している三千円が返って来ないために母親が体調を崩したり、煙草のポイ捨てで喧嘩をしてみたりというみみっちい話を書いているのに、小説中で使われる言い回しが、「善意の塊」とか「観念の蔓延」とか「悲観を凝結させた瞳」とか、安易な上に大袈裟で釣り合っておらず、「それなりの品揃え」「事態はますます混迷していた」などという雑な表現も散見されて、詰めが甘いというか、小説全体が投げ遣りなように思えてならないのだが、金を取り立てに行こうとした主人公が車のドアに手をかけた瞬間、猫が前を横切り、更にその猫が車の下に入り込んだのではないか？ボンネットの中に隠れているのではないか？という気がしてならず、結局外出を諦める、という下りだけは面白かった、全体をこの調子で書き通せば、この作者はきっと面白い作品を物にできるはずだと思っていたところに、選考会で町田委員から「あなたは津波に家を流されたじゃないですか」という一言の凄まじさの指摘があり、やはりこの作品も活字にせねばならないと考え直して、受賞に賛同した。

烏有真由樹「未踏の地」は、冒頭の山の描写は悪くない、「風だけならいくらでも下った。風だけしか下らなかった」という表現も上手い。しかしそれ以降、作者の考えを小説で説明しようとしてしまっているから、全く小説が立ち上がって来ない。過去の脆弱性、恣意性のような話も書きたいのだろうが、それをそのまま「過去を雑に扱ってるね」「そんな時間は実は存在しなかったのではないかという疑念が浮かんできた」などと書いてしまっては、小説にはならない。突然現れる死亡届の各欄が徐々に埋まっていくのも無理があるし、性格が悪いとしか思えない女性が主人公の十六年来の親友であるという設定にも無理がある、この作者は、小説とは作者が意のままに操ることができる道具なのだと勘違いしているのではないか？

梁木みのり「ともだちにしか話せない」の主人公の視野は、「教室という宇宙」「中二病」「顔面偏差値」などという言葉を不用意に使ってしまっている通りで、余りに狭い。恐らく作者は、「スクールカーストは、大人のつくった言葉だ」と書きながら、クラス内のグルーピングとか学校のランキングとか地方と東京の格差とか、そういう在り来りの価値観に自らが加担してしまっていることに気づいていない、「女性同士の恋愛を表すそれは（中略）ずっと肩身が狭い」「欲望にまみれた向こう側の世界」といった表現にも、同性愛に対する先入観が透けて見えてしまっている。本気で女子校を舞台にした作品を書きたいのであれば、松浦理英子の『最愛の子ども』（文藝春秋）を読んでから書くべきだと思う。

対談

山野辺太郎×磯﨑憲一郎 百年前の作家から励まされる仕事

――「いつか深い穴に落ちるまで」第五五回文藝賞受賞記念対談／「文藝」二〇一八年冬号

四十代の作家デビュー

磯﨑　山野辺さんは四十二歳での作家デビューになりますね。実は僕もデビューのとき、同じ年齢だったんですよ。僕は二〇〇七年に文藝賞を受賞してデビューしたんですけど、その頃の文藝賞は綿矢りささんや羽田圭介さんといった、若い人がデビューする文学賞だというイメージが世の中一般では強かったんです。その中で当時僕が四十二歳で受賞したときに、編集部でさえ、もしかして磯﨑さんは最年長受賞者じゃないかって一応確認したくらい（笑）。実際は違ったんですが。でも去年の受賞者の若竹（千佐子）さんは六十三歳だったから、四十二歳でのデビューはもう遅い感じはしないですよね。山野辺さんは今までずっと小説を書いていたんですか。

山野辺　そうですね。高校二、三年くらいから短い話を書くようになって、大学生になってからはもうちょっと長めのものを書きはじめました。

磯﨑　ずっと書き続けてはいたんですね。

山野辺　細々とではあるんですけど。なぜ自分が書き続けてきたのかということを考えてみると、足場のなさ、といいますか、とてもおぼつかないところに立っている弱い個人としての自分が、生きて

の考え方とこの作品の「言葉をすり替えていくことの開き直り」みたいな腹の据わり方、それは無関係ではありえないと思うんです。

想像力と真剣さ

磯﨑　それで、受賞作「いつか深い穴に落ちるまで」なんですけど、河出から出ているプレスリリースの作品の内容紹介のところに、「様々な人間・国の思惑が交差する中、日本社会のシステムを戦後史とともに真顔のユーモアで描きつくす、大型新人登場」と書いてある。これが大間違いなんだなあ。この作品を読んでユーモアと言いたくなる気持ちはすごくわかるんですけど、ここでユーモアという言葉を使ってしまうと非常に誤解されやすい、ミスリーディングな気がしてならないんですよ。選評にも書きましたが、普通どんな人でも、焼鳥に刺す竹串に着想を得て、地球を貫く日本からブラジルまで到達する穴を掘る事業の成り行きを小説に書こうと思ったら、「数千度のマントルの高熱にも耐えうる超耐熱ガラスが発明された」とか、「画期的な掘削工法が開発された」とか、そういう現実的な設定でこの小説を補完したくなる、そしてそれをやっちゃうと、つまらない凡庸な小説になってしまう。でもこの「いつか深い穴に落ちるまで」という小説は一切それをやってない。「耐熱ガラス」とか「画期的な掘削工法」とかそういった小説の外部の仕掛けに一切頼らずに、小説内の論理・ロジックだけでとにかく持ち堪える、めちゃくちゃな力業、荒技を試みているんですよね。この小説はそこに感動させられるんです。だからこの作品はユーモアではなくて、想像力と真剣さなんです。凡庸なＳＦ作品とこの小説を明確に分けているのはそこなんだと僕は思います。

山野辺　ありがとうございます。恐縮です。

磯﨑　小説は書いている途中で少しでも気を抜くと、すぐに外の力に負けてしまう。読者はこう思うだろうからそれに予防線を張ろう、とか、前のほうと整合性を取るためにもっともらしい説明をつけておこう、みたいな、そういう力が小説を書いている途中、作者には常に働く。でもそれに負けちゃいけないんですよね。そこに負けずに書ききったという事実が、こんなに嘘臭くて、馬鹿げた話なのに読み手に感動をもたらす。そこなんです。

山野辺　日本からブラジルに行く穴というのは、たぶん子どもの頃に誰もが一度は思い浮かべるようなことだと思うんです。地図帳なんかを見ると、ブラジルの横の海上に、正反対の日本列島の形が載っていることがありますが、このあたりに向かって穴を掘ってみたらどうなるかなって。そんなことは無理だっていうのは、子どもでもすぐにわかるんですよね。でもそれがなぜか今になって、この着想で、小説だったら向こうに行けるかもしれないっていう気がして、それをやってみようと。その過程で、自分の書きたいことを次々に膨らませていきました。その中で結局最後まで、科学的にどういう原理でそれが可能になるのかといったところには自分の関心がいかなかったんです。そこにいったら、いかにそれが不可能かということをただ確認する作業になるんじゃないかという気もしたし、小説だったらもっと違う力で行けないところに行けるんじゃないか、と考えていたんです。

磯﨑　「科学でできないことが小説だったらできるんじゃないか」という想いが小説を信じる力なんですよね。そこが揺らいじゃうとすごくつまらない話になっていくんです。選評にもガルシア＝マルケスの話を出しましたが、『百年の孤独』ではレメディオスという、その子に会ったらどんな男性でも好きにならずにいられないというくらい、悪魔的に美しい小町娘が出てくるんですけど、その子が風の強い日に洗濯物のシーツを干しているんですよね。干していたら強い風が吹いてきて、そのシーツが風に舞って「目まぐるしくはばたくシーツに包まれながら、別れの手を振っている小町娘のレメディオスの姿が見えた」となるんです。つまりそのまま空に吸い込まれて彼女はいなくなっちゃった、ということなんですけど、ガルシア゠マルケスのすごいところは、結局その後で、事件の後の説明をどうつけるかというと「町の大抵の者は奇跡を信じて蠟燭を灯し、九日間の祈りなど捧げた。アウレリアーノを名乗る者の残酷な残虐事件が生じ、驚愕が恐怖に変わるということがなかったらしばらくはこの話でもちきりだったに違いない」と書いて、このエピソードはそれっきりなんです。科学的な説明で読者に納得感を持たせようなんてちゃちなことはしない。それでは小説を信じる力が負けているということになる。

なんでこんなに馬鹿馬鹿しい話なのに、この小説には感動するんだろうということをさらに考えると、時間の経過がちゃんと書けてるんだよね。たとえば穴を掘ることを最初に発案した官僚の山本清晴について「歳を重ねるにつれ、穏やかな表情で聞き役に徹するかのごとく、静かに会議の席に座っているようになった。そしてときおり、心をどこか遠くへ送り出してしまって、ここに座っているのは彼自身の抜け殻にすぎないというかのような気配の薄さを呈することもあった。審議の終盤の時期には、異動によってこの計画とは無縁の部署にいて、そののち職を退いていた」とさらっと書かれてるんだけど、勤め人がだんだん年老いて会議のメインスピーカーじゃなくなっていく感じって、なかなか書けないですよ。後半になるとたまに出てくる研究員の杉本がちゃんと白髪になってるとか、主人公も五十代半ばになって老けてる描写が出てくる。それで何が感動するって、石井君の登場なんですよ。かつて主人公の入る会社の内定を辞退した石井君が、終盤、新聞記者になって登場する。ここがまた「そんなわけないだろ」っていう変な登場の仕方なんですけど、こういうところ、時間の経過そのものが丁寧に書いてあるからこそ、これがぐっとくるんです。こんなに馬鹿げた話でこんなにありえない話で、こんなに嘘臭い話なんだけど、それがいいんです。そういうところって実は誰にでもできることではない。書ける人には書けるし書けない人には書けない、そういう書き方なんですよね。

山野辺　ガルシア゠マルケスは好きな作家でして、『百年の孤独』ももちろん好きなので、自分ではどこがどうというのはわからないんですけれども、そこの繫がりというところを見つけていただいたのはすごく嬉しいことだなと思います。

「視覚の記憶」という才能

磯﨑　山野辺さんがおそらく他の書き手に比べて何が違うのかというと、そういう「そんなわけないだろう。ありえないだろう」ということを言葉をすり替える力で小説をぐいぐい進めるところです。たとえば「具体的に、どんな技術で穴を掘るというんだ？・」と言われたときに「温泉を掘る技術です」と答えるわけじゃないですか。そして「温泉を掘る技術を用いて温泉を掘り当てたのだから、なんの間違いもなかった」なんて書いて、結局そういう失敗ですら温泉という施設にすり替えてしまう。しかもここで温泉を掘り当てたことによって、ポーランドのコヴァルスキという登場人物が登場した後で、この人も本当の目当てが何かわからないんだけど、「温泉には、行かれたことがありますか」と主人公が聞くと、「ああ、たとえば熱海。わたしは行ったことがないんです」と彼が答える。その熱海という言葉が出たことによって、なんでこういう展開になるのかわからないけど二人で温泉巡りを始める。なんでここで温泉巡りしてるんだと思うんですよね。これのくり返しなんだけど、最後のほうでも、新聞記者に穴に入ることを「怖くは、ありませんか」と訊かれて、「逃げるつもりはない」と答えて「（穴は）人類がこの地球に築いたなかで、もっとも遠くまで通じた逃げ道でもありうるんです。だとしたら、僕は逃げることから逃げないつもりです」と言う。要するに何なのかということはわからないんだけど、「逃げる」という言葉を梃子《てこ》にどんどん言葉をすり替えて、小説を進めていくんですよね。「鈴木さんには、心の準備を。そして僕には、水着の準備を」とかね。なんで心の準備と水着の準備を並列に置くんだみたいな、そういうところが僕は腹が据わってないとできないと思うんです。これは書き手の度胸とか胆力ということ以上に、僕は何よりも小説という表現を信じる力なんだと思うんですよね。

山野辺　何かの言葉なり文なりを書いたときに、それとは正反対のこととか、異質なことが思い浮かぶことがあるんですが、それを排除せずに、並べてみる、ということをしばしばやっているように思います。それで世界がひらけていくというか、行けなかったところに少しずつ行けるようになったりするのかもしれません。

磯﨑　小説家にとってかなり重要な能力というか、もしかしたらいちばん重要な資質かもしれないと僕が思っているのは視力のよさ、目のよさなんです。目がいい、もしくは視覚の記憶みたいなところなんですけど。金井美恵子さんがすごいなと思ったのは、僕が泉鏡花賞を貰ったときに金沢で何十品も出てくるような加賀会席を、金井美恵子さんら選考委員とご一緒したんだけど、僕の隣に金井さんが座っていて。それで刺身か何かが出てきた皿を見て、金井さんがさらっと「あら、このお皿、初めて見るお皿ね」と言ったんだよね。金井さんは十年以上選考委員をやっていたはずだから十回以上もその加賀会席を食べてるはずなんだけど、加賀会席ってただでさえ品数が多いんだけど、普通その皿の柄を一枚一枚覚えてるわけがないじゃないですか？　僕なんか全然皿に興味ないから覚えてないんだけど、でも金井さんがさらっとそう言って、そしたら店の女将がすぐその一言に気づいて、「それは今年仕入れた有田のお皿です」と言ったんだよね。この人、すごいなと思って。視覚の記憶力のよさ、それは僕は小説家にとってすごく大事な能力だと思っていて、そういう視力のよさを感じさせる部分も、この小説の中にはちょこちょこ出てくるんですよね。作家にとって大事な資質もちゃんと備えている書き手なんじゃないか、と僕は思ったんです。

山野辺　ありがたいです。視覚的なことについてお聞きしたいんですけど、自分が書くときに、単に言葉だけが出てくるというより、視覚的に思い浮かぶ場面があったり、あるいは意識して思い浮かべたりした上で、ここは書かなくてはというところを言葉に移し替えていくことがある気がします。磯崎さんの小説を拝読していると、風景の視覚的描写の圧倒的な豊かさというものを感じるんですが、そこでも、視覚から言葉に移し替えていくようなプロセスがあるんでしょうか。

磯崎　視覚が大事だというのは今いった通りなんですけど、ただ実際に書くときに意識しているのは言葉のほうなんですよね。記憶の中で、グレーの床の上に茶色いテーブルがあって、赤いペンが載っていた、みたいなことを覚えていることは大事なんだけど、言葉にしたときにこの色とこの色の対比が違うなと思ったら床の色を変えるんだよね、言葉として別の色を選ぶ。グレーじゃなくて肌色とかね。視覚的な情景を思い浮かべた上で、言葉として成り立たせるときにはその記憶を超えるものを書かなきゃいけないと思う。もっともらしいことを書いちゃいけないんだよ。もっともらしいものを超えた、え?!　と思わせるような驚きのあるものを書いていくことが小説としては大事で、そこを書けるか書けないかがいちばん重要。あとは小説をじっくり読むこと。山野辺さんはどういう作家が好きなんですか。

山野辺　海外で言ったら、カフカとかガルシア゠マルケスやボルヘスが好きです。日本の作家はいろいろいるんですけれども、高校のときには、よくあることかもしれないですけど太宰治に傾倒した時期がありました。その後は谷崎潤一郎とか。小説の中に何が描かれているかということとは別に、文章そのものの肌触りに惹かれるということがあるように思います。先程、視覚的なことについてお話しいただいたように、見えたものをただ克明に言葉に移し替えればいいわけではなくて、それがどういう言葉の連なりや組み合わせとなって表れてくるのか。そこに文章の肌触りが生まれてくるように思うんです。谷崎の文章には、肌触りの魅力を強く感じます。あと太宰と言ったんですけれども、それこそ悲観的な状況を切り返していくようなものが太宰にもあったんじゃないかという気がしています。たとえば短篇集『晩年』の「葉」という小説では、「死のうと思っていた」という一文から始まります。ところが、正月に夏用の着物をもらったから、「夏まで生きていようと思った」と繋がっていく。この展開というのも、死のうと思ってたんじゃなかったのかよ、生きるのかよ、と言いたくなるような切り返しが効いていると思うんです。生きるというなら、それはそれでよかったわけですけど。

原動力は過去からの励ましで

磯﨑　山野辺さんはもう小説家になってしまったわけじゃないですか。デビューしたときに僕は保坂和志さんから、「小説家っていうのは他の仕事と違って休みがないから」と言われたんですよね。小説家の仕事って基本的には日々書き続ける。実際に文字として書かなくてもいいんだけど、常に今書いている小説のことを考え続けているというのが小説家の仕事です。本を出して売れる売れない、とか、賞を取る取らない、とかは関係なく、小説のことを常に考え続けている。全然違う仕事をしているときでも、家族サービスをしているときでも、常に小説のことが頭にあるというのが小説家の仕事なんです。土日も関係ないと思うんですよね。今勤めている会社はやめないんでしょ？

山野辺　そうですね。磯﨑さんもデビューから長らく、会社勤めをなさっていたんですよね。

磯﨑　してましたね。結果的には大変でしたが、いい経験でした。そしてこれからのことですね。これはどの作家さんも言ってることではあるんだけど、新人賞を取ってデビューするって、デビュー前はそれが何らかのゴールに見えるんだけど、これはゴールでも何でもないんですよね。むしろデビューしてからのほうが大変。実際にデビューした後に書き続けていくということのほうが、新人賞を取ることに向けて書くことよりも、何倍も大変なんですよね。

今の時代、小説なんて書いていてもお金には間違いなくならないし、物書きもそうだし出版社もそうなんだけど、金は儲からないけどそれでもやる、という覚悟がないと続けられないんですよね。それって賞をもらった後でも同じ。だから今という時代は、何かを信じて書いていくことがより重要な時代なのかもしれない。それは最初に言った小説の力であるとか小説の歴史であるとか、そういうものを信じないと続けられない仕事なんですよね。僕はこの「いつか深い穴に落ちるまで」はそういう力を信じて書いた作品だと思うから、それを信じ続けられる限りはこの先も書き続けていけると思うんですよね。

山野辺　ありがとうございます。この小説が活字になることで読者が現れ、何かしら反響があったりということもあるのかもしれないですけれども、ただそうは言っても結局書くという営みというのはどこまでいっても孤独なんじゃないかとは想像しています。でも、実はそうじゃない何かがあるのか、たとえば小説の歴史の中にある過去の作品、過去の作者からの励ましみたいなものがあるのか。そういったところ、磯﨑さんはどういうことをご自身の創作の原動力として、書き続けていらっしゃるんでしょうか?

磯﨑　それはやっぱりね、過去の作品からの励ましです。もちろん読者の感想は聞こえてくるし、それも励ましにはなるんだけど、基本は孤独な仕事なんですよね。小説を書くって結局、小説の歴史のごく僅かな一部分を担うというか、僕だったらカフカにしろムージルにしろガルシア＝マルケスにしろ、小島信夫でも北杜夫でも保坂和志でも、そういう人たちの作品を読んだから今自分は書いているのであって、自分が書くことによって僕の小説を読んでくれた人の中で一人でも二人でも書く人が出てきてくれたら、それで御の字なんですよね。そういう意味では、それが小説家の仕事だと思っている僕に、新人賞の選考委員を務めさせてもらったというのは、すごくありがたいことだったと思う。

結局残っていくものは作品以外に何もなくて。カフカなんて百年前に死んでるわけです。その百年前に死んだ人から、作品を通して励まされる。前に何かの対談で保坂さんと話していると、保坂さんが「だってあの人はさ」ってことを話し始めて。そのとき保坂さんが指した「あの人」ってカフカのことだったんだよね。「あの人」、って近所の知り合いのおじさんみたいな言い方をしたんだけど(笑)。不思議なんだけど、フェリーツェ・バウアーとかドーラ・デュマントとか、カフカが婚約破棄した恋人の名前は覚えてるのに、つい最近名刺交換した仕事相手とか全然覚えられないんだよ。やっぱり僕らはそっちの時間に生きているんだと思います。作家は孤独な仕事なんだけど、百年前に死んだ人から励まされる仕事でもある。そういう仕事に山野辺さんは就いた、ということなんだと思います。

山野辺　身の引き締まる思いがします。今日は、百年前の作家だけでなく、目の前にいらっしゃる磯崎さんからも、たくさん励ましの言葉をお聞きすることができました。本当にありがとうございました。

文庫解説

特異な高揚の理由

——蓮實重彥『物語批判序説』(講談社文庫)／二〇一八年一二月一〇日

日本においてはその作品が大して読まれているわけでもないのに、名前だけは誰もが知っている、その名前を聞けば、ドイツ文学を専門に研究している学者でさえもほとんど条件反射的に、「不条理」「悪夢的」「内省的」「生の不安」「シオニズム」などという言葉が口を衝いて出てしまうフランツ・カフカだが、じっさいのその人は周囲にはおよそ敵の存在しない善人で、好奇心と行動力に溢れ、何よりもまずユーモアへの志向の強い人物だった。

カフカが自分で朗読するとき、このユーモアは特にはっきりと現われた。たとえば、彼が「審判」の第一章を聞かせてくれたときなど、われわれ友人たちは腹をかかえて笑ったものだ。そして彼自身もあまり笑ったので、しばらくのあいだ先を読みつづけることができなかった。——第一章の恐ろしいほどの真剣さを考えてみた場合、これは意外だと思うかもしれない。だが事実そうだったのだ。

『フランツ・カフカ』マックス・ブロート著 辻理・林部圭一・坂本明美共訳 みすず書房

本書『物語批判序説』に従うならば、正しくこれはカフカという「物語」を語り始めてしまった張本人、友人のマックス・ブロートによる評伝からの引用に他ならないわけだが、カフカが自作を、それも主人公ヨーゼフ・Kがある朝とつぜん、自室に押し入ってきた二人組の男に理由も分からぬまま逮捕されるという『審判』の冒頭場面を朗読しながら、笑いが止まらなくなったという事実、現実の過去は、少なくともカフカという書き手、そしてその作品が、ドイツ文学研究者たちが自動的に貼り付けている「不条理」とか、「悪夢的」とかといったレッテルとは明らかに異なる面を持つことを示している。しかしそのように批判、反論してみたところで、しょせんは既に世の中に流布されてしまったカフカという「物語」に対して、「補完的な説話論的な機能」を担ってしまっているに過ぎないことも、本書の中で指摘されている通りなのだろう。

そのカフカは生涯に亘ってギュスターヴ・フローベールを愛読していた。遺された日記にもフローベールの名前は、頻繁にというほどではないが幾度か登場する。一九一二年六月六日の日記には、次のような文章が記されている。

たった今、フローベールの手紙のなかに次のような文句を読んだ、「私の小説は、私がぶらさがっている岩のようなものだ。そして私は、世の中で起こっていることについては何も知らない。」――これはぼくが五月九日に自分のために書きこんでおいたことと似ている。

『決定版カフカ全集7　日記』谷口茂訳　新潮社

カフカが「似ている」という、五月九日の日記中の自身の言葉とは、次のようなものだ。

ゆうべピックと喫茶店で。ぼくはあらゆる不安に抵抗して自分の長篇小説にしがみついているが、それはまるで遠方に視線を向けて台座にしがみついている記念像そっくりだ。

（同）

「ピック」というのは批評家、後に編集者となるオットー・ピックのことで、このときカフカが執筆していた「長篇小説」とは『失踪者（アメリカ）』のことなのだが、ここに書かれている内容をただ単純に、自信を失い途中で放棄したくなる誘惑に抗って、書き手を執筆に繋ぎ留める精神的な支えとして、「小説」が「岩」や「台座」に喩えられているとは思えない。完成する以前の、今目の前で書かれつつある「小説」とはそれほど盤石なものではない。ならば「小説」を書き進めていく渦中のフローベールとカフカが寄って縋ったものとは、いったい何だったのか？

それにしても、本書を構成する論文の初出から三十六年、単行本の刊行から三十三年という時間を経て、二〇一八年もほどなく終わろうとする今、新たに文庫化された本書を読み終えた読者ならば誰しも、現代という時代が、「自分が口にする言葉に他人の物語とは異質の要素がそなわっていると錯覚」している「他人の物語の作中人物」に過ぎない連中が堂々と発言し、幅を利かせるようになってしまった、愚かなまでに『問題』の時代」であることに、思い至らない者はいないだろう。インターネットなどという発明は、人間の言語活動を何ら変容させたわけではなく、僅かばかりの便利さと、取り返しがつかないほどの浅ましさと同質性をもたらしたに過ぎないと分かってはいたものの、「幸福なる少数者を自任する者たちの群が、自分たちこそ多数者であることに無自覚なまま、『紋切型辞典』はブルジョワ批判の書物だと口をそろえてつぶやくような時代こそが現代なのだ」という一文を読んでしまったときに、SNSを通じて「他人の問題」を「他人の言葉」で拡散し続ける、「誰もが真摯に思考すべき社会的な課題というもの」の存在を真剣に信じている、憑かれたような表情の、あの一群の人々を思い浮かべずにはいられない。

しかし本書は、そんな「屈託のない予言」として書かれたわけではもち[illegible]。潜在的に、あらゆる時代のあらゆる言葉が「他人の言葉」となり、『紋切型辞典』[illegible]目として書き加えられる可能性を持つのと同じ意味で、本書もまた「不断に更新され[illegible]現在」として書かれたのだから、刊行から三十数年程度の時間が経過したところで、その有用性は何ら失われていなくて当然なのだ。それよりもむしろ気になるのは、本書に感じるもっと別の、特別な何か——無数の傍線を引き、ときには傍に置いたノートにメモまで取りながら、本書に集中して読み進む中でしか得られない特異な高揚、と表現してもよいであろう経験——その理由はどこにあるのか？　ということの方だ。

いうまでもなく、ここに展開されているのは『失われた時を求めて』の時間論ではない。「私」の生涯にさまざまな時期にばらまかれている特権的な瞬間の持つ微妙な表情についてはいっさい触れられていないし、見出しつつ﹅﹅﹅﹅ある時の中でそうした瞬間の印象が響応しあい、空間を超えた絵模様をかたちづくるさまにもいっさい言及されてはいない。また、これはプルースト論たろうと目論む文章ですらない。ここでわれわれが『見出された時』のいくつかの挿話に特別の関心を示しているのは、この長篇小説の最終巻であることが明らかなこの部分に、こんにちのわれわれが終りというものについていだいている観念の慣習的な形態が、他に類をみないか

朝日新聞　文芸時評

批評

――二〇一九年一月三〇日　朝刊

〈第二二回〉言語の限界　語り得ぬ世界に向き合う

「大拙、その可能性と不可能性」（群像二月号）と題された、安藤礼二、中島岳志、若松英輔による、日本の近代思想と表現をめぐる鼎談《ていだん》の中で、そこまでの話の流れを断ち切るようにして、ほとんど唐突に、若松はこう発言する――「（本居）宣長は歌を詠みます」。続けて「論理の枠からこぼれ落ちるもの、言語では語り得ないものを歌に託した。和歌は、言葉の業でもあるが、沈黙の業であることも宣長は深く認識しています」と述べ、「非言語的実在とふれ合っている人間だけが語り得る、井筒俊彦が言う片仮名の『コトバ』、非言語的な意味の領域」を「近代は見過ごしてきたのではないのか」と指摘する。

＊

ここでは小説や詩とは本来、言語化などとうてい不可能なはずの混沌《こんとん》とした事象もしくは極めて個人的な感情を、よりによってその言語を用いて表現しようという矛盾を孕《はら》んだ芸術であることが再確認されていると同時に、既視感の漂うストーリーに乗せて現代を描いたように見せながら、延々と作者の持論の説明に終始している小説ばかりが量産される、文芸の現状に対する批判が込められているようにも読める。そもそも作品のテーマや執筆の動機を作者が説明できるぐらいならば、手っ取り早くそれを論述して終わりにすればいい、原稿用紙何百枚分にも亘《わた》る小説を書く必要などないのだ。本物の小説とはいつでも、しょせんは差異の体系に過ぎない言語の限界を前提としつつ、その限界を乗り越えようとする無謀な試みとしてのみ、我々の前に現れる。

リービ英雄「西の蔵の声」（群像二月号）の冒頭、主人公は石壁に囲まれた真っ暗な部屋で、息苦しさに目を覚ます。「空気の断崖を手で摑《つか》んでよじ登るように」慎重に起き上がり、ラベルにポタラ宮の描かれた高山病薬を服用して、酸素ボンベを吸引するという一連の動作によって、ここはチベット高原の古都ラサらしいことが示されるのだが、必死で眠気に耐えながら植物が光合成を再開する、日の出を待つ主人公がやがて目にするのは、意外な、慣れ親しんだ光なのだ。「障子を通して流れこんだ光が畳の黄ばんだ表面を渡った。新宿の光だった」。光そのものを識別し、名付けることなど不可能なのと同様、作者にとっては言語も、作中「島国のことば」と呼ばれる日本語、母語である英語、中国語、チベット語と、その都度様相を変えてしまう、けっして自明の記号ではない、にも拘《かか》わらず、その言語だけを携えて、作者は世界に立ち向かっていく。「鎮まることのない軋《きし》む音に交じった、かれには意味をなさない異質な音階の囁《ささや》きを耳にして、不可解な文字が視野に入ってはそれをくり返し廻《まわ》し、何か分からないものに耳と指先の両方で近づいた」。この作品は母親の「不在《ブーザイ》」の悲しみに貫かれていることは間違いない、しかしその一点に収斂《しゅうれん》するのではなく、一人の人間の中に沸き起こる複数の言語と文化、過去と現在の共振として読まれるべきように思う。

＊

黒田夏子「山もどき」（文學界二月号）は、一般には富士塚と呼ばれる、江戸時代に富士信仰の講中が築いたとされる、今も都内の寺社の境内に百以上が遺《のこ》る小さな山への感興と、そこから手繰り寄せられる遠い記憶が、この作者独特の横書きの、平仮名を多用した文体で綴《つづ》られていく。「とどのつまりその庭がその庭であることが、なにでもない、なにでもなりうる、あてどなくとりとめない庭であることが、じゅうぶん気にいっているらしいと、幼年はなんとなくわかっていた」。これは作品の後半、もしかしたら持ち主はそこに「山もどき」を造ろうと考えたのではないかと語り手が不意に思い付く、幼い頃の一時期を過ごした庭を回想する部分なのだが、多くの書き手がもっと安易な方法へ逃げてしまうであろう、奇妙に入り組んだ愛着を入り組んだままに描くという困難に、この作者は果敢に挑み、そして見事な勝利を収めている。

——二〇一九年二月二七日　朝刊

〈第二三回〉「天然知能」とは　未知なる「外部」との出会い

理学者の郡司ペギオ幸夫が新著『天然知能』（講談社選書メチエ）の中で、とても興味深い概念を紹介している。もともと計算機やコンピューターは、人間の知性の機械化を目的として発明されたものだが、それらへの依拠が進んだ現代においては、自らの知覚可能な全てを、質的な違いも含めて悉《ことごと》く数量に置き換えることで比較・評価し、自らにとって有益か否かの判断をする、「人間の人工知能化」ともいうべき転倒が起こってしまった。それに対して、見ることも聞くことも、予想することすらできない、しかし間違いなく存在する「徹底した外部」を受け容《い》れ、その「外部を生きる次元」にまで踏み出す知性こそが「天然知能」であると、著者は定義する。

例えば、主に東南アジアに分布するウツボカズラは、葉の主脈の長く伸びた先端に蜜を分泌する捕虫袋を持つ食虫植物だが、このウツボカズラが大型化したオオウツボカズラは、大型化したが故に昆虫だけではなく小動物まで誘《おび》き寄せてしまう、するとこの植物は小動物の肉体は捕獲せずに、小動物の落とす糞《ふん》から栄養を取り始めるのだという。こうした、当初想定された機能の「外部」の機能が実現されるような、形態と機能の間の自由さ、融通無碍《ゆうずうむげ》さが進化には不可欠であり、「進化し得る生物とは、外部を受け容れる天然知能」に他ならないと本書では説かれているのだが、じつは作家にとって小説を執筆するという作業も同じで、一文一文分け入るように書き進むたび、未知なる「外部」と出会い、それを受け容れることで自らが拠《よ》って立つ世界も刷新される、その繰り返しなのだ。

＊

「あの石を、とうとう拾って来なかったな」。古井由吉の連作集『この道』（講談社）に収められた一篇「たなごころ」は、語り手が唐突に耳にした、見舞いに行った病人が悔やむように発した一言から始まる。石といっても何の変哲もない、道端に落ちていた黒くて丸い石だった、ほとんど忘れかけていたようなその石が、夜中に病人の背中を何度も引くのだという。帰り道、やつれた甲に比べて意外にもふくよかだった病人の掌を思い出しながら、小説は、左手に一寸の針を握りしめて生まれたと伝えられる、性空《しょうくう》上人の話へと進み、そこから更に、四十五年以上昔、自決した作家の追悼の場で弔辞として送られた孔子の言葉をめぐって、生死の境界の曖昧《あいまい》さ、不可思議さについて語られた上で、ついには次のような文章へと至る。「ただ明日と言うだけでも、一身を超えた存続の念がふくまれてはいないか。一身を超えていながら、我が身がそこに立ち会っているというような」

＊

文学的達成ともいうべきこの作者独自の語り口で、枯れていながら生々しく艶《つや》やかに、止め処《ど》なく生成されるこの作品は、同じ作家の端くれとしてほとんど確信を込めていうのだが、予《あらかじ》め構想されて書かれたものではない。創作の渦中にある作家にとって、新たな文章とは、そこまでの文章を書いたことでそのとき初めて見出《みいだ》される、苦労して切り拓《ひら》くことによってそこで漸《よう》く出会う、正しく未知なる「外部」なのだ。たとえそれが作者の過去の記憶であったとしても、その文章が書かれなければ忘却の奥底に沈んだまま、けっして召喚されなかった記憶であるという意味で、やはり「外部」であることに変わりはない、『天然知能』でも述べられている通り、「むしろわたしの内部に、外部・他者を内蔵している」のだ。

「たなごころ」は後半、若き日の語り手が山を旅する姿が描かれる。峠へ向かう道の先を歩く、健脚の老人の後を静かにつけていくと、一休みしたところで不意にその老人から話しかけられる。「女を知っているのか」。途切れがちの短い会話を終え、老人が立ち去るとそこには、見舞いに行った病人から聞いた、「黒く脂光りするまるい石」が置かれている、目の前で世界がすり替えられたような鮮やかな読後感を残して、この作品は終わる。

〈第二四回〉熱量こそ礎　二十世紀の小説を読みなさい

――二〇一九年三月二七日 朝刊

けっきょく人間は過去でできている、本欄を担当したこの二年間、ときおり、しかし繰り返し付き纏《まと》われたのは、自分でも意外なことに、まだ物書きになるとは思っていなかった、なろうとさえ考えていなかった二十代の終わりから三十代の初め、たまたま新聞を開いて目に留まったコラムとして読んだ、大江健三郎氏による「文芸時評」（一九九二年四月〜九四年三月本紙に掲載）や、宮台真司氏による「ウオッチ論潮」（一九九六年四月〜九七年三月同）の記憶だった。純文学とエンターテインメントの境界が曖昧《あいまい》になったという通説に対する反論、その一方での日本の純文学の向から将来への危惧、世界を拒絶しつつ汚濁にまみれて生きるブルセラ少女という新しい実存の提示……必ずしも深く共感したというわけではなかった、しかしそれらの文章を読んだときに感じた、読む者にも能動的に考えるよう畳み掛けてくる熱量、歴史あるコラムという場を弁《わきま》えない率直さ、そうした熱量や率直さに根差した「文芸時評」を自分も今、特に若い読者に向けて、書かねばならない、ほとんどそのことだけを意識しながら、この二年間は原稿を書いた。しかし今どきの若者は新聞の「文芸時評」欄など読みやしないだろう？　そんな先入観に囚《とら》われた懸念は、この二年間に得た反響によって払拭《ふっしょく》された、ならば自身の担当する最終回となる今月も、これから小説を書きたいと考えている若い人たちのために、今から十五年前、ある人から贈られた言葉をここに記そう――本気で小説を書こうと思うのであれば、今すぐ文芸誌など読むのは止《や》めて、二十世紀の小説を読みなさい！

＊

二〇一〇年から刊行が始まった吉川一義訳による岩波文庫版、マルセル・プルースト作『失われた時を求めて』（全十四巻）は本年三月現在、第十三巻となる「見出《みいだ》された時　Ⅰ」までが出版されている。第一次大戦の終結後、長い療養生活を終えパリに戻ってきた主人公の「私」は、夕日に映える木々の幕を見ても、土手の可憐《かれん》な花々を見ても、もはや何の歓《よろこ》びも覚えないことで、自身の文学的才能が枯渇してしまったのではないかという疑念に再び囚われ始める、「投げやりな気持《きもち》と倦怠《けんたい》感」に埋もれていたそのとき、「百年のあいだ探しても見つかるまいと思われた唯一はいることのできる扉をそうとは知らずに叩《たた》くと、それが開かれる」。ゲルマント大公邸の中庭をぼんやりと歩いていた「私」は、侵入してきた車に危うくぶつかりそうになり、敷石の段差に躓《つまず》く、するとその瞬間、全く唐突に、「えもいわれぬ幸福感」に包まれ、「まぶしく茫漠《ぼうばく》とした光景」が目の前に広がる、それはかつて「私」が母親と訪れたヴェネツィアだった。「サン・マルコ洗礼堂の不揃《ふぞろ》いな二枚のタイルを踏んだときに覚えた感覚が、その日、その感覚と結びついていたほかのありとあらゆる感覚とともに、私にヴェネツィアをとり戻してくれた」「死さえ取るに足りないものと想《おも》わせるほどのなにか確信にも似た歓びを与えてくれた」。そして、「われわれが現実と呼んでいるものは（中略）こうした感覚と回想とのある種の関係」に他ならず、「この関係こそ、作家が感覚と回想というふたつの異なる項目を自分の文章のなかで永遠につなぎ合わせるために見出すべき唯一のもの」であることを、「私」はついに知る。

*

しかし現代文学の先駆となったこの作品の刊行のほぼ百年後の読者である私たちがここから読み取るべきは、名高い「無意志的記憶」をめぐる考察以上にやはり、言説の同質化を強いる戦争の時代やドレフュス事件の渦中にあっても、自らに与えられた芸術家としての使命を全うしようとする、一人の人間の発する夥《おびただ》しい熱量なのだろう。その意味では、本作の翻訳に十年の時間を費やして取り組んでいる吉川一義氏の熱意にも敬意を表したい、そうした人々が繋《つな》ぐ流れとして以外には、文学は存在し得ない。

エッセイ

「文芸時評」を終えて

――「文藝春秋」二〇一九年六月号

この三月まで、二年間、朝日新聞「文芸時評」の執筆者を務めた。文芸誌に掲載された小説や単行本を批評する「文芸時評」欄は、どの全国紙も戦後ほどない頃に現在の形になって以降ずっと続いているのだが、中でも朝日のそれは、評論家よりも作家が多く執筆しているところに特徴がある。過去の執筆者には大岡昇平、小島信夫、丸谷才一、大江健三郎、井上ひさし、古井由吉、池澤夏樹、島田雅彦、松浦寿輝といった、錚々たる、という凡庸な表現を使うこともこの場合に限っては許されるであろう、豪華な顔ぶれが並んでいる。だからこれは謙遜でも何でもなく、最初この話が私のところに来たときには、何か裏があるのではないかと勘ぐった。「今回は、いわゆる大御所ではなく、若手の作家の方にお願いしたいと考えています」担当記者からの説明もとうぜん字義通りには受け取れなかった、作家になって十年余りというキャリアをそう見るかどうかは判断が分かれるところだろうが、年齢的には明らかに私は若手ではなかった。すると記者はこう付け加えた。「本紙の『文芸時評』は、書き手の恣意性こそが肝になります。ご自身の書きたいことを、どうぞご自由にお書き下さい」

恣意性こそが肝！　正に、そのように、「文芸時評」というコラムを破壊的に変革してしまったのが、石川淳だった。石川の「文芸時評」は昭和四十四年十二月から二年間、朝日新聞夕刊に連載されたのだが、第一回目の冒頭で、「事の雅俗を問わず、自然のながれのままに、すなわちわたしの勝手気ままになにくれとなく書くことにする」と宣言した通り、各文芸誌に掲載された小説を印象に残った順から網羅的に、権威的に寸評していくという、平野謙や江藤淳に代表される従来型の「文芸時評」には一切囚われることなく、自らの興味関心が赴くがままに、論壇誌や学術誌、ときには出版社のＰＲ誌まで取り上げる回もあれば、野間宏や安部公房など、一人の作家・作品について延々と論じている回もある。それでいながらその興味関心の向かう先では目ざとく、当時は新人に過ぎなかった金井美恵子や古井由吉の抜きん出た才能を認めている。三島由紀夫について論じた回では、神輿を担いだ三島が感じたという「陶酔」に対して、「この『陶酔』の中には、いくぶんは死の観念がただよい、悲劇のまぼろしぐらいは掠めたものといえないこともない」と、それから七カ月後の三島の自決を予見していたかのような文章も記している。

石川淳の「文芸時評」が画期的だったのは、批評対象からほとんど独立した、それ自体のみで読むに値する、極めて質の高い文芸作品であったということ以上に、自らの目下の興味に対して忠実であることこそが、物書きとして読者に示し得る、最も誠実な態度であるという、その矜持の迷いのない実践であったからのように思う。ところで「文芸時評」の歴史を遡ってみて驚かされるのは、最初に誰がいい出したのか分からないほどの、何十年もの以前から、「文芸時評」不要論が取り沙汰されていたことだ。今どき「文芸時評」欄など、新聞購読者の内の何パーセントが読んでいるのか？　作家本人や編集者以外には、もはや誰も読んでいないのではないか？　他ならぬ私じしんだって、執筆者になる前はそう疑っていた。ところが現実は違った、「文芸時評」は今も、我々文芸関係者が思い込んでいるのよりも遥かに多くの人に読まれている、私が担当した二年の間にも、不可解なほど沢山の反響が寄せられた回が何度もあった、しかも今の時代はそれが新聞の読者に留まらず、インターネットやSNSを通じて加速度的に広まっていく。今はまだ小説になど大して関心を持っていない若い人たちがたまたま目にした「文芸時評」の一節は、彼ら彼女らの気持ちの中の小さな疑問として残る、それから更に数年の時間を経て、培養され形を変えたその疑問は、僅かな数名に今度は自らの作品を書き始めさせることになる。

選評

冷徹な観察者の視線

――第五六回文藝賞選評／「文藝」二〇一九年冬号

野球に興味を持った人間であれば誰でも、ルールを覚えて、キャッチボールの練習から始めれば、野球というスポーツを楽しめるようになる、しかし時速百五十キロのストレートを投げることができて、プロ球団のピッチャーとして通用する者は、その中の僅かな数名に限られる。同様に、職業小説家としてデビューした後、長く書き続けていける人というのも極めて限られている。ならば小説家の場合の、プロのピッチャーの球速に当たるものとは、いったい何なのか？　私はそれは、その書き手だけが持つ「語り口」なのではないかと思う、そして今回の最終候補作の中で、作者独特の視線と身体性に根差した、他に似たものを知らない「語り口」で書かれた作品は、遠野遥「改良」だけだった。

この作品は、女物の衣服を身に着け、メイクの研究を重ねる、「美しさ」に囚われているようにも見える男性を主人公に置いていることから、セクシュアリティの問題を扱った小説として読まれてしまうのだろう、受賞作として刊行される単行本もそうした謳い文句で宣伝されてしまうのだろうが、そこにはこの作品の、小説としての独自性はない。この作品の奇妙さは、子供時代の主人公が友人から性的暴行を受けた際、「やめてくれと私は言った」とは書かずに、「やめてくれと私の口が言った」と書く、この冷徹な観察者の視線、自意識から遠く離れた視線が徹底されているところにある。観察者の視線で書かれているからこそ、「人は笑うと振動するのだな」「セックスを日常的に行っている人間がこの世に少なからずいることを思い、今更のように愕然とした」といった新鮮な発見を伴いながら、この作品は進む。主人公が自らにメイクを施す場面でも、「適切な対応策」「修整」「操作」「部分の処理に問題」「点検」「準備」「今後のスケジュール」などと、まるで都市開発プロジェクトのような乾いた言葉を並べることで、在り来りの現代小説との差別化に成功している。この作品の欠点は、「バヤシコ」「ヨシヨシ」「つくね」「五里霧中ズ」といった固有名詞のネーミングのセンスが悪いことで、タイトルの「改良」も受賞作には相応しくないようにしか私には思えないのだが、いかにもこの作者らしい冷徹さ、無愛想さが表れているのかもしれない。

宇佐見りん「かか」は、作中「似非《えせ》関西弁だか九州弁のような、なまった幼児言葉のような言葉遣い」と説明される「かか弁」でこの作品を書いたことが、完全に失敗している、「信仰」「懐疑」「俗世」「苦行」「希死念慮」などという言葉が登場する内容と、

「語り口」が合っていない、作者が「かか弁」を面白いと思っているほど、読む側はそれを面白いとは思わない。しかしそれ以上に大きな問題は、熊野へ向かう主人公が車窓から見る風景を、「その家のひとつひとつに居住している人間の生活や顔つきがまるで幸福で快活だとは思えんくて……妻に先立たれた家で無音の囲碁番組を字幕で見る老人、縦横無尽の電柱に縛られた街」と書いてしまっている通り、この作者は自意識のフィルターを通してしか、外界を見ることができていないのではないかという懸念の方だ。しかし終盤、熊野に到着した後で綴られる、「すべてのばちあたりな行為はいっとう深い信心の裏返しです」「ばちあたりな行動はかみさまを信じたうえでちらちらと顔色をうかがうあかぼうの行為なんでした」という述懐だけは、この作品が書かれなければならなかった切実さの表れと信じて、受賞には同意した。

小泉綾子「うれしげ」は、言葉の選び方が安直過ぎる、「誰といたって彼一人だけ輝いて見えた」「あどけなく甘い顔立ちだけど、濃いめのメイクをすると、雰囲気ががらりと変わる」、こういう部分をもっと視力を上げて、丁寧に書かないと、小説は立ち上がらない、粗野な性格の登場人物を書くのは構わないが、書き手が粗野であってはならない。但しこの作品は、主人公が九州に到着して以降、俄然面白くなる、特に、「強くはっきりと浮き出る視界に見入り……」から続く、主人公が食欲に負けてラーメンを食べる場面は、作者は本気になればこういう密度の濃い描写を書ける人であることを示しているのかもしれない。

冴知いゆ「とぐろ」の欠点は、読み手が物凄く鈍感な前提で書かれてしまっていることだろう。「うねうね」「ウロコ」「酸漿《ホオズキ》」「注連縄《しめなわ》」といった蛇を連想させる言葉ばかり鏤められた上に、ピアノの中にも「白骨化した蛇」を置き、「蛇の降る雨」が「咬みつかんばかりに落ちてくる」のでは、さすがに読み手もくどくて飽きる、そこに気づけない、作者の鈍感の方が問題だ、物語の核となる大事な場面を、夢として処理してしまっている安易さもある。予め定めたコンセプト、もしくは戦略があって、それに忠実にメタファーを貼り合わせているだけなので、小説が見え透いている。ときおり「女の容貌《なり》をしているなら怒られなどしないだろう」「鬼を連れて棲み家へ入る」のような、上手いフレーズはあった。

対談

遠野遥×磯﨑憲一郎 圧力と戦う語り口

――「改良」第五六回文藝賞受賞記念対談／「文藝」二〇一九年冬号

自分自身をも疑う小説

磯﨑　「改良」という作品のなにが他と違って優れているのかというと、作者が常に自分自身や自意識といったものを疑いつづけている、という点です。たとえば、冒頭で語り手の「私」がスイミングスクールに通っていた話が出てきます。そこで、「私は常にスクールをやめたいと思っていた気がするけれど」と書いている。ふつうは「スクールをやめたいと思っていた」と書くところを、遠野さんは「気がする」をつけてしまうんだよね。つづいてそのスイミングスクールをやめる頃には喘息が治ったという話になるけどそこで、「でもそれは水泳をやっていたからではなく、成長とともに自然と治ったのだと思う」と書いて、常に現実を揺るがせつづけているんです。

遠野　スイミングスクールに通っていたことや、喘息が治ったことは、実際に私もそうなんです。

磯﨑　なるほど。そしてスイミングスクール友だちの「バヤシコ」も、誰がどう考えても本名は「小林」なんだけど、「バヤシコと呼ばれているということはたぶん小林だったのだと思うが、子供はたまに奇想天外なことを考えるから定かではない」と書く。この、すべての可能性を考えなければ気が済まない目線が、明らかに異質なんですよね。遠野さんがこれをどこまで自覚的にやっているのかはわからないんですが。
僕が最初に「これはいい小説だ」と思った表現があって、それは、バヤシコが主人公のズボンを下ろして性器を触り始める場面で、「こんなことはやめさせなければと私は思った。しかし、なぜやめさせなくてはいけないのか、理由はよくわからなかった」というところです。つまり、この主人公は、自分が嫌だと思ったことについてすら、その是否を検証せずにはいられないんです。さらに、「混乱の中で、やめてくれと私の口が言った」と書く。ここで、これは明らかにふつうの小説とは違うと思いました。ふつうは「やめてくれと言った」ですよね。それを、「私の口が言った」と突き放す。明らかにこの作品の作者は、世界との向き合い方に独特の何かを持っていると感じました。

遠野　自覚的というよりも、素直に文章を書くと、自然とこうなるんです。むしろこういう書き方は矯正したいと思っていて、実際に削った部分もあります。でも、ここは読み直してもこの描き方以外に考えられないと思いました。

磯﨑　僕はこの異質さを信じて、「改良」を受賞作に推したんです。これは文体の問題とか小説の書き方のテクニックの問題として捉えられがちなところだけど、そうではない。おそらくどうしようもなく出てきてしまう、思考の癖みたいなものなんですよね。

遠野　思考の癖というのはその通りだと思います。小説に限らず、私は普段からこんな感じです。

磯﨑　自分自身も含めた世界のありようを、疑わずにはいられないんですよね。その思考の癖みたいなものがどうしようもなく出てきてしまっているところが、小説として信頼に足ると思った。「改良」が受賞にふさわしい作品なのはその点です。この小説は、物事を型にはめよう、単純化しようという世の中の圧力に対して、徹底的にゼロに立ち戻って考えているんです。「なんで女子と男子で水着のかたちが違うんだろう」という主人公の言葉についてバヤシコが、「たぶんお前は身体は男で心は女っていう、そういう人なんじゃないか」と言い、「隠さなくても大丈夫だよ。オレ、変な目で見たりしないし。たぶんメチャメチャ理解とかあると思うし」とつづける。こういう、凡庸さの型にはめようとする圧力に抵抗する、その戦いが描かれている。

遠野　戦いを描く意図はありませんでしたが、物事を型にはめたり、無理に説明をつけたりとか、単純化しようとする圧力への嫌悪感はあって、それが自然と出てきたのだと思います。

磯﨑　その、自然と出てきたというのが重要なんです。その後大学生になった主人公が、デリヘル嬢の「カオリ」を家に呼ぶ場面でも、「カオリが少しだけ声を出して笑う。カオリの身体の振動が私に伝わる。人は笑うと振動するのだなと私は思う」と書く、この徹底的に冷徹な観察者の視点。ここはいくらでも感傷的に書こうと思えば書ける場面で、しかしそうすると台無しになる。そうではなく、つづく文では「カオリは私の言ったことがおかしかったというよりは、私が何を言ったとしても、あらかじめ笑おうと決めていたような感じだった」という、この突き放し方。それから、コールセンターのバイト仲間である「つくね」が、ストーカーまがいの電話を受けたと主人公に相談をして、下心を持った主人公が家まで送ると言って、ひとり暮らしのつくねの家へ行く場面がありますね。ここで主人公はつくねにセックスを持ち掛けたくてできないんだけど、そのときに「セックスを日常的に行っている人間がこの世に少なからずいることを思い、今更のように愕然とした」と書く。プロで何年もやっている作家でも、こういう場面はつまらなく書いてしまう人が多いんだけど、遠野さんは、自分を外側から見る感じというか、自意識から遠く離れた感じを、終始徹底しているんですよね。

遠野　ありがとうございます。

磯﨑　そうやって、自分からどうしようもなく自然と出てきてしまったものをこそ、大事にしなければいけない。編集者によってはよけいなことを言ってくる人もいるから、批判されても簡単に反省しちゃいけない。作家は、なけなしの自分だけを頼りにしてやっていかなければいけない仕事だし、編集者よりも批評家よりも読者よりも、誰よりも作品を何度も読み返しているのは書き手なんだから、なによりも自分を信じなくちゃいけないんです。だから、外からいろいろ言われても、遠野さんが「自然と出てきた」という、そこを信じてやっていくしかないんですよね。

ありきたりな意味に回収されない

磯﨑　僕は「改良」を読んで、ベケットの『モロイ』を思い出したんです。『モロイ』の冒頭は、「私は母の部屋にいる。いまここに住んでいるのは私なんだ。どうやってここにたどり着いたのか、よくわからない。たぶん救急車か、とにかく車に乗ってきたはずだ。誰かが助けてくれたにちがいない。ひとりではたどり着けなかっただろう」（宇野邦一訳）というものです。自分がいまここにいることの来歴の不確かさというか……。この感じが似ているような気がしました。

遠野　冒頭からすごく面白そうですね。

磯﨑　ベケットはあまり読んだことはないんですね？

遠野　大学生のときに義務感から一度だけ『ゴドーを待ちながら』を読みましたが、それだけです。

磯﨑　きっと遠野さんが読んだら面白いと感じますよ。

遠野　ぜひ読んでみたいです。

磯﨑　主人公が美術館へ行く場面がありますよね。鏡の前に立つと機械の部品が集まってきて、腕が機関銃みたいになる作品が出てくる。そういうところも面白いと思うんですが、現代美術がお好きなんですか？

遠野　そうなんです。学生時代に美術館を舞台にしたホラーゲームを好きになり、それがきっかけでした。

磯﨑　どんな作品が好きなんでしょう？

遠野　美術館へ行っても自分の小説のことばかり考えてしまうので、どの作家が好きというのはあまりないんです。でも、二藤建人さんの「手を合わせる」という作品は特別に印象に残っています。二〇一六年のあいちトリエンナーレで観たんですが、簡単に説明すると、ごくふつうの部屋の中にテーブルがあって、その上に水の入ったポットとお湯の入ったポットが置かれている作品です。鑑賞者は自分で別々のコップにお湯と水を注ぎ、片方の手でお湯の入ったコップを持ち、もう片方の手で冷たい水が入ったコップを持ちます。そうして温度に差がついた両手を、温度が揃うまで合わせているという体験型の作品です。私がこの作品の何に衝撃を受けたのか、うまく説明できませんが、説明したいとも思わないぐらいすごい作品でした。

磯﨑　遠野さんが美術を好きなのはきっと、ありきたりな意味に回収されないものに魅力を感じているということですよね。それはすごく大事なことだし、ご自分がそういうものに魅かれる感覚は、信じた方がいいと思います。

遠野　本を読むよりも、そうしたことの方が大事でしょうか？

磯﨑　本も読んだ方がいいけれど（笑）。僕の場合は音楽だったんです。音楽が与えてくれる高揚感とか、記憶の喚起力とか、小説を書くことでそうした感覚に近づきたいという思いが常にあるんです。すぐれた美術作品や音楽作品に触れたとき、言葉で表現できないような驚きってありますよね。その感覚に対して、いかに言葉を用いて近づいてゆくのか、だと思うんです。だから、小説を書く人は自分の中のそういう部分を大切にした方がいいと思います。

型にはめる圧力との戦い

磯﨑　この作品の主人公は、女性用のウイッグをかぶって、女性用の洋服を着て、家でメイクをしながら、美しくなりたいと思っています。だから多くの人は、これはジェンダーやセクシュアリティの問題を扱った小説だと言うと思うんです。毎年河出から出ているプレスリリースの作品の内容紹介をディスって申し訳ないんだけど、ここでもやっぱり、「希薄な人間関係にすがりながら、美への執着心の果てにもたらされた暴力とは……冷徹な文体で、現代を生きる個人の孤独の淵を描き出す。男であること、そして女であることを決めるのは何か？」と書いてある。この小説って、そういう内容の「新世代のダーク・ロマン」なのかなあ？　僕は、ジェンダーやセクシュアリティや孤独を描いた小説だとは、ぜんぜん思わなかった。むしろこの小説は、そうやって物事を型にはめて単純化しようとする圧力や凡庸さとの戦いの記録なんですよね。それは、先ほど話した子供時代のバヤシコとの場面ではっきり書かれていますね。大学生になり女の格好をするようになって、その姿を見せたデリヘル嬢のカオリから「変態さん」と言われて強く拒絶する場面もそうですし、その後ナンパしてきた男にトイレへ引きずりこまれて暴行を受けたときに、「私は、美しくなりたいだけだった。男に好かれたいわけでも、女になろうとしたわけでもなかった」と書いて、つづいて「本当にやるべきことは恐怖や嫌悪の原因を根本から取り去ることで、そして今ならそれは難しくなかった」と書き、反撃を始めるのも、これらはすべて、主人公の存在をありきたりの型にはめようとする圧力との戦いなんですよ。

遠野　「改良」がジェンダーやセクシュアリティや孤独を描いた小説だとは、私も思っていません。でも、どのように読んでもらっても構わないです。私は一枚岩ではないから、そういうものを描きたい気持ちがまったくなかったかといえば、それはわかりません。ただ、圧力や凡庸さとの戦いの記録と言われた方が、どちらかといえば今の自分にはしっくりきます。

磯﨑　ベケットだって、「母と子の関係を描いた作品」とか「レジスタンス経験を描いた作品」とか、そういったわかりやすい解釈に落とし込もうとされたわけです。ベケットがそれと戦いつづけたように、遠野さんもこれから小説を書きつづけていくのなら、物事を単純化しようとする圧力に常にさらされるから、それに負けちゃいけない。作家をつづけていてつくづく思うのは、作家というのは小説の中にしかいない、小説の中でのみ生きつづけるということなんですよね。小説家は、小説を書くことによって圧力に抵抗しないといけないんですよ。

この小説は面白いところはたくさんあるんですが、僕が特に面白いと思ったシーンのお話をします。まず、ナンパ男からトイレで暴行を受けながら主人公は、「踏まれた腹はもちろん痛んだが、それ以上に大切な洋服が汚れてしまったことを思った」り、頭を摑まれて「ウイッグが本来あるべき位置から大きくずれるのを感じた」り、ずっとそういうことを気にしている。それも面白いんですが、僕がこの小説はやはりいい小説だなと思ったのは、男から首を絞められて殺されそうになるくらいの危機的状況をはねかえして、男が首から手を離したときに主人公が咳き込むんです。その瞬間、幼少期の喘息の経験を思い出す。そして、「私のことを思ってスイミングスクールに通わせてくれた親への感謝が唐突に溢れ」る、ここなんだよね。これが小説的リアリティだと思うんですよね。

遠野　そこは私も大事だと思っています。私は一度小説を書きあげると、批判的な観点から何十回か読み返して原型がなくなるくらいボコボコに修正しますが、この一文はたぶん最後までこのまま残ると最初から思っていて、実際に残りました。

磯﨑　この一文を出せるということが、この小説の独自性であり、遠野さんの身体性だと思うんですよね。その後の、殴られて鼻が曲がってしまって「もし治らなかったら、そのときは、いっそお金を貯めて整形でもするしかない」「整形をするなら、風俗に金を使うことはできない」というところも、まあ面白いんだけど。でも、これは選評にも書いたんですが、僕はこの作品のネーミングセンスがわからなかった。

遠野　そうですか……。

磯﨑　「バヤシコ」もそうだし、「ヨシヨシ」「つくね」「五里霧中ズ」というのも（笑）。

遠野　「つくね」については、焼き鳥のつくねが好物なので、書くのが楽しくなり、結果的にいいものが書けると考えたんです。ねぎまも好きなので、つくねかねぎまかで最後まで迷いました。でも、何かできるだけポップで親しみやすいものにしようというサービス精神もあったかもしれません。

磯﨑　それはまったくいらないサービス精神だね。タイトルの「改良」も、受賞作の感じじゃないんだよな。でも、そういうところも含めて遠野さんの中の何かなのだと思う。もしそれがあなたのセンスであって、どうひねり出してもそうしたものしか出てこないのだとしたら、きっとそこには何かあるんですよ。

遠野　タイトルを決めるにあたっては、100か200くらい案を書き出して、その中からベストなものを選んだつもりです。

磯﨑　だったらそこには何かあるんですよ。プロの小説家になったら、いろいろなことを言われるけど、それでも最終的に決めるのは自分であって、その場合に、自分の中からどうしようもなく出てきたものに忠実に従うというストイックさが必要なんですよね。

唯一無二の語り口

磯崎　小説はいつ頃から書き始めたんですか？
遠野　六、七年前からです。
磯崎　きっかけはあったんですか？　何かを読んで、面白いから自分も書いてみようと思ったとか……。
遠野　過去の私が何を考えていたのか私にはよくわかりませんが、その少し前には、夏目漱石を読んでいたのをなんとなく覚えています。前期三部作の『三四郎』『それから』『門』や後期三部作の『彼岸過迄』『行人』『こころ』を何度も読んでいました。記憶力が悪いので内容はほとんど覚えていないんですが、書き方のほうに注目していた気がします。
　書き始めてからも、最初の数ヶ月間は漱石全集を机に置いて、書き方に迷ったときにはよく参照していました。たとえば人物の外見的な特徴をどの程度書き込むべきか迷ったときに、漱石はどの程度書き込んでいるのかな、と参照したりしていました。
磯崎　漱石を読んで書くようになった、というのも珍しいですね。
遠野　漱石がきっかけかというと、そうではない気がします。今思えば、小説に限らず音楽でも美術でもその他の分野でも、この世には作品をつくっている人間がたくさんいるのだから、自分もいつまでもオーディエンス一辺倒でいてはいけないんじゃないかと思っていた気がします。
　私は小説を書く時間と読む時間の割合が九対一くらいで、つまり全然読んでいないんです。自分の小説に行き詰まったら他人の小説を読もうと思っているのですが、ここ二、三年行き詰まっていないので、電車の中とか、待ち合わせに人が現れないときとか、ちょっとした隙間時間にしか読んでいません。でも、これから先も書きつづけていくためには、さすがにもう少し読んだ方がいいんじゃないかと感じています。磯﨑さんも、やはりたくさん読んだ方がいいと思いますか？

磯﨑 読んだ方がいいですよ。まだ二十八歳だから、たくさん読んだらいいと思う。まずはベケットを読んで欲しいけど、自分で面白いと思う作家を見つけたら、その人の作品を全部読む、という読み方がいいと思う。小説家は学校の先生じゃないから、たとえば太宰治は一作も読んだことありません、谷崎潤一郎は知りません、といっても全然いいけど、好きな作家のことなら細かいことでも、誰よりも知っている、という方が大事です。遠野さんの作風だったら、カフカは好きかもしれない。

遠野 いまはジム・トンプスンを読んでいます。私の作品がトンプスンに似ていると言った人がいたので、それで気になって最近読み始めました。どこが似ているのかよくわかりませんが、でもとにかく面白いことは面白いので、たぶんトンプスンの作品はこれからも読むと思います。語り手が個性的で面白いので、どんな場面でも退屈せず読めてしまいます。

これからプロとして小説を書いていくうえで、大事なことって何でしょうか？

磯﨑 僕は、小説は語り口がいちばん大事だと思っています。二〇〇七年に僕が文藝賞でデビューした頃よりもはるかに、今強くそれを感じるんですよね。小説を書けば書くほど、そう思うようになってきた。語り口は、絵画でいえばタッチにあたるようなものだと思います。小説を書くときに、その語り口に乗っかれるかどうか、これがほとんどすべてなんじゃないか、テーマとかメッセージなんて、ある意味どうでもいい。文体、と言うとアカデミックで、テクニック的なニュアンスが入ってしまうから、僕は文体とは言わないようにしています。ただ、語り口に導かれて書かれた小説はいまの世の中、分が悪いんです。というのも、昨今は小説が売れないから、意味に回収できる小説の方が、説明しやすくて共感させやすい、つまり出版社が売りやすい。でも、古井由吉さんも金井美恵子さんも、語り口で書いていると思うんですよね。そしてその語り口というのは、長く書きつづけることによってしか生まれない何かなんです。遠野さんの「改良」は、そうした独自の語り口の萌芽が感じられる作品だから、それをご自身で、いかに育てていくかというのがいちばん大事なんじゃないかと思います。

あとがき

　昨年、二〇一八年の暮れに、朝日新聞文芸時評の「作家の生き様　具体性・身体性の積み上げ」（本書四二五〜四二七ページに収録）が、津田大介さんや荻上チキさんのＳＮＳでも取り上げられて、インターネット上で広く拡散したときに、私の知らない、ある人が、ツイッターでこんなことを呟いているのを見つけた。

「僕は具体性が積み重なって行くこと、それこそが時間なのだと考えているのかもしれません。（中略）具体性でしか表し得ないものを小説で表すべきだと思います。」（引用＝２００８年『文藝』保坂和志との特別対談）と既に小説を書き始めた10年前に言い切っていた磯崎憲一郎

　ほとんど忘れかけていたが、デビュー間もない頃の対談で話したことと、同じ内容を、俺は新聞に書いてしまっていたわけだ、しかしならば、そろそろ小説家としての自分を、一寸は信用してもよいのかもしれない……書き手の意図や目論見など届かない、奥深いところからどうしようもなく、知らず識らずのうちに繰り返し出てきてしまう言葉、表現、物、旋律、タッチ、怒りの感情——反復されるそれらだけが、信頼に値する、本物なのだ、それらは、長い年月に亘って書き続けていく中でしか、立ち現れてこない。

編集者も含めて、相談したほぼ全ての人から反対されたにも拘わらず、敢えて本書のタイトルを『金太郎飴』で押し切った理由もそこにある、棒状のさらし飴の、どの部分を切っても断面には同じ金太郎の顔が現れることから、似たり寄ったりで画一的という意味の、紋切り型にも近い、揶揄《やゆ》として使われることも多いこの言葉こそ、本書のタイトルとして相応しいように思った。

しかし改めて本書に収めた原稿を読み返してみると、どうせ似たようなことばかりいい続けているのだろうと想像していたところが、デビューから数年間はやたらと強調していた「時間を描きたい」ということは、最近はほとんどいわなくなってしまっている、「具体性」の積み上げこそが小説を小説たらしめているということは、確かに以前からいい続けているが、ここ数年はより、「語り口」や「文章の質感」への言及が増えているようにも思う。一時期熱心に読み耽った、どこかの別の作家の書いた文章を読んでいるような、不思議な気分にもなってくる。

本書には、十二年前に私がデビューして以降に書いたエッセイや書評、評論に留まらず、対談やインタビュー記事、通常この手の本に収めることのない文庫の解説まで、集められる限りの原稿を集めて、掲載年ごとに収録している、それらの掲載をご快諾下さった皆さんに、この場を借りて感謝をお伝えしたい。また、膨大な量の原稿を打ち込み直して、一冊の本に纏めて下さった河出書房新社の尾形龍太郎さんにも、深くお礼を申し上げたい、尾形さんは、小説家になった私を担当して下さった、最初の編集者だった、その同じ編集者が、今回この本を作ってくれたことにも、縁のようなものを感じる。

二〇一九年十月　磯﨑憲一郎

磯﨑憲一郎（いそざき・けんいちろう）
一九六五年生まれ。
二〇〇七年『肝心の子供』（河出書房新社）で
第四四回文藝賞を受賞しデビュー。
著書に『眼と太陽』（河出書房新社／芥川賞候補）、
『世紀の発見』（河出書房新社）、『終の住処』（新潮社／芥川賞）、
『赤の他人の瓜二つ』（講談社／ドゥマゴ文学賞）、
『往古来今』（文藝春秋／泉鏡花文学賞）、
『電車道』（新潮社）、『鳥獣戯画』（講談社）がある。
現在、東京工業大学教授。

金太郎飴

磯﨑憲一郎 エッセイ・対談・評論・インタビュー 2007-2019

二〇一九年一二月二〇日　初版印刷
二〇一九年一二月三〇日　初版発行

著者　磯﨑憲一郎
発行者　小野寺優
発行所　株式会社河出書房新社
〒一五一-〇〇五一　東京都渋谷区千駄ヶ谷二-三二-二
電話　〇三-三四〇四-一二〇一［営業］
〇三-三四〇四-八六一一［編集］
http://www.kawade.co.jp/
印刷　株式会社亨有堂印刷所
製本　大口製本印刷株式会社
Printed in Japan ISBN978-4-309-02851-4